二月河 大河歷史小說
帝王三部曲

개혁군주 **옹정황제**

【일러두기】

· 번역 원본은 1999년 4월 중국 하남문예출판사가 펴낸 제2판 1쇄본을 사용하였습니다.
· 본문에 나오는 인명과 지명 중 만주어를 제외한 모든 한자는 한글발음대로 표기하였으며, 독특한 관직
명은 이해하기 쉽도록 의역한 부분도 있습니다. 그리고 소설 진행상 불필요한 부분은 축역하였습니다.

(개혁군주) 옹정황제. 6 / 이월하 저 ; 한미화 옮김. -- 서
울 : 산수야, 2005
416p. ;22.4cm.

판권기관칭 : 二月河 大河歷史小說
원서명 : 雍正皇帝
ISBN 89-8097-119-2 04820 ₩ 8,000
ISBN 89-8097-113-3 (세트)

823.7-KDC4
895.1352-DDC21   CIP2005001255

小說[雍正皇帝]根據與作家二月河的契約屬於山水野. 嚴禁無斷轉載複製.

[옹정황제]의 한국어판 저작권은 작가 이월하와의 독점계약으로 산수야에 있습니다.
신저작권법에 의해 국내에서 보호받는 저작물이므로 출판사의 사전 허락 없는 무단전재와 복제를 금합니다.

二月河 大河歷史小說

帝王三部曲

改革君主

옹정황제

雍正皇帝

6

산수야

二月河 大河歷史小說

개혁군주 옹정황제 ⑥

초판 1쇄 발행   2005년 9월 30일
초판 3쇄 발행   2012년 7월 20일

지은이   이월하
옮긴이   한미화
발행인   권윤삼
발행처   도서출판 산수야

등록번호   제1-1515호
등록일자   1993년 4월 30일
주소   서울시 마포구 망원동 472-19호
우편번호   121-826
전화   02-332-9655
팩스   02-335-0674

값   8,000원

ISBN 89-8097-119-2 04820
ISBN 89-8097-113-3(세트)

이 책의 모든 법적 권리는 도서출판 산수야에 있습니다.
저작권법에 의해 보호받는 저작물이므로
본사의 허락 없이 무단 전재, 복제, 전자출판 등을 금합니다.

산수야의 책은 독자가 만듭니다.
독자 여러분들의 소중한 의견을 기다립니다.

6 雍正皇帝

제2부 조궁천랑(雕弓天狼) | 3권

34. 옹정, 경사(京師)로 잠입하다

개봉성(開封城) 밖 하공(河工)에서 전문경을 접견하고 난 옹정은 그날 저녁에 배를 타고 동하(東下)하였다. 원래 계획대로라면 뱃길을 따라 내려오며 연안의 하방(河防)을 시찰하고 황하와 운하가 만나는 청강(淸江)에 들렀다가 다시 북경으로 돌아오기로 돼 있었다. 하지만 어주(御舟)가 하남성 난고(蘭考)지역에 이르러서는 물살이 하도 거세어 용주(龍舟)가 그 자리에서 뱅그르르 돌기가 일쑤였다. 수행 중이던 군사(軍士)와 숙위들이 밧줄을 당겨 겨우 하루에 십리도 채 가지 못했다. 다급해진 장정옥이 하공의 일꾼들을 찾아 물어보니 이곳에서부터 안휘성 서쪽에 이르는 3백리 길은 강희 56년의 홍수로 인해 주항도(舟航道)가 없어진 지 오래 되었다는 것이었다! 순간 누란지위(累卵之危)를 느낀 장정옥은 추호도 머뭇거릴 사이 없이 급히 옹정을 배알했다.

"형신, 오늘의 관보와 주사절략(奏事節略, 상주문을 요약한 내용)을 가져왔나?"

내창(內艙)의 마루 위에 좌정하여 한 손에 주필(朱筆)을 잡고 상주문에 비어(批語)를 달고 있던 옹정이 고개도 들지 않은 채 말했다.

"격식차릴 것 없이 편한 대로 앉게!"

장정옥이 묵묵히 인사하고는 선창 창문 밑의 낮은 걸상에 엉덩이를 살짝 붙이고 앉았다. 옹정이 다 쓸 때까지 기다렸다가 장정옥이 비로소 말했다.

"폐하, 하공에 대한 시찰은 이만하면 된 것 같사옵니다. 육로로 올라가셔서 귀경길에 오르셨으면 하옵니다."

뭔가 골똘히 생각하고 있던 옹정이 장정옥의 말을 듣는 순간 고개를 들어 장정옥을 똑바로 주시했다.

"자네, 안색이 매우 안 좋은 것 같은데 어디 불편하기라도 한 건가? 갑자기 육로로 돌아가자니 웬 말인가?"

이에 장정옥이 애써 웃음을 지었다.

"신은 배멀미가 조금 느껴질 뿐 별 지장은 없사옵니다. 오히려 폐하의 안색이 염려스럽사옵니다. 부디 좀 쉬셔야겠사옵니다. 사실은 폐하께 아뢸 말씀이 있사옵니다. 방금 하공(河工)에 물어보니 앞으로 몇 백리 뱃길은 더없이 위태롭고 험난하다 하옵니다. 연안에 인적도 거의 없어 각종 물품을 공급받는 것도 불가능하다고 하였사옵니다. 날짜를 꼽아보니 이런 식으로 가다보면 앞으로 한 달이 걸려도 북경에 도착하지 못할 것이옵니다. 아무래도 길에서 시간을 너무 많이 허비하는 것 같사옵니다……"

"전에 공자가 바로 이곳에서 된통 욕봤다고 기록돼 있지 않은가. 우리 군신(君臣)이 성현(聖賢, 공자)이 위기를 무사히 탈출하신 지혜를 몸소 느껴보는 것도 나쁠 건 없지 않은가? 북경에 좀 늦게 도착한다고 큰일 날 것도 없겠고. 다만 연갱요가 먼저 도착하면 일단 북경 근교에 주둔하라고 발문(發文)을 보내고 짐이 북경에 들어간 뒤에 성대한 입성식(入城式)을 가지면 되지 않겠나? 백문이 불여일견이라고 직접 똑똑히 둘러봐야 관리들이 술직시 엉뚱한 소리로 자신의 치적만 내세울 때 따끔하게 꼬집을 수 있는 거야."

옹정의 말이 끝나자 장정옥이 상체를 숙이며 아뢰었다.

"천만 지당하신 말씀이옵니다. 하오나 폐하께서 잠시만 재고하여 주시기 바라나이다. 이제 좀더 가면 관보와 상주문도 건네 받을 수 없는 상황에 이르게 되옵니다. 그렇게 되면 북경을 비롯한 전국 각 지역의 상황을 폐하나 신 모두 전혀 모르는 지경에 이르게 되옵니다. 만에 하나 추호의 차질이라도 빚는 날엔 신의 책임은 그야말로 막중하기 이를 데 없사옵니다. 그 밖에도 이친왕(怡親王, 윤상)의 병세도 심히 우려스럽사옵니다. 하공을 시찰하는 일은 물론 중요하오나 호부상서 한 사람을 흠차로 남겨 놓으면 충분할 줄로 믿사옵니다. 폐하께서 하공에 대한 시찰을 중도에 포기하고 이대로는 도저히 귀경길에 오르실 수 없다고 생각하신다면, 또한 다른 누구에게 맡겨도 석연치가 않다고 염려하신다면 신이 폐하를 북경에 모시고 나서 다시 내려오도록 하는 것이 어떻겠사옵니까?"

장정옥의 말이 끝나기도 전에 옹정은 벌써 자리에서 일어섰다. 그는 옆에 시립하여 있던 장오가와 더렁태를 향해 말했다.

"너무 갑갑하여 숨막히네. 선창으로 나가 보세!"

이 같이 말한 옹정은 곧 주렴을 걷고 밖으로 선창으로 나섰다. 자주색 비단 홑옷 속에 얇은 장포를 입은 옹정의 허리띠와 장포자

락이 맹렬하게 불어닥치는 바닷바람에 깃발처럼 높이 말려 올라
갔다. 멀리 동쪽을 바라보니 창백한 한여름의 태양 아래, 끝간 데
없이 펼쳐진 누런 흙탕물과 강가의 하얀 모래가 눈이 부셨다. 마지
막 흔적조차 기운없이 사라져 가는 그 옛날의 제방 양옆에는 온갖
잡초와 갈대만이 처량하게 무성했다. 옹정은 눈 두는 곳마다 서글
픈 경관을 바라보며 장정옥의 말뜻을 음미했다. 부원(部院)의 말
단 관원으로부터 시작하여 강희의 눈에 그 진가가 비쳐져 오늘날
의 재상 위치에까지 오른 장정옥은 필경 오사도나 이위처럼 옹정
의 문인(門人) 출신은 아니었다. 그 차이가 엄청 났는지라 장정옥
은 간언을 함에 있어서도 오사도나 이위처럼 직설적인 간언은 피
하고 이처럼 두루뭉실해 보이지만 뜻은 분명하게 전달이 되게끔
했다. 장정옥의 뜻인즉, 이제 더 앞으로 전진하면 망망대해가 가로
막혀 황제는 곧 '조정'과 격리되는 사태를 빚게 된다는 것이었다.
무난하게 연갱요를 맞는 군국대사에 차질이 우려된다는 식으로
내비쳤지만 실은 상상하기조차 무서운 그 어떤 후과를 염려한 것
이 틀림없었다! 옹정의 눈 주위 잔주름이 순간적으로 떨렸다.
　"자네들은 홍수와 싸워본 경험이 없어서 그래! 이 정도는 아무
것도 아니네! 그깟 3백리 길에 이렇게 많은 군함이 호송하는데
뭐가 두려워서 그러나? 걱정 붙들어 매게. 이 위험지역을 무사히
통과하고 나면 낙양(洛陽) 수사제독(水師提督)더러 공로가 있는
병사들의 명단을 작성하여 올리도록 하게!"
　말을 마친 옹정은 곧 안으로 돌아왔다.
　"폐하……."
　안색이 하얗게 질린 장정옥이 다시 간권하려고 하자 옹정이 손
사래를 쳤다.

"형신, 알았네. 짐이 자네 의사에 따르도록 하겠네. 여긴 이덕전, 형년, 고무용 등이 남아서 용주(龍舟)를 받들게 하고, 자네와 장오가 그리고 더렁태는 짐을 따라 오늘 저녁 육로를 통해 귀경길에 오르자고!"

순간 장정옥의 눈에 경이로운 희열이 번뜩였다. 그는 좋아서 어쩔 줄 몰라서 연신 굽신거렸다.

"성명하시옵니다, 폐하! 신이 곧 전문경에게 문서를 보내 개봉성의 녹영병을 대기시키라고 하겠사옵니다."

그러자 잠시 생각하던 옹정이 웃으며 말했다.

"그럴 필요 없네. 무슨 큰일이라도 날 것처럼 그리 수선 떨 게 뭐 있나? 장오가와 더렁태, 백 명의 적이 두렵지 않는 두 용감무쌍한 사내들의 호위를 받으며 태평성세의 번화가를 지나가는데 그리 걱정할 건 없네."

고개 숙이고 곰곰이 생각하던 장정옥이 마침내 수긍하는 눈치를 보였다. 짧은 순간임에도 그는 옹정보다 한층 더 깊은 생각을 했던 것이다. 사실 옹정의 정적(政敵)은 민간에 있는 것이 아니라 묘당(廟堂)에 있기 때문에 이처럼 소리소문 없이 몰래 북경으로 잠입하는 것이 가장 무난한 방법이라는 생각이 들었다. 그는 곧 장오가, 더렁태와 남아서 용주를 지킬 이덕전 등을 자신의 배로 불러 주도면밀한 계획을 짜고 주의사항을 몇 번이고 반복하여 당부하고 나서야 비로소 안도의 숨을 내쉬었다.

그날. 저녁 이경(二更)이 지난 시각, 객상(客商)으로 가장한 옹정황제는 장정옥과 더렁태, 장오가 그리고 태감 고무용을 데리고 쥐도 새도 모르게 용주(龍舟)에서 내려 육로로 올라섰다. 그들은 오던 길이 아닌 다른 길을 택하여 주야로 강행군하여 마침내 하북성 보정(保定)에 이르게 되었다. 때마침 보정지부(保定知府)는 장정옥의 문생이었기에 장정옥은 별 어려움없이 30명의 친병을 빌릴 수가 있었다. 덕분에 '장상(張相)' 일행은 서른 명의 친병들의 보호까지 받으며 무사히 경기(京畿) 땅을 밟을 수가 있었다. 북경 근교의 풍대에 도착해서야 내내 불안과 긴장의 연속이었던 장정옥의 마음은 비로소 안정을 취할 수가 있었다. 타교(馱轎)에서 뛰어내려 마비 일보 직전인 팔다리를 부지런히 놀리며 장정옥이 손짓으로 고무용을 불렀다.

"이 편지를 보정에서 따라온 친병들에게 주어 이제 그만 돌아가도 괜찮다고 하게. 편지를 가져가면 그쪽에서 은 3천 냥을 상으로 내릴 거라고 하게."

이같이 말하며 장정옥이 편지 한 통을 건넸다. 이때 맨 앞의 타교에서 장오가의 부축을 받으며 내려선 옹정이 장정옥에게로 다가와 물었다.

"서화문까지는 아직 30리 길은 남았는데, 서두르면 오늘밤 내로 도착할 수 있을 텐데 어찌하여 돌연 여기서 멈추는 건가?"

"폐하! 날씨도 어두워졌고, 여기서 하룻밤 묵어가는 게 좋겠사옵니다."

장정옥이 숨을 길게 내쉬며 손가락으로 가리키며 말을 이었다.

"이곳에서 서쪽 방향에 창춘원이 있고, 동북쪽에 높이 솟아 있는 저 전루(箭樓)가 바로 서편문(西便門)이옵니다. 정북쪽엔 백운관이 있사옵니다. 신이 주군의 안전을 책임지는 한 오늘저녁 숙박은 신의 결정에 따르셔야 하겠사옵니다."

평소에 과묵하고 근엄하여 사람들이 쉬이 다가설 수 있는 사람은 아니지만 선제인 강희나 당금의 옹정에게는 더 없이 공경하고 언제 어디서나 예의를 깍듯이 갖추는 장정옥이었다. 그런 그가 황제에게 명령에 가까운 언동을 했다는 사실에 장오가와 더렁태는 깜짝 놀란 표정을 감추지 못하며 서로를 번갈아 보았다. 그러나 의외로 옹정은 화가 난 기색이 전혀 없었다. 뒷짐을 지고 느릿느릿 발걸음을 옮겨 놓던 옹정이 천천히 말했다.

"그거야 당연하지. 자네 의사에 따라야지."

장정옥이 잠시 주위를 자세히 둘러보았다. 멀리 갈 길이 급한 저녁노을이 홀로 산등성이에 외로이 엉덩이를 걸치고 앉아 쉬고 있었다. 선지피 같은 붉은 빛이 산봉우리를 장밋빛으로 물들이고 있었다. 오색찬란한 저녁노을 속에 살포시 안겨 있는 대지의 나무들은 필설로 다할 수 없는 아름다움을 연출해 내고 있었다……. 때는 이미 지친 새들이 보금자리를 찾아 숲 속으로 돌아간 뒤였다. 멀리서 저녁밥 짓는 연기가 실구름처럼 하얗게 하늘을 향하고 있는 가운데 여러 무리의 까마귀들이 떼지어 오르락내리락 하는 모습이 평화로운 고요 속에 일말의 불안을 안겨주었다. 한참 후에 장정옥이 입을 열었다.

"주군, 오늘저녁은 풍대 대영(豊臺大營)에 머무르는 것이 좋겠사옵니다!"

그는 어느새 모닥불이 여기저기 피어오르기 시작한 대영을 가리키며 말했다.

"삐리타더러 하룻밤 시중들게 하고 내일 창춘원으로 들어가는 게 좋겠사옵니다!"

잠깐 빛나던 옹정의 눈빛이 곧 암담해졌다. 그리고는 실소하듯 웃음을 터트렸다

"그렇게 하지! 자네 의사에 따른다고 했잖은가!"

옹정이 이같이 말하며 장정옥을 따라 대채(大寨)의 문을 향해 걸어갔다. 그러나 얼마 가지 못하고 그들은 느닷없이 앞에서 들려오는 고함소리에 주춤하고 말았다.

"뭐 하는 사람들이야, 거기 서지 못해?"

이어서 군교(軍校) 하나가 험악한 얼굴로 달려오더니 옹정 일행 네 사람을 아래위로 훑어보더니 장정옥을 향해 물었다.

"어디서 누굴 찾아 왔소? 감합(勘合, 일종의 통행증)이라도 있는가?"

다그치듯 하는 군교의 말에 장정옥이 미소를 지었다.

"삐리타의 문턱이 꽤 높네? 들어가서 장정옥이라는 사람이 내방했다고 전하오. 이걸 갖다 주면 알 거요."

장정옥이 내민 것은 평소 공문을 결재할 때 사용하는 휴대용 도장[印]이었다. 심드렁한 표정으로 도장을 받아들고 이리저리 뒤집어가며 한참을 들여다보던 군교가 내치듯 장정옥에게 던져주며 얼굴을 늘어뜨렸다.

"우리 군문께서는 지금 대영에 없소. 오늘 점심 때 성(城)으로 들어갔소. 난 이 따위 물건은 관심없소. 아무튼 병부의 감합이 없으면 들여보낼 수 없소!"

이같이 퉁명스럽게 내뱉고 난 군교는 두 팔을 떨어져 나가라 흔들며 휭하니 돌아섰다. 장정옥은 화가 나면서도 가소로운 생각이 들었다. 그가 막 뒤쫓아가려던 찰나, 한 무리의 사병(士兵)들 틈에 둘러싸여 순영(巡營)을 돌고 있던 장교 한 사람을 발견한 장오가 다급히 고함을 질렀다.

"장우(張雨), 이리로 와봐!"

갑작스레 호명당한 장우라는 장교가 두리번거렸다. 어둠이 깔려 앞이 잘 보이지 않은 듯 부하들을 데리고 다가온 그는 교부(轎夫) 차림새를 하고 있는 장오가를 발견한 순간, 잠시 놀라는 표정을 짓더니 급기야 호탕하게 웃으며 읍했다.

"난 또 누구라고? 장오가 군문이시네요. 그런데, 옷차림이 왜 이래요? 그나저나 어서 들어오세요. 이분들은……?"

장오가가 옹정의 눈치를 살피며 웃는 얼굴로 말했다.

"장상(張相, 장정옥)께서 미복(微服) 차림으로 하남성 시찰을 다녀오시는 길이오. 나와 더렁태더러 신변을 보호해 주라는 폐하의 지의가 계셔서 말이오. 왜? 자네, 더렁태 몰라?"

그제야 한 발 다가서며 더렁태를 눈여겨보던 장우가 이마를 치며 웃었다.

"이제 보니 그렇네요! 지난번 우리 씨름 시합도 같이 했었는데……."

옹정의 곁을 바싹 따라가며 더렁태가 웃으며 말했다.

"씨름은 자네 한인들이 우리 발뒤축도 못 따라 오지."

몽고에서 제일가는 씨름 영웅으로 명성이 자자한 더렁태였다. 그사이 한어(漢語) 실력도 몰라보게 늘었지만 아직은 어딘가 어색한 느낌이 없지 않았다. 수도 없는 힘센 장사들이 겨루기를 요청해 왔는지라 더렁태는 장우를 똑똑히 기억하지 못하고 있는 눈치였다.

한편 지의를 전달하기 위해 이곳 풍대 대영을 자주 들락거린 장오가는 삐리타 군영의 고급 장교들을 많이 알고 또 익숙해 있었다. 장우를 따라 움직이며 장오가가 물었다.

"자네 대장은 정말 대영에 없어? 문기기 땅강아지들이 우리 행색이 초라한 걸 보더니 죽어도 못 들여보내겠다는 거 있지! 나,

참! 상서방 재상의 도장이 병부 감합보다 못하다는 소리는 지나가던 개가 실소를 할 해괴한 소리가 아니고 뭔가!"

그러자 장우가 말없이 고개 숙인 채 따라 걷고 있는 옹정을 일별하며 말했다.

"저희 군문께서는 정말 안 계십니다. 어제 커룽둬 어른에게 불려갔다 오더니 안색이 영 신통치가 않아 보였어요. 오늘 다시 건너오라는 전갈을 받고 떠나시면서 공사(公私)를 막론하고 병부 감합이 없으면 절대 들여보내선 안 된다고 못을 단단히 박으셨거든요."

"그렇다면 삐리타는 정말로 대영에 없다는 얘긴데?"

장정옥이 의외라는 듯 갸웃하며 발걸음을 멈췄다.

"일 때문에 커룽둬한테 갔단 말이지? 십삼마마와 커룽둬, 둘 중 누가 회의를 진행한다는 말 못 들었나?"

"아룁니다, 장상! 십삼마마께서는 건강이 여의치 않아 청범사(淸梵寺)에서 정양(靜養)하고 계십니다. 삐리타 군문께서 보군통령아문으로 다녀가신다고 하셨으니 당연히 커룽둬 어른께서 회의를 진행하실 줄로 압니다."

"회의내용이 뭔지는 모르고?"

"아룁니다, 장상! 비직(卑職)은 거기까지는 모르겠습니다."

장정옥이 알겠다는 듯 짤막하게 대답하고는 옹정과 시선을 맞춘 후에 천천히 발걸음을 옮겨 앞으로 나아갔다. 눈을 들어보니 저 앞의 중군(中軍) 의사청엔 불빛이 환했다. 열 몇 명 장좌(將佐)들의 머리를 맞대고 뭔가를 논의하는 모습이 보였다. 장정옥은 잠시 주춤하였다.

저 속에는 자신이 알아볼 만한 사람도 있겠지만 얼굴과 이름을 제대로 모르는 사람들이 더 많을 것이다. 별다른 용무가 있는 것도 아니고, 이 시간에 예고도 없이 불쑥 쳐들어간다는 것은 그네들의 의심을 사기에 충분했다. 잠시 생각하던 장정옥이 말했다.

"우리 의사청 말고 삐리타의 서재로 가서 기다리는 게 낫겠어. 하루종일 수레를 타고 왔더니 머리도 뻐근하고 사람 만나는 것도 귀찮으니 거기 가서 따뜻한 물에 발이나 담그고 편히 쉬고 있는 게 좋겠네. 군것질 할 것 있으면 좀 들여보내 주게."

장우가 급히 대답하며 장정옥 일행을 데리고 의사청에서 지척에 있는 세 칸 건물을 가리켰다.

"여기가 삐리타 군문의 서재입니다. 옆에는 공문결재처인데, 류 참장(劉參將)이 쓰고 있는 방입니다. 그 다음이 저의 방이고요. 큰 회의가 없는 평소엔 각자 서재에서 일을 보거나 사람을 만나곤 합니다."

옹정이 보기에 중군 대영은 대단히 정숙한 느낌이 들었다. 사방을 견고하게 두른 높다란 철벽과 대채(大寨)의 네 모퉁이엔 모두 멀리 관망을 위한 탑루(塔樓)가 세워져 있었고, 간격이 촘촘하게 둥근 등불이 걸려 있었다. 담벽 아래에 못 박힌 듯 수위(守衛)하고 있는 병사들은 저마다 패도(佩刀)와 총으로 무장하고 있었고, 넓다란 군사 훈련장에는 두 줄로 늘어선 병사들이 등불을 들고 순찰을 돌고 있었다. 창춘원의 방위(防衛)들도 기껏 해봐야 이 정도였다. 그야말로 철통수비가 따로 없었다. 옹정은 머리를 끄덕이며 흡족한 표정을 지었다. 그리고는 장정옥은 내버려둔 채 태감 고무용만을 거느리고 서재로 들어섰다. 더렁태와 장오가 양옆으로 문가에 지켜 섰다. 뭔가 심상찮은 기미를 눈치챈 장우가 의혹어린 시선으로 장정옥을 힐끔 쳐다보았으나 감히 아무 것도 묻지 못했다. 다만 장정옥을 향해 허리를 굽히며 말했다.

"잠깐 이곳에서 쉬고 계십시오. 장상. 비직이 곧 다녀오겠습니다."

장정옥이 미처 뭐라고 입을 열기도 전에 안에서 옹정의 목소리가 들려왔다.

"장우를 불러들이게. 짐이 좀 보잔다고 하게."

"자넨 복도 많네."

옹정의 입에서 '짐(朕)'이라는 말이 나오자 장정옥이 어안이 벙벙하여 눈이 휘둥그레져 있는 장우에게 재촉했다.

"어서 들어가지 않고 뭘 하나? 폐하께서 자넬 부르시지 않는가!"

목석처럼 굳어진 장우가 휑한 눈을 들어 장정옥을 바라보더니 한참 후에야 확인하듯 조심스레 입을 열었다.

"폐하께서요? ……그럼 방금 들어가신 분이 폐하란 말씀입니까? 이게 대체 어찌된 일입니까? 장상께선 그럼……?"

이에 장정옥이 미소를 지으며 말했다.

"폐하께서 행차하시니 수행한 것이지, 그게 아니면 내가 이곳에 무슨 볼일이 있겠나? 어서 들게."

얼굴 가득 식은땀을 흘리며 장우가 코 꿴 송아지마냥 차마 떨어지지 않는 발걸음을 조심스레 움직였다. 장정옥을 따라 엉거주춤 서재에 들어가 보니 고무용이 가까이 시립하고 있는 가운데 옹정이 삐리타의 호피(虎皮) 의자에 똑바로 앉아 있었다. 약간 둥글고 혈색이 좋아 보이는 얼굴에 짧은 반달 눈썹, 그 밑의 새카만 세모 눈이 촛불의 반사를 받아 유유한 빛을 발하고 있었다. 보기에 대단히 편한 인상이었지만 팔자수염으로 뒤덮인 약간 치켜 올라간 입끝은 웃는 듯 마는 듯하여 언제라도 보는 이로 하여금 냉혹한 위엄을 느끼게 할 것 같은 인상이었다.

"짐을 처음 보나? 왜 그렇게 쳐다보지?"

지나치게 긴장한 탓에 넋 나간 시선을 옹정의 얼굴에 멍하니 두고 있는 장우를 보고는 옹정이 피식 웃었다.

"자네는 전에 십삼마마를 따라 호부에서 일했던 걸로 아는데? 짐이 호부에서 자네를 본 기억이 있네! 자네는 무장(武將)답게 술도 대접들로 냉수처럼 마시고 고기도 썩둑썩둑 베어먹는 걸로 유명하다고 들었네. 명성에 걸맞게 대범하게 보여야 하지 않겠나!"

그제야 비로소 제정신이 돌아온 장우가 급히 패도(佩刀)를 벗어 한 쪽에 내려놓으며 삼고구궤의 대례를 올렸다. 그리고는 경황없이 입을 열었다.

"죽을죄를 지었사옵니다, 폐하! 호부에서 뿐만 아니라 폐하께서 작년에 풍대 대영을 열병하실 때 멀리서나마 용안을 뵌 적이 있었음에도 폐하를 몰라보다니 눈이 멀었었나 보옵니다. 소인은 강희 45년에 고북구에서 십삼마마의 친병으로 입대하였사옵니다. 호부의 국고환수 작업이 지지부진해짐에 따라 십삼마마께서 이곳 풍대 대영으로 보내주셨사옵니다. 내내 천총(千總)으로 있다가 작년에 참장(參將)으로 승진하였사옵니다."

장우의 말을 듣고 난 옹정이 머리를 끄덕였다.

"역시 오랜 군무(軍務)의 경륜은 무시 못하겠군. 이곳에 십삼아우 문하의 군관들이 적지 않은 걸로 알고 있는데?"

몇 마디 오가고 비로소 마음의 여유를 찾은 장우가 급히 머리를 조아리며 아뢰었다.

"아뢰나이다, 폐하! 풍대 대영의 유격(遊擊) 이상 군관들은 대부분 십삼마마께서 배치하신 사람들이옵니다. 작년에 새로이 삐리타 군문께서 부임하는 것과 동시에 십삼마마께서 지시가 계셨사옵니다. 나무는 옮겨 놓으면 죽지만 사람은 '움직여야 산다고 하시며 진급시킬 만한 사람은 진급시키고, 더러는 무관 직을 주어 지방으로 내려보냈사옵니다. 그래도 아직 스물 몇 명은 남아 있사옵니다. 이제는 친왕이 되신 십삼마마의 모습을 회의 때를 제외하곤 거의 뵐 수가 없어 유감이옵니다."

옹정이 웃으며 고개를 돌려 장정옥을 향해 말했다.

"역시 이친왕이네. 짐이 전혀 우려해 본 적이라곤 없는 사안들을 이친왕은 대신 꼼꼼히 챙기고 있었군. 이 나라에 윤상 같은 현왕(賢王)이 몇 명만 더 있어도 짐은 훨씬 걱정을 덜 텐데 말이야!"

장정옥은 속으로 윤상의 명민함과 총혜(聰慧), 그리고 도회(韜晦)의 술수를 높이 평가하면서도 겉으론 이렇게 대답했다.

"신은 전에 십삼마마에게서 직접 이 일에 대해서 들은 적이 있사옵니다. 다만 신은 군사는 조정과 종묘사직의 명운을 좌지우지할 만큼의 위력을 가지고 있는 만큼 왕공대신 그 누구를 막론하고 사사로이 움직일 수가 없다고 생각하옵니다. 이는 규칙일 뿐더러 후세를 위한 제도라고 생각하옵니다. 이에 대한 신의 우견은 여러 차례 폐하께 주했사옵니다. 비단 풍대 대영 뿐만 아니라 외성(外省)의 군영에서도 장좌들을 마음대로 배치하고 전환한 경우가 비일비재하옵니다. 무과(武科) 응시생들 중에서 군관을 선발하였다고 하옵니다. 이에 대한 주장(奏章)이 올라가자 폐하께선 주비(朱批)를 내리시어 치하하셨던 걸로 알고 있사옵니다……."

"됐네! 누가 자네랑 정치를 논하자고 했나?"

옹정이 웃으며 말을 이었다.

"짐이 보기에 장우 이 친구, 사리에 밝아 보이네. 짐을 이렇게 우연히 만난 것도 이 친구 복이라고 할 수 있는 바 이 자리에서 이등시위(二等侍衛)의 직함을 하사하겠네. 내일 자네가 문첩(文牒)을 내리도록 하게."

장정옥이 급히 허리를 굽히며 알겠노라고 대답하며 장우를 향해 나무라듯 말했다.

"어서 사은(謝恩)을 올리지 않고 뭘 해?"

잇따른 충격에 멍해 있던 장우가 그제야 황급히 머리를 쿵! 쿵! 쿵! 세 번 찧으며 떨리는 목소리로 입을 열었다.

"망극하옵니다, 폐하……."

"오늘저녁 자네가 폐하의 안전을 책임져야겠소."

장정옥이 영시위내대신(令侍衛內大臣)의 신분으로 준엄하게 지시했다.

"먼저 간식 좀 내오고 믿을 만한 사람을 시켜 몰래 이친왕을 폐하의 면전에 모셔오도록 하오. 그리고 서둘러 선식(膳食)을 준비하도록 하고, 알겠소?"

장우가 미처 대답하기도 전에 옹정이 웃으며 말했다.

"이제 곧 삐리타가 올 텐데 굳이 아픈 사람까지 부를 건 없네. 대충 하룻밤만 무사히 지내면 되는데."

"아니 되옵니다, 폐하!"

장정옥의 목소리는 추호의 빈틈도 없었다. 그는 장우를 향해 명령했다.

"오늘저녁 이곳은 바로 행궁(行宮)이오. 조금이라도 차질이 생기면 전적으로 당신 책임이라는 걸 명심하오. 어서 가서 이친왕을 모셔오도록 하오. 일어나 걸을 수만 있다면 반드시 오실 거요. 그 밖에 다른 사람한테는 알릴 필요가 없고, 삐리타도 여기서 함께 폐하의 신변을 보호하면 별다른 걱정은 안 해도 되겠소. 어서 가 보오!"

장우가 물러가자 방 안에는 옹정과 장정옥만 남았다. 앉은 채로, 선 채로 두 사람은 한동안 아무도 입을 열지 않았다. 의자 등받이에 기댄 채 눈을 지그시 감고 있던 옹정이 먼저 침묵을 깼다.

"형신, 짐을 수행하며 수고가 많네. 그런데 어딘가 너무 소심한 게 아닌가 싶네. 짐이 보기엔 별 이상이 없어 보이는데 말이네."

서둘러 응답하지 않고 한참 생각하던 장정옥이 하인이 올려온 간식을 하나 집어들어 먼저 맛을 보았다. 그런 뒤에야 두 손으로 공손히 접시를 받쳐 옹정의 앞에 내려놓았다.

"지금 이 상황에서 조심성이 지나쳐서 나쁠 건 없다고 생각하옵니다. 신은 어쩐지 무슨 일이 생길 것만 같은 불안한 예감을 떨칠 수가 없사옵니다."

그러자 옹정이 껄껄 웃으며 손가락으로 장정옥을 가리키며 말했다.

"아무튼 자네도 참 대단해……."

그러면서 옹정은 말꼬리를 삼켜버리고 말았다. 이때 이친왕을 부르러 갔던 장우가 돌아왔다. 그는 오자마자 하인들을 시켜 식탁을 서재로 옮기게끔 하고 서둘러 옹정으로 하여금 용선(用膳)하게 했다. 그리고는 서재에서 물러나 더렁태와 함께 밖에서 지키고 서 있었다. 태감 고무용이 음식을 일일이 먹어보고 나서야 옹정은 비로소 장정옥을 불러 함께 수저를 들었다.

용선을 마친 옹정이 막 청렴(靑鹽)으로 이를 닦고 나자 뜰에서 다급한 말발굽 소리가 들려오더니 서재 앞에서 멈춰 서는 것이었다. 퉁기듯 일어나 창문으로 내다보던 장정옥이 웃으며 옹정을 향해 말했다.

"이친왕께서 행차……."

장정옥의 말이 채 끝나기도 전에 밖에선 벌써 윤상의 카랑카랑한 목소리가 들려왔다.

"신, 윤상이 머리 조아려 폐하께 금안을 올립니다!"

귀에 익은 반가운 목소리에 의자 손잡이를 잡고 벌떡 일어서려던 옹정이 다시 늘어지듯 제자리에 앉으며 느릿느릿 입을 열었다.

"열셋째인가? 어서 들게!"

"예, 폐하!"

대답과 함께 윤상이 주렴을 걷고 안으로 들어섰다. 자줏빛 단을 댄 두 층으로 된 조관(朝冠) 위에는 열 개의 동주(東珠)가 미세한 떨림과 함께 반짝거렸고, 역시 검은 자줏빛 용무늬 보복 위에 껴입은 황금색 조복(朝服)은 햇빛을 받아 유난히 화사해 보였다. 머리에서 발 끝까지 눈부신 광을 내뿜고 있는 모습이 기개가 넘치고 활력이 사방으로 분출되는 것 같았다. 다만 약간 창백한 얼굴에 발그레한 홍조가 아직은 병을 앓고 있는 중임을 보여주었다. 옹정을 잠시 쳐다보고 곧 삼고구궤의 대례를 올린 후에 윤상이 말했다.

"용안이 생각보다 좋아 보여서 천만 다행입니다. 그새 북경에는 폐하께서 하남성에서 시기(時氣)에 감염되었다는 해괴한 소문이 돌았습니다. 설상가상으로 수 일 동안 연락마저 두절되어 신은 불안하기 이를 데 없었습니다!"

"일어나게."

약간 쉰 목소리에 울먹울먹한 모습을 보이는 윤상의 말에 순간 가슴이 뭉클해진 옹정이 애써 감정을 추스르며 담담하게 웃었다.

"이 더운 날씨에 옷을 너무 숨막히게 입은 건 아닌가? 아직도 매일 기침을 하나? 짐이 하사한 빙편(氷片)과 은이(銀耳), 천궁(川芎) 등등의 약들은 먹어 보니 어떠하던가?"

윤상이 일어서서 상체를 깊숙이 숙여 사은을 표하였다. 그리고는 보복을 벗어 고무용에게 건네주고 장정옥을 비스듬히 마주보고 앉아 가벼운 기침과 함께 입을 열었다.

"아무 것도 아닌 신의 견마지질(犬馬之疾) 때문에 주군으로 하여금 심려를 끼쳐 드리게 하여 황송합니다. 태의들도 증상을 놓고 의견이 분분하니 믿을 수가 없습니다. 그리 위중한 편은 아니나 좋았다 나빴다 변덕을 부리며 좀처럼 완쾌될 기미를 보이지 않고 있습니다. 다행히 주군께서 하사하신 약으로 어려운 고비를 많이 넘겼습니다. 폐하와 연락이 두절되면서부터 초조하고 불안하여 갖가지 잡생각이 엄습해 오다 보니 병세가 더 악화되었던 것 같습니다. 마지못해 청범사로 가서 며칠 묵었습니다. 주군의 무사귀환을 빌고 아침 종소리와 저녁 북소리로 마음을 잠재우면서 그렇게 버텨 왔습니다……."

그동안 쌓이고 쌓였던 극도의 불안을 말해주듯 윤상은 어느새 눈가로 흘러내린 눈물을 닦으며 웃음을 지어 보였다. 진실이 마음에 와 닿는 윤상의 충성에 적이 감동을 받은 옹정이었다. 그러나 일부러 대수롭지 않은 듯한 미소를 지으며 말했다.

"몸이 아프니 그저 못된 생각만 들었나 보구나? 영웅이 어찌 그리 눈물이 헤퍼서야 되겠나? 사실은 태의원에서 벌써 자네의 병세에 대해 짐에게 상세히 보고했네. 경락(經絡)이 창통하지 못하고 비위가 약하고 폐에 열이 좀 많을 뿐 다른 위험은 없다고 했네. 짐이 지의를 내려 오 선생을 북경으로 불러 놓았으니, 의도(醫道)에 일가견이 있는 그 사람에게 진단을 받고 천천히 조리하면 나아질 거네."

이와 같이 말하고 난 옹정은 곧 다시 수저를 들었다. 그사이 겨우 말할 틈새를 찾은 장정옥이 급히 읍하며 아뢰었다.

"십삼마마, 그사이 경사(京師)의 정황은 별다른 이상이 없었습니까? 폐하께서 하남성에서 시기(時氣)에 감염되었다는 떠도는 소문은 진원지가 민간입니까, 아니면 관가(官街)인지도 궁금합니다."

가까이에서 본 윤상은 눈확이 검붉은 색을 띠었고 안색도 한결 파리하게 보였다. 병세가 가볍지는 않다는 느낌이 새삼스러웠다. 손수건으로 입을 막고 크게 기침을 하고 난 윤상이 말했다.

"열흘 전 신이 청범사로 들어간 이튿날 그런 소문이 돌기 시작한 것 같았습니다. 이미 상서방과 육부에서도 다 알고 있고, 한림원에서 심심한 시강(侍講)들이 여러 경로를 통해 검증되지도 않는 소문을 퍼뜨리고 있습니다. 내가 즉시 염친왕에게 글을 올리고 커룽둬더러 소문의 진상을 철저히 규명하라고 지시했는데, 아직 이렇다 할 답변이 없는 상태입니다. 경사에 별다른 이상은 없었던 것 같습니다."

"예부에서 연갱요를 영접하는데 따른 의주(儀注)를 올려온 걸 보니 다소 참례(僭禮)하는 것 같아 다시 검토하여 올려보내라고 돌려보냈네."

"어제 염친왕과 커룽둬, 마제가 청범사로 와서 폐하께서 안휘성을 경유하여 수로를 이용해 귀경길에 오르셨다기에 마음이 한결

편했었는데, 방금 느닷없이 폐하께서 벌써 도착해 풍대 대영에 계신다는 소식을 듣고 신이 얼마나 놀랐는지 모릅니다. 그런데 창춘원을 지척에 두고 어찌하여 여기에 머물기로 결정하셨습니까, 폐하."

"우리 군신이 백룡어복(白龍魚服)하여 몰래 귀경길에 올랐는데, 당연히 조심해야지."

옹정이 의미심장한 미소를 지으며 말했다.

"자네가 병들어 있으니 누군가 의도적으로 이런 소문을 퍼뜨려 자네를 불안에 떨게 만들었다는 걸 모르지?"

윤상이 미처 대답하기도 전에 장정옥이 윤상을 똑바로 쳐다보며 반문했다.

"방금 창춘원을 지척에 두고 왜 여길 택했느냐고 하셨는데, 창춘원이 여기보다 더 안전하다는 증거라도 있습니까?"

서릿발 끼치는 장정옥의 한 마디에 윤상이 흠칫하더니 마치 낯선 사람을 바라보듯 했다.

"당연히 여기가 창춘원보다 안전하지! 그런데 방금 주군께서 누군가 일부러 악소문을 퍼뜨려 신을 괴롭힌다고 하셨는데, 그 자가 누굽니까?!"

"짐도 모르는 일이네."

옹정이 절레절레 머리를 저었다. 고개를 갸우뚱하고 있던 장정옥이 말했다.

"사실 염친왕이나 커룽둬, 마제 모두 폐하와 연락이 두절되기는 십삼마마와 마찬가지인데, 경기 지역의 안전을 책임지고 있는 이친왕에게 찾아가 머리 맞대고 우리 군신의 위치를 파악하는데 주력하지는 못할 망정 엉뚱한 거짓말을 한 저의가 뭔지 심히 궁금합

니다. 아니 그렇습니까, 십삼마마? 안휘성을 경유하여 수로로 귀
경길에 올랐다고? 흥! 그렇다면 병문안을 간 자리라고는 하지만
일로(一路)의 관방(關防)에 대해서 보다 적극적인 논의가 있어야
했던 거 아닙니까?"

그러자 옹정이 웃으며 말했다.

"형신, 아무리 봐도 자네는 너무 민감한 것 같네. 아픈 사람에게
부담을 줄까 염려하여 그랬지 않겠나?"

묵묵히 촛불을 응시하는 윤상의 눈빛이 무섭게 번뜩였다. 불덩
어리 같이 이글거리는 눈이 점점 가늘어지는 듯하더니 윤상이 입
을 열었다.

"조정에 분명히 간신(奸臣)이 있습니다. 폐하께서도 명경을 들
여다보듯 알고 계실 줄로 믿습니다."

높은 음성은 아니었지만 쇳소리가 났다. 미간을 좁히며 윤상이
말을 이었다.

"마제와 커룽둬는 내게 진실을 말했어야 했거늘……."

이때 장우가 들어와 아뢰었다.

"삐리타 군문께서 돌아오셨사옵니다. 폐하께서 계신다는 말은
감히 못하고 십삼마마와 장 중당께서 담화 중이라고 하였사옵니
다. 접견하시겠나이까, 폐하?"

옹정이 입을 열기도 전에 윤상이 벌떡 자리에서 일어섰다. 온몸
의 기운을 끌어 모은 듯 주먹을 불끈 쥐고 있는 윤상은 전혀 환자
답지가 않게 위엄이 서려 있었다. 성큼성큼 문전에 다가간 윤상이
한 쪽 발을 문지방에 올려놓고 큰소리로 불렀다.

"삐리타. 어딨나? 이리 와 보게!"

"대령하였습니다, 십삼마마!"

빠른 걸음으로 다가온 삐리타가 한 쪽 무릎을 꿇었다.

"신이 십삼마마께 문안올립니다!"

"목소리 낮춰!"

윤상이 이를 악물며 말했다.

"자네 주인의 주군이 안에 계시네. 자네들, 오늘 무슨 회의가 있었나?"

순간 삐리타가 경악한 눈빛으로 윤상을 바라보았다. 친왕인 주인의 주군이라면 황제 말고 누가 있으랴? 그런데 오늘 회의 중에서도 커룽둬는 황제가 현재 산동성에 체류 중이라 하였는데, 돌연 자신의 대영에 나타나다니? 아닌 밤에 봉창 두드려도 유분수지 이게 대체 웬일인가? 잠시 어정쩡해 있던 삐리타가 자신의 실수를 깨닫고는 급히 아뢰었다.

"안 그래도 십삼마마를 찾아 뵙고 하소연을 하려던 참이었습니다! 풍대제독, 이제 더 이상은 못해 먹겠습니다! 오늘 커룽둬 어른과 대판 싸웠습니다! 커룽둬 어른이 저더러 권력에 편승하여 윗사람도 몰라본다며 오늘저녁 주장을 올려 저의 정자를 떼어버리겠노라고 으름장을 놓기에 제가 이렇게 말했습니다, 그런 심려 끼쳐드릴 것 없이 종일 이리저리 치이고 진을 빼느니 제가 먼저 사표를 내겠노라고 말입니다!"

윤상이 자초지종을 물으려 할 때 안에서 옹정이 불렀다.

"열셋째, 삐리타를 들라 하게!"

그 소리를 들은 삐리타가 급히 옆구리에 찬 칼을 벗어 계단 위에 던져놓고 고무용이 주렴을 걷어올리고 허리를 굽히고 들어가 엎드려 머리를 조아렸다.

"감투를 벗어던지려는 심산인가?"

차를 마시고 있던 옹정이 느릿느릿 입을 열었다.

"자네는 짐이 특별히 선발한 제독으로서 직예, 경기 지역의 7만 인마를 거느리고 있는 몸인데, 무슨 억울한 사연이 있기에 그런 생각까지 하게 됐나? 명색이 선제를 따라 서정 길에 올라 큰 공훈을 세웠다는 사람이 기량이 그렇게 적어서야 어느 짝에 쓰겠나?"

옹정의 따끔한 일침에 삐리타가 마른침을 꿀꺽 삼키고는 머리를 조아렸다.

"아뢰나이다, 폐하, 신이 기량이 적어서가 아니옵고 커룽둬 어른이 너무 하셨나이다! 연 사흘째 회의가 이어지는데, 먼저는 연갱요 대장군의 개선을 대환영하는 차원에서 신의 병사들더러 3천 명이 머무를 수 있게끔 방을 비워달라고 하였사옵니다. 이건 첫째 가는 군국요무(軍國要務)인지라 신은 쾌히 수렴했사옵니다. 그런데 어제는 또 제독의 중군 행원을 연 대장군에게 비워주라고 하였사옵니다. 이에 신이 발끈할 수밖에 없었사옵니다. 주지하다시피 풍대 대영은 창춘원과 경사의 안보를 책임지고 있는 요처(要處)인데, 어찌 연 대장군을 맞이한다 하여 폐하의 지시를 망각하고 신의 중군(中軍)을 움직일 수가 있겠사옵니까? 이건 성지(聖旨)가 없이는 불가능하다며 추호도 물러서지 않았사옵니다. 불쾌하게 헤어지고 나서 오늘 또다시 불려갔더니 이미 염친왕과 상의가 끝난 일이라며 제독의 행원을 안정문(安定門) 북쪽 너머로 옮겨가라고 일방적인 통보를 해오는 것이었사옵니다. 그뿐이겠사옵니까? 이번에는 한술 더 떠 보군통령아문의 2만 인마가 어가(御駕)를 호위하지 못하겠느냐며, 폐하의 관방에 대해서도 신더러 손을 떼라는 것이옵니다. 참는 것도 한계가 있죠. 너무 화가 치밀다 보니 신이 좀 듣기 거북한 소리를 하고 말았사옵니다. 연갱요도 두

허벅지 사이에 중간다리 끼고 사는 인간이니 그렇게 신격화하지 말라고 말이옵니다! 폐하께서 떠나시면서 경사의 방무(防務)를 십삼마마께 맡기셨는 바 나를 다른 곳에 옮겨 심으려면 십삼마마를 통하여 병부 감합을 가져오라고 고래고래 소리를 질렀사옵니다. 이를 거절하고 마구 밀어붙이는 날엔 연갱요를 아예 들여보내지 않겠노라고 호언장담도 했사옵니다…… 커룽둬가 악에 받혀 게거품을 물고 있는 사이 신이 먼저 찻잔을 엎어버리고 나와버렸사옵니다…… 폐하, 태후부처님께서 선서(仙逝)하신 후부터 웬일인지 커룽둬 어른은 부쩍 신을 괴롭히곤 하옵니다. 병사들끼리 순시 중 사소한 말싸움이 벌어져도, 어줍잖은 일에도 신을 불러들여 부하들 앞에서 체면을 마구 짓이겨 놓곤 했사옵니다. 그러니 울화통이 터져 어디 살겠사옵니까?"

옹정의 표정이 서서히 굳어져 갔다. 내내 미간을 찌푸리고 귀기울이고 있던 장정옥의 얼굴에도 먹장구름이 무겁게 드리웠다. 풍대 대영에는 군마와 보병들이 두루 다 있고 수사(水師) 한 명마저 수중에 관장하고 있어 북경의 안보를 통괄하는 지주(支柱)였다. 윤상이 지척에 있었음에도 이와 같이 중대한 사안을 여덟째와 쑥덕거리며 결정하여 일방적으로 통보해 오는 식의 오만하고 방자한 커룽둬의 행동을 어떻게 봐야 할까? 윤상의 존재를 깜빡해서? 아니면 말못할 꿍꿍이가 있어서? 결코 그리 가볍게 넘길 문제는 아니라는데 옹정과 장정옥은 생각의 일치를 보고 있었다. 옹정이 장정옥에게 보여준 섬감성의 순무와 장군에게서 날아든 밀주문에 의하면, 행적이 의심스러운 무리들이 연갱요의 군중(軍中)에서 활동하고 있다는 소문이 나돌고 있다고 했다. 그것이 사실이라면, 연갱요의 3천 인마가 입경하였을 때 만에 하나 예측불허의 사건이 터질 확률을 전혀 배제할 순 없을 것이다. 또한 그 엄청난 사건을 어떻게 수습해야 하나? 장정옥이 긴장한 채 생각에 사로잡혀 있을 때 가벼운 기침소리와 함께 윤상이 입을 떼었다.

"각자 나름대로의 위치가 있고 맡은 바 일이 있는 만큼 그 질서를 무너뜨려선 안 됩니다. 절대 혼란을 초래해선 안 됩니다! 연대장군은 서부정벌에 기여한 유공자인 만큼 이번에 돌아오는 것은 궁궐을 향하여 고두(叩頭)하고 성대한 환영을 받기 위함입니다. 환영행사에 따른 모든 준비는 예부의 배치에 따르는 건 당연지사이지만 환영식이 끝나면 그가 데려온 3천군마는 성밖으로 나가줘야 합니다. 그곳에서 주둔하며 명령을 대기하도록 해야 합니다. 풍대 대영의 중군들은 다른 곳으로 옮겨가든 안 가든 간에 이럴 때일수록 지휘상의 혼란이 있어선 곤란합니다. 삐리타, 당신은 내밑에서 잔뼈가 굵은 사람이야. 내가 병들어 있든 멀쩡하든 이런 일이 있었으면 미리 달려와서 아뢰어야지. 쇠주먹을 먹여도 내가 나서서 먹였어야지, 자네가 뭔데 나서서 저질스럽게 굴어? 응?"

"그렇네, 이친왕의 말이 맞네."

창 밖에 시선을 둔 옹정의 입가에 가는 냉소가 번졌다.

"자네는 두 가지 잘못을 범했네. 연갱요를 그런 식으로 모독해선 안 된다는 것, 그리고 자네가 대사를 십삼마마에게 아뢰지 않았다는 두 가지 말이네. 이 자리에서 다행히 이실직고했으니 짐이 이번만은 용서하겠네. 자신의 발 밑을 다시 한 번 내려다보고 위치를 확인하도록 하게. 풍대 대영은, 한 발짝도 옮겨갈 수가 없다는 걸 명심하게! 그런데 마제 이 사람은 어디 가서 뭘 하고 있는 겐가? 이 같은 요무(要務)가 저 자신한테는 전혀 상관없는 일이란 말인가?"

결국엔 죽비가 마제에게 떨어지자 다급해진 윤상이 급히 웃음을 지어 보이며 사정하듯 말했다.

"주군, 마제는 정무를 보느라 경황이 없습니다. 하루에 무려 7, 8만 글자에 달하는 상주문을 읽고 내용을 요약하여 폐하께서 체류 중인 곳으로 보내랴, 외관들을 접견하랴, 다람쥐 쳇바퀴 도는 일상이 따로 없습니다. 지난번에 보니 얼굴이 반쪽이 되어 있었습니다!"

"알았네."

옹정의 얼굴은 무표정했다.

"이제 그만 물러가게!"

옹정이 피곤한 손짓으로 사람들에게 궤안(跪安)을 명령했다.

35. 금원(禁苑)의 말발굽 소리

　소심한 편에 가까웠던 장정옥의 조심성은 결코 과분한 것이 아니었다. 옹정이 개봉을 떠난 이후로 줄곧 용주(龍舟)가 동순(東巡) 길에 올랐다는 소식을 접하지 못한 안휘성 순무는 만에 하나 책임을 떠 안게 될 것이 두려워 서둘러 상서방으로 '성종불상(聖踪不詳)'이라는 내용의 밀주문을 올렸다. 소식을 접하자마자 염친왕은 즉시 모든 정무를 상서방대신 마제에게로 밀어버리고 병을 핑계로 왕부에서 두문불출하기 시작했다. 이와 동시에 아직 밀주문을 접하지 못한 마제와 윤상에게는 철저히 입을 다물라는 엄명을 내렸다. 그 이유는 정대광명(正大光明)했다. 마제는 '안 그래도 너무 바쁜 사람'이어서, 또 윤상은 '건강이 악화될 것을 우려'한 배려쯤으로 그럴싸하게 포장하여 아랫사람들을 입단속시켰던 것이다. 염친왕은 자신도 '병들어' 눕게 됐으니 군국요무를 볼 수 없음은 당연했다. 그는 꺼풍둬를 내세워 옹징이 조정과 연락이 두절된 상황을 셋째황자 홍시에게 알리도록 했다. 홍시는 허울만

황자이지 병권을 비롯한 실권은 하나도 없는 빈 껍데기였다.

그러나, 옹정이 연락두절 상태에 처해 있다는 소식을 접한 홍시는 대뜸 옹정이 황하에서 불귀의 객이 되었으면 하고 생각했다. 보친왕(홍력)도 밖에 있겠다, 자신은 명실공히 황장자(皇長子)겠다, '나라에는 하루라도 군주가 없으면 안 된다[國不可一日無君]'이라는 지론에 비춰 볼 때 권력의 중앙에 선 자신이 부업(父業)을 승계받는 것은 물이 높은 데서 낮은 곳으로 흐르듯 당연지사였다. 그때 가서 옥새(玉璽)를 손에 거머쥐고 천헌(天憲)을 입에 물고 있으면 제 아무리 풍대 대영(豊臺大營)이라도, 서산 예건영(西山銳健營)일지라도 자기 발 밑에 볏단 쓰러지듯 엎드려 신하임을 쾌히 인정하지 않을 수 없을 것이라고 홍시는 때아닌 야망에 부풀어 있었다. 한 줄기 바람만 불면 농익은 오얏이 톡하고 입안에 떨어져 단물이 입안 가득 번질 것을 생각하여 전율을 느끼고 있는 홍시였기에 서둘러 병권을 당기려 하지 않았다. 대신 그는 사람을 준화(遵化)로 파견하여 수릉(守陵)하고 있는 열넷째의 손발을 꽁꽁 묶어두게 했다. 그리고는 "성가(聖駕)가 아직 귀경하려면 멀었으니 천천히 움직여 성가와 보조를 맞추도록 하라"는 식으로 연갱요에게 공문을 띄웠다. 그것은 연갱요를 데리러 간 보친왕 홍력을 미리 북경에 들어오지 못하게 하려는 의도였다. 또한 6백리 긴급편으로 전문경에게 공문을 보내 "용주(龍舟)의 정확한 위치를 파악하라"고 지시했다. 곧바로 전문경에게서 날아든 급보(急報)를 받아본 홍시는 그제야 옹정의 배가 뒤집힌 것이 아니라 항로가 막혀 하루에 20리 길도 움직이나마나 할 정도로 행군이 더디어지고 있을 뿐이라는 사실을 알게 되었……

긴장과 흥분 속에 들떠 있는 가슴 한 구석이 서늘해지는 느낌이 들었다. 김이 빠지고 대신 이름 못할 공포가 엄습해 왔다. 고북구(古北口)에서 열병식을 할 때, 홍력이 천자를 대신하여 순행을 했었다. 산동성 이재민들에게 구제양곡을 전달할 때도 역시 옹정은 홍력을 대신 보냈다. 이번에 연갱요를 데리러 간 것도 홍력이었다. 강희의 영구(靈柩)를 준화로 옮길 때에도 홍력이 옹정을 대신하여 영구를 지키고 준화까지 따라 갔었다. 모든 대사에는 항상 홍력이 앞장 서 있었다. 평소에 홍력이 상서방에서 '공부'를 한답시고 들락거리는데, 나라를 통솔하는 능력을 공부하는 것 빼고는 뭐가 있을까? 홍시는 생각할수록 홍력이라는 존재가 커다란 산처럼 숨막히게 다가오는 걸 어쩔 수 없었다. 방금 전까지 용광로처럼 들끓고 있던 마음이 어느새 싸늘하게 식어가고 있었다. 상술한 큰 일에서부터 심지어는 제사상에 올랐던 고기를 나눠줄 때 장자로서의 소외감을 느꼈던 자질구레한 사실마저 건져 올린 홍시는 이리 뒤척 저리 뒤척 하며 자신과 홍력을 향한 옹정의 마음을 저울질해 보았다. 그러나 결론은 대단히 간단하고 냉혹했다. 덕(德), 재(才), 능(能), 식(識), 성총(聖寵) 어느 모로 보나 자신은 홍력을 물리치고 용좌에 오를 가망이 전혀 없었던 것이다!

그러나 질러가도 목적지에 먼저 도착하기만 하면 된다고 하지 않았는가. 지금 홍력은 북경에 없고 옹정은 드넓은 황하에서 허우적대고 있지 않는가. 이 천재일우(千載一遇)의 기회를 놓친다면 쇠꼬챙이 같은 사필(史筆)은 분명히 나를 황제 자리를 손에 쥐어 줘도 모르는 바보, 멍청이 정도로 평가할 것이다! ……그런데, 정작 손을 쓰려니까 여덟째 황숙(윤사)이 불난 집에 들어가 도둑질한 영락황제처럼 조카의 제위를 바탈하는 것이 두려웠고, 만에 하나 계획에 차질을 빚어 옹정이 무사히 북경으로 돌아오는 것을 막지 못하는 날엔 자신은 그야말로 뼈도 추리지 못할 것이 분명하다는데 홍시는 주춤하지 않을 수 없었다.

며칠 밤을 꼬박 지새우며 고민하던 홍시는 마침내 커룽둬에게 초점을 맞추었다. 할아버지인 강희가 탁고(託孤)한 유신(遺臣)이고, 상서방대신들 중에서 가장 막강한 병권을 장악하고 있으며, 염친왕과도 명왕암래(明往暗來)를 하는 사이임을 잘 아는 홍시였다. 밑져야 본전이고, 이 기회에 한 번 이용해 볼 가치가 있지 않은가? 이같이 생각한 홍시는 곧 커룽둬를 불러들였다.

등불이 내걸릴 무렵에 동화문에서 물러난 커룽둬는 초대를 받고 삼패륵부(三貝勒府)로 왔다. 원래 홍시(弘時), 홍력(弘曆), 홍주(弘晝) 삼형제는 모두 옹화궁에서 함께 살며 공부했었다. 그러나 옹정이 즉위하면서부터 셋은 각자 패륵이 되어 건아개부(建牙開府)하였다. 동화문에서 멀지 않은 조양문에 나이 순서대로 나란히 위치한 패륵부는 모두 새로 지은 저택이었다. 규모나 장식 모두 대대로 내려온 패륵부의 규격에 맞춰 통일했다. 새의 깃을 방불케 하는 멋있게 뻗은 처마며 조각품들이 대단히 장관이었다. 안에는 일부 방사(房舍)의 수리가 끝나지 않은 상태라 세 패륵부 모두 화원은 아직 만들어져 있지 않았다. 커룽둬의 대교(大轎)가 땅에 닿자마자 문지기가 날 듯이 달려가 아뢰는 듯하더니 곧 편안한 옷차림의 홍시가 마중을 나왔다. 가벼운 걸음으로 걸어나오며 문전에서 커룽둬를 향해 읍하며 홍시가 말했다.

"외할아버지, 노고가 많으십니다! 지금 하조(下朝)하시는 길인가 봐요?"

"굳이 '하조'라고 이름 붙일 것도 없이 요즘은 별로 바쁜 일이 없습니다."

커룽둬가 팔자수염을 치켜올리며 웃었다.

"조인(曹寅)의 아들이 북경에 왔는데, 여덟째마마를 거쳐 창춘원에 가서 마제를 만났다 합디다. 무슨 일 있더라도 십삼마마의 병세가 호전되는 걸 봐서 다시 얘기하자고 마제가 돌려보낸 것 같습니다. 내게 찾아왔기에 밥 한 끼 먹이고 얘기 좀 나누느라 좀 늦었습니다."

홍시를 따라 들어오며 커룽둬가 말했다. 고갯짓으로 긴 머리채를 뒤로 넘기며 홍시가 주렴을 걷어올렸다.

"외할아버지, 안으로 드십시오. 집도 압수당하고 직무도 박탈당하였는지라 먹고 살게 해 달라고 조르는 것밖에 더 있겠어요? 지난번에도 거지 행색을 하고 와서 울며불며 하기에 까짓것 2백 냥을 줘서 보냈어요."

이 같이 말하며 커룽둬에게 자리를 권하고 난 홍시는 큰소리로 명했다.

"차를 올리거라!"

주위를 둘러보며 천천히 자리에 앉은 커룽둬는 찻잔을 들어 입으로 가져가며 웃는 얼굴로 말했다.

"얼마 전 다섯째패륵부(홍주)에 가보니 서재라고는 하지만 구석구석마다 전부 새조롱이지 뭡니까! 넷째패륵부(홍력) 서재에는 책꽂이가 무게를 이기지 못해 비뚤어질 정도로 책이 많았고 책상 위며 의자 위에까지 온통 책이어서 들어가 앉을 곳도 변변찮았는데, 그래도 셋째패륵의 서재가 제격인 것 같습니다. 금기서화(琴棋書畵)를 두루 갖추고 깔끔하고 품위있어 보이니 말입니다. 그런데 감히 여쭙고 싶은 거 오늘 무슨 바람이 불어 이렇게 늙은 외할아버지를 초대해 주셨는지요?"

커룽둬가 이토록 농을 스스럼없이 하는 걸 본 적이 없는 홍시는 순간 경계어린 눈빛으로 커룽둬를 힐끗 쳐다보았다. 처음부터 웃는 얼굴로 일관하더니 여유있게 농담까지 슬쩍 던지지 않는가? 잠시 생각하던 홍시가 가벼운 미소를 지으며 두루마기 자락을 멋스레 들었다 놓으며 다리를 꼬았다. 그리고는 상비죽선(湘妃竹扇)을 천천히 흔들며 용자봉손의 자세를 보이며 말했다.

"당연히 공사(公事) 때문이죠! 여덟째, 열셋째 황숙 모두 건강이 안 좋으시고 마제가 그 몫까지 떠 안느라 경황이 없는 실정이에요. 다섯째(홍주)는 아시다시피 비실비실한 것이 누굴 도와주기는커녕 시중들 사람이 필요하지 않으면 다행이고요. 명색이 폐하의 빈 자리를 대신하는 황장자(皇長子)라는 제가 이럴 때 정국에 무관심할 수 있겠어요? 공적으로는 물론 사적으로도 오랫동안 밖에 나가 고생하시는 아바마마가 많이 그립네요. 그래서 얘긴데 폐하께선 지금 대체 어디쯤 계시는 거죠? 북경엔 언제 돌아오시는지요? 어가(御駕)를 맞을 준비와 일로(一路)의 안보에 대해 상서방에서는 어떤 구체적인 방안을 내놓고 있는지도 궁금하고요. 화가 나면 육친(六親)도 몰라보는 폐하의 성격을 잘 아시잖아요. 집안살림을 다 맡겼는데 와서 물어보니 일문삼부지(一問三不知)한다면 폐하께서 절 가만히 놔두시겠어요?"

단도직입적으로 당당하게 물어오는 홍시의 말에 '황자는 정무에 간섭해서는 안 된다'는 국법으로 받아치려던 커룽둬는 순간 말문이 막히고 말았다. 홍시의 입에서 이런 말이 나올 줄은 몰랐다는 듯 뜻밖이라는 표정을 잠깐 지어보이던 커룽둬가 통쾌한 웃음을 지으며 말했다.

"셋째마마, 그날그날 관보는 매일 보시는 줄로 압니다만 주지하다시피 폐하의 어가는 이미 산동성 태안을 출발했다 합니다. 염친왕과 제가 날짜를 꼽아보니 길어 봤자 3, 5일 걸릴 것 같습니다. 요 며칠 동안 주비유지(朱批諭旨)가 없는 걸 봐서는 혹시 폐하의 건강이 안 좋아서일 수도 있고, 성가(聖駕)가 이미 북경 경내에 들어섰을 수도 있다고 볼 수 있습니다. 사실 오늘 셋째패륵께서 부르지 않으셨다고 해도 전 조만간 들어와 아뢰려고 했습니다. 창춘원에 주둔하고 있는 선박영 군사들은 3개월에 한 번씩 인원을 전원 교체한다는 건 누구도 부인 못할 규정이지 않습니까? 이제 교체해야 할 날짜가 다가오는데 어떻게 할는지요? 선박영의 대장은 저랑 같은 소속이 아닌지라 간섭할 수도 없고, 그렇다고 믿고 맡기기엔 어쩐지 불안하고 말입니다. 그리고, 이제 곧 연갱요가 3천 군마를 거느리고 입경할 텐데, 어디에 머무르게 할는지도 비 오기 전에 우산 준비하는 격으로 정해 두는 것이 좋겠습니다. 혁혁한 전공을 이룩한 야전영웅(野戰英雄)들인데, 성대한 환영을 받으며 북경에 들어와서까지도 천막 생활을 하게 할 순 없지 않겠습니까?"

말을 마친 커룽뒤는 의자 등받이에 벌렁 드러누웠다. 그리고는 미간을 가느다랗게 좁히며 젖내가 나는 황자를 뚫어지게 바라보았다.

"그럼 어떻게 하는 것이 최선일까요?"

홍시 역시 웃는 듯 마는 듯한 심오한 표정으로 신분이 현혁(顯赫)한 눈앞의 '황제의 외삼촌'을 바라보았다. 찻잔을 들어 입으로 가져가며 그 틈새로 커룽뒤를 훔쳐보며 홍시가 말을 이었다.

"외할아버지, 전 아직 이런 일에 대해서 뭐가 뭔지 통 감을 잡을 수가 없네요. 팔황숙(윤사)과 두 분은 산전수전 다 겪은 노련한 지략가들인 만큼 척하면 삼천리라고 벌써 뭔가 대책이 있을 줄로 아는데요?"

말을 마친 홍시가 자리에서 일어섰다. 그리고는 부채를 부치며 느릿느릿 걸음을 옮겨 방안을 거닐었다.

서로의 속셈을 저울질하기에 바쁜 두 사람이었다. 나름대로 홍시의 의중을 점쳐보기 위해 공을 던졌지만 홍시는 그 공을 받아 커룽둬에게 되넘긴 셈이었다! 커룽둬는 애송이라고만 생각했던 홍시에게 적이 놀란 표정을 잠깐 지어 보였다. 염친왕은 대놓고 자신은 "셋째패륵당"이라고 했다. 그럼에도 숙질(叔姪)간에 손을 잡았을 경우 얼마나 깊은 골이 엿보이고. 어떠한 갈등이 초래될 것인가에 대해선 윤사도 일언반구도 하지 않았을 뿐더러 커룽둬도 감히 물을 수가 없었다. 그러나 커룽둬는 오늘저녁의 표현을 보면 마냥 어리다고만 볼 홍시가 아니라는 것을 느꼈다. 홍시의 영악함은 오히려 윤사를 능가할 것 같았고, 자칫 방심하고 있는 윤사를 물에 씻어 먹어버릴 것 같기도 했다!

커룽둬가 이 같은 생각을 하고 있을 때 칠흑 같은 창밖에 시선을 두고 있던 홍시가 고개도 돌리지 않은 채 입을 열었다.

"외할아버지, 더 이상 골치 아프게 머리 쓰지 마세요. 이렇게 말하면 너무 지나친 언사일지도 모르지만 솔직히 팔황숙은 이미 물 건너갔어요. 보도(寶刀)가 무디어져서 더 이상 전쟁터에 나가는 건 무리다 이 말씀이에요. 그 옛날 아바마마와 태자, 큰황숙과의 사이에 있었던 일들은 이제 역사 속으로 멀어져가고 있을 뿐이에요⋯⋯."

그렇게 말하던 홍시가 갑자기 획 돌아섰다. 커룽둬를 노려보는 눈빛에 번갯불이 번쩍였다.

"안 그래요? 외할아버지는 그렇게 생각지 않으시냐구요?"

서슬 푸른 홍시의 눈빛에 잠시 긴장한 커룽둬이지만 언제 어디서든지 표정관리 정도는 천의무봉으로 할 수 있었다. 그는 재빨리 진정을 취하고 고개를 저었다.

"무슨 말씀인지 갈 때가 됐는지 통 말귀를 알아들을 수가 있어야지요."

"거기 무슨 말귀 못 알아들을 게 있나요?"

홍시가 가소롭다는 듯이 말했다.

"우리의 뜻은 하나예요. 어떻게든 폐하께서 '무사'하게 돌아오시기를 소망하는 마음뿐이잖아요. 창춘원의 경위(警衛)들을 전원 교체해야 하는 시점에서, 일단 원래 주둔군을 전부 철퇴시키고 보군통령아문에 잠시 맡기는 게 좋겠어요. 연갱요의 병사들도 야외에서 천막생활을 하게 할 수는 없는 바 풍대제독의 행원을 비우게 하는 수밖에 없고요. 이 두 가지 모두 팔황숙과 외할아버지 두 분께서 이미 상의를 끝낸 일 아닌가요? 그런데 어찌하여 도리어 저한테 물어오시는 거예요?"

"그건……."

순간 커룽둬가 경악을 금치 못했다. 어젯저녁 염친왕부에서 윤사, 왕홍서, 아링아와 넷이서 비밀리에 상의한 반란계획이었다. 창춘원을 장악하고, 풍대 대영의 지휘체계를 마비시켜 옹정의 귀로를 차단한다는 것이었다. 염친왕은 절대 이 사실을 밖으로, 특히 홍시와 홍주에게 유출시켜선 안 된다고 누누이 엄명을 내렸었다. 그런데 불과 6시간만에 홍시는 이 모든 것을 토씨 하나 안 틀리고 줄줄이 외워대고 있지 않는가! 실로 살이 떨리는 두려움이 아닐 수 없었다……. 커룽둬의 낯색은 주체할 수 없이 창백해져만 갔다.

"별다른 뜻은 없어요!"

속내를 여지없이 들켜버린 커룽둬를 음산한 눈빛으로 노려보며 자리에 앉은 홍시가 아무런 일도 없었던 듯 차를 한 모금 마셨다.

"다시 말하지만 이 모든 것이 아바마마의 안전을 위해서인 만큼 계획대로 추진하세요. 약삭빠르면 절에 가서도 고기 얻어먹는다고 했듯이 내가 선 자리가 내 자리가 맞는지도 잘 생각해 가면서 말이에요."

이 대목에서 갑자기 말투가 부드럽고 경쾌하게 변한 홍시가 한마디 덧붙였다.

"난 필경 폐하의 빈자리를 대신하여 집을 지키는 황자인 만큼 폐하의 안전도 책임져야 할 뿐더러 나아가서는 종묘사직에도 충성해야 할 의무가 있는 사람이에요. 나 자신은 그 다음이에요. 〈출사표〉의 한 구절을 빌리자면 '성공과 패망, 예리함과 둔탁함은 신하가 되돌릴 수 있는 것이 아니다[成敗利鈍, 非臣之所能逆睹]!' 결국 신의 명운은 주군의 일언지하에 달렸다 이 말이죠."

말을 마친 홍시는 소름이 오싹해질 정도로 크게 웃었다. 그리고는 말했다.

"여봐라! 폐하께서 내게 하사하신 여의주를 가져오너라. 외할아버지에게 선물로 드리게 말이야!"

옹정이 풍대 대영에 도착한 이튿날 이른 아침, 커다란 관교(官轎) 하나가 종전대로 창춘원 갑문(閘門) 앞에 멈춰 섰다. 마제가 상체를 숙이고 수레에서 내려섰다. 쌓이고 쌓인 피곤의 무게에 짓눌려 잔뜩 오그라든 몸을 쭉 뻗어 기지개라도 켜고 싶은 듯 허리를 곧게 폈지만 다음 동작은 이어지지 않았다. 신분이 현혁(顯赫)

한 상서방의 재보대신(宰輔大臣)이라고 하지만 이 같이 신성하고 장엄한 곳에서는 감히 팔다리를 마음대로 휘저을 수 없고 터져 나오는 하품도 삼킬 수밖에 없었던 것이다. 고개 젖혀 하늘을 향해 깊은 심호흡을 하는 것으로 만족해야 하는 신세를 한탄하기라도 하듯 마제는 벌써부터 의문(儀文) 옆에 길게 늘어서서 자신의 접견을 기다리는 열 몇 명의 관원들을 힐끗 일별하고는 소리없이 한숨을 내쉬었다. 의문 안으로 들어선 마제는 어룬따이가 당직을 서고 있자 곧 손짓으로 불렀다.

"여덟째마마와 커룽둬 중당이 보내온 노란 상자 없었나?"

"예, 아직은요."

어룬따이가 급히 손을 앞으로 모으고 대답했다.

"여덟째마마의 건강상태는 호전될 기미를 보이지 않고 있다 합니다. 어가(御駕)를 맞는 일 때문에 마 중당과 상의할 게 있으시다며 커룽둬 중당께서 오전 중에 창춘원으로 건너오실 거라고 하셨습니다."

숙면을 취하지 못한 듯 어룬따이의 안색이 그리 좋아 보이지는 않았다. 하지만 큰 걱정거리는 없는 것 같았다. 예사로이 여겨 발걸음을 옮기려던 마제는 어가를 맞을 준비를 한다는 말에 다시 멈춰 섰다.

"그래, 다른 얘기는 없었고? 어가가 어디까지 도착했다는 말은 없었나?"

이에 어룬따이가 몸을 숙이며 대답했다.

"그런 얘기는 없었고, 저도 감히 물어볼 엄두를 못 냈습니다. 다만 창춘원의 호위(護衛)들을 교체할 때가 되었다고만 했습니다."

고개를 옆으로 갸웃하던 마제가 말했다.

"그거야 사나흘 미뤄진다고 큰일 날 일이 있나? 가서 전하게. 밖에 있는 사람들더러 노화루(露華樓)로 가서 기다리고 있으라고 말이네."

말을 마친 마제는 곧 장미꽃이 만발한 통로를 거쳐 서쪽으로 향했다. 18개 성(省)의 관원들이 술직(述職)을 위해 북경에 왔을 때 임시로 머무는 관공처가 즐비한 낭방(廊房)을 지나자 곧 옹정이 사무를 보는 담녕거(澹寧居)가 보였다. 마제는 걸음을 멈추고 담녕거를 향해 공손히 읍하는 걸 잊지 않았다. 담녕거에서 북으로 좀더 가니 촘촘한 연꽃이 주단 같이 펼쳐진 호수가 있었다. 언덕 위에는 한아름은 족히 될 것 같은 실한 버드나무들이 노란 기와를 얹은 오각형의 이층 건물을 살포시 껴안고 있는 게 보였다. 이곳이 바로 '노화루'였다.

미리 대기 중이던 류철성이 마제가 다가오는 것을 보고는 태감들더러 주렴을 걷고 서 있게 했다. 여기는 창춘원에서 지세가 가장 높은 곳이었다. 일부러 흙을 쌓아 높인 곳으로 강희가 납량(納涼)하고 피서(避暑)하는데 알맞게 지어진 서루(書樓)였다. 이곳에서 북으로 조금 더 가면 바로 강희가 침궁으로 쓰던 '궁려(窮廬)'가 있었다. 뜰이 널찍하긴 하지만 그리 크지 않은 초가집들로 구성되어 있었다. 더 뒤로 가면 궁을 에워싸고 있는 담벽이었고, 담벽 밖에는 몇백 무(畝)는 족히 될 커다란 호수가 시원스레 펼쳐져 있어 한여름일지라도 습기를 다분히 머금은 바람 덕분에 몸에는 땀 한 방울 날 새가 없을 정도로 피서에는 안성맞춤인 곳이었다. 마제를 따라 들어오며 류철성이 물었다.

"늘 운송헌(韻松軒)에서 일을 보시지 않았습니까? 비록 여기보다 밝고 널찍하진 않지만 방안에 얼음 대야를 여러 개 비치해 두어 이곳보다 더 시원할 텐데 마 중당께서는 어찌하여 갑자기 이리로 옮기신 겁니까? 태감들이 어젯밤 문서들을 나르느라 낑낑대더니 다 날랐는지 모르겠습니다."

마제가 모든 창문을 다 열어 젖히라고 명령했다.

"자네니까 믿고 하소연하는데, 정말 요즘 들어서는 잠이 모자라 눈꺼풀이 천근 만근이라네. 죽을 맛이 따로 없어. 찬바람이 이마를 때리는 곳에 마주하고 앉으면 덜 졸릴까 해서 말이네. 지난번에 채정(蔡珽)이 왔을 때 한참 졸고 있었는데, 솔직히 그네들이 내가 몇 날 며칠을 밤새워가며 일했다는 생각은 않고 재상입네 하고 맘대로 망가져 있다고 수군댈까봐 걱정이네. 그리고 성가(聖 駕)도 이제 곧 도착할 텐데 보친왕이 사무를 보는 운송헌을 떡하니 점하고 있으면 보기에도 안 좋을 것 같고, 보친왕이 돌아온 뒤에야 방을 비워준다는 것도 예의가 아닌 것 같아 미리 서둘렀네."

이처럼 말하며 서류를 정리하던 마제가 류철성에게 지시했다.

"접견을 청한 관원들이 다 왔나 보게. 아까 보니 하남성의 통정 사 차명(車銘)이 보이는 것 같던데, 먼저 들여보내게. 자네는 시위 이지 나의 수행원은 아닌 만큼 여기서 시중들 필요없이 구석구석 돌아다니며 살펴보도록 하게. 청소할 곳이 있으면 태감들을 시켜 비질이나 하게 하고, 올 때 보니 매미소리에 귀청이 째질 듯 하던데 담녕거 주변의 나무들을 샅샅이 뒤져 다 잡아버리도록 하게. 폐하께서는 적막하다시피 조용한 걸 좋아하시니 말이네."

말을 마친 마제는 곰방대를 꺼내 불을 붙이고 쿠루 들이마셨다. 류철성이 물러간 후에 가벼운 계단 밟는 소리와 함께 50살 가량

되어 보이는 희고 퉁퉁한 얼굴의 사내가 들어섰다. 한 군데 흐트러짐도 없이 줄 긋듯 정연하게 먹칠한 듯한 팔자형의 콧수염이 어깨를 으쓱하듯 양옆으로 비죽 치켜 올라가 있었다. 공작새 무늬의 겹옷을 입고 푸른 보석정자(寶石亭子)를 단 사내는 몸집에 비해 발걸음이 가벼웠다. 마제 앞으로 다가와 "파!" 하는 소매 스치는 소리와 함께 한 쪽 무릎을 꿇어 인사를 올리며 사내가 말했다.

"비직(卑職)이 마 중당께 청안을 올립니다!"

"오, 차 어른."

마제가 손바닥을 위로 하여 들어올리며 미소 띤 얼굴로 말했다.

"어서 일어나 편히 앉으시오. 격식 차릴 것 없소. 내가 하루에 백여 명이 넘는 관원들을 접견하는데, 저마다 있는 격식 없는 격식 다 차리다 보면 내가 일할 시간이 없소. 근데 북경에는 언제 도착했소?"

일어나 자리에 앉은 차명은 몸을 살짝 숙이며 침착하게 입을 열었다.

"사흘 전에 도착했습니다. 하남성의 번고(藩庫)에 있는 은을 북경 금고로 보내라는 호부의 독촉을 받고 전문경 중승이 백만 냥을 빌려간 사실을 말씀 올렸더니 맹(孟) 상서께서 북경에 와서 상세히 보고하라는 행문(行文)을 보내어 오게 됐습니다. 맹 상서는 어제 만나 뵈었습니다만 마 중당께서 무슨 일로 부르셨는지 명령에 따르도록 하겠습니다."

연신 후루룩대며 수연(水煙)을 다 피우고 다시 재운 마제가 불을 붙이며 말했다.

"전문경이 번고의 은을 가져간 것은 하공(河工)에 쓰여졌기 때문에 공출공입(公出公入)에 속하는 부분이오. 다만 전문경이 호부에 분명히 설명을 하지 않아 빚어진 오해이니 폐하께서 도착하시는 대로 내가 직접 주명(奏明)할 거네. 자네는 통정사아문의 1인자로서 조정의 방면대원(方面大員)인 만큼 당연히 큰 틀을 보고 대세를 읽을 줄 아는 아량이 있을 줄로 믿네. 이런 일 때문에 전문경과 사이가 멀어지는 일은 없었으면 하네, 안 그런가?"

뱃속 가득 전문경에 대한 불만으로 차 있던 차명은 타이르는 것 같기도 하고 으르는 것 같기도 한 마제의 말에 할 말을 잃고 말았다.

"예, 지당하신 말씀입니다. 명심하겠습니다."

"내가 자네를 부른 것은 이 일 때문은 아니네."

마제가 상주문에 시선을 꽂은 채 말했다.

"조류씨(晁劉氏)의 사건이 궁금해서 불렀네. 전문경이 상주문을 올려 안찰사 호기항이 탐묵불법(貪墨不法)하기로 인명을 초개 짓밟듯 한다고 참핵했네. 뿐만 아니라 하남성 법사아문의 44명의 7품 이상 관원들은 장구(張球) 한 사람만 제외하고는 전부 면직처분을 주어야 마땅하다고 했네. 이 밖에도 백의암(白衣庵)의 스물 몇 명의 비구니들과 호로묘(葫蘆廟) 7명의 스님, 심지어는 자네 통정사아문의 열 몇 명 관원들도 거명이 되어 있는 실정이네. 이대로라면 개봉부(開封府)는 쓸 만한 관원이 하나도 없는 수채 구멍이라는 얘긴데, 좀 심각하지 않나? 물론 자네가 직접 착수한 사건이 아니기 때문에 자세한 내막은 자네도 모를 수 있네. 내가 궁금한 건 평소에 호기항이라는 사람에 대한 관성(官聲)이 대체 어떠한가?"

차명이 슬며시 시선을 들어 마제를 힐끔 쳐다보았다. 백발이 성성한 대재상(大宰相)의 얼굴은 막연하기 이를 데 없었다. 어떻게 말을 꺼내야 할지 차명은 일순 망설였다. 비록 형옥(刑獄)을 책임지진 않았지만 이 사건의 내막에 대해선 거울 들여다보듯 하는 차명이었다. 다만 고구마 줄기 잡아 당기듯 줄줄이 연루된 관원들이 워낙 많은 게 문제였다. 개중에는 자신의 친인척과 손수 키워온 측근들이 개입되지 말라는 법도 없었다. 자신이 입만 열면 모든 이들이 두릅 엮듯 엮일 판국이었다. 그러나 악바리 순무에 의해 사건은 이미 까발려졌고 의혹을 잔인할 만큼 파헤치고야 마는 옹정의 성격상 이 일을 대충 넘길 리는 만무했다. 차명은 한 이불속에 들어가 숨이 막혀 죽느니 각자 옷 속으로 들어간 벌을 지혜껏 털어내게 하고 일단은 진실을 말하는 수밖에 없다고 생각을 정리했다.

"마 중당, 이 사건은 3년을 끌어오다 보니 하남성에서는 모르는 사람이 거의 없습니다. 전 비록 법사아문을 관장하진 않지만 자초지종에 대해선 어느 정도 알고 있습니다. 석연치 않은 검은 내막이 겉으로 드러난 것보다 훨씬 심각한 줄로 알고 있습니다!"

사실 이 사건에 연루된 관원들 중에는 마제의 문생들도 몇몇 들어 있었다. 속으로 불쾌함을 금할 길 없었으나 마제는 전혀 내색하지 않았다.

"알고 있다니, 어서 말해 보게."

차명이 가볍게 기침을 하여 목소리를 가다듬었다.

"조류씨의 남정네가 죽은 것은 단지 이 사건의 도화선일 뿐입니다. 그네의 죽음만 가지고 본다면 벌써 결안(結案)하고도 남았을 겁니다. 3년 전 첫눈치고는 제법 많이 내린 날이 있었는데, 시 쓰는 수재(秀才)답게 혼자 백의암에 설경 감상하러 간 조류씨의 남편 조명이 한 무리의 비구니들에게 걸려들었던 것입니다. 잘 생기고 부드러운 남자를 가만 놔둘 리 없는 것은 비구니들도 마찬가지였나 봅니다. 절에 불러들여 밥을 먹이고 어쩌다 보니 유숙(留宿)까지 하게 됐는데, 이것들이 번갈아 가며 밤새도록 못 살게 굴었나 봅니다. 그러기를 며칠, 신수가 훤하던 젊은이는 시달리다 못해 피골이 상접했다지 뭡니까. 알고 보니 그 비구니들과 호로묘의 중놈 일곱 명은 상습적으로 집단 윤간을 했던 것입니다. 조명(晁明)을 그대로 집에 돌려보내면 후과가 두렵게 되자 이들은 조명을 사찰 부근으로 유인하여 목 졸라 죽인 후 마른 우물에 처넣었던 것입니다. 그 당시 개봉지부로 있던 소성(蕭誠)이 번개같이 수사에 착수하여 불과 7일만에 주범인 법원(法圓), 법통(法通), 법명(法明) 등 중들을 잡아 옥에 넣는 것으로 사건은 마무리되는 줄 알았습니다. 그런데 조사 결과 이들 흉승(凶僧)들 입에서 사부인 각공(覺空), 그리고 법정(法淨), 법적(法寂), 법혜(法慧) 등 공범들이 하나씩 몰려 나오는 것입니다. 이런 살인사건도 이번이 처음은 아니었다 합니다. 조명의 사체가 발견된 사찰 뒤의 땅을 3척 정도 파헤치자 여덟 구의 머리없는 시체가 나왔다고 합니다. 거의 북경으로 과거보러 떠났던 효렴이나 향시(鄕試)를 보러가던 중이었던 생원(生員)들인 걸로 파악되었습니다. 그러나 이름이 무엇이었는지는 중들조차도 일일이 기억할 수 없고 어떻게 죽였는지도 확실하게 모른다고 했습니다. 이렇게 엄청난 간살(奸殺) 사건에 결코 태만할 수 없었던 소성이 즉각 백의암에 들이닥쳐 문제의 비구니들을 전부 개봉부로 연행했다 합니다. 그 와중에 도망간 늙은 비구니가 있으니 법명이 정자(淨慈)이고, 별명은 '진묘상(陳妙常)'이라 합니다. 중당께서도 아시다시피 지금의 한간 가족들 중에는 불교를 믿지 않는 이가 거의 없습니다. 백의암은 개봉에서 제일 큰 비구니 암자입니다. 이 비구니들은 평소에 순무아문에서부터 주, 현의 관원들에 이르기까지 신원명세를 손금보듯 파악하고 있고, 아문을 제 집 드나들 듯하며 관원들의 혼을 쏙 빼놓는다고 합니다. 어떤 비구니들은 아예 자식 없는 관원들만을 찾아다니며 아들을 낳아주고 신분상승을 노리는 대리모 역할까지 마다하지 않는다고 합니다. 그러다 보니 적잖은 관원들이 비구니들과 대단히 뜨거운 사이인 걸로 밝혀졌습니다. 중당 어른, 전문경이 이들 사이를 '칸막이가 너무 얇다'라고 표현한 것은 실로 신사다운 표현이 아닐 수 없습니다! 도망간 진묘상이란 늙다리 비구니가 어느 아문의 누구를 구워삶았는지 며칠만에 모든 비구니들은 무죄 석방한다는 헌패(憲牌)가 내려졌습니다. 비구니들이 풀려나 또 며칠이 지나자 이번에는 아니나 다를까 일곱 명의 중들도 '옥중에서 심사를 대기하라'는 느슨한 판결이 나오더군요. 조류씨도 자신의 남편이 꼭 이네들 손에 죽었다는 충분한 증거를 대지 못했는 바 상소하는 피해자도 없기에 증거가 불충분하다는 것이었습니다. 한편 '일단 사람을 석방하라'는 윗선의 압력과 '필히 흉악범을 엄벌에 처해야 한다'는 여론에 시달리다 못해 소성이 모친의 병을 핑계로 사표를 내고 말았지 뭡니까. 전문경 중승이 '뉘민 사건'을 통해 수면 위로 떠올라 만인이 알아보는 인물이 되고 하남성으로 전근되어오자 거의 포기상태에 있던 조류씨가 일말의 기대를 안고 다시 소송을 준비했던 것입니다. 그 소문이 어떻게 퍼졌는지 조류씨가 미처 손을 써 보기도 전에 누군가 그 아들을 납치해 가버렸습니다. 사건의 심각성을 깨달은 전문경 중승이 부하들을 조류씨의 집 근처에 매복시켰고, 심야에 조류씨를 잡으러 집에 들이닥친 법사아문의 아역들이 전부 그물에 걸려들면서 사태는 더 크게 번지게 된 겁니다……."

차명의 말에 귀기울이며 마제는 연신 머리를 끄덕이며 짤막하게 대답했다. 어떤 내용은 전문경의 상주문에서도 언급됐지만 이렇게 상세하지는 않았었다. 사실 마제가 초점을 두고 걱정하는 부분은 따로 있었다. 옹정호가 출범한 이래, 뉘민 사건을 비롯하여 부패한 이치의 환부를 도려내는 사건이 몇 건 있었다. 부정을 저지른 자에 대해선 인정사정 보지 않는 옹정의 원리원칙에 입각하여 그동안 면직을 당하거나 대옥에 갇힌 관원들은 무려 2백여 명에 달했다. 하남성에서 발생한 조류씨 사건도 차명이 말한 것처럼 스님-비구니-관원가족-관원 이런 식으로 얽히고 설킨 난마 같은 사건이라면 옹정의 쾌도(快刀)에 무사할 사람이 거의 없을 것이다.

더욱이 다른 일도 아니고 음란하고 퇴폐적인 사건의 한가운데 관원들이 더러운 거지발싸개처럼 구역질나는 행각을 벌이고 다녔다는 사실이 만천하에 공개되면 조정의 체통은 큰 손상을 입게 될 것은 자명한 일이었다. 이 일이 몰고 올 파장을 고려하여 적당히 넘어가는 것도 그리 나쁘진 않을 것 같으련만 한 번 물었다 하면 놓을 줄 모르는 전문경의 성격상 중도하차란 있을 수 없었다. 그는 이미 부정을 처벌하기는커녕 부정의 온상이 되어 있는 법사아문의 관원들을 30여 명이나 면직하거나 탄핵하였고 끝까지 추적하여 진상을 밝히겠노라는 의지를 분명히 해 놓은 상태였다. 이걸 어찌하면 좋을까? 잠시 고민에 빠져 있던 마제가 차명의 말이 끝나길 기다렸다가 신중하게 입을 열었다.

"속속들이 잘 알고 있군! 오늘은 지초지종을 듣는 걸로 만족히고 구체적인 건 폐하께 주명하고 폐하의 결책에 따라야겠네. 전문경이 백만 냥을 꿰가서 번고가 채워지지 않은 부분에 대해선 너무 신경 쓰지 말게. 일단 폐하께 주하여 결과를 기다려 보세!"

마제가 할 말을 전부 끝냈다는 느낌을 받은 차명이 막 일어나 물러가려고 할 때 갑자기 급작스런 발소리와 함께 안색이 파랗게 질린 류철성이 달려 들어왔다. 분명 급한 일이 있음에도 차명을 의식하여 엉거주춤 서 있는 류철성을 보며 차명이 서둘러 물러났다.

"마 중당!"

류철성의 목에 시퍼런 핏줄이 터질 듯 부어 있었다. 검붉은 얼굴은 볼썽사납게 일그러져 있었고 눈썹 위의 칼자국이 오늘따라 유난히 무섭게 꿈틀댔다. 눈에서 흉흉한 빛을 내뿜으며 멍하니 서 있는 마제를 노려보며 류철성이 말했다.

"구문제독이 군사를 풀어 창춘원을 넘겨받으러 왔다고 합니다. 미리 알고 계셨습니까?"

"누가 그래?"

마제가 책상을 힘껏 내리치며 대로했다.

"보십시오!"

류철성이 목소리를 낮춰 고함지르듯 하며 창가로 가서 휘장을 확 걷어 젖혔다. 그리고는 손가락으로 아래를 가리켰다.

"다 들어왔습니다! 궁전마다 방마다 마구 헤집고 다니며 개새끼들이 수색하는 건지, 반란을 일삼는 건지 모르겠습니다!"

마제가 급히 다가가 창가에서 내려다보았다. 과연 한 무리 한 무리씩 떼를 지은 병사들이 담녕거와 운송헌, 순약당(純約堂), 이성각(怡性閣)을 향해 몰려가고 있는 것이 보였다. 순간 가슴이 오그라 붙고 온몸의 피가 거꾸로 솟는 충격에 사로잡힌 마제의 얼굴이 시뻘겋게 달아올랐다. 추호의 머뭇거림도 없이 그는 류철성을 향해 고함지르듯 명령했다.

"방포가 청범사 십삼마마한테 가 있어. 얼른 친병을 파견하여 방 선생을 모셔오도록 하게. 십삼마마도 동행할 수 있으면 더 좋겠고! 어서! 가서 어룬따이를 내게 보내도록 하게!"

류철성이 물러가자 기둥 다섯 개 짜리 커다란 건물은 텅 빈 정적에 사로잡혔다. 필묵을 시중들던 태감들은 느닷없는 돌발상황에 깜짝 놀라 그대로 얼어붙어 있었다. 훈풍이 제멋대로 드나드는 소리와 병풍 밑에 매단 철마(鐵馬) 소리만이 불안을 극대화시키며 바람에 떨고 있었다. 급히 관복을 정갈하게 차려 입고 내려가려고 서류를 정리하던 마제가 순간적으로 마음의 안정을 찾았다. 그는 다시 관포를 벗어버리고 고개를 돌려 태감들을 향해 웃으며 말했다.

"다들 왜 그리 심각한 표정을 짓고 그러나? 반란이 아니고 커룽 둬 중당이 창춘원의 관방(關防)을 교체하는 중이니 걱정 말게. 피곤하군! 걸상 가져다주게, 발 올려놓고 눈 좀 붙이게."

그제야 얼굴에 활기가 돌기 시작한 몇몇 태감들이 서둘러 움직이기 시작했다. 걸상에 발을 올려놓고 의자에 기대어 눈을 지그시 감고 마제는 대책 마련에 부심했다. 이때 장검을 빼어 든 어룬따이가 헐레벌떡 들어서더니 한 쪽 무릎을 꿇었다.

"마 중당, 부르셨습니까?"

"음! 방금 류철성이 그러는데 보군통령아문의 병사들이 창춘원에 들어왔다네. 오늘 당직시위인 자네한테 미리 통보한 적이 있나 해서 말이네."

"……없었습니다. 방금 구문제독아문의 이춘풍(李春風)이 사

람을 데리고 오더니 영시위내대신으로서의 커룽뒤 중당의 친필서
찰을 내보이며 어가를 영접하기 위한 차원에서 대내와 창춘원 두
금지(禁地)를 깨끗이 청소할 거라고 하였습니다. 창춘원의 안보
는 잠시 구문……."

"그건 알고 있네. 얼마나 온 것 같나?"

"중당 어른, 이춘풍의 말에 따르면 1천 2백 명입니다."

"가서 이춘풍을 불러오게. 그리고 창춘원에 들어온 천총(千總)
이상의 군관들을 집결시키게. 나의 훈화가 있을 거라고 하게!"

이번 일에 자신의 책임이 중대하다고 생각한 어룬따이였다. 사
실 윤사의 말투로 보아 이번 사건은 한 차례 병변(兵變)을 예고하
는 전초전이라고 볼 수도 있는 사건임을 어룬따이는 잘 알고 있었
다. 마제가 크게 놀라 어찌할 바를 모를 줄 알았던 어룬따이는
아무 일도 아니라는 듯 대수롭지 않아 하는 마제를 보며 당황함을
금할 길 없었다. 그는 속내를 들킬세라 급히 종종걸음으로 물러갔
다. 그제야 자리에서 일어난 마제는 빙그레 웃었다. 그리고는 관복
을 다시 입고 공작새 쌍안화령까지 달고 책상 앞에 똑바로 앉아
있었다. 때를 맞춰 어룬따이가 참장(參將) 차림을 한 두 명의 군관
을 데리고 들어섰다. 그 뒤로는 열 몇 명의 유격, 천총들이 따라
들어왔다. 그들은 일제히 무릎을 꿇어 마제에게 문안을 올렸다.
패도(佩刀) 부딪치는 소리가 쟁쟁했다. 맨 앞에 선 군관을 오래도
록 눈여겨보던 마제가 물었다.

"자네 두 사람이 대장인가? 저이는 이름이 뭔가?"

"마 중당께 아룁니다. 이 사람은 이의합(李義合)이라고 부릅니
다. 저희 둘 다 구문제독아문에 적을 두고 있습니다!"

"이춘풍!"

고개를 들고 잠시 생각을 더듬던 마제가 입을 열었다.

"강희 51년에 내가 무위(武闈)시험을 주지(住持)했었지. 내 기억으론 그때 이춘풍이라는 응시생이 있었는데, 혹시 자네 아닌가?"

그러자 이춘풍이 급히 무릎걸음으로 다가가 두 손을 맞잡아 가슴께에 대며 말했다.

"맞습니다, 선생님! 저는 그 당시 41등으로 무진사(武進士)에 합격했더랬습니다. 내내 운귀총독 채정 대사(大師) 밑에서 있다가 올 봄에야 올라왔습니다. 은사(恩師)를 찾아 뵙지 못해 죄송합니다. 부디 학생의 죄를 용사(容赦)하여 주십시오!"

"폐하께선 문생을 두어 무리를 만드는 풍조를 타파하기 위하여 스승과 제자 사이일지라도 잦은 왕래를 금하는 지의를 내리셨지 않은가. 그러니 무슨 죄가 있다고 그러나!"

마제가 빙그레 웃으며 다시 물었다.

"이의합, 자네는 어느 과(科) 출신인가?"

이춘풍에 비해 그리 공경스러운 자세가 아닌 이의합이 두 손으로 읍했다.

"마 중당, 저는 강희 57년의 무진사입니다."

그러자 마제가 푸우 하고 웃음을 터뜨리며 부채 끝으로 가리키며 말했다.

"다들 일어나게. 강희 57년에 무시(武試)를 주지한 사람이 바로 나의 문생인 후화흥(侯華興)이라는 거 아닌가. 그러고 보니 난 자네의 태사(太師)이네 그려!"

마제는 희조(熙祖) 때의 명신으로, 이광지를 제외하고는 그 경륜과 자격을 능가할 사람이 없었다. 두 사람은 잠자코 듣고 있는 수밖에 없었다. 어느새 자리에서 일어난 마제가 껄껄 웃으며 말했다.

"둘 다 나의 문하이니 스승으로서 잘 되라는 뜻에서 가르침을 줄까 하네. 이 북경성은 대청의 심장부이고, 창춘원과 대내는 엄연히 금원(禁苑)이네. 금원으로서의 규칙은 추호도 어겨선 안 되는 곳이지. 보군통령아문은 9문(九門)만 관장하면 되는 것이지 자금성과 창춘원은 역대로 상서방의 영시위내대신이 책임지고 호위하도록 되어 있네. 성지(聖旨)가 없는 한, 일병일졸(一兵一卒)일지라도 사사로이 진입할 수 없다는 걸 자네들은 몰랐나?"

"저희들은 커룽둬 중당의 장령(將令)을 받고 왔습니다."

이춘풍이 상체를 숙이며 대답했다.

"결코 마 중당께서 말씀하신 것처럼 '사사로운 진입'은 아닙니다. 커룽둬 중당에게서 사전에 통보받지 못하셨습니까?"

이춘풍의 말에는 아무런 대꾸도 하지 않고 책상 앞으로 다가간 마제는 붓을 날려 몇 줄을 적었다. 그리고는 인새갑(印璽匣)에서 상서방 관방(關防)을 꺼내 조심스레 눌러 찍은 다음 어룬따이에게 건네주었다.

"전속력으로 말을 달려 북경성으로 들어가 내 명령을 전하게. 누구의 지시를 받았든 간에 대내로 들어온 병마는 즉각 전부 퇴출시켜 오문(午門) 밖에서 명령을 기다리라고 말이네."

바늘구멍도 들어가지 않을 것 같은 단호한 마제의 말에 어룬따이는 다소 주저하며 유령(諭令)을 받았다. 그리고는 중얼거리듯 말했다.

"마 중당께서 한번 커룽둬 중당과 합의를 하시는 것이……."

그러자 마제가 사정없이 어룬따이의 말허리를 뭉텅 잘라버렸다.

"합의는 당연히 하겠지만 자네가 왈가왈부할 일인가? 먼저 병사들을 물리친 후에 다시 보자고! 이친왕과 방 선생이 이제 곧 이리로 올 것이니 커룽둬 중당도 즉각 다녀가라고 전하게."

한참 멍하니 서 있던 어룬따이가 목구멍에서 기어 나오는 듯한 목소리로 대답하고는 내키지 않은 걸음걸이로 물러갔다. 이어서 마제는 이춘풍과 이의합을 향해 나지막하고 무게 있는 목소리로 입을 열었다.

"방금 '사사로운 진입'은 아니라고 했는데, 그럼 '사사로운 진입'은 어떤 걸 뜻하는가? 월권을 하여 무리하게 들이닥치는 자네들의 행위가 너무 완벽한 '사사로운 진입'이네. 지금 알았더라도 늦진 않네. 창춘원에 있는 선박영 군사와 태감들을 합치면 4천 명은 넘어가는데, 서로간에 오해로 충돌을 빚는 날엔 그 후과는 커룽둬 중당이 백 번 죽었다 살아나도 감당할 수 있는 게 아니야! 일단 물러가 내 명령을 기다리도록 하게. 내 말을 무시하고 계속 이러고 있다간 왕명기패(王命旗牌)를 청하여 자네들의 목을 날려버릴 거네. 똑똑한 사람이 달걀로 바위를 치는 미련한 짓은 안 하겠지?"

곁에서 지켜보고 있던 열 몇 명의 군좌(軍佐)들은 그제야 마제의 반응에서 비로소 이번 사태의 심각성을 눈치챌 수 있었다. 단순히 명을 받고 쳐들어 왔을 뿐 이렇게 단단한 쐐기에 부딪칠 줄은 몰랐던 이들은 어찌할 바를 몰랐다. 재빨리 시선을 교환한 이춘풍과 이의합이 말했다.

"마 중당, 마 중당과 커룽둬 중당 모두 상서방의 영시위내대신이니 저희들은 참 난감합니다 정 그러시다면 저희들은 잠시 물러가겠습니다. 다만 마 중당께서 몇 글자 적어 주십시오. 저희들은 상부에 보고를 올려야 하니깐요."

"알았네! 이제야 나 마제의 학생답군!"

마제의 얼굴에 웃음이 번졌다. 약속대로 몇 글자를 적어주며 마제가 말했다.

"우리가 상의 결과 역시 보군통령아문에서 창춘원을 넘겨받아야 한다면 따로 명령을 내릴 거네. 자네들은 무인(武人)이기에 앞서 조정의 명관(命官)이기도 한 만큼 우선 조정의 명령에 따라야 하네. 그리 알고 가 보게!"

이춘풍이 사람들을 데리고 물러가자 태감 진구가 들어왔다.

"이친왕은 만나 뵈었나?"

"중당 어른께 아룁니다."

진구가 공손히 말을 이었다.

"십삼마마께서는 어젯저녁에 벌써 풍대 대영으로 다니러 가셨다고 합니다. 후에 방 선생님도 모셔갔다고 합니다. 이곳 사정에 대해선 청범사에 있는 십삼마마의 수행이 미리 십삼마마께 다녀가시라고 아뢰었다 합니다."

그제야 크게 안도한 듯 긴긴 한숨을 토해내며 마제는 허물어지듯 의자에 쓰러졌다. 속옷이 땀에 흥건이 젖어 있을 만큼 그는 긴장했던 것이다. 담배에 불을 붙여 양 볼이 홀쭉해질 정도로 빨아들였다 길게 내뱉으며 마제가 말했다.

"커룽둬 중당이 오는 대로 즉각 내게 알리도록 하게!"

36. 대왕풍(大王風)과 서인풍(庶人風)

사실 커룽뒤는 벌써 창춘원 앞의 쌍갑문(雙閘門) 앞에 와 있었다. 대교(大橋)를 버드나무 밑에 세워두고 뒷짐을 진 채 부지런히 서성이며 대책마련에 부심하고 있었다. 여기는 대내와는 달랐다. 자금성은 보군통령아문의 관할권 안에 들어 있었기에 상서방에서 자신의 말이 먹혀들었다. 육궁(六宮)의 빈비(嬪妃)들이 있는 궁전만 제외하고 삼대전(三大殿)까지도 수색하는데 무리가 없을 정도였다. 군무(軍務)에는 문외한이라고 만만하게 생각한 한신(漢臣) 마제가 설마 창춘원을 들고 나는 주둔군까지 직접 챙기랴 싶어 걱정도 안 했던 커룽뒤는 상서방 관인(官印)이 박힌 마제의 수유를 받고서야 비로소 이 영감태기가 그리 호락호락하지만은 않구나, 라고 느끼며 당황했다. 그는 서둘러 가마를 타고 창춘원으로 향하는 동시에 서준(徐駿)을 시켜 옙친왕에게 이 사실을 알리도록 지시했다.

창춘원 입구에서 초조하게 염친왕의 지시를 기다리고 있는 커룽둬는 그야말로 일각이 삼추(三秋) 같았다. 불덩어리 같은 음력 5월의 태양이 맑게 개인 하늘에서 천천히 움직이며 시뻘겋게 달아오른 솥뚜껑 같은 대지를 쩍쩍 갈라 터지게 했다. 바람 한 점도 없이 숨막히는 날씨였다. 그러나 커룽둬는 땡볕을 전혀 감지하지 못한 듯 엉킨 실타래 같은 마음을 정리하느라 여념이 없었다. 그러나 실마리는 쉬이 찾아지지가 않았다. 경사의 방위를 총괄하는 이친왕 윤상이 몸져누웠으니 커룽둬 자신에게 경기 지역의 병마를 마음대로 움직일 수 있는 전권이 있는 건 당연지사였다. 순시 떠났다 돌아오는 황제를 맞기 위해 대내와 행궁의 관방을 점검하고 안전을 보다 확실히 도모하는 차원에서 창춘원의 주둔군을 교체하는 것도 잘못된 건 없는 일이었다. 설령 이 과정에서 무슨 차질을 빚더라도 자신은 충분히 그 책임을 떠 안을 용기가 있다고 생각한 커룽둬였다. 그러나 이번 행동은 염친왕이 혼자 주물러 빚은 계획적인 반란이었고, 자신은 그저 꼭두각시 노릇을 하는데 불과하다고 생각하니 마음이 심란하기 이를 데 없었다. 윤사는 스스로 '홍시당(弘時黨)'임을 자처하지만 홍시의 종잡을 수 없는 말을 들어보면 적어도 홍시는 그렇게 생각하지 않는 것 같았다. 이틀 전 저녁, 윤사와 홍시 사이에 낀 운무(雲霧)가 저절로 걷힐 때까지 도무지 기다릴 수 없었던 커룽둬가 단도직입적으로 물었다.

"대체 여덟째마마께선 어떻게 하실 작정입니까?"

그러자 윤사가 흘리듯 웃으며 말했다.

"사람이란 코앞의 일도 예측불허인 거요. 그때그때 실정에 맞춰 처리하는 수밖에. 자네는 그저 폐하를 위해 일한다고만 생각하면 마음이 훨씬 편해질 거네."

윤사의 이 말을 홍시의 말과 비교해 볼 때 두 사람이 무슨 꿍꿍
이를 하고 있는지 도대체 알 수가 없었다! 이런저런 생각을 하며
커룽둬는 갑자기 상심과 후회가 뒤섞여 몰려오는 걸 어쩔 수가
없었다. 옹정의 두터운 신임을 받으며 여생을 멋드러지게 영위해
나갈 수 있는 탁고중신(託孤重臣)이었는데, 그 종이 한 장을 제대
로 간수하지 못한 죄로 이리저리 끌려 다니며 저절로 함정을 파는
것 같은 서글픔이 컸다. '해적선에 오르긴 쉬워도 내리는 건 어렵
다'던 말뜻을 커룽둬는 난생 처음 실감하며 되새길수록 쓴맛이
입안 가득 번졌다……. 이때 강렬한 햇빛을 가르며 멀리서 검은
점박이 백마가 누런 황토먼지를 일으키며 달려오는 모습이 보였
다. 윤사에게로 보냈던 서준인 줄로 알고 있었으나 다가온 사람은
염친왕부의 태감총관인 하주였다.

"중당 어른!"

땀이 번질거리는 얼굴에 웃음을 지어내며 말에서 미끄러지듯
내린 하주가 말했다.

"왜 들어가시지 않고 땡볕에서 무슨 생각에 그리 골몰해 계십니
까? 더위 먹으시면 큰일납니다!"

"어? 오!"

그제야 제정신이 돌아온 커룽둬가 멍한 시선으로 하주를 보며
얼버무렸다. 지나치게 긴장한 탓에 태양이 머리 위까지 이사오는
동안 조금도 뜨거운 줄을 감지하지 못했던 그는 급히 한 발 뒤로
물러서며 자조 섞인 웃음을 지으며 말했다.

"휘파람새 두 마리가 재잘대는데 정신이 팔렸던 것 같네. 왕부
에서 오는 길이라면 서준을 못 봤나?"

하주가 커룽뒤의 물음에 대답하려고 할 때 저쪽에서 이춘풍과 이의합이 대부대를 거느리고 의문을 통해 창춘원 밖으로 나와 대오를 정렬하는 모습이 눈에 띄었다. 순간 하주가 고개를 갸우뚱하며 물었다.

"왜 다들 나오는 겁니까?"

자신의 두 부하가 마제에게 쫓겨 나온다는 것을 직감한 커룽뒤가 주변에 다른 사람이 없는 걸 확인하고는 아름드리 나무 옆에 바싹 붙으며 서슬 푸른 눈빛으로 하주를 노려보았다. 그리고는 목소리를 한껏 낮춰 이빨 사이로 내뱉듯 말했다.

"대체 여덟째마마의 속셈은 뭔가? 설마 이런 일로 사람을 가지고 노는 건 아니겠지? 자네 왕명을 받고 왔지?"

금세라도 집어삼킬 것만 같은 커룽뒤의 섬뜩한 모습에 놀란 나머지 하주의 볼살은 덜덜 떨렸다.

"고정하십시오, 중당 어른! 여덟째마마께서는 벌써 이곳 사정을 알고 계십니다. 이제 곧 오셔서 뒷수습을 하실 거라고 하시며 중당 어른더러 마음을 굳게 다잡으라고 하셨습니다. 이 일은 누가 뭐래도 정대(正大)하고 광명(光明)한 일이기에 지레 겁먹고 백기를 들 일이 아니라고 하셨습니다…… 이춘풍과 이의합이 이쪽으로 오고 있습니다. 명령을 내려 그 자리에서 대기하게끔 하고 중당 어른께서 들어가셔서 마 중당과 교섭하시라고 했습니다. 여덟째마마가 도착할 때까지 시간을 벌어 2대 1로 붙으면 수적인 열세를 이기지 못해서라도 마 중당이 우리 뜻에 복종하지 않을 수 없다고 하셨습니다."

커룽뒤의 눈빛이 심지 돋군 등잔불처럼 순간적으로 번쩍 빛났다. 아리송하게나마 윤사의 진의(眞意)를 알 것 같았다. 검불 같은 마음이 세차게 뛰었다. 이춘풍과 이의합이 가까이로 다가오자 혼신의 힘을 다해 가까스로 마음을 다잡아 평소의 근엄함을 회복하여 커룽둬가 물었다.

"어째 일이 제대로 안 되어가나? 우리 애들이 다 나오네?"

"중당 어른, 임무를 제대로 수행하지 못했습니다."

이춘풍이 하주를 힐끗 쳐다보며 마제가 했던 말을 소상히 들려주었다. 그리고는 마제가 보낸 서찰을 넘겨주고는 조심스레 뒷걸음쳐 물러났다.

"빈 궁전만 몇 곳 들어갔다 나왔을 뿐 정작 중요한 곳은 시위들이 지키고 있어 얼씬도 못했습니다. 중당 어른의 명령없이는 손을 쓸 수도 없고 하여 결사적으로 저지하는 마 중당의 의사에 따르는 수밖에 없었습니다."

"하등 쓸모가 없는 물건들 같으니라고! 그렇다고 그냥 쫓겨 나와? 선박영의 병사들은 일대일 독투(獨鬪)엔 강해도 자네들은 야전(野戰)에 능한 마보병(馬步兵)들이지 않은가! 한 방 때려주지 그랬어!"

커룽둬가 입가에 흰 거품까지 물고 고래고래 고함질렀다. 그러나 자신이 화를 낼 상대가 아니고 더군다나 버럭버럭 화나 내고 있을 때가 아니라는 생각이 번뜩 든 커룽둬가 한숨을 지으며 음성을 달리했다.

"자네들이야 잘못한 게 없네. 우리 몇몇 상서방대신들끼리 의사타진이 제대로 이뤄지지 않아서 그런 것이니 내가 들어가 마제를 만나고 나올게. 멀리 가지 말고 나의 군명(軍命)을 기다리도록 하게!"

창춘원 안으로 발을 들여놓은 커룽둬의 발걸음에 성큼성큼 힘이 느껴지기 시작했다. 자신의 행동이 정당하다는 자신감이 붙었기 때문이다. 군정(軍政)을 주관하는 재상으로서 어가(御駕)를 영접하기에 앞서 궁중과 행궁을 정리정돈하겠다는데 마제가 무슨 이유로 저지를 한단 말인가? 긴장과 불안에 떨던 방금 전과는 판이하게 다른 모습으로 창춘원으로 진입하였을 때 어룬따이가 맞은편에서 걸어오는 것이 보였다.

"내가 마 중당을 좀 만나려고 하는데?"

커룽둬가 말했다.

"마 중당께서는 노화루에 계십니다. 안 그래도 중당 어른을 뵙고 싶어하시는 중입니다!"

"류철성은 어딨나? 창춘원 시위들더러 전부 노화루로 모이라고 하게!"

"제가 나올 때 노화루로 간다고 하며 떠났는데, 아직 그곳에 있는지 모르겠습니다."

커룽둬는 알겠다는 듯이 손사래를 치며 걸어갔다. 담녕거를 지나며보니 류철성은 벌써 창춘원에 있는 이등, 삼등 시위들과 몇백 명의 선박영 군교들을 집결시켜 놓고 훈화를 하고 있었다. 류철성은 남순 길에 올랐던 강희황제가 낙마호에서 친히 데려온 해적 수령이었다. 무차별 살인을 밥먹듯 일삼던 포악하기 이를 데 없는 강도였고 맹수였다. 무술실력 또한 막강하여 범접하기가 쉽지 않은, 결코 길들여지지 않을 것 같던 류철성에게도 그러나 인간적인 매력은 있었다. 자신을 알아보고 인정해 주는 강희황제에게 그는 맹종에 가까운 충성을 했던 것이다. 강희황제 생전에 그의 마음 속에는 오로지 강희 한 사람밖에 없었다. 목숨을 바쳐 주인을 지킨다는 그의 근성은 자신을 믿고 선박영을 통째로 맡긴 옹정에게도

가감없이 이어졌다. 통이 넓은 검정바지를 입고 맨 살에 노란 마고 자만 입은 류철성의 팔뚝은 거짓말 보탤 필요없이 기둥 같았다. 허리춤에 푸줏간에서나 있을 법한 날이 넓은 대도(大刀)를 꽂고 나룻배 같은 장화발 하나를 돌계단 위에 척 걸친 류철성은 커룽둬가 오거나 말거나 시선 한 번 주지 않고 망가진 징소리 같은 목소리로 군교들을 훈계하느라 여념이 없었다.

"다 들어다 바다에 처넣어도 시원찮을 바보, 멍청이, 얼간이 같은 새끼들이 개미떼처럼 들이닥쳤는데도 여태 나한테 보고하지 않고 뭘 했어! 전에 무단 군문이 있을 때도 이런 식으로 일했어? 난 일곱 살 때부터 보고 배운 게 뭐라고 했어? 그래, 맞아! 사람 죽이는 게 내 유일한 취미야, 알았어? 누가 감히 내 코털을 건드렸다간 뼈도 못 추릴 줄 알아!"

살기등등한 류철성의 말을 들으며 그 옆을 지나가는 커룽둬의 가슴은 무말랭이처럼 오그라들었다. 일부러 고개를 꼬아 다른 곳을 보며 부지런히 발걸음을 옮기는 커룽둬의 등뒤에서 류철성의 찢어지는 듯한 고함소리가 이어졌다.

"……무슨 수를 써서라도 창춘원을 지켜야 해. 무슨 놈의 커룽둬 중당(中堂)이고 후당(後堂)이고 간에 뒈지고 싶으면 까불라고 해! 내 명령이 없는 한 쥐새끼 한 마리라도 들여보내선 안 돼!"

커룽둬는 더 이상 들을 엄두를 못 내고 진저리치며 걸음을 재우쳐 노화루로 들어섰다. 다리에 힘이 쭉 빠졌다. 천천히 계단을 올라와 보니 걸상에 발을 올려놓고 의자에 비스듬히 기댄 채 마제는 잠들어 있었다. 그 모습을 본 커룽둬가 웃으며 말했다.

"저네, 팔자 한번 끝내주는구만! 밖엔 기름가마가 따로 없는데, 여긴 청량세계(淸涼世界)네. 지방에서 올라온 관원들이 다 물러가는 것 같던데 오늘은 접견 안 하려나 보오?"

"청풍이 누각에 그득하니 당연히 별천지이지."

마제가 일어나 앉았다. 눈두덩이 부어오른 눈을 깜박이며 피곤한 기색이 역력한 얼굴을 들어 가벼운 한숨을 지었다.

"송옥(宋玉)이 쓴〈풍부(風賦)〉라는 문장 읽어봤소? 송옥은 대왕지풍(大王之風)과 서인지풍(庶人之風)은 엄연히 다르다고 했소. 음…… '청량한 웅풍(雄風)은 고성(高城)의 심궁(深宮)에 시원한 기운을 선사할 뿐더러 낮은 오두막에도 임한다. 화려한 이파리에 힘찬 입김을 불어넣어 계수나무 사이를 배회한다네. 급물살 위에 힘찬 몸짓으로 선회하고, 부용(芙蓉)의 정화(精華)를 재촉한다네. 난초를 어루만지고 파릇파릇한 새싹으로 대지를 감싸는…… 때로는 섬뜩한 찬 기운에 술이 깨고 병이 낫는다네……' 이건 대왕지풍이고, 서인지풍은 어떤 속성을 지녔는 줄 아오? '땅골이 파이도록 흙먼지를 일으켜 사람을 우울하고 짜증스럽게 한다네. 틈새를 습격하여 모래를 날아오게 하고 어린 나무들을 숨막혀 죽게 만들 뿐더러 갖가지 썩은 냄새를 풍기고 다닌다네……' 어떠시오? 내 총기가 아직은 쓸만하지 않소?"

커룽둬도 어렴풋이 읽어본 기억은 있지만 마제가 거침없이 줄줄 외워내는 데는 감히 읽었노라고 나설 엄두가 나지 않았다. 지금 들어보니 시사하는 바가 새롭게 느껴졌다. 못내 무거운 마음으로 마제를 마주하고 앉은 커룽둬가 말했다.

"이보게, 마 어른! 어룬따이한테서 마 어른이 보자고 한다는 말을 들었소만 설마 문장이나 공부시키려고 부른 건 아니겠지?"

"학문이란 본디 책에서 오는 거지."

마제가 짙은 담배 연기를 내뿜으며 담담한 어투로 말했다.

"물론 고담준론(高談峻論)을 펴려고 중당 어른을 보자고 한 건 아니오. 느닷없이 병사들을 들여보내니 놀랐소! 창춘원 안팎에 부는 바람의 성격이 다른 건 왜 그런지 궁금해서 불렀소."

마제의 말에 커룽둬가 짐짓 대수롭지 않은 웃음을 지어 보였다. 그리고는 모자를 벗어 내려놓고 땀을 닦으며 말했다.

"그래서 대왕풍(大王風)이 어쩌고 서인풍(庶人風)이 어쩌고 하면서 가방끈 짧은 사람 땀 빼게 만들었구나? 난 또 내가 모반이 라도 꾀하는 것처럼 오해하여 급히 보자고 한 줄 알았지 뭐요! 며칠 전에 산동성 태안(泰安)에서 날아온 소식에 의하면 성가(聖 駕)가 태안을 떠나 북경으로 출발했다고 했소. 폐하께서 자리를 비우신 동안 동화문, 서화문의 경비가 허술해지고 질서가 많이 어지러워졌소. 어떤 몰지각한 태감들은 가족들을 여장(女裝)시켜 버젓이 육궁을 제집 안방 드나들 듯 하질 않나 문제가 많소. 그대 도 알다시피 북경성은 명실공히 와호장룡(臥虎藏龍)의 요지(要 地)요. 윤잉이 해금(解禁)된 뒤 출궁하여 산책하는 모습이 자주 보이는가 하면, 정신질환을 앓는 큰황자 윤제도 언제 무슨 일을 저지를지 모르는 터라 신경을 곤두세우지 않을 수 없는 실정이오. 게다가 여덟째마마는 건강상 이유를 들어 두문불출하고 있는데, 그 속셈을 그대나 나나 어찌 알겠소! 십삼마마도 병이 가볍지 않 다 하여 맥을 놓고 있는 마당에 만에 하나 무슨 차질이 생기는 날엔 모든 책임이 고스란히 내게로 돌아오게 생겼다 이 말이오. 그래서 내가 어가영접을 앞두고 금궁(禁宮)과 이쪽의 경계를 강 화하려고 하는데, 그대가 이다지도 석연찮아 할 줄은 정말 몰랐 소!"

이같이 말하는 커룽둬의 얼굴이 어느새 흥분하여 시뻘겋게 달아울랐다. 손가락으로 창 밖을 가리키며 커룽둬가 말을 이었다.

"마 어른, 우린 비록 둘 다 대청의 신하이지만 난 늘 그대를 하늘같은 선배로 받들고 공경해 왔소. 그런데 오늘 마 중당께서는 많은 사람 앞에서 나의 뺨을 때린 것과 마찬가지요! 우리 아이들을 내쫓은 것도 그렇거니와 류철성이 저기서 뭐라고 지껄이고 있는지 들어보오! 저 자가 뭘 믿고 대놓고 날 모독하는 발언을 서슴지 않는지 모르겠소. 흥, 웃기고 자빠졌어! 내가 진정 악의를 품고 창춘원을 점령하려고 들면 선박영 따위들이 날 저지할 수 있을까? 또한 그대 마 어른도 유유자적 차를 홀짝이고 담배연기나 내뿜으며 내게 〈풍부〉 따위를 논할 여유가 있겠소? 이 일은 이대로 끝난 것이 아니라 폐하께서 돌아오시는 대로 어떤 식으로든 결판을 내야겠소. 난 저 자를 가만두지 않을 거요. 한창 때 같았으면 벌써 반은 죽여버렸을 거요! 두고 보게, 내가 할 수 있나 없나?"

마제가 껄껄 웃으며 일어섰다. 천천히 창가로 다가가 아래를 굽어보던 마제가 몸을 돌리며 말했다.

"이번 일엔 류철성도, 이춘풍도 잘못이 없소. 사실 우리 상서방은 전명(前明)의 내각이오. 재상이라면 어깨와 가슴 모두 넓어야 하오. 결판을 내든 어떻게 하든 그대 마음이오. 난 평생을 엉덩방아 찧으며 살아온 사람이오. 한두 번 더 넘어진다고 해서 두려울 건 하나도 없소. 그대 말처럼 어가의 귀환을 앞두고 금궁의 안보를 철저히 점검하는 건 나도 쌍수를 들어 환영하오. 다만 미리 통보를 했어야 했고, 격식과 순서를 지켰어야 했소. 내 생각엔, 자금성은 내무부와 종인부에서 경계를 강화하면 되겠고, 창춘원은 선박영의 류철성네만 있으면 만사태평이오. 자네 구문제독에선 말 그대로 구문(九門)만 제대로 지키면 되겠소!"

언성도 높이지 않았고 자극적인 말도 없었다. 하지만 커룽뒈의 자존심은 여지없이 구겨졌다. 순간적으로 살의가 거칠게 밀려왔다. 허리춤을 만져 보았으나 패도는 없었다. 속으로 한숨을 내쉬며 커룽뒈가 차갑게 말했다.

"죄 지은 게 없으니 나도 겁난 구석은 없소. 우리 두 사람만으로는 '합의(合議)'라고 할 수 없을 것 같아 들어오기 전에 사람을 시켜 염친왕을 청해오도록 했소."

"잘했소. 방포 선생도, 이친왕도 상서방 요원들인데, 모이는 김에 다 같이 보는 게 어떻소?"

"십삼마마께선 건강이 너무 안 좋으시다고 들었소. 다음 기회로 하는 게 낫지 않겠소?"

"건강이 안 좋기는 여덟째마마도 마찬가지잖소? 십삼마마는 어제 풍대 대영까지 다녀왔다고 하오. 그 정도면 여기 잠깐 들르는 것도 무리는 아닐 거요. 두 친왕이 의사에 참여해 주신다면 두 분은 몸이 고달프겠지만 우리에게는 한결 어깨가 가벼운 일이 아닐 수 없소."

"역시 마 중당이 주도면밀하오. 그렇다면 그 동안 폐하의 부재를 메워온 셋째패륵도 모시지. 우리가 의논하고 그분들이 결책하고 박자가 맞네."

1만 1한(一滿一漢) 두 재상은 성부(城府)가 깊어 얼굴 표정으로 감정의 변화를 읽어내기란 여간 어려운 사람들이 아니었다. 속으론 칼을 갈면서도 입가엔 미소가 걸려 있었고 팽팽하게 화살을 당겼으면서도 화기롭게 의논하는 것처럼 보이는 두 사람은 사실 일촉즉발이 간두에 서 있었다! 마제가 눈 끝으로 비짇하듯 커룽뒈를 쓸어보았다. 순간 두 사람의 눈빛이 접전하며 타다닥 불꽃이 사방으로 퉁겨 나갔다. 뭐라고 입을 열어 말하려 하던 마제가 풍대 대영의 참장인 장우를 데리고 들어서는 윤상을 발견하고는 웃으며 말했다.

"보시오, 십삼마마께선 멀쩡하지 않소? 여전히 보무당당하시고. 선견지명이 있으셔서 모시러 가기도 전에 도착하셨네!"

마제가 일어서자 커룽둬도 엉거주춤 따라 일어나며 미소를 머금고 있었다.

"역시 이친왕께서는 혈기가 왕성하시고 젊음의 패기가 넘치신 분이라 다르십니다. 얼마 전 신이 병문안 갔을 때만 해도 병상에 누워 계셨는데 말입니다……. 그래도 안색은 아직 제대로 돌아오지 않은 것 같습니다?"

윤상은 커룽둬와 마제의 문안인사에는 달리 대꾸하지 않았다. 그는 손짓을 하여 장우로 하여금 좌측에 시립하게 하고는 상석(上席)으로 걸어가 남쪽을 향해 똑바로 섰다. 그리고는 가벼운 기침과 함께 말했다.

"지의가 있네. 마제, 커룽둬는 지의 선독(宣讀)을 경청하라!"

느닷없이 지의가 있다는 말에 두 대신은 깜짝 놀랐다. 크게 벌어진 입이 다물어질 줄 몰랐다. 어가가 도착했다는 뜻으로 받아들인 마제는 적이 안도했지만 커룽둬는 심장이 목구멍까지 딸려 올라온 듯한 긴장감에 숨이 막혔다. 식은땀이 이마며 콧등에 송글송글 돋았다. 두 사람은 황급히 두루마기 자락을 거머쥐고 무릎을 꿇어 머리를 조아렸다.

"만세! 폐하께 성안(聖安)을 올리나이다!"

"성궁안(聖躬安)!"

무표정한 얼굴의 윤상이 막연한 시선으로 두 사람을 번갈아 보았다. 그리고는 지의를 선독했다.

"성가(聖駕)는 어제 술시(戌時)에 이미 북경으로 귀환하셨다. 지금 현재는 풍대 대영에 주가(駐駕)하셨는 바 커룽둬와 마제는 속히 면견(面見)하러 오라!"

커룽둬와 마제는 연신 머리를 조아려 지의를 받았다. 일어서서 잠깐 마주보며 두 사람은 아무 말도 하지 않았다. 그러나 속으론 똑같은 생각을 하고 있었다. 폐하께서 이미 도착하셨다는 사실을 미리 알고 함정을 파놓고 내가 뛰어들기를 기다렸구나! 고얀 놈! 지의를 전달하고 난 윤상은 방금 전과는 달리 편안한 웃음을 지었다.

"두 사람 의견이 맞지 않아 티격태격하고 있었던 거 아니오?"

이 같이 운을 떼고 나자 줄기침이 터졌다. 윤상의 기침이 멎기를 기다려 마제가 말했다.

"보셨겠지만 창춘원 대문 밖에 커룽둬 중당이 데려온 병사들이 있습니다. 창춘원 주둔군을 교체하기 위해서라고 하지만 전 납득이 되지 않아 저지하고 있는 중입니다."

"우리 머리 위에는 태양이 하나네."

윤상이 앞장서서 계단을 내려서며 전혀 마음에 두지 않는 듯 말했다.

"일을 하다 보면 서로의 의견이 상충되는 경우도 비일비재한데, 그게 무슨 대수가? 염친왕, 나, 그리고 두 황세자 모두 북경에 있는데 찾아와 의견절충도 해보면 되는 거지! 방금 류철성이 시위와 친병들을 한데 집결해 놓고 있기에 한바탕 혼내줘서 해산시켰네. 다시 안 볼 사람들처럼 얼굴 붉히는 것만이 능사는 아니잖은가! 일이 있으면 천천히 상의하여 합의를 이끌어내고 가장 가까운 공통분모를 찾아내는 게 목표인 만큼 화기롭게 일하도록 하게. 외삼촌, 아니 그런가요?"

윤상이 갑자기 걸음을 뚝 멈추고 몸을 돌려 커룽둬를 바라보며 웃었다. 옹정을 만나면 이번 행동의 당위성을 어떻게 강조할 것인가, 또 마제는 어떤 식으로 참핵할 것인가에 대해 뇌세포가 혼선을 빚을 정도로 골몰하던 커룽둬는 갑작스런 윤상의 질문에 어떻게 답해야 할지를 몰라 난감해 하며 어정쩡하게 말했다.

"천만 지당하신 말씀입니다."

한 무리의 태감들을 데리고 창춘원을 나선 세 사람은 때마침 수레에서 내리는 윤사를 발견하고는 멈춰 섰다. 마제를 압제(壓制)하려고 두 주먹 불끈 쥐고 달려온 윤사는 윤상이 같이 있을 줄은 몰랐는지라 깜짝 놀라며 의외라는 반응을 보였다.

"자넨 몸이 안 좋다더니? 어제도 누군가 자네가 아직 침상 신세를 지고 있다는 것 같던데, 괜찮나 보네? 그래도 그렇지 이 땡볕에 더위라도 먹으면 어쩌려고?"

보군통령아문의 천여 명 병사들이 창춘원 입구의 공터에 장방형 모양으로 줄을 서 있는 모습에 시선을 두고 있던 윤상이 손짓으로 이춘풍을 부르며 윤사의 말에 대꾸했다.

"안 그래도 걱정입니다. 오늘은 여덟째형에게 청안올리지 않더라도 봐주실 거죠? 지난번 보내주신 인삼(人蔘)과 은이(銀耳)는 잘 받았습니다. 여덟째형도 필요하실 텐데 저까지 신경쓰시고…… 전 지의를 전하러 왔습니다. 폐하께서 형신을 데리고 풍대 대영에 머무르고 계시면서 이 두 사람을 부르셨습니다. 의정왕인 여덟째형도 몸에 무리가 없으면 같이 가서 폐하께 문안올리는 것도 좋을 것 같네요."

옹정이 이미 풍대에 와 있다는 사실에 초풍할 듯 놀란 표정을 짓던 윤사가 거짓말처럼 순식간에 마음을 다스리며 말했다.

"아이고, 깜짝이야! 폐하께서 풍대 대영에 계시다니 그게 참말이야? 난 어가가 아직 산동성에 체류 중인 걸로 알고 있는데! 그게 사실이라면 당연히 고견하러 가야지."

어느새 다가온 이춘풍이 겨우 틈새를 발견하고는 한 걸음 다가가 깍듯이 인사를 했다.

"십삼마마, 부르셨습니까?"

"괜찮아 보이는데, 이춘풍?"

윤상이 웃으며 말을 이었다.

"자네 서산 예건영에서 언제 구문제독아문으로 발령났지? 십칠마마가 고북구로 가버리니 십삼마마가 병 중이라고 해도 코빼기도 안 보이는 거야? 이래도 되는 거야? 하기야 자기 주인도 아닌데 졸졸 따라다닐 리는 없지?"

윤상의 농담에 이춘풍이 급히 대답했다.

"소인은 작년 5월에 이곳 통령아문으로 발령받았습니다. 그 당시 십삼마마께 결재받지 않았습니까? 몇 번씩이고 이친왕부를 찾아갔지만 번번이 안 계셨습니다. 건강이 안 좋으시다는 소문을 듣고 문안갔을 때는 문지기들한테 문전박대를 받고 말았습니다. 십삼마마께서는 혈색이……."

"오, 혈색 말인가? 보다시피 건강해 보이지 않나?"

비위를 맞추려 드는 이춘풍의 말을 윤상이 웃으며 잘랐다. 새카맣게 진영을 이룬 보군통령아문의 병사들을 턱짓으로 가리키며 윤상이 말했다.

"자네 부하들인가?"

"예, 그렇습니다!"

"얼마나 되나?"

"1천 2백 명입니다!"

"음."

윤상이 고개를 끄덕이더니 이내 말을 이었다.

"부하들이 예의바른 걸 보니 대장노릇 제대로 하는 것 같군!"

"모두 십칠마마께서 교회(敎誨)하시고 십삼마마께서 이끌어주신 덕분입니다."

이춘풍이 황송하여 몸둘 바를 몰라 하며 덧붙였다.

"그렇지 않고 소인이 무슨 재주가 있겠습니까?"

그러자 윤상이 푸우 하고 웃음을 터뜨렸다.

"그런 말은 또 언제 배웠어! 날씨도 더운데 더위 먹을라 어서 가 보게. 병사들을 이끌어 나가는 데 있어 '엄(嚴)'과 '애(愛)'를 결부시키는 것만이 왕도라 할 수 있네. 저 사람들을 땡볕에 저렇게 두지 말고 해산시켜 각자 나무그늘 밑으로 들어가 쉬면서 명령을 기다리도록 하게."

"예, 알겠습니다!"

이춘풍이 한 쪽 무릎을 꿇어 군례를 올리고는 물러갔다. 잠시 후 군사들의 떠나갈 듯한 환호성이 하늘땅을 울렸다. 저마다 좋아라 하며 삼삼오오 어깨동무하며 여기저기 그늘 밑으로 찾아드는 그들의 모습에서 방금 전의 살기등등한 긴장감은 찾아볼 수가 없었다. 커룽둬는 상사인 자신에게는 한 마디 물어보지도 않고 바로 윤상의 명령을 집행해버리는 이춘풍의 행동에 화가 치민 나머지 얼굴이 하얗게 질렸다. 윤상이 갈 길을 재촉하며 수레에 오르도록 명령하자 어쩔 수 없이 수레에 오르는 커룽둬의 가슴은 심하게 오르락내리락 했다. 윤사, 윤상의 노란 수레가 천천히 동남 쪽을 향해 움직이기 시작했다. 그곳엔 풍대 대영이 있었다.

얼마 후 윤사와 윤상 일행의 관교(官轎)가 즐비하게 풍대 대영의 행원 입구에 멈춰 섰다. 삐리타가 반색을 하며 달려와 두 친왕을 향해 청안을 올렸다.

"폐하께서는 저의 중군 대영에서 방 선생과 장 중당(장정옥)을 접견하고 계십니다! 친왕과 여러 어르신들께서 도착하시는 대로 따로 대령하실 필요없이 들라 하셨습니다."

이같이 말하며 삐리타는 마제와 커룽둬에게 잠시 시선을 두어 예의를 표했다. 마제는 이에 아랑곳하지 않고 돌아서서 안으로 들어갔다. 그러나 커룽둬는 순간 가슴이 서늘해졌다. 큰 일이 닥칠 것만 같은 불안한 예감이 엄습해 왔다. 방포, 윤상, 장정옥은 정평이 나 있는 충성파이고 마제와는 입장 차이가 현저한 원수 아닌 원수였다. 삐리타에게도 이번에 미운 털이 단단히 박혀버렸고, 설상가상으로 셋째패륵도 자라 모가지처럼 움츠러들어 여태 얼굴도 내밀지 않고 있는 실정이었다. 자신의 수중엔 써먹을 만한 방패막이가 하나도 없는 것 같은 허공에 붕 뜬 느낌에 사로잡힐 수밖에 없었다. 그러고 보면 같은 배에 탈세라 분위기를 만들어 가던 염친왕도 때가 되면 진정으로 '거마(車馬)를 버리고 장수(將帥)를 보존'하려 할지는 의문이었다. 자칫 사람들과 합세하여 자신을 죽음의 늪으로 떠밀지 않으면 다행이라는 불안감이 독사의 그것처럼 고개를 빳빳이 쳐드는 걸 어찌 할 수 없었다. 스스로에게 용기를 북돋아주며 '정대광명'을 외치던 커룽둬의 배짱은 저녁 무렵의 썰물처럼 빠져나가기 시작했다. 풍대 대영에는 눈을 두는 곳마다 몇 발짝 사이에 초소가 있었고, 평소 같으면 범상하게 넘겼을 법한 설치물들도 모두 자신을 향한 호랑이의 아가리처럼 섬뜩하게 느껴졌다. 토끼를 품에 안은 듯 가슴이 뛰고 식은땀이 볼을 타고 흘러내려 찝찔하게 입안에 스며들었다. 이때 풍대 대영 입구에서 윤상이 삐리타에게 명령하는 소리가 들려왔다.

"녹두탕(綠豆湯)을 몇 가마 끓여 이춘풍의 병사들의 갈증을 해소해 주도록 하게."

꿰다 논 보릿자루처럼 맨 뒤에 떨어져 있던 커룽둬는 속내를 들켜버릴 것 같은 두려움에 급기야 부랴부랴 사람들 뒤를 바싹 쫓아 군영으로 들어갔다. 윤사와 함께 대군의 중당(中堂)에 오른 윤상은 처마 밑에서 허리를 꺾었다. 이름을 말하고 들어가려 할 때 안에서 옹정의 웃음 머금은 목소리가 들려왔다.

"날씨도 더운데 격식차리지 말고 어서 들게!"

안으로 발을 들여놓자마자 완전히 별천지에 온 것 같은 청량감이 온몸에 전율을 느끼게 했다. 방안 네 구석에는 커다란 얼음덩어리가 대야에 담겨 있었다. 아직 병색이 남아있는 윤상은 몸을 소르르 떨었다. 앞장 선 윤사가 무릎을 꿇어 머리를 조아렸다. 격식차리지 말라는 옹정의 명령이 있었는지라 이들은 머리를 세 번 조아리는 것으로 대례를 마치고는 물러나 한 쪽에 무릎을 꿇어앉았다. 햇빛이 쨍쨍한 밖에서 방안으로 들어오니 앞이 캄캄하여 아무 것도 보이지 않았던 마제는 한참 후에야 천천히 옹정을 뜯어볼 수 있었다. 흰비단 생사영관(生絲纓冠)을 쓰고 푸른색 두루마기를 입고 보석이 박힌 금띠를 허리에 두른 옹정은 서안(書案) 앞에 정좌하고 있었다. 방포와 장정옥이 양옆에 시립하고 있었다. 커룽둬와의 의견충돌에 대해 어떤 식으로 아뢸 것인가를 고민하고 있을 때 윤사가 먼저 운을 뗐다.

"처음 들어왔을 때는 실내가 너무 어두워 미처 못 봤는데, 지금 뵈오니 용안이 대단히 좋아 보이십니다. 조금 수척하고 햇볕에 그을려 피부가 검게 보이지만 도리어 더 건강해 보이십니다. 요즘 쾌마(快馬) 편으로 하루에 한 번씩 보내오는 소식에 따르면 폐하께서는 아직 산동성에 체류 중이라 하였기에 신은 적어도 5일은 더 걸릴 거라고 생각하여 긴장을 늦추고 있었습니다. 이제 보니 폐하께선 편복 차림으로 미행(微行)을 하셨군요. 백성들에게 다가서는 친민(親民) 자세는 대단히 바람직하오나 만승지군으로서 만에 하나 신변 위협을 받으시면 어이합니까?"

눈물이 그렁그렁하여 이 같이 말하는 윤사는 어느새 흐느끼며 울음소리까지 냈다. 그 감정의 진위를 떠니 장정옥은 한바탕 자괴감에 휩싸였다. 그러나 윤사를 너무나 잘 아는 커룽둬는 겨우 진정된 마음이 또다시 얼음물을 끼얹는 듯 소롯했다. 간사하다거나 교활하다 해도 이 정도일 줄은 정녕 몰랐던 것이다. 이런 사람을 힘껏 밀어 옥좌에 앉힌다 해도 고생문이 훤할 건 자명한 일이라고 커룽둬는 생각했다!

"생각해 줘서 고맙네."

미소를 머금고 옹정이 그만 일어나라는 손짓을 했다.

"수레에 앉아 주마관화(走馬觀花)하는 격인데, 미행을 했다곤 하지만 뭘 제대로 보기나 했겠나? 연갱요가 입성하는 기일에 늦어질까 봐 객상(客商) 차림으로 부랴부랴 들어왔더니 하마터면 풍대 대영에도 들어오지 못할 뻔했네!"

말을 마친 옹정은 싱긋 웃었다. 그리고는 한숨을 내쉬며 말을 이었다.

"이번 순시에 얻은 것이 퍽 많네! 작은 식당에서 밥을 먹어보니 옹정전(雍正錢)이 아직 제대로 유통되지 않고 있다는 사실을 알게 됐고, 은 1냥에 옹정전 8백 전(錢)밖에 환전할 수 없어 어디라 할 것 없이 금고엔 새로 주조한 옹정전이 먼지를 뒤집어쓰고 있다는 사실도 알게 되었네! 그리고, 지주들이 탈세를 꾀하여 땅을 진신(縉紳)들의 명의로 등록해 놓아 조정의 세수 정책을 마비시키고 있다는 충격적인 사실 또한 짐이 두 눈으로 똑똑히 확인했네. 짐이 만약 귀하신 나라님 입네 하고 구중궁궐에만 앉아 있었더라면 어느 세월에야 이런 병폐를 알 수 있었겠나? 마제, 황상(皇商)들의 거래는 물론 염세(鹽稅)를 비롯한 각종 세금을 징수 할 때 이제부터는 백은(白銀) 대신 옹정전을 받으라는 정령(政令)을 내려 보냈나?"

점점 분위기가 편안해지자 커룽둬를 지나치게 의심한 것이 아닌가 하는 죄책감을 느끼고 있던 마제가 조심스런 웃음을 지으며 급히 아뢰었다.

"정기(廷寄)는 신과 커룽둬 중당이 함께 열흘 전에 벌써 각 지방으로 내려 보냈사옵니다. 지리적으로 먼 광동성이나 운남성, 귀주성에서는 아직 못 받았을 수도 있사옵니다. 관신일체납량(官紳一體納糧) 제도는 전문경이 시행에 들어갔사오니 앞으로 지의에 따라 처리하도록 하겠사옵니다."

"그래, 잘했네."

옹정이 차를 한 모금 마시고 고개를 끄덕였다. 그리고는 이번엔 윤사를 향해 물었다.

"여덟째, 몸이 안 좋다더니 그래 좀 어떤가?"

"폐하의 관애(關愛) 덕분에 많이 좋아졌습니다."

윤사가 몸을 숙여 급히 아뢰었다.

"열이 나고 머리가 좀 어지러운 증상을 보였사온데, 오늘부터 털고 일어나지기에 코에 바람도 넣을 겸 나왔습니다. 그런데 때마침 폐하를 뵐 수 있다니 정말 기쁩니다."

"그게 바로 연분이라는 거네."

옹정이 웃는 듯 마는 듯한 표정을 지으며 담담하게 입을 열었다.

"좋아졌다니 다행이네. 자네가 맡아서 해 줘야 할 일들이 좀 있는데 잘 됐네. 윤당이 요 며칠 새에 연갱요를 따라 돌아올 거네. 노군(勞軍)에 대해선 자네가 수고해 주어야겠네. 기인(旗人)들에게 땅을 분배하는 일도 벽이 높고 윤아와 윤제가 빚진 관원들과 관계가 복잡한 것도 문제가 되네. 자네 말은 잘 들을 것 같으니 힘 닿는 데까지 설득해 보게!"

말을 마친 옹정의 얼굴엔 실낱같은 웃음기마저도 사라지고 없었다. 눈꺼풀을 착 내리 깔고 차를 마시며 옹정은 말문을 닫았다. 보군통령아문의 군사들이 창춘원으로 들이닥친 사건을 어떻게 정당화시킬까 고민하고 있던 윤사는 옹정의 이 같은 말에 간단한 것부터 대답하기로 했다.

"노군에 대해선 신이 커룽둬, 마제 두 중당과 십삼아우와 더불어 수 차례나 머리 맞대고 지혜를 모았기 때문에 절대 차질은 빚지 않을 것이오니 안심하십시오. 이제 남은 일은 연갱요의 군사들이 북경에 도착하였을 때 묵을 곳을 정해주는 것입니다. 푹푹 찌는 날씨에 민방(民房)에 재울 수도 없고 마땅한 곳이 선뜻 떠오르지 않습니다. 십삼아우가 병상에 누워 있어 어쩔 수 없이 신이 외삼촌과 상의하였습니다. 겨우 고안해 낸 방법이온데 해 봤자 3천 명밖에 안 되는 사람들을 풍대 대영에 배치하는 것이 무난할 것 같습니다."

"음."

"그리고 기인(旗人)들에게 둔전(屯田)하는 일도 거의 처리가 되어 가고 있습니다. 현재 북경에 마땅한 직업이 없는 기인은 3만 7천 명이 넘습니다. 이들에게 1인당 40무(畝)씩 내주어 농사를 짓도록 할 것입니다. 모두 순의, 밀운 등 경기 일대에 있는 최고로 비옥한 땅이며 집과도 가까워 별 어려움은 없을 것으로 예상하고 있습니다."

"음."

"윤아와 윤제도 나름대로 어려움이 있다고 생각합니다."

사실 윤사는 어떻게든 윤아와 윤제에게서는 비켜가고 싶었다. 팔기병 자녀들이 둔전을 피해가기 위해 친왕에게까지 선을 대려고 바둥대는 현실을 꼬집어가며 옹정의 주의력을 팔기인들에게 집중시켜보려고 했다. 그러나 이러한 윤사의 속내를 들춰보기라도 한 듯 옹정은 연신 "음, 음"만을 반복하며 말을 아끼는 데야 어찌할 도리가 없었다. 어쩔 수 없이 윤사는 마른침을 꿀꺽 삼키며 말을 잇는 수밖에 없었다.

"윤아는 그곳의 수토(水土)가 몸에 맞지 않아 설사가 멈추지 않는다고 합니다. 장작개비처럼 비쩍 말랐다며 십삼아우에게 서신을 보내 십삼아우더러 폐하께 주하여 북경에 몸조리하러 오고 싶다고 합니다. 열넷째는 폐하께서도 아시다시피 성격이 좀 유별 납니다. 뭔가 심기가 불편한 건 사실입니다만 결코 조정에 대한 원망은 없었습니다. 신을 봐서라도 폐하께서 널리 용사(容赦)하시고 북경에 돌아온 뒤에 엄격히 다스리도록 시간을 주십시오."

말을 마친 윤사의 시선이 옹정에게 머물렀다.

한참 동안 이렇다 할 반응을 보이지 않던 옹정이 오랜 침묵 끝에 비로소 냉소하며 말했다.

"짐은 밖에서 비바람 세례를 받으며 고생하고 돌아왔는데, 자네
들은 고작 짐을 놀리는 게 전부인가? 듣기에 제법 그럴싸해 보이
는데 과연 모든 것이 사실인가? 아무리 비옥한 땅을 집 앞에 마련
해 준다고 해도 아직까지 농사지으러 간 기인은 하나도 없네. 대신
배분받은 땅은 다른 사람을 시켜서 농사짓게 하거나 한 술 더 뜨는
자들은 팔아먹기까지 한 실정이지! 인간을 어떻게든 구제해 보려
고 했더니 도리어 그들의 몰락을 부추기는 격이 되고 말았네! 열
째, 열넷째 둘 다 병을 안고 있는 건 짐도 아네. 그러나 이들은
결코 약물이나 침으로 쾌유될 수 없는 심병(心病)을 앓고 있지.
심병이 나으면 몸뚱아리도 저절로 좋아지게 돼 있네. 짐은 등극
이래 모두 140여 명의 관원들 집을 압수수색했네. 이번엔 짐이
떠나기 사흘 전에 이회(李熙)네를 비롯한 스물 네 집을 압수한다
는 주비(朱批)를 내렸는데, 어찌하여 여태 발송하지 않고 있단
말인가? 응?"

심한 말로 문책하지는 않았지만 느릿느릿한 말속엔 서리가 끼
어 있었고, 구구절절 칼날 같은 예리함이 듣는 이로 하여금 섬뜩하
게 했다. 윤상마저도 옹정이 이러다가 홧김에 윤사를 죽여버리는
건 아닌가 하는 불안감에 휩싸일 정도였다.

"아뢰나이다, 폐하!"

윤사가 가장 두려워 하는 것은 옹정이 커룽둬의 창춘원 진입사
건을 철저히 추궁하는 것이었다. 구체적으로 창춘원 사건은 언급
하지 않았지만 옹정이 보이는 이 같은 태도는 결코 자신에게 우호
적일 수 없다는 것을 단적으로 보여주고 있었다. 윤사는 불안하기
이를 데 없었지만 그럴수록 갈 데까지 가보자는 오기가 생겼고

마침내 용기내어 큰소리로 말했다.

"사실 신이 구태여 아뢰지 않더라도 폐하께선 방금 지적하신 모든 일들을 처리하기가 얼마나 힘이 들 것이라는 건 알고 계십니다. 선제께선 얼마나 영명하셨습니까? 당금께선 또 얼마나 강의(剛毅)하시고요? 시세륜은 또 얼마나 청렴하고 강직합니까? 강희 46년부터 세 분은 국고환수 작업에 매달려 왔습니다. 18년 동안 거둬온 가시적인 성과가 하루아침에 흙더미 무너지듯 하겠습니까? 그렇지 않아도 관원들이 불안하여 마음 둘 데를 모르고 있는 마당에 일흔 살 고령의 이희를 그 옛날의 하늘을 찌르는 공적과는 무관하게 재산을 깡그리 빼앗아 집도 절도 없이 고쟁이바람에 거리를 떠돌게 한다면 신하들의 마음은 다시금 얼음 구멍에 빠져버릴 겁니다. 신은 별 재주도 없고 힘도 미약하여 도저히 이 일을 잘 해낼 자신이 없습니다. 차라리 누구처럼 수릉(守陵)을 가는 한이 있더라도 말입니다. 아뢰옵기는 이 방면의 유능한 인재를 기용하여 신을 대체하여 주십시오. 신으로 하여금 어영부영 하여 나라의 대사를 어기는 큰 죄를 범하지 않도록 배려하여 주십시오!"

평소에 겉으로 드러나 보이는 온유함은 그에게 '여덟째부처', '팔현왕'이라는 별명을 갖게 했고, 그 이름에 걸맞게 누구 앞에서는 귀에 거슬리는 말을 안 하는 윤사였다. 그러나 이 시각 윤사는 다름 아닌 옹정의 면전에서 음성을 높이고 말았던 것이다. 사람들은 경악한 나머지 잔뜩 숨을 죽였다. 삽시에 실내에는 쥐 죽은 듯한 정적이 감돌았다.

37. 개선가(凱旋歌)

흠칫 놀라긴 마찬가지였지만 이내 마음을 가라앉힌 옹정이 윤사를 뚫어지게 바라보며 말했다.

"여보게, 여덟째! 자네 왜 이러나? 이건 성질 부릴 일이 아니지!"

자리에서 벌떡 일어나 느릿느릿 발걸음을 떼어놓으며 옹정이 천천히 입을 열었다.

"짐은 인정사정 없는 '빚쟁이 황제'로 악명이 높다는 걸 알고 있네. 물론 적당히 시은(施恩)은 해야겠지만 자네 방식은 취할 바가 못 되네. 이치(吏治)를 정돈하고 나서 짐은 이 악명이 스스로 떨어져 나가도록 할 자신이 있네. 지난번 류묵림이 풍간(諷諫)을 올렸는데, 시 한 수였네. 그 중 집을 압수수색 당한 사람들의 고충을 일컫는 대목에서 '인사(人事)는 마치 연희 뒤끝 같아서, 배반 (胚盤)이 낭자(狼藉)한 가운데 만취한 군노(群奴)들의 신세 타령

만 가득하다'고 했네. 짐이 말하고 싶은 건 먼저 달콤한 맛에 길들
어 있는 자는 뒤에 필히 씁쓸함을 맛볼 것이요, 쓴맛을 두려워하지
않는 자에겐 반드시 달콤한 행운이 찾아든다는 거네. 과연 자네
말대로 시궁창 같이 더러운 탐관오리들이 흡혈귀처럼 빨아들인
검은 돈으로 고무풍선처럼 비대해지고 자손 대대로 떵떵거리며
살게끔 방치해 둔다면 국법은 어찌 발을 붙일 수 있겠고, 이에
따른 민심 이반은 어떻게 막을 것인가? 탐묵(貪墨)은 바로 국적
(國賊)이네. 짐이 탐관오리들의 은닉재산을 빼앗아 짐의 내고(內
庫)를 채우려는 것도 아니고, 짐의 안주머니를 충족시키려는 것도
아닌데, 짐에게 무슨 잘못이 있다고 큰 소리야 큰 소리는! 말해
봐, 여덟째!"

"지금 관원들은 저마다 자라보고 놀란 가슴을 부둥켜안고 있습
니다."

윤사는 전혀 굽히려 하지 않았다.

"꿈속에서조차도 보통이 둘러메고 도망다니기 일쑤라고 합니
다! 관원들이라면 명색이 사대부인데, 어느 정도의 체통은 살려줘
야 하지 않겠습니까? 필경은 조정의 일꾼들입니다!"

국고환수, 해도 해도 끝이 없는 골칫덩어리 국책(國策)을 두고
옹정과 한 판 입대결을 벌이려는 듯 윤사는 좀처럼 느슨해질 기미
를 보이지 않고 바투 들이댔다. 옹정의 얼굴에 먹구름이 무거워지
고 곧 발작할 것만 같은 느낌을 받은 장정옥이 방포에게 눈짓을
보냈다. 그러자 방포가 알겠다는 듯이 웃음을 머금더니 말했다.

"여덟째마마, 폐하께서 말을 달려오시느라 여독이 만만찮으실
것이니 하실 말씀이 있으시면 나중에 천천히 의논하는 것이 좋겠
습니다."

"이 일에 있어서는 자네의 의사에 휘둘릴 짐이 아니네. 푸줏간 장씨가 없다고 설마 산돼지를 털째로 먹을까봐?"

옹정의 말속엔 독기가 다분히 서려 있었다. 옹정은 미간을 좁혀가며 윤사를 노려보았다.

"자네는 참 좋은 사람이네. 늘 자기보다 다른 사람의 안위를 먼저 염려하니 말이네. 짐과 같은 평범한 주군이 어찌 부담스럽게 자네 같이 출중한 현자(賢者)를 부릴 수가 있겠나? 몸도 성치 않은데, 당분간 집에 있으면서 몸조리나 잘하게. 짐이 따로 지의를 내릴 것이니."

이를 가는 소리가 들리는 듯한 날카로운 비아냥거림에 사람들은 가슴이 철렁 내려앉았다. 그러나 윤사는 여전히 주눅이 든 기색을 보이지 않았다.

"신은 폐하와 정견(政見)이 일치하지 않을 뿐 폐하를 무시하거나 욕되게 하려는 마음은 없습니다. 폐하의 뜻이 그러시다면 신은 당연히 어명을 고이 받들어 집에서 몸조리하며 조용히 책 읽는 시간을 가질 것입니다."

몸을 일으켜 다시 한 쪽 무릎을 꿇어 인사하고 윤사는 곧 물러가려 했다. 거친 숨을 몰아쉬느라 가슴이 오르락내리락 하던 옹정이 갑자기 힘차게 손을 쭉 뻗으며 말했다.

"잠깐만!"

막 출입구 쪽으로 발걸음을 뗀 윤사는 갑작스런 옹정의 고함소리에 흠칫하며 멈춰 섰다. 그는 곧 몸을 돌려 상체를 깊숙이 숙여 절하며 공손히 말했다.

"지의가 계십니까, 폐하?"

"자네가 읽고자 하는 책들은 모두 관리로서의 도리와 자질을 논하는 것들일 테지?"

어느새 평상심을 회복한 옹정이 입가엔 여전히 경멸어린 냉소를 걸고 서류더미 속에서 뭔가를 꺼내 커룽둬에게 건네주었다.

"외삼촌, 이위가 올려보낸 상주문인데, 가난 때문에 자식을 팔아야만 하는 여인네의 피맺힌 한을 담은 〈매자시(賣子詩)〉라는 시가 들어 있소. 염친왕더러 가지고 가서 따뜻한 아랫목에 배 깔고 누워 한 글자 한 글자 되새김질하며 곱씹어 보라고 하게. 백성들은 나라의 근본이거늘 염친왕이 부디 '염(廉)'자의 의미를 바로 알고 백성들을 진심으로 위하는 환골탈태하는 계기가 되었으면 하네!"

땀이 흥건한 두 손을 덜덜 떨며 이위의 상주문을 조심스레 받아든 커룽둬가 윤사에게로 다가가 건네주었다.

"지의에 따르겠습니다."

길게 엎드려 머리를 조아리고 일어선 윤사는 상주문을 옷소매에 집어넣고 횡하니 걸어나갔다.

대나무 같이 꼿꼿하게 멀어져가는 윤사의 뒷모습을 노려보던 옹정이 소리없이 긴 한숨을 토해냈다. 그리고는 마제와 커룽둬를 향해 물었다.

"자네 둘은 또 무슨 일인가? 대체 창춘원에 무슨 일이 있었기에 두 부대가 저토록 살벌하게 대치하고 있는 겐가?"

눈, 코, 입이 갈 곳을 잃은 마제의 신통찮은 표정을 훔쳐보며 그 입이 먼저 터지는 날엔 자신이 그대로 생매장 당하고 말 것 같은 두려움을 느낀 커룽둬가 황급히 손짓발짓까지 해가며 나름대로 자초지종을 설명했다. 선박영을 관장하고 있는 십칠황자 윤례가 고북구로 가고 없는 틈을 타 사악한 무리들이 활개칠 것을 우려하여 셋째패륵 홍시에게 보고올리고 윤사와 상의 하에 어찌 어찌 작전을 짰노라고…… 입가에 거품이 일도록 말했다. 그러고도 마음이 놓이지 않는지 다시금 마제의 눈치를 힐끔 살피며 커룽둬가 덧붙였다.

"어가의 귀환을 앞두고 원(園)을 정돈한다고 하여 정무에 방해가 되는 것도 아닌데, 군정(軍政)을 책임진 대신도 아닌 마 중당이 돌연 개입하는 바람에 오히려 사단을 일으키고 말았사옵니다. 류철성이 창춘원에서 시위들을 모아 놓고 신을 모독하는데, 그 굴욕을 겨우 참았사옵니다. 체면이 휴지처럼 마구 구겨져 진흙탕에 내던져진 기분이옵니다……"

이 같이 자신의 억울함을 극구 주장하며 하소연하는 커룽둬의 눈언저리는 뻘개졌다.

"나도 엄연히 영시위내대신이오. 폐하의 안전은 자네 한 사람의 책임인 것만은 아니란 말이오."

마제가 오기어린 턱짓으로 커룽둬를 향하며 말했다.

"궁을 들춰도 좋고 원을 정돈하는 것도 좋은데, 사전에 폐하께 보고 올리고 지의에 따라 움직였어야 했소. 우리가 같이 의논 하에 결정한 일일지라도 예의에 어긋나는 일일진대 하물며 방 선생과 십삼마마, 나 모두 전혀 모르고 있었소!"

자신이 거론된 이상 침묵할 수 없었던 윤상이 짧게 한숨을 내쉬며 말했다.

"이 일의 주된 책임은 내게 있소. 몸뚱아리가 말을 듣지 않아 직접 챙기지 못해 이렇게 된 것 같은데, 두 사람이 서로 미워할 건 없소."

줄기침이 올라왔다. 목구멍이 비릿비릿했다. 입안에 피가 고였다는 걸 직감한 윤상이 감히 뱉어낼 수가 없어 그대로 삼켜버렸다.

마제와 커룽둬가 설전을 벌이고 있는 사이, 방포는 내내 미간을 찌푸리고 생각에 잠겨 있었다. 상서방의 유일한 포의대신(布衣大臣)으로서 그는 참찬권(參贊權)은 있어도 결책권(決策權)은 없었다. 그러니 커룽둬가 사전에 자신을 찾아 상의하지 않은 것에 대해선 마땅히 뭐라고 질책할 게 못 됐다. 그러나 사적(史籍)을 통달하여 역사를 숙지하고 있는 방포는 불안감을 떨칠 수가 없었다. 신하가 주군의 허락도 없이 사사로이 금원(禁苑)을 수색하는 방종을 저지른 행위는 조조(曹操), 사마씨(司馬氏), 동혼후(東昏侯) 등 난국(亂國) 간신들을 제외하고는 당나라 이후로는 없었다. 이 사건이 몰고 온 공포는 단순히 커룽둬의 방종으로 그치지 않고 그 배후에 더 엄청난 세력이 뒷받침되어 있을지도 모른다는 데서 비롯됐다. 그러나 워낙 경사(京師)의 인사(人事)란 소 털 같이 복잡한지라 마땅히 집히는 곳은 없었다. 잠시 생각하여 방포가 말했다.

　"아무리 국사(國事)를 위해서라곤 하지만 국구(國舅, 황제의 외삼촌)께서는 다른 이들과 상의했어야 했소. 우리가 선례를 중시하는 건 후세에 미칠 영향을 고려하기 때문이오."

　순간 얼굴이 벌겋게 달아오른 커룽둬가 반박했다.

　"방 선생을 몇 번씩이나 찾았어도 어디에도 없었소. 오늘에야 방 선생이 십삼마마한테 있었다는 걸 알았소."

　그러자 마제가 끼어 들었다.

　"보군통령의 1천2백 명 군사들은 내가 쫓아냈는데, 당신은 어찌하여 류철성까지 물고 늘어지는 거요. 뻔뻔스럽긴 쇠가죽 같은 사람이군. 이번 사건을 내가 소상히 주명(奏明)하여 당신을 참핵하고 말 거요!"

"마제, 진정하게."

윤상이 애써 웃음을 지으며 말했다.

"국구께서도 좋은 뜻에서 그랬을 거네. 선제께서 열하(熱河)를 순시하실 적에도 피서산장(避暑山莊)을 미리 정돈하곤 했잖소!"

"그것과는 다릅니다. 그때는 폐하의 윤허를 받고 지의에 따라 움직였습니다!"

마제의 목 핏줄이 불끈거렸다.

"언젠가 제멋대로 군사를 데리고 피서산장에 진입했던 간 큰 능보(凌普)는 벌써 정법(正法)에 따라 처리된 걸로 알고 있습니다!"

"무슨 말이 그래!"

커룽둬의 눈에서 불기둥이 뿜어 나왔다.

"내가 모역(謀逆)이라도 일삼았다는 거요?"

그러자 마제가 무섭게 받아쳤다.

"난 당신을 모역했다고 말하진 않았소. 난 지금 능보를 말하는 중이오!"

사람들이 그 존재를 깜빡할 정도로 옹정은 내내 조용히 듣기만 했다. 급기야 몇몇 대신들이 얼굴을 붉히고 고성이 오가는 걸 보며 옹정이 갑자기 푸우 하며 웃었다.

"다들 왜 이리 간화(肝火)를 내뿜고 이러나? 군전실례(君前失禮)도 잊었나? 국구께서 이 일에 있어선 소홀했네. 그러나 그 누가 짐을 배신한다고 해도 짐은 국구만은 모역을 꾀하는 일은 없을 거라 믿네. 마제, 자네도 의심이 지나치네. 다시 안 볼 사람들도 아니고…… 이러지들 말게. 시간이 흐르면 모든 진실은 저절루 밝혀지게 돼 있네. 천천히, 우리 시간을 가지고 천천히 지켜보자고. 이 일에 대해선 어느 누구도 더 이상 추궁하지 말도록. 알겠나?"

옹정이 결코 이 사건을 가볍게 넘기지는 않을 거라고, 마제와 커룽둬 두 사람 중 누군가는 코피 한 번 터질 거란 생각을 하고 있던 사람들은 의외로 담담하게 반응하는 옹정에게 놀라워 했다. 큰 일을 작게, 작은 일은 없애버리려는 뜻이 다분했다. 간이 콩알만해져서 두려움에 떨고 있던 커룽둬를 비롯하여 이를 지켜보던 모든 사람들의 표정도 차츰 편안해 보였다. 그러나 여전히 심기가 불편한 듯 마제가 머리 조아렸다.

"신은 국구 커룽둬 중당과 사적인 원한은 없사옵니다. 보군통령 아문의 군사가 대규모로 창춘원 밖에 집결하고 있는 모습은 보기에도 거슬리고 소문이 나면 파장이 클 걸로 예상되옵니다. 신은 폐하께서 커룽둬 중당에게 명령하여 병사들을 귀대시킬 것을 주청하옵니다!"

옹정이 웃으며 좌중을 둘러볼 뿐 말이 없었다. 그러자 장정옥이 나섰다.

"신도 마제의 의견에 공감하옵니다."

이에 대해 방포의 뜻은 "기왕에 왔으니 안주해야 한다"는 식으로 정반대였다.

"국구의 체면을 너무 고려하지 않는 것도 아니 될 말일세."

옹정이 마디마디에 힘을 주며 말했다.

"이네들을 돌려보내는 것도, 창춘원으로 들여보내는 것도 타당치는 않네. 이춘풍이 거느리고 있는 1천여 명의 군사들을 선박영 밑으로 편입시키고, 명의상 선박영이 정원(靖園)하는 것으로 하되 국구가 총지휘를 맡는 게 좋겠네. 십삼아우, 이렇게 알고 장우더러 지의대로 처리하라고 하게."

윤상과 커룽둬가 물러가자 옹정이 그제야 장정옥을 향해 웃으며 말했다.

"형신, 북경에 돌아오자마자 한 차례 용쟁호투(龍爭虎鬪)를 구경하게 될 줄은 몰랐네!"

마제가 화를 주체할 수 없어 씨근대자 장정옥이 말했다.

"이봐, 마 중당! 길게 내다보시게!"

양심전 총관태감인 이덕전이 몇 십 명 태감들을 데리고 문안올리러 들어와서야 대신들은 비로소 물러났다. 그 날 저녁, 옹정의 어가는 창춘원으로 돌아왔다. 더렁태, 어룬따이, 류철성, 장오가 등 시위들이 창춘원의 고유 호위와 친병들을 거느리고 새로 편입돼 온 이춘풍과 함께 창춘원을 철통처럼 둘러싸고 있었다. 바람도 자고 파도도 잠든 듯 아무런 일도 발생하지 않았다.

한편 뱃속 가득 이름 못할 화를 담고 집에 돌아온 윤사는 '몸조리' 한 지 불과 열두 시간만에 창춘원에서 날아든 지의를 받았다. '연갱요가 입성한 뒤 포로 헌납식과 검열의식은 여전히 염친왕이 관장한다'는 것이었다. '염친왕을 능가할 적임자는 없다'는 말과 '이 나라와 더불어 숨쉬는 친왕으로서 질고(疾苦)로 누워서 업무를 보는 한이 있더라도 나 몰라라 하여 짐을 실망시키는 일은 용서하지 못한다!'는 쐐기를 박아 미리 염친왕이 거절하지 못하도록 조치해 놓은 데 대해 윤사는 달리 어쩔 수가 없었다. 옹정의 뜻은 자명했다. 병든 몸을 이끌고서라도 일을 하라는 것이었다. 귀싸대기를 때려 내쫓을 때는 언제고 '몸조리' 한 지 열두 시간만에 이건 또 뭔가? 쓴맛, 매운맛, 신맛이 어우러져 뭐라고 형언할 수 없이 괴로운 윤사는 그제서야 '남의 처마 밑에서 저절로 고개가 숙여진다'는 참뜻을 이해할 수 있을 것 같았다. 머리 조아려 지의를 받고 난 윤사는 가까스로 마음을 다잡고 상서방으로 나갔다.

예부, 병부, 호부의 사관들을 일일이 접견한 윤사는 곧 연갱요 부대를 맞을 준비에 착수했다. 어디에 채방(彩坊, 색종이, 능직비단. 나뭇가지 등으로 장식한 가건물)을 설치하고 어디에 노붕(蘆棚, 갈대로 엮은 천막)을 만들 것인지, 백관들은 어디까지 영접 나갈 것인지를 일일이 상의하고 결정했다. 이밖에 관원들의 배열순서를 정하고 북경 근교와 연갱요가 경유할 경기 지역의 백성들에게 명령을 내려 집집마다 향안(香案)을 마련하고 가가호호 폭죽을 터뜨리고 향차(香茶)와 미주(美酒)를 내오도록 했다. 그 날을 축제의 분위기로 만들어 만백성들이 즐겁게 먹고 마시고 놀며 대장군의 개선을 마음껏 환영하는 명절로 만들겠다는 것이었다. 다행스러운 것은 데리고 일할 부원대신과 관원들이 모두 윤사의 손이 많이 간 옛 부하들이었기에 일은 척척 손발이 맞았다. 터질 것만 같던 윤사의 기분도 차츰 전환이 되어갔다.

드디어 음력 5월 8일 연갱요의 병마가 장신점(長辛店)에 도착했다는 소식이 날아들었다. 이 속도대로라면 9일에는 무난히 풍대에 도착할 것이고 잠시 숨돌리고 넉넉히 10일에는 입성하여 검열을 받을 수 있을 것이다. 준비가 다 돼 갔지만 혹시나 손가락으로 먼지를 확인할 정도로 깐깐한 옹정에게 한 소리 들을 건더기라도 있지 않을까 걱정한 윤사는 더위를 무릅쓰고 친히 현장에 나가 둘러보고서야 비로소 마음놓고 창춘원으로 가서 패찰을 건넸다.

단오명절이 막 지난 때라 창춘원엔 석류꽃이 지고 월계화가 만개해 있었다. 피를 토하는 듯한 붉은 꽃송이가 녹수(綠水)가 떨어질 것 같은 싱그러운 잎에 살포시 안겨 화사하게 웃고 있었다. 금 항아리에는 장춘수(長春水)라고 하여 찰랑찰랑 담겨 있었고, 주문(朱門)에는 푸른 쑥이 특유의 향내를 발산하며 꽂혀 있었다. 꽃담을 이룬 자갈길에는 갖가지 정자를 번쩍이며 관원들이 두세 명씩 짝을 맞춰 오고 있었다. 개중에는 상서방대신들의 접견을 기다리는 축들도 있었고 접견을 마치고 물러나는 사람들도 있었다. 그들은 한결같이 연갱요 대장군의 개선을 논하느라 흥분에 들떠 있었다. 윤사를 발견한 그들이 한바탕 호들갑을 떨고 있을 때 담녕거 쪽에서 커룽둬가 깊은 생각에 잠긴 듯 고개를 절레절레 저으며 걸어오는 모습이 보였다. 잠깐 시선이 마주쳤으나 윤사는 고개를 꼬아 못 본 척했다. 그리고는 커다란 금 항아리 옆에서 한림들과 함께 서 있는 서준을 소리쳐서 불렀다.

"서준, 이리 와 보게!"

"부르셨습니까, 여덟째마마!"

서준은 날 듯이 다가와 미끄러지듯 한 쪽 무릎을 꿇었다.

"방금 폐하를 배알하고 나오는 길입니다. 연 대장군 환영식에 앞서 오문(午門)에서 포상을 할 모양입니다. 그에 따른 조유(詔諭)를 작성하는데, 다른 사람들의 문장이 시원찮아 장 중당의 관을 하나도 넘지 못했다 합니다. 방금 폐하께서 저를 부르시어 그 자리에서 작성해 보라고 하시기에 몇 글자 적어 올렸더니 의외로 대박 터진 거 있죠?"

흐뭇한 미소를 지어 보이던 윤사가 때마침 커룽둬가 지나가자 목청을 한껏 높여 물었다.

"폐하께서 다른 지의는 안 계셨어? 자네만 부르신 거야?"

그러자 서준이 몸을 일으키며 대답했다.

"한림원에서 올려보낸 문자는 너무 딱딱하다고 하셨습니다. 황제를 칭송하고 공로를 구가(謳歌)하고 덕망을 치하할 때는 품위 있고 우아하면서도 화려한 미문(美文)을 써야지 팔고문(八股文) 냄새를 풍겨선 안 된다고 했습니다. 사실 저의 문장은 좀 지나치게 화려하다 싶었는데, 폐하께서 좋아해 주시니 참 다행입니다! 아, 그리고 말입니다. 방금 그 자리에는 장 중당도 계셨는데 얼핏 들으니 커룽둬 중당께서 구문제독의 자리에서 물러나겠노라며 사표를 제출했다는 것 같았습니다."

순간 윤사의 머리 속이 벌집을 쑤셔놓은 것 같이 윙윙거렸다. 걱정했던 대로 커룽둬는 정말 손 씻고 나앉으려는 모양이다. 이걸 어쩐다? 잠시 멍하니 서 있던 윤사는 사탕 한 알 얻어먹고 그 단맛에 취해 아무 것도 모르는 서준에게 속마음을 털어놓아 봐야 허사라는 생각이 들었다. 그는 심드렁한 말투로 비아냥거리듯 말했다.

"손바닥만한 문장 한번 써먹게 된 게 그렇게 좋아? 아무튼 축하하네! 난 또 하도 싱글벙글하기에 조정에서 빼앗은 자네 아버지의 재산을 돌려준다는 줄 알았네! 정신 차려, 이 사람아. 펑붕(彭鵬)과 손가감(孫嘉淦)이 연합으로 자네에 대한 참핵문을 넣었다네. 폐하께서 삼복날씨처럼 변덕 많은 건 주지하는 바야. 악담하는 게 아니라 오늘 사탕 한 알 주고 내일 승장(謳匠, 감옥이 있는 골목 이름)에 처넣을지 모르니까!"

"그것들이…… 그것들이 무슨 일로 절 참핵한다는 겁니까?"

가슴이 터질 듯한 흥분에 겨워 있던 서준이 몽둥이에 뒤통수를 얻어 맞은 듯 얼떨떨해 하며 물었다.

"소순경인가 뭔가 하는 계집애 때문에 자네와 류묵림이 사이가 안 좋다며!"

윤사의 말은 끓였다 식힌 물처럼 맹숭맹숭했다.

"류묵림이 보친왕과 함께 노군차 서부로 떠난 틈에 자네가 술에 약을 타 먹이고 그 계집을 겁탈했다며? 그런 일 있어, 없어? 더 상세하게 말해줘?"

눈이 휘둥그레진 서준이 얼빠진 사람처럼 자신을 바라보자 윤사가 냉소하듯 말했다.

"자네는 재주는 좀 있네. 그러나 보다시피 대단히 못 돼 먹었지. 전에도 국물에 약을 타 자기 스승인 당경(唐敬)을 죽인 자네이고 보면 그리 놀랄 일도 아니지만 말이야. 그 당시 커룽둬가 나랑 호흡이 맞았으니 자네를 적극 보호했지만 이제 나도, 커룽둬도 망하고 나면 어쩔 거야? 종이로 불을 덮을 수 있어? 언젠가는 들통 날 일인데, 어쩌나 보자!"

말을 마친 윤사는 서준의 반응 따위는 아랑곳하지 않고 휭하니 가버렸다.

그늘 밑에 서 있었지만 서준의 온몸은 식은땀으로 후줄근했다. 소순경을 겁탈한 건 사실이었다. 류묵림이 북경을 떠난 지 사흘째 되던 날, 그는 소순경을 불렀다. 웬만한 자리에는 나타나길 꺼리는 소순경인지라 그는 왕홍서와 왕문소도 함께 불렀다. 노래 몇 곡 듣고 술상을 물리고 나자 그는 차에 약을 타 소순경에게 마시게 했다……. 그제서야 소순경이 처녀가 아니라는 사실을 알게 된 서준은 아무 것도 모르고 실오라기 하나 걸치지 않은 알몸으로 잠들어 있는 소순경을 발로 걷어차며 욕지거리를 했었다. 왕홍서와 왕문소는 일찍 갔고 다른 사람들은 전혀 모르는 일인데, 어디서 소문이 새어 나간 것일까? 당황한 서준은 당장 소순경을 죽여 인증(人證)을 없애는 것이 상책이라는 생각이 들었다. 류묵림이 두려웠던 것이다. 다른 동년배들이 다가와 술 한잔 사라며 졸랐지만 경황없는 서준은 애써 설득하여 다음 기회로 미루고는 창춘원을 나섰다. 그는 대기 중이던 가인(家人)에게 명령했다.

"가마를 대기시켜! 몰래 가흥루로 가서 무슨 수를 쓰든 소순경을 우리 집에 데려다 놓아야겠어!"

그러나 소순경은 가흥루 어디에도 없었다. 그 일이 있은 후 그녀는 전문(前門) 밖에 있는 기반가(棋盤街)로 숨은 지 오래 됐다. 정조를 잃은 상심과 절망이 그녀를 죽음의 경지에까지 몰아넣었던 것이다. 내리 사흘 동안 그녀는 먹지도 마시지도 자지도 않고 눈물에 절어 살았다. 장원급제한 왕문소의 체면만 안 봤더라도 서준을 만나지 않았을 것이다. 생각할수록 분하고 억울하고 후회막급이었다. 류묵림의 여자라는 걸 뻔히 알면서도 감히 나를 범하다니……. 인간은 과연 어디까지 악랄해질 수 있는가, 어디까지……. 눈물마저 말라버린 나날을 보내며 맑고 초롱초롱하던 그녀의 눈망울은 희뿌연 저 하늘처럼 흐리멍텅해지고 말았다. 기방(妓房)을 차리고 있으며 별의별 꼴을 다 보아온 기생어멈은 소순경 같은 경우도 비일비재하게 보아왔기에 저렇게 며칠 누워 있다가 분해서라도 떨치고 일어나겠거니 생각하며 걱정도 하지 않고 있었다. 그러나 연 며칠 물 한 방울 넘기지 않고 말라 죽어가는 소순경을 더 이상 지켜볼 수 없었던 기생어멈이 그제야 크게 당황하여 바싹 다가앉으며 위로를 했다.

"그래도 살아야 해, 이것아! 이보다 더한 경우를 당하고도 씩씩하게 사는 사람도 많은데, 왜 이래? 우리 이 바닥 년들은 결코 얼음조각 같은 순결함을 지키기란 하늘에 별 따기인 거야. 네가 하도 발버둥치며 정조를 지키려는 모습에 내가 감동받아 여태 널

빼내주고 감춰주고 했던 거야. 아니면 넌 그 류 뭔가 하는 탐화(探花)한테 주기 전에 벌써 빼앗기고도 남았어. 한 번 기생은 영원한 기생인 거야. 네가 아무리 고상하게 논다고 해도 누가 죽은 뒤에 열녀비라도 세워줄 줄 아냐? 지난번 아는 언니가 꽤 쓸만한 계집애들 몇 명 데려온 걸 봤지? 하남성 개봉에서 전문경이란 사람이 모든 기방을 폐쇄하라는 명령을 내렸다지 뭐야. 천민(賤民)을 해방시켜 주라는 폐하의 지의에 따라 애들을 풀어주어 '종량(從良, 새 삶을 시작함)'하게 했지만 그 애들은 밥통을 잃었다며 되레 원망한대잖아. 나팔수도 좋고 기생도 좋고 몇 백 년을 대대로 대물림받은 직업인데, 이제 와서 농사를 배우겠냐 공부를 하겠냐? 너나나나 운명이 기구한 건 마찬가지야. 괜히 기운 빼지 말고 팔자려니하고 살자꾸나!"

"……."

"그 류 탐화도 그저 하룻밤 남자쯤으로 생각하는 게 좋겠다."

소순경이 신경질적으로 돌아눕자 어멈이 그 어깨를 쓰다듬으며 말했다.

"남자 새끼들 쓸만한 게 몇이나 되겠냐? 난 평생을 살아오며 하나도 못 봤다! 술 처먹기 전에는 하나 같이 점잖을 빼지. 그러다가도 탐욕스런 맹수로 돌변하는 건 순식간이고."

신세타령하듯 어멈이 중얼거렸다. 이때 잠자코 있던 소순경이 벌떡 일어나 앉으며 악에 받친 듯한 표정을 지어 어멈을 무섭게 쏘아보았다.

"엄마는 엄마고, 나는 나야. 그리고 그 사람은 그 사람이고! 난 그 사람에게 다 줬어, 혼쾌히 말이에요. 그래서 죽어도 여한이 없어요! 그 사람에 대해 나쁜 소리 할 거면 나가줘요!"

"다 널 위해서 그러는 거잖아!"

소순경을 향해 얄미운 눈길을 주던 어멈이 고개를 떨구더니 씁쓸한 표정을 하고 한숨을 내쉬었다.

"……물론 나 자신을 위해서이기도 하지. 서준 어른은 웬만큼 뼈대있는 가문의 자손이 아닌 데다가 여덟째마마의 심복이고, 류탐화는 또 폐하의 성총을 한 몸에 받고 있는 실력가인데 어느 누구 손에 죽어도 난 뼈도 못 추릴 게 뻔해! 류 어른이 이제 곧 돌아올 텐데, 네가 잘못되기라도 하면 난 어떡하냐? 류 어른이 나더러 사람 내놓으라고 닦달할 텐데……. 얘야, 기생어미가 됐든 뭐가 됐든 그래도 한때는 네가 '엄마'라고 불렀던 나의 말을 좀 들어다오. 침 질질 흘리며 달려드는 남자들을 피해 널 빼돌려 준 정을 생각해서라도 말이야……."

이 같이 말하는 어멈의 볼을 타고 두 줄기의 눈물이 흘러내렸다. 손수건을 꺼내 눈물을 닦던 어멈은 북받치는 감정을 억제하지 못한 듯 엉엉 소리내어 울기 시작했다.

코를 벌름거리던 소순경의 눈에서도 굵직한 눈물이 하염없이 흘러내렸다. 두 손으로 얼굴을 가리고 그대로 무너져 내리며 소순경이 넋두리하듯 말했다.

"전 이제 다신 그이를 볼 낯이 없어요. 그렇지만 또 한 번쯤은 보고싶어요……. 괴로워하지 마세요, 엄마. 저…… 밥 먹을게요……."

약속대로 소순경은 차츰 밥을 먹기 시작했고, 며칠 뒤에는 일어나 걸을 수도 있을 정도로 빠른 속도로 원기가 회복돼 갔다. 다만 얼굴의 그늘은 걷힐 줄 몰랐고 퀭한 눈은 그대로였다. 사람을 싫어하여 평소 왕래가 잦던 언니들이 찾아가도 얼빠진 사람처럼 생각에 잠겨 있기 일쑤였다. 그녀는 류묵림이 돌아오기만을 손꼽아 기다렸다.

드디어 음력 5월 10일, 대장군 연갱요가 입성하는 날이 다가왔다. 성 안에는 필히 인산인해를 이룰 것이라는 생각에 사람들과 부딪치는 게 싫은 그녀는 일찌감치 향과 술, 음식을 챙겨들고 가마에 앉아 서직문을 나섰다. 길가엔 벌써 성 안에서 구경나온 사람들로 발 디딜 틈이 없었다. 사실 옹정은 즉위한 이래 한 번도 경사의 백성들 앞에서 공개적으로 모습을 드러낸 적이 없었다. 사람들이 만사를 제치고 먼 길도 마다 않고 일찌감치 나온 목적은 개선장군의 멋진 풍채를 구경하기 위해서이기도 했지만 더 중요한 건 '옹정황제가 어떻게 생겼는지'가 더 궁금했기 때문이다.

사람들이 모이는 곳이면 상인들이 끓기 마련이었다. 호기를 놓칠세라 갖은 먹거리를 파는 장사꾼들이 시합이라도 하듯 목청을 높여가며 손님을 부르고 있어서 역도(驛道) 양옆은 복잡하기 이를 데 없었다. 그러나 북경성을 많이 벗어날수록 사람은 드물었고 십리쯤 가니 인적이 거의 없었다. 소순경은 나무그늘을 찾아 향안을 설치하고 조용히 앉아 기다렸다. 이렇게 먼발치에서나마 류묵림을 한 번 보는 것으로 그녀는 만족했다.

새벽 5시 정각, 풍대 대영에서 세 발의 대포소리가 울려퍼졌다. 칼로 자른 듯 정렬한 병사들이 창을 치켜들고 출영했다. 이들은 역도를 따라 매 20장(丈) 거리에 채방(彩坊)을 만들고 중간중간에 초소를 설치했다. 채방 옆에는 장검을 불끈 쥔 군관이 한 명씩 배치되어 있었다. 군사들은 전부 새 군복으로 단장하여 한결 위엄이 느껴졌고 경계 또한 더없이 삼엄해 보였다. 그 모습을 멍하니 바라보며 소순경은 때가 오기만을 기다렸다. 얼마 후 요란한 말발굽 소리가 점점 가까워졌다. 몇 명의 군사들이 서북쪽에서 말을 달려 입성한 것이다. 연갱요가 입성에 앞서 연락병을 파견한 것 같았다.

그로부터 잠시 후 북경성에 있는 공진대(拱辰臺)에서 대포소리가 세 번 울려퍼졌고, 때맞춰 종고루(鐘鼓樓)에서도 북소리, 종소리가 진동을 했다. 이를 신호로 각 사찰에서도 대종(大鐘) 소리가 여기저기서 화답했다. 거의 동시에 노하역(潞河驛) 쪽에서 화각(畵角)이 긴 여운을 내며 일제히 울렸고, 군악(軍樂)이 하늘땅을 뒤흔드는 가운데 패도(佩刀)를 찬 500여 명의 교위(校尉)들이 뽀얗게 모래먼지를 일으키며 절도있게 걸어오는 모습이 보였다. 그 뒤를 이어 180마리의 건장한 노새들이 10문의 홍의대포(紅衣大炮)를 싣고 모습을 드러냈다. 신기한 것은 그렇게 무거운 짐을 싣고도 노새들은 고악소리에 맞춰 발걸음을 떼는 고난도의 묘기를 부린다는 것이었다. 연이은 굉장한 볼거리에 사람들은 눈 둘 데를 몰라 했다.

이윽고 의장대(儀仗隊)가 보이기 시작했다. 80명의 건장한 사내들이 저마다 용기(龍旗) 하나씩을 치켜들고 보무도 당당하게 지나가자 그 뒤론 54대의 수레 행렬이 이어졌다. 노란 뚜껑 일색인 수레였지만 맨끝의 두 대는 초록색과 자주색이었다. '취화자개상승(翠華紫盖相承)'을 뜻하는 것이었다. 120명의 군사들이 금월(金鉞)과 와과(臥瓜), 입과(立瓜), 대도(大刀), 홍등(紅燈), 황등(黃燈)을 들고 위엄있게 뒤따랐다. 소순경은 잠시라도 시선을 떼지 못하고 눈여겨보았다. 그러나 아직 연갱요의 모습은 보이지 않았다.

슬슬 조급증을 느낄 무렵, 64명의 군사들이 거대하다는 표현이

딱 어울리는 큰 장갑차를 호위하여 시야에 들어왔다. 장갑차 네 모퉁이엔 이품(二品) 관복을 입은 네 명의 장군이 가슴을 내밀고 장검에 손을 얹고 위엄있게 앞을 주시하고 있었다. 무표정한 구릿빛 얼굴은 악묘(岳廟)에 있는 4대 금강을 방불케 했다. 무려 두 장(丈) 높이는 될 것 같은 깃대 위에는 붉은 술을 달고 노란 띠를 두른 파란색 깃발이 팔랑거렸다. 그 위엔 주먹만한 황금색 글자가 선명하게 박혀 있었다.

欽命征西大將軍年
흠명 서정대장군 연갱요

　장갑차 뒤에는 연갱요의 중군 의장이 이어졌다. 노란 마고자를 입고 말을 타고 있는 10명의 어전시위(御前侍衛)들이 앞장을 섰고, 몇 십 명의 중군 호위들이 천자(天子)의 상방보검(尙方寶劍)을 받쳐들고 햇빛을 받아 유난히 반짝이는 노란색 절월(節鉞, 손도끼)을 높이 치켜들고 위풍당당한 대장군 연갱요를 둘러쌌을 뿐 다른 사람은 보이지 않았다. 중군 의장은 의외로 간단했다.

　비록 세상 돌아가는 물정엔 어둡다는 여자이지만 아홉째황자 윤당이 연갱요의 등 뒤에서 바싹 따라올 수 없다는 것쯤은 알고 있었다. 윤당은 황제에게 벌을 받아 그곳으로 보내졌기 때문이었다. 그러나 보친왕과 류묵림은 흠명을 받고 연갱요를 북경으로 안내하기 위해 파견된 사자(使者)인데, 어찌하여 연갱요의 주변에는 그림자조차도 보이지 않는단 말인가? 대장군의 개선을 환영하는 자리인데, 같이 나란히 나타나 주객이 전도될 것을 우려한 홍력이 멀리 떨어져 천천히 올 수도 있다고 생각을 해 보았지만 혹시 류묵림이 병들어 누운 건 아닐까 하는 못된 생각이 머리를 쳐드는 걸 어찌 할 수 없는 소순경이었다.

3천 명의 병사들이 다 지나갈 때까지 초조하고 불안한 생각에 잠겨있던 소순경은 그제야 자신이 나무그늘도 무색한 땡볕에 오랫동안 노출되어 있었다는 걸 느끼고는 맥없이 한숨을 지으며 일어섰다. 그녀는 입안에서 우물대듯 가마꾼에게 말했다.

"성으로 돌아가세. 서문으로는 들어갈 수 없을 테니 선무문으로 돌아가야 할거야……."

기어오르듯 가마에 탄 그녀는 맥없이 쓰러졌다. 기력이 혼미해진 것이다.

한편 성대한 환영을 받으며 북경 땅을 밟은 연갱요의 감회는 무량했다. 4월 초 청해성을 떠난 이래로 줄곧 황토로 새로이 닦은 길에서 향촉(香燭)과 선화(鮮花)의 세례를 받으며 최상의 대우를 받았다. 오는 길에 섬서, 감숙, 하남, 직예 4개 성(省)을 경유하면서 이들 경내에 들어서고 나갈 때마다 총독과 순무가 직접 나와 맞이하고 환송해 주었고 무릎 꿇어 예를 올리고 황제의 선식(膳食)을 방불케 하는 식사대접도 받았다. 지나는 곳마다 각 지역에서 선물한 '효도' 물품은 산처럼 쌓여 처치하기 곤란할 지경이었다. 가격으로 치면 백만 냥은 족히 될 것 같았다. 이 사람 저 사람 눈치 보여 북경에 들고 들어올 수 없게 되자 모두 각 지역의 번고(藩庫)에 잠시 맡겨 두었다. 서부로 다시 돌아갈 때 찾아갈 참이었다. 천승만기(千乘萬騎)에 둘러싸여 인산인해를 이룬 백성들의 미주(美酒), 생화(生花) 세례를 받으며 가는 곳마다 바람에 갈대가 쓰러져 눕듯 일제히 오체투지하여 감히 바라보지도 못하는 사람들의 추앙을 받으며 연갱요는 가슴 터질 것 같은 유아독존의 기분을 만끽했다. 자고로 신하된 사람으로서 이 영광, 이 행운을 향유한 사람이 이 연갱요 말고 누가 또 있으랴?

고개를 돌려보니 좌우 앞뒤 어디라 할 것 없이 금빛 찬란한 물결 속에 휩싸여 있었다. 용기(龍旗)가 하늘을 뒤덮은 가운데 혁혁공신 연갱요 대장군이 개선하였다! 일부러 마른기침을 한 번 하고 얼굴 근육을 긴장시켰다. 이제부터는 적당히 표정관리를 해야 했기 때문이다. 마구 치미는 환희를 눅자친다는 것이 그리 쉬운 일은 아니었다. 푸른색 비단 용포(龍袍)에 금빛 마고자, 노란 허리띠에 삼안공작화령…… 가만히 있어도 위엄이 묻어나고 눈이 부셨다. 북경성이 점점 가까워질수록 연갱요의 눈빛은 더욱 형형하게 빛났다. 잿빛의 거대한 서직문 앞에서 대기 중이던 3백 명의 예부 사관들이 멀리 장군기(將軍旗)를 발견하고는 일제히 무릎을 꿇어 하늘땅이 떠나가라 외쳤다.

"연 대장군의 만복안강을 기원합니다!"

연갱요가 가까이 올 때까지 함성은 이어졌지만 연갱요는 다만 사람들을 향해 짧게 고개를 까닥여 보이고는 시선을 거둬들였다. 이 시각 북경성에는 폭죽소리가 콩 볶듯 했고 향무(香霧)가 자욱했다. 구문제독과 순천부 아문의 병정(兵丁)들이 길을 꽉 메우고 있는 사람들을 밀어내기 위한 고육지책으로 손에 손을 잡고 사람 장벽을 만들었다. 연 대장군의 풍채를 구경하려는 사람들이 마구 밀려들면서 집집마다 문 앞에 마련한 향안(香案)은 아수라장이 되었고, 인파를 막아 연갱요의 3천 병사들에게 길을 내주느라 병정들은 땀범벅이 되어 있었다.

인파를 헤집고 겨우 오문(午門)에 도착했을 때는 미시(未時)가 다 된 시각이었다. 이곳은 통제가 워낙 철통 같아 백성들은 하나도 찾아볼 수 없었다. 술직차 북경에 온 지방관들을 포함하여 수천 명에 달하는 관원들을 간친왕(簡親王), 공친왕(恭親王) 두 황숙(皇叔)이 인솔하여 연갱요를 맞을 만반의 준비를 하고 있었다. 드디어 연갱요 대장군의 깃발이 보이자 앞장 선 윤사가 크게 외쳤다.

"백관들은 무릎 꿇어 대장군을 영접하라!"

윤사의 말이 끝나기도 전에 친왕 이하의 관원들은 일제히 무릎을 꿇었다. 눈앞의 광경에 놀란 표정을 짓던 연갱요는 허공을 가르는 채찍소리가 세 번 울려서야 비로소 정신을 차리고 급히 말에서 뛰어내렸다.

드디어 오문의 정문(正門)이 활짝 열리고 36명의 태감들에 의해 건뜻 들린 옹정황제가 노란 수레에 앉아 모습을 드러냈다. 때를 맞춰 고악소리가 진동했다. 좌액문 아래에는 360명의 창음각 공봉(供奉)들이 고악에 맞춰 입술을 벙긋벙긋 하며 시를 읊듯 노래하기 시작했다.

> 만천하에 상서로운 구름이 드리우고
> 경사로운 기운이 흘러넘치니 강산이 평화롭구나.
> 원융(元戎)이 혁혁하고
> 개선영웅의 기개 저 하늘을 찌르고
> 한 몸 던져 이 나라 위하는 충성 또한
> 산천초목을 감동케 하누나.
> 천추에 길이 빛날 공훈을 이룩하여 개선하니
> 온누리에 환락의 물결 넘치는구나……

우렁찬 찬가가 이어지는 가운데 미소를 가득 머금은 옹정이 수레에서 내렸다. 조용히 서서 노래가 끝나고 고악이 멈추길 기다렸다가 연갱요에게로 다가간 옹정은 친히 연갱요의 전포(戰袍)를 벗겨 주었다. 형식적으로 갑주(甲胄, 갑옷)를 벗겨준다는 것이었다. 황송한 마음에 서둘러 삼고구궤의 대례를 올리며 연갱요가 크게 외쳤다.

"만세, 만만세!"

대단히 흡족한 표정으로 연갱요의 일거수일투족을 지켜보던 옹정이 친히 연갱요를 일으켜 세우며 말했다.

"대장군이 직접 말을 달려오느라 수고 많았네!"

한 손으로 연갱요의 팔을 잡고 다른 한 손으로 백관들에게 일어나라는 손짓을 하며 옹정은 연갱요를 데리고 정문으로 들어갔다. 등뒤에서 발악에 가까운 윤사의 목소리가 들려왔다.

"백관들은 좌액문을 통해 대내로 입궁하여 연회에 참석하라!"

그제야 툭툭 털고 일어난 관원들의 입에선 저마다 부러움과 놀라움에 찬 쯧쯧 소리가 들려왔다.

하지만 그들 중 어느 누구도 '문관(文官)은 이곳에서 하교(下轎)하고, 무관(武官)은 하마(下馬)하라'는 팻말이 내걸려 있는 곳에 윤상과 함께 서 있는, 이제 막 북경에 도착한 오사도를 알아보지 못했다. 윤상은 내내 미소를 잃지 않고 성대한 환영식을 구경했지만 쌍지팡이에 몸을 지탱한 오사도는 깊은 한숨을 내쉬며 말했다.

"큰일났어! 연갱요 좋은 날도 며칠 안 남았으니!"

38. 공신(功臣)의 교만

오사도는 이미 전날 저녁에 북경에 도착해 있었다. 남경(南京)
에서 이위를 만나고 나서 오사도는 비로소 다시금 자신의 발 밑을
내려다보게 되었고, 진정으로 자신의 처지를 알게 되었다. 자신은
낙향은자(落鄕隱者)의 소박한 꿈도 맘대로 꿀 수 없는, 고분고분
옹정의 뜻에 따라 움직이는 것만이 자신을 지키는 유일한 길이라
는 걸 새삼 실감했다. 두 부인에게 살 곳을 마련해주고 오사도는
서둘러 북경으로 돌아왔다. 도착하자마자 십삼패륵부를 찾았으나
윤상은 풍대에 가고 없었다. 밤이 으슥하게 깊어서야 만난 두 사람
은 어스름 동이 틀 때에야 비로소 잠깐 눈을 붙였다. 연갱요가
입성한다는 사실을 알게 된 오사도는 곧 윤상과 함께 대교(大橋)
에 동승(同乘)하여 성대한 환영식을 구경하러 나오게 되었던 것
이다. 환영식이 파할 무렵 윤상은 오사도가 던진 말에 놀란 표정을
지었다.

"절름발이 아저씨가 또 무슨 위언(危言)을 하려고 그러나? 연갱요는 단순히 개선영웅으로서가 아니라 폐하의 강산에 철통같은 장벽을 둘렀고, 폐하의 위상을 높여줬다는 측면에서 그 진가가 돋보이는 거요. 이제 연갱요를 향한 성총은 나를 능가할 거란 생각이 들지 않나?"

"십삼마마께서는 반만 맞췄습니다."

생각에 잠긴 오사도가 좌액문으로 밀물처럼 밀려드는 백관들에게 시선을 두며 말했다.

"이번 승전이 폐하의 강산에 철통장벽을 둘러주는 효과를 거뒀다는 건 틀림없습니다. 만에 하나 연갱요가 패했더라면 그럼 그렇겠지 하며 무릎을 치고 일어나 축배를 들 여덟째마마는 곧 여덟 명의 철모자 왕들을 소집하여 자리를 내놓으라며 폐하의 명치 끝을 위협했겠죠. 또한 물고 물리며 싸움이 길어져 속된 말로 빼지도 박지도 못하는 형국에 처했더라면 후방의 재정지원이 부실하여 큰 곤욕을 치를 게 뻔합니다. 이런 측면에서 평가할 때 연갱요는 대단한 의미를 지닌 영웅이고 그런 신하를 두신 폐하께서는 실로 영명하신 군주가 아닐 수 없습니다. 남 잘 되는 꼴을 못 보는 일부 몰지각한 세력들의 입에 재갈을 물려 버렸으니깐 말입니다. 그러나 연갱요에게 내려진 성총이 십삼마마를 능가한다는 것은 대단히 틀린 말씀입니다. 폐하께서는 십삼마마를 통해 안정적인 국면을 꾀하셨고, 연갱요에겐 바깥 우환을 제거하여 양외(攘外)의 효과를 기대하셨을 뿐입니다. 공로는 공로로 끝나고 연갱요는 적당히 물러앉는 자세가 자기 분수를 제대로 알고 정가에서의 수명을 연장할 수 있는 길입니다. 그러나 연갱요는 고무풍선처럼 둥실둥실 떠다니며 환각 상태에 빠져 조금도 수렴을 할 줄 모릅니다.

그러니 어찌 좋은 결과를 기대할 수 있겠습니까?"

이런 쪽으로는 꿈에도 생각해 본 적이 없는 윤상이었다. 그러나 오사도의 말은 항상 적중률이 높았다. 가슴이 서늘해진 윤상이 한참 후에 입을 열었다.

"그가 폐하의 접견을 받고 내려오는 대로 우리가 불러 얘기 좀 나눠봐야겠소."

그러자 오사도가 고개를 윤상 쪽으로 홱 돌려 잔뜩 힘이 들어간 눈빛으로 똑바로 쳐다보며 단호하게 말했다.

"십삼마마, 저는 빠지겠습니다. 저는 절대 연갱요를 만나지 않을 겁니다. 저는 폐하의 지의를 받고 북경으로 돌아왔기 때문에 폐하나 십삼마마 외엔 누구도 만나고 싶지 않습니다."

두 사람이 대화를 지속하고 있을 때, 염친왕부의 태감인 하주가 우액문으로 나오더니 윤상에게로 다가와 말했다.

"십삼마마, 폐하께서 어찌하여 이친왕이 안 보이느냐고 하시며 어서 들라 하셨습니다."

옆에 서 있는 오사도를 힐끔 쳐다본 하주는 더 이상 말이 없었다. 그러자 윤상이 웃으며 말했다.

"방금 머리가 좀 어지러워 바람 쐬러 나왔었네. 가서 자네 주인더러 곧 간다고 말씀 올리게."

하주가 물러가자 윤상이 다시 말을 이었다.

"오 선생 뜻이 정 그렇다면 나도 강요는 않겠네. 일단 우리 집으로 가 있게. 폐하께서 오 선생을 많이 그리워하셨는데, 도착했다는 소식을 접하시면 대단히 기뻐하실 거네."

"별볼일 없는 이 사람입니다."

옹정이 보고싶어 한다는 말에 오사도가 이같이 말했다.

"연회가 끝나고 조용해지면 그저 오사도가 도착했다고만 주해 주십시오. 전 이친왕부에서 지의를 대기하고 있겠습니다."

말을 마친 오사도는 곧 윤상의 대교(大轎)에 앉아 그 곳을 떠났 다.

연갱요의 개선을 경축하는 환영연은 어화원(御花園)에서 열렸 다. 자금성 궁원 내에는 나무를 심지 못하게 되어 있기 때문에 불가마 같은 땡볕에도 그늘진 구석이라곤 찾아볼 수가 없었다. 천여 명을 한꺼번에 수용할 수 있는 궁전이 없었기에 연회는 화원 에서 열 수밖에 없었던 것이다. 윤상이 들어와 보니 어주방(御廚 房)의 태감들이 비지땀을 흘리며 쟁반을 머리 위로 받쳐들고 분주 하게 음식을 나르느라 경황이 없었다. 옹정의 수석자리는 배월대 (拜月臺)의 양정(涼亭) 밑에 위치했고, 그 옆에 홍광이 만면한 연갱요가 자리했으며, 그 밑으로는 몇몇 원로 친왕들이 배석하여 있었다. 윤상이 급히 다가가 옹정에게 머리를 조아려 문안을 올렸 다. 그리고는 다시 일어나 원로 친왕들을 향해 한 쪽 무릎을 꿇어 예의를 갖추었다. 그제야 비로소 연갱요를 향해 돌아선 윤상이 말했다.

"오늘이 있기까지 대장군이 정말 수고가 많았네! 오느라 노고 가 만만찮았을 텐데 주군께서 특별히 자네를 위해 마련하신 경공 연(慶功宴)인 만큼 오늘은 만사 제쳐놓고 거하게 마셔야 하네!"

그러자 연갱요가 급히 일어서서 웃으며 말했다.

"이 사람이 무슨 공로가 있겠습니까. 모두 주군의 정확한 가르 침과 예지로운 인도가 계셨기에 가능한 일이었습니다. 전방의 장 사(壯士)들이 성덕(聖德)을 우러러 받드니 제아무리 완고불화 (頑固不化)한 인간 망종들이라고 하지만 어찌 당당한 우리 군의 기세에 기가 죽지 않을 수가 있겠습니까? 과찬에 황송합니다, 십삼마마! 금명간 따로 시간 내어서 찾아 뵙도록 하겠습니다!"

"우리 목숨 내건 십삼낭은 짐의 주국지신(柱國之臣)이라네."

자신을 찾아 덕담을 건넨 윤상에게 자리에서 나와 예의를 갖추지도 않고, 또 황제는 안중에도 없는 듯 지나치게 분방한 연갱요의 언행을 지켜보던 옹정의 미간이 순간적으로 깊숙한 내 천(川)자를 그으며 좁혀졌다. 그러나 이내 환한 표정으로 바꾸며 옹정이 웃으며 말했다.

"이번에 후방에서 뒷바라지하느라 제일 고생한 사람은 열셋째네. 짐은 그저 조상들께서 쌓으신 홍복에 힘입어 손쉽게 행운을 거머쥐었을 뿐이네. 자자, 열셋째, 자네도 같이 앉지!"

그러자 윤상이 급히 상체를 숙이며 황송한 웃음을 지었다.

"물론 주군의 후애(厚愛)는 망극합니다만 사양하겠습니다. 주군께서도 아시다시피 신은 견마지질(犬馬之疾)로 인해 병균이 감염될 우려가 있사오니 감히 폐하와 동석할 수가 없음을 양지하여 주시기 바랍니다. 물론 다른 자리에도 신은 앉지 않는 것이 좋다고 생각됩니다. 여덟째형은 사의(司儀)를 보고 계시니, 신은 술이나 따라 올리며 성의를 표할 수 있도록 폐하께서 윤허해 주시옵소서."

미소를 머금고 듣고 난 옹정이 흔쾌히 대답했다.

"자네 맘대로! 그러나 몸에 무리가 가게 해선 안 되네? 힘들면 쉬어가면서 하게."

월대(月臺) 옆에 서 있던 윤사는 옹정이 자신을 향해 고개를 끄덕여 보이자 곧 큰소리로 외쳤다.

"연회 시작! 고악을 울려라!"

이어 고악이 울려 퍼지고 사람들의 화기애애한 술렁임 속에서 연회가 시작되었다. 윤상은 먼저 첫잔을 들어 옹정의 만수무강을 기원했다. 그제야 연갱요를 비롯하여 작위(爵位) 순으로 원로 친왕들을 거쳐 일일이 술을 따랐고 나중에는 다른 자리로 옮겨갔다. 술잔을 들어 혀로 핥듯 조금 마시고 난 옹정이 미소를 머금은 채 말했다.

"짐이 술을 못하는 건 주지하는 바이니 여러 황숙께서 우리 연대장군의 좋은 날을 경축하여 많이 권하고 마셨으면 하네."

그러자 황숙들이 급히 일어나 저마다 앞다투어 연갱요에게 술을 따랐다. 갖가지 관악기와 현악기들이 빠르고 경쾌한 연주로 분위기를 한껏 고조시키는 가운데 연갱요는 여기저기서 내미는 축하주를 받아 마시느라 여념이 없었다. 안주를 집어넣을 사이도 없이 연신 술잔을 비워대는 연갱요의 뱃속에선 찰랑찰랑 물소리가 날 지경이었다. 술이 술을 마신다고 했던가. 이미 주량을 초과하여 눈이 게슴츠레해지고 표정이 흐트러지는 것 같은 위태로움을 옆에서는 한 눈에 느낄 수가 있었지만 연갱요는 여전히 오는 술잔을 마다하지 않았다. 술기운이 퍼지자 말이 고픈 모양이었다. 그는 목청껏 떠들었다.

"난 말이오. 소싯적부터 책에만 묻혀 살았는데, 벌써 만 권을 독파한 지 한참 됐소. 문치(文治)로 성조(聖朝)에 진력하려 했지. 그래서 어린 나이에 수재에 합격하였고 거인, 진사를 거쳐 보화전에 들어왔을 때는 20살도 되나마나한 때였소. 그러다 운 좋게 폐하를 만나 그 문하에 들어 한군정황기(漢軍正黃旗) 소속으로 있게 되면서 저도 모르는 사이에 무직(武職)으로 전직(轉職)했는데, 어느새 사람 죽이고도 눈 하나 깜짝 않는 오늘날의 장군이 되어 있지 뭐요. 폐하와 은결의련(恩結義連)한 수 십 년 동안, 폐하의 명령이라면 무조건 따랐고 그곳이 가시밭길이든 칼산이든 가리지 않고 행해 왔소. 그 과정에서의 쓰라림과 험난함은 폐하께서 누구보다 잘 알고 계시오……."

미리 연습이라도 한 듯 엉킨 실타래 풀리듯 술술 풀어내던 연갱요가 갑자기 뚝하고 뒷말을 삼켰다. 자신의 공로만을 지나치게 강조하는 잘못을 저지르고 있다는 생각이 문득 들었던 것이다. 그는 곧 말허리를 돌렸다.

"난 악종기에게 입버릇처럼 말했소. 날 낳아준 사람은 부모이고, 날 아는 사람은 폐하라고 말이오! 이번 서부전선에서의 대승은 첫째 폐하의 하늘같은 홍복에 힘입었고, 둘째는 삼군장사(三軍壯士)들이 목숨 걸고 싸워준 덕분이오. 세상에 독불장군이 없듯이 이런 전폭적인 지원이 없었더라면 어찌 이 연아무개가 일대 유장(儒將)이 될 것을 꿈이나 꾸었겠소. 불과 한 달 사이에 10만 적군을 섬멸하다니 지금 생각하니 믿어지지 않소, 선제께서 그렇게도 소망하시던 대업이 완성됐소. 다시 말하지만 이 모든 것은 하늘같은 폐하의 홍복에 힘입어……."

이어 연갱요는 서녕대첩의 경위에 대해 시간가는 줄 모르고 얘기했다.

이 자리는 연갱요를 위해 마련된 자리인 만큼 일거수 일투족에 뭇 시선을 몰고 다니는 주인공은 당연히 연갱요였다. 철판에 우박 떨어지듯 하는 연갱요의 큰소리에 월대 저편에서 쉬고 있던 윤상이 마침내 지친 몸을 끌고 일어났다. 정신을 가다듬고 연갱요에게로 다가온 윤상이 웃으며 말했다.

"연 대장군, 구구절절 맞는 말이오. 우리 주군의 크나큰 은덕은 황천후토(皇天后土)가 다 인정하는 바이지……."

옹정은 편안한 표정에 밝은 미소를 지으며 내내 연갱요에게서 시선을 떼지 않았다. 윤상이 연갱요에게 매실탕(梅實湯)을 가져다주는 걸 보며 그제야 연갱요가 술이 좀 과했다는 생각이 든 옹정이 웃으며 자리에서 일어났다.

"술이 제대로 된 것 같군! 자네들은 어떻게 들릴지 모르지만 짐은 주후진언(酒後眞言)이 더 듣기 좋네. 솔직하지 않은가! 충성이 밑바탕에 깔린 솔직함! 이보게, 연 대장군! 한 달 사이에 10만을 섬멸한다는 건 개국 이래로 달리 비견할 바 없는 대첩임에 틀림없네. 사필(史筆)에 의해 널리 칭송되는 고대의 양장(良將)들도 별나지는 않았어. 술맛 좋고 기분 좋은 날, 자네가 검무(劍舞)를 추며 노래 한 곡만 딱 불러주면 짐은 기분이 날아갈 것 같을 텐데?"

"알겠사옵니다, 폐하!"

연갱요가 벌떡 일어나 가슴을 쭉 내밀며 씩씩하게 대답했다. 취기가 몽롱하여 분별력이 떨어진 그는 자신의 '취중진언(醉中眞言)'에 따른 사람들의 반응 같은 건 관심조차 없었다. 물론 자신이 더 큰 실수를 저지를까 염려한 옹정이 궁여지책으로 자신에게 노래를 시켰다는 것조차 알지 못했다. 그는 장오가가 건네주는 검을 받아들고 그 자리에 한 쪽 무릎을 꿇어 옹정을 향해 군례를 올렸다. 그리고는 곧바로 월대 앞으로 가서 태극검을 천천히 휘두르기 시작했다.

"〈진아(秦娥)를 회상하며〉라는 노래를 불러 올리겠사옵니다. 부디 폐하의 주흥(酒興)을 북돋아 드릴 수 있었으면 좋겠사옵니다!"

이어 읊듯이 노래하는 소리가 장내를 숨죽이게 했다.

  강적(羌笛, 피리의 일종)소리 흐느끼듯 하더니,
  만장(萬丈)으로 길길이 뛰는 이리떼가 천궐(天闕)을 들이닥치네!
네!
  삼군(三軍)을 이끌고 명을 받은 이내 몸 이리떼를 맞받아 용맹하게 전진하니
게 전진하니
  장군의 철같은 갑옷을 제아무리 악을 쓴 듯 물어뜯을 수 있으리오.
  일월과 더불어 빛나는 이내 경경(耿耿)한 충성이 변함없어
  손가락 가는 곳마다 적들이 파멸하네……

연갱요의 검무 수준은 상당했다. 음창(吟唱)하며 점점 빨라진 검무 속도는 마치 거센 삭풍을 동반한 광설(狂雪)이 불어닥치는 것 같았다. 햇빛을 받아 유난히 눈부신 장검의 묘기가 한참 동안 이어졌다. 그제서야 천천히 동작을 거둬들이며 자세를 똑바로 한 연갱요의 얼굴엔 방금 전의 취기가 거짓말처럼 가뭇없이 사라지고 없었다. 넋을 잃고 바라보던 몇 백 명의 문무 관원들은 아직도 그 장면에서 헤어나오지 못한 듯 박수갈채를 보내는 것도 잊은 채 멍하니 앉아 있었다.
  "잘했네!"
크게 만족한 듯 옹정의 얼굴엔 환희에 가까운 미소가 번졌다.
  "문무가 쌍벽을 이룬 진정한 영웅이기에 전혀 손색없네!"
  이 같이 말하며 자리에서 일어난 옹정은 시계를 꺼내보며 말했다.
다.
  "벌써 미시(未時)가 다 됐네. 시간가는 줄 몰랐는데 말이야. 짐

은 조금 휴식을 취한 후에 사람을 접견해야 하네. 자네도 노곤(勞
困)할 텐데 짐의 옹화궁에 머물도록 하게. 내일 풍대 대영으로
데리고 가서 짐이 손수 군사를 위로해 줄 것이니, 그리 알고 있
게!"

그러자 연갱요가 공손히 상체를 숙이며 조심스레 아뢰었다.

"실로 성은이 망극하옵니다. 하오나 옹화궁에 여장을 푸는 건
일개 장군으로선 여간 부담스러운 일이 아니옵니다. 아무래도 풍
대 대영에서 머물고 내일 현지에서 폐하를 영접하는 것이 적당하
지 않을까 하옵니다."

연갱요의 이 같은 말에 옹정이 윤상을 힐끗 쳐다보았다. 그리고
는 머리를 끄덕였다.

"정 그렇다면 자네 편한 대로 하지. 풍대 대영에 머물더라도
내일은 패찰을 건네고 들어왔다가 짐과 함께 나타나는 것이 보기
에도 더 좋을 것 같네."

그럼에도 연갱요는 극구 사양하려고 했다. 그러나 옹정의 말투
는 여지를 남겨두지 않았다. 어느새 윤상은 왕공들을, 마제와 장정
옥은 관원들을 데리고 서둘러 자리를 뜨고 있었다. 왕공들이 한
줄로 늘어선 가운데 백관들이 일제히 한 쪽 무릎을 꿇었다. 더
이상 말을 붙일 수가 없었던 연갱요는 어쩔 수 없이 고개를 숙여
옹정의 뜻을 받아들였다. 그러자 옹정이 연갱요의 손을 잡고 웃으
며 말했다.

"들어올 때 데리고 들어왔으니 나갈 때도 짐이 바래다 줘야지."

이를 지켜보는 윤사의 얼굴은 무덤덤하기가 냉수 같았다. 그는
곧 힘찬 손짓을 보냈다. 패를 같이 하여 둘게단 아래에선 고익소리
가 대작했다. 왕공들이 읍하고 백관들이 머리를 세 번 조아리는

사이에 옹정은 연갱요를 데리고 어화원을 나섰다. 부드러우면서도 차가운 옹정의 손바닥에 들어가 기를 못 펴고 있는 자신의 손을 느끼며 연갱요는 그 불편함이 온몸에 퍼지는 것 같았다. 가만가만 움찔거려 봤을 뿐 감히 손을 빼낼 엄두는 못 냈다. 그렇게 어화문을 나와 옹정이 손을 놓아주었을 때 연갱요의 온몸은 어느새 땀으로 흥건히 젖은 뒤였다.

그날 저녁, 염친왕 윤사는 조양문 밖에 있는 자신의 패륵부에서 윤당을 환영하는 자리를 가졌다. 같이 자리한 사람은 시위 어룬따이와 예부 시위인 알쏭아가 있었다. 이곳은 윤당이 북경에 있을 때 자기 집 안방 드나들 듯하던 곳이었다. 강희 42년 상서방대신이었던 소어투가 밀모를 꾀하여 궁중을 협박하였다가 태자를 옹립하려는 음모가 드러났을 때, 윤당은 거의 매일이다시피 이곳에 갇혀 있었던 소어투를 보러 왔었다. 그러다 보니 그는 이곳의 풀 한 포기 나무 한 그루에도 대단히 익숙해 있었다. 그럼에도 오늘 와 본 염친왕부는 이름 모를 낯설음이 느껴지는 걸 윤당은 어찌할 수 없었다. 여덟째, 아홉째, 열째는 '왕중삼걸(王中三杰)'로 불리우며 백관들을 영솔하고 육부를 종횡무진 부볐고, 열넷째 윤제마저 10만 대군을 거느리고 권력의 핵심으로 부상하면서 이들은 알 만한 사람들은 다 아는 조정의 실세들로 통하며 좌중을 호령하던 시절이 있었다. 손만 뻗으면 저 하늘의 별도 따올 것 같은 높은 곳에서 승승장구만 할 것 같았다. 그러나 하루아침에 옹정이란 인물이 치고 올라오면서 불과 1, 2년 사이에 곤두박질쳐 박살난 이들이었다……
척박하고 메마른 사막에서 갑자기 눈부신 금수(錦繡)의 세계로 돌아와 격세지감을 느껴서인지, 아니면 이번 서역행에서 끝내는 연갱요에게 다가서지 못하고 초기의 목적을 달성하지 못한 좌절감에서인지 아무튼 윤당은 웃고 떠들 기분이 나지 않았다. 전과는 달리 멍하니 앉아 넋 나간 사람처럼 생각에 잠겨 있는 윤당을 보며 윤사가 기분을 풀어주려고 애썼다.

"오래간만에 만났는데 왜 이리 된서리 맞은 가지처럼 후줄근해 가지고 이러는 거야? 그동안 사막의 모래바람에 성숙해진 거야, 아니면 무슨 걱정이라도 있는 거야?"

"걱정스러워 금파옥액(金波玉液)이라도 넘어가질 않네요."

그제야 윤당이 무거운 고갯짓으로 머리를 뒤로 넘기며 거친 한숨을 토해냈다.

"열째아우 생각을 하고 있었어요. 이 자리에 같이 주령(酒令)이나 외치며 술독에 빠져 봤으면 얼마나 좋을까! 우리가 고기 안주에 술 마시고 있는 이 시각에도 그는 장가구에서 누런 모래나 들이마시고 있겠죠? 아링아, 계서 모두 재주있고 충성스런 우리 만인(滿人)의 손꼽히는 재목이었죠. 그런데 이제는 모두 우릴 떠나 황천에 가고 없네요. 몇 년 사이에 뿔뿔이 흩어지고 헤어진 우리 가족들을 생각하니 술이 안 넘어가네요."

상심어린 말투로 이같이 말하며 윤당은 어룬따이를 힐끗 쳐다보았다. 그리고는 다시 눈을 내리깔고 술잔을 들여다 보더니 탁자에 내려놓았다. 어룬따이는 그러는 윤당의 시선을 받을 자신이 없었다. 윤당이 자신을 책망하고 있다는 걸 알기 때문이었다. 강희황제가 붕어한 천재일우의 기회이자 백척간두에서 어룬따이는 열넷째 윤제의 명령을 받고 촛대를 돌려 윤상을 두었고, 그 당시 풍대제독이었던 성문운을 주살해 버렸다. 그 당시 북경성이 윤사에게 넘어가지 않게 제동을 걸려면 옹정을 밀어줘야 했기 때문이었다. 강희의 붕어 소식을 접한 윤제는 윤사와 윤진 사이에 어룬따이를 개입시켜 팽팽한 대치 상태에 들어가게끔 한 뒤에 자신이 어부지리를 챙기려는 계산을 했고, 그에 편승한 결과 오늘날의 국면을 초래하게 됐던 것이다. 그러고 보면 어룬따이는 윤사네에게 대단한 죄인인 셈이었다. 일말의 자책을 느끼며 어룬따이가 실소하듯 말했다.

"전 압니다, 아홉째마마께서 절 원망하고 계신다는 걸. 따지고 보면 다 제 잘못입니다. 제가 죽일 놈이고 바보, 천치라서 두 분 대왕의 기대를 저버렸고, 큰 일을 그르치게 하고 말았습니다……"

윤당과 어룬따이를 번갈아 보던 윤사가 푸우 하고 웃음을 터뜨렸다.

"사슴 한 마리를 풀어놓으면 힘세고 빨리 달리는 자가 얻기 마련이야! 그 당시 형세로선 어쩔 수 없는 일이었잖은가! 열넷째가 북경에 돌아온 후, 우린 솔직담백하게 다 털어놓고 얘기했어. 지나간 은원 같은 건 다 비우고 다시 결속을 다지기로 했어. 아니면 어룬따이도 오늘 이 자리에 있을 리가 없겠지. 이럴 때일수록 우린 집안싸움을 삼가고 단결해야 해. 정신차려야 한다고!"

이같이 말하며 윤사는 친히 술을 따라 한 잔씩 건네주었다.

"자자자, 과거는 철철 넘치는 술 한 잔에 깨끗이 씻어버리고 우리 다시 시작하자고!"

"알아듣기 쉽게 까발려 얘기하지 않으면 아홉째마마는 여전히 술 마실 기분이 나지 않을 겁니다."

비스듬히 의자에 기대어 해바라기씨나 까먹고 앉아있던 알쏭아가 끼어 들었다.

"아홉째마마, 너무 기죽어 있지 마십시오. 세상일이란 바둑두는 것과 같아서 언제 기막힌 반전이 생길지 모릅니다. 솔직히 코앞의 일도 예측할 수 없는데 어찌 뒷일을 장담할 수 있겠습니까? 폐하는 철저히 외로운 사람입니다. 주변에 사람도 별로 없고 진정한 독부(獨夫)죠. 두고 보세요, 얼마 지탱하지 못하고 쓰러질 겁니다!"

그러자 어룬따이가 놀라움에 찬 시선으로 알쏭아를 바라보았다. 그리고는 탄식과 함께 말했다.

"그리 쉽지만은 않소. 권력의 심장부에 우리 사람이 없는 한, 우리는 결코 현재의 국면을 반전시킬 수가 없소. 이번에 창춘원에 들어갔다 쫓겨난 일만 보더라도 알 수 있잖소. 커룽둬가 야심적으로 신세를 고쳐보려고 했었지. 먼저 자금성과 창춘원을 점령하고 풍대 대영까지 탈환한 다음에 '황제가 밖에서 조난당했다'는 발문을 만천하에 내리고 자연스레 셋째패륵(홍시)을 옹립하기로 돼 있었잖소. 그야말로 천의무봉이 따로 없었지. 그러나 결국은 어떻게 됐소? 마제 그 비실이가 작심하고 막고 나서니 이친왕이 달려와 손 하나 까딱하지 않고 우리가 몇 날 며칠을 날밤 새어가며 계획한 일을 철저히 깨버렸잖소. 이번에 연갱요가 하고 나타난 걸 봤죠? 그 하늘을 찌를 듯한 배짱과 기세를 좀 보세요. 왕작(王爵)을 안 내렸다 뿐이지 엄연한 왕 노릇을 하는 걸. 문(文) 하면 장정옥과 방포가 있고, 무(武)엔 연갱요가 있는데 그래도 폐하가 독부요? 여덟째마마, 저 어룬따이가 일을 저질러 놓고 후회하거나 무서워서 이러는 건 아닙니다. 아직까지도 류철성 그 자식은 도둑놈 대하듯 절 의심하고 있습니다. 제가 커룽둬 중당의 병사들을

창춘원으로 들여보냈다는 겁니다. 만에 하나 진실이 밝혀지는 날
엔 전 결코 모역죄에서 자유로울 수 없을 게 아닙니까? 알쏭아,
자네도 시위이니 내 처지를 잘 알 거 아니야."

알쏭아는 어룬따이와는 사촌 사이였고, 친분을 따지자면 오복
(五服) 사이에 들었다. 붉은색 두루마기를 입고 눈이 부시게 흰
옷깃을 밖으로 내보낸 알쏭아는 대단히 깔끔해 보였다. 하소에
가까운 어룬따이의 말을 듣고 난 알쏭아가 앞니를 다 드러내 놓고
웃으며 말했다.

"지금 여덟째마마한테 자신의 결백을 주장하는 거요? 늦었다고
생각되지 않소?"

검붉은 네모 얼굴에 웃을 때 호박씨 같은 넙죽하고 못 생긴 이빨
만 아니었더라도 그나마 괜찮은 알쏭아가 알쏭달쏭한 말을 내뱉
고는 입을 다물었다. 그러나 시선은 여전히 어룬따이에게 두고
있었다.

"자네, 그 말은 잘못 됐네."

윤사가 알쏭아를 흘겨보고는 차갑게 말했다.

"자네, 사람을 잘못 봤어. 어룬따이는 절대 친구 팔고 주인 파는
치졸한 인간이 아니네. 자신의 양심에 당당하지 못한 사람이라면
절대 오늘 같은 자리에 나타나지 않았을 테지! 이번 일은 내 잘못
도 있어. 사실 미리 어룬따이에게 자초지종을 설명해주고 우리의
계획을 털어놨어야 했지. 다만 어룬따이의 성격상 조심성이 부족
하여 자칫 본의 아니게 말을 흘릴까 염려했었고, 아는 게 너무
많으면 머리가 복잡해 오히려 결단력이 떨어질까봐 우려했던 점
도 있었지. 그러다 보니 이번에 어룬따이가 당황하고 낭패를 보았
을 법도 해. 그 점 이 자리를 빌어 어룬따이 아우에게 양해를 구하

네. 받아줄 거지?"

이같이 말하고 난 윤사는 갑자기 자리에서 일어나 어룬따이에
게로 다가오더니 땅에 닿을 정도로 길게 읍하는 것이었다. 일순
크게 놀란 어룬따이가 급히 두 손으로 윤사의 팔을 잡았다.

"여덟째마마…… 이러시면 저더러 어떡하라는 겁니까? 어찌어
찌하여 이렇게 죽을 쑤고 보니 저도 저 자신에게 불만이 쌓이다
못해 폭발할 것 같아 그랬던 겁니다. 여덟째마마를 원망하거나
그런 감정은 절대 없습니다. 다만 무슨 영문인지…… 죽더라도
그 이유를 알고나 죽어야 하지 않겠습니까? 그게 궁금했을 뿐입니
다."

감정이 북받친 듯 어룬따이는 울컥 눈물을 쏟았다. 관자놀이가
푸들거렸고 목소리도 쉬었다. 감동을 받은 듯 처연한 표정을 지으
며 윤사가 어룬따이의 등을 어루만지며 애써 웃음을 지었다.

"아홉째마마를 환영하는 자리인 만큼 즐거워해야지. 자, 툭툭
털고 술이나 마시자고!"

그사이 처음보다는 마음이 훨씬 안정된 듯한 윤당이 웃으며 술
한 모금을 마시고 나서 말했다.

"환영이고 뭐고 전혀 경황이 없었어요. 한 마디로 기분이 엉망
이었죠. 서녕에 갈 때만 해도 어떻게든 연갱요 그 자식을 구워
삶아 우리편으로 끌어들여 보려고 했었는데, 전혀 곁을 주지 않는
데야 어쩔 도리가 없더군요. 내가 아무리 닭 쫓던 개 지붕 쳐다보
는 격이 됐다 할지라도 그래도 명색이 용자봉손인데, 다른 건 몰라
도 군무(軍務)에 참여하여 목소리 좀 내볼 수는 있잖아요. 그런데
연갱요 그 자식은 날 하룻밤 손님으로 방석에 ㄱ이 모셨고, 흙보살
공봉하듯 하며 사람을 피를 마르게 했어요. 용자봉손을 공경한다

는 미명하에 내가 일에 참견할 틈을 주지 않았고 여태 빛 좋은 개살구 취급했어요. 후에 보친왕이 오니 '군전봉사(軍前奉仕)'의 명의로 간 나의 처지는 더 처참했어요. 나중에는 그자들의 옆에 가 앉는 것조차 황송스럽게 느껴질 정도로 내가 자꾸만 작아지는 거 있죠! 여덟째형만 경사에 남겨두고 우리를 뿔뿔이 흩어지도록 헤집어 놓은 옹정의 악랄한 수법에 새삼 간담이 서늘했어요!"

윤당은 머리를 두 팔 사이에 깊숙이 파묻어 버렸다.

"옹정이 우리에게 이토록 집착하는 것은 그가 어딘가 마음이 허하다는 것으로 볼 수도 있어."

자신있는 표정을 지으며 의자에 털썩 기댄 윤사의 입가엔 일말의 냉소가 스쳐 지나갔다.

"우리만 떼어놓으면 '팔황자당'을 와해시켰다고 생각하는데, 그게 바로 정치를 모른다는 증거야."

천천히 몸을 일으켜 느릿느릿 발걸음을 옮겨놓으며 윤사가 말을 이었다.

"'팔황자당'은 어디 있어? 바로 만천하의 신민들 가슴 속에 박혀 있는 거야! 지금 조야엔 옹정이 선제의 유조를 고쳤다는 소문이 파다해. '전위십사자(傳位十四子)'를 '전위우사자(傳位于四子)'라고 고쳤다는 얘긴데, 충분히 신빙성이 있잖아. 이건 그냥 소문으로 넘길 일이 아니라고. 옹정은 이렇게 불충한 인간이라고. 또한 자기랑 같은 뱃속에서 나온 아우를 수릉(守陵)보내고 이 일로 황태후마저 화병이 나 발작하여 죽게 만들었잖아. 물론 황태후가 홧김에 기둥에 머리 박고 자살했다는 설도 있는데, 그 가능성도 배제할 순 없어. 이렇듯 그는 또 불효까지 저질렀어! 방귀를 뀌었는데, 손바닥으로 막을 수 있겠어? 만백성들은 모두 진실을 알고 있다고. 난 비록 겉보기엔 금방 허물어질 것 같이 위태로워 보이지만 실은 태산처럼 든든하다는 것도 알 만한 사람들은 다 알아. 이젠 '연갱요당'까지 생겨나 다리를 걸려고 할 테니 옹정이 제아무리 비상한 재주를 가지고 있다고 해도 나를 매장해버리긴 그리 쉬운 일은 아닐 걸?"

목소리는 높지 않았지만 마디마디에 살의가 번뜩이고 독기가 서려 있는 윤사의 말에 윤당은 적이 놀랐다! 윤사의 얼굴에 번지는 소름끼치는 웃음을 보며 윤당이 물었다.

"연갱요라뇨! 연갱요는 왜요?"

뒷짐을 지고 얼굴 가득 음산한 웃음을 지어 보이며 윤사는 말이 없었다. 그는 턱짓으로 알쏭아를 가리켰다. 어룬따이마저 어안이 벙벙하여 알쏭아를 바라보았다.

"연갱요 머리 속엔 반골(反骨)이 있거든요."

알쏭아가 코가 떨어져 나가라 냉소하며 말했다.

"은(銀)과 칼로 그는 벌써 10만 대군을 자신의 세력으로 만들어 버렸거든! 서녕대첩 전에는 본전이 모자랐지만 지금은 도리어 조정을 위협하게 생겼어요!"

"그게…… 어찌 그리 단언할 수 있소?"

"옹정이 제후(諸侯) 대접을 해주니 전혀 체면 차리지 않고 덥석 받는 걸 보면 모르겠어요? 그는 벌써부터 자신을 제후라고 생각해 왔다는 증거죠."

알쏭아의 말투는 단호했다.

"생각해 보세요, 아홉째마마. 연갱요가 밥 먹으면 '진선(進膳)' 하는 것이 되고, 그가 관리를 선발하면 곧바로 '여서(年選)'이라는 신조어가 나올 정도입니다. 그뿐인가요? 자그마치 11개 성의 군마

를 휘하에 장악하고 있어 자기 입맛에 맞는 사람을 대거 심고 미운
털 박힌 자는 인정사정없이 파버려도 조정에선 한 번도 이의를
제기한 적조차 없답니다. 왜 그렇겠습니까? 여러 가지 이유가 있
겠지만 조정으로서도 솔직히 연갱요를 의식하지 않을 수가 없다
는 뜻 아니겠어요? 송사(宋師) 사건 아시죠? 그 자식 문묘(文廟)
를 수리합네 하고 공금을 3천 냥씩이나 횡령했잖습니까. 대옥(大
獄)에 처넣어야 마땅한 죄를 지었음에도 이를 고소한 이유균(李
維鈞)에게 연갱요가 도리어 비방죄를 덮어씌워 똥바가지를 엎어
버렸잖습니까! 결국 이유균은 두 등급이나 폄직당하고 송아무개
는 두 등급 껑충 뛰어올라 이제 곧 직예 포정사 자리에 앉는답니
다! 그리고 범시첩은 또 무슨 죄가 있어 순무로 발령냈다가 다시
유보시켰느냐고요? 바로 그 대단한 연갱요와 몇 마디 말다툼을
했다는 게 죄명의 전부랍니다! 이번에 하남성을 지나오면서도 거
들먹대며 전문경의 정무(政務)에 감놔라 배놔라 했나 봅니다. 전
문경이 씩씩대며 벼르는 걸 보니!"

　알쏭아의 말을 들으며 천천히 거닐던 윤사가 이 대목에서 손을
내저으며 끼어 들었다.

　"연갱요의 머리 속에 반골이 있는지 여부는 난 단언할 수 없네.
다만 연갱요가 무리를 만들고 사욕을 채우며 교만(驕慢)하고 발
호(跋扈)하며 참월(僭越)하여 윗사람을 무시하는 경향은 확실하
오. 방금 알쏭아가 지적했던 사건들에 대해선 옹정도 사실 어쩔
수 없이 연갱요의 비위를 맞춰준 것일 뿐이라고 봐야 하네. 이들
군신(君臣) 사이엔 이미 믿음이란 손톱만큼도 없어. 연갱요를 향
한 옹정의 불신과 불만의 골이 상당히 깊어졌거든. 자네가 편지에
서 언급했던 그 왕경기(汪景祺)를 연갱요가 아직 데리고 있는 이

유가 뭐겠어? 비상시 응급용으로 써먹겠다는 뜻이 아니겠나! 그 작자가 밀주문에서 윤당 자네를 대단히 고분고분하다고 했나 봐. 그러자 폐하의 주비는 '윤당은 좀처럼 개회(改悔)할 줄 모르는 나쁜 근성이 있다'라고 했고, 연갱요가 다시 '열째와 열넷째마마는 북경으로 다시 돌아오는 것이 바람직하다고 생각하옵니다'라고 주하니 옹정은 그저 '알았네'라고만 했대. 가타부타 의사를 분명히 하진 않았지만 실은 반박한 거나 다름 없어. 폐하께서 파견한 10명의 시위들을 연갱요는 자질구레한 심부름꾼으로 부려먹었고, 아직도 그로 인해 자기가 옹정의 심기를 얼마나 불편하게 했다는 사실을 몰라. 이번에 북경에 들어와서도 왕공대신들을 보고도 자리에서 나와 무릎 꿇지 않고, 황제의 면전에서 두 다리를 뻗고 앉아 대신들의 인사를 받은 것도 정신이 나간 경우가 아니면 다른 마음이 있다고 밖에 볼 수 없는 짓거리들이었어!"

내내 귀기울여 듣고 있던 윤당이 그제야 말했다.

"연갱요의 안하무인은 저도 익히 보아왔어요. 궁금한 건 필경 우리의 숙적이 분명한 연갱요가 어찌하여 나랑 열째, 열넷째에게 유리한 발언을 했느냐는 거예요. 또한 폐하께서는 연갱요의 비리를 잘 아시면서 이렇듯 높이 예우해 주는 이유가 뭘까요?"

"돼지를 잡아먹으려고 살찌우는 격이겠지."

윤사가 냉정하게 말을 이었다.

"난 강희 56년에 연갱요가 직접 나한테 했던 말을 잊을 수가 없어. 그때 뭐라고 했는 줄 알아? '여덟째마마는 우리 주인보다 후덕하고 자상합니다. 전 주인을 섬기는 정성으로 여덟째마마에게 충성히겠습니다.' 믈른 말로 힌 긴 증기기 없이 경우에 따라 그런 적 없노라고 발뺌할 수도 있겠지. 그러나 열넷째가 대장군왕으로 있고 그가 섬서성 제독으로 있을 때 두 사람 사이에 오간 서신은 백지흑자(白紙黑字)로 남아 있어 모든 사실을 뒷받침해 주고 있지. 이제 옹정은 연갱요의 군공(軍功)을 태평세월을 분식(粉飾)하고 민심을 안정시키는 포석으로 삼아 우리 '팔황자당'을 밑둥째 뽑아 내치려 들겠지. 또한 셋째패륵 홍시는 나와 커룽둬의 세력을 등에 업고 탈적(奪嫡)을 꾀할 테고. 그럼 나는? 개구리가 뒤로 주저앉는 건 멀리뛰기 위함이라고 했어. 일단 한 발 물러나 조용히 사태를 관망할 거야. 천재일우의 호기가 찾아오면 팔기(八旗) 기주(旗主)들을 동원하여 새로운 국면을 열어볼 거네. 내가 깔아놓은 복선이야."

"정신이 번쩍 듭니다, 여덟째마마."

거기까지 듣고 난 어룬따이는 활짝 웃었다.

"폐하께서 주먹은 불끈불끈 쥐어도 여덟째마마의 머리털 하나 건드리지 못하는 걸 보면 여덟째마마의 복병(伏兵)이 두렵긴 한 것 같습니다. 기왕 연갱요가 딴 생각을 하고 있는 게 분명하다면 아예 터놓고 마주 앉아 우리 쪽으로 끌어들이는 게 낫지 않겠습니까?"

그러자 윤사가 껄껄 웃으며 말했다.

"말이야 쉽지! 연갱요는 사재(私財)가 천만 냥에 육박하고 있어. 말대로 일등공작(一等公爵)에만 봉해지는 날엔 친왕들조차도 눈에 차지 않을 텐데 무슨 수로 끌어들인단 말인가? 홍시도 황제 꿈을 꾸고 있어. 모르는 척하고 내 할 일이나 하면서 모름지기 준비를 차근차근 해나가는 게 중요한 시점이야! 연갱요가 지리(地利)를, 홍시가 천시(天時)를, 내가 인화(人和)를 얻었다 치고 세 사람이 일단은 모름지기 대치하고 있으면서 힘의 균형을 지탱해 나가도록 하다가 기회를 봐서 무방비 상태에 있는 그 둘을 한 방에 뒤집어 엎어버리는 것만이 상책이야. 홍시는 비록 심술(心術)은 있다고 하지만 커룽둬를 반밖에 잡지 못했어. 또한 연갱요는 야심은 발발(勃發)한데 비해 큰 일을 치르려면 재력이 부족하고 믿을 만한 재원(財源)이 없다는 것도 문제야. 두고 봐, 연갱요가 이번 기회에 폐하께 손 내밀어 돈이며 식량을 챙기려 들지 않나!"

순간 자명종 소리가 울리기 시작했다. 세어 보니 열 번이었다. 그러자 윤사가 웃으며 말했다.

"아홉째를 환영하는 자리를 만들었다는 것이 엉뚱한 곳으로 빠지다 보니 술맛이 다 달아나겠네! 이제는 무거운 화제는 피하고 술이나 거하게 마시자고. 자, 잔을 들게. 우리 폐하의 성…… 성불성선(成佛成仙)을 위하여! 장생불로(長生不老)를 위하여!"

네 사람은 의미심장한 웃음을 웃으며 술잔을 비웠다. 권하고 마시며 술잔을 돌리면서 이날 저녁 어느 누구도 집에 돌아간 사람이 없었다.

보친왕 홍력은 연갱요와 함께 입성(入城)하지 않았다. 물론 3천 군사를 따라 들어가면 체면이 설 일이지만 바로 그것이 싫은 홍력은 류묵림의 권유도 마다하고 동행을 기피했다. 풍대에 도착하자 홍력은 류묵림을 데리고 연갱요의 중군(中軍)을 떠났다. 이들은 가벼운 옷차림에 말을 타고 대내(大內)의 건청궁을 향해 줄달음쳤다. 옹정을 배알하여 보고를 마치자 그 순간부터 홍력은 더 이상 흠차 신분이 아니었다. 속과 겉이 냉정하다고 정평이 난 옹정은 아들들 앞에서는 더욱 그러했다. 오랜만에 만났어도 자상하게 웃

으며 맞거나 살갑게 구는 면이 전혀 없었다. 용좌에 앉아 홍력의
술직 내용을 귀담아 듣고 난 옹정이 담담히 입을 열었다.

"보고는 그렇게 간단명료하게 올려야 하는 거네. 아주 좋네. 연
갱요에 앞서 미리 와 보고 올린 건 참 잘했네. 그 동안 수고 많았네.
내려가 푹 쉬도록 하게!"

마음은 이미 가홍루에 가 있던 류묵림은 옹정의 입에서 물러가
도 좋다는 소리만을 고대하고 있던 터라 연신 머리를 조아려 사은
(謝恩)을 표했다. 그러나 홍력은 조심스레 아뢰었다.

"폐하께서는 불철주야 노심초사하시면서도 친히 연갱요를 영
접하러 나가시는데 신이 어찌 감히 다리 뻗고 쉴 수가 있겠습니
까? 셋째형과 함께 어가를 호위하여 환영식이 무사히 끝나는 걸
보고 나서 쉬어도 늦지 않다고 생각합니다."

"그럴 것 없네."

고개를 약간 갸웃하고 홍력의 말을 듣고 난 옹정이 말했다.

"자네 십삼숙(十三叔, 윤상)도 몸이 안 좋아 짐이 맘대로 하라고
했네. 방금 전해온 소식에 의하면, 오 선생이 북경에 도착하였다는
데 자네가 가서 만나보도록 하게."

홍력이 급히 대답하며 물었다.

"아바마마께선 오 선생을 접견하실 예정이옵니까?"

"자네가 짐을 대신하여 접견한다고 생각하게."

옹정이 생각에 잠기며 말했다.

"할 말이 있으면 자네를 통해서 하고 자네가 대신 아뢰도록 하
게. 필요한 것이 있으면 주저하지 말고 말하라고 하고, 오 선생더
러 더 이상 낙향은자의 꿈은 접는 게 좋겠다고 전하게. 이 세상
어디가 왕토(王土) 아닌 곳이 있다고!"

이 같이 말하고 난 옹정은 주사(奏事)차 들락거리는 예부의 사람들을 의식하여 더 이상 말을 꺼내지 않았다.

홍력을 따라 건청궁에서 물러나온 류묵림이 못내 궁금해하며 물었다.

"넷째마마, 방금 폐하께서 말씀하신 오 선생이란 누군지 가르쳐 주실 수 있겠습니까? 폐하께서조차도 이름 대신 선생이라 칭하실 정도면 실로 궁금해서 그럽니다!"

홍력이 손가락으로 옷깃을 가볍게 퉁기듯 털어내며 미소를 머금었다.

"어째 좀 조용하다 했더니 우리 급사중(給事中)이 또 궁금증이 발작했구나?"

홍력이 류묵림을 알기는 이번에 동행하면서부터였다. 같이 먹고 같이 움직이면서 따분하고 적막한 순간들을 설고논금(說古論今)하고 담시논도(談詩論道)하면서 대단히 마음이 통했던 것이다. 홍력은 류묵림의 명민하고 박학다식한 데다가 익살스러워, 자신의 '급사중(給事中)'이라고 농담 삼아 불러주곤 했다. 또한 류묵림은 홍력의 얽매이지 않은 사고방식과 탁 트인 넓은 흉금을 존경하게 됐고 옹정보다 한결 편하다는 느낌을 받았다. 멋스러운 풍류가 넘치면서도 절제있어 보이는 유아(儒雅)함 또한 퍽 마음에 들었다. 그러나 이번에 북경에 들어와서부터 보여준 홍력의 행동은 그의 또 다른 면을 느끼게 하기에 충분했다. 오 선생의 내력을 물었다가 보기 좋게 면박을 당한 류묵림이 눈을 가늘게 뜨고 웃으며 말했다.

"지고무상하신 폐하께서 '선생'이라 높여 부르시는 사람이 과연 어떤 인물인지 저 류묵림이 전혀 모르고 있다니 이 얼마나 유감스러운 일입니까?"

그러는 류묵림을 홍력은 지그시 바라보았다.

"안 가르쳐 줬다간 혼쭐날 것 같은데! 폐하께서 자네도 함께 있는 자리에서 오 선생을 거론했다는 사실로 미뤄 보아 자네가 같이 만나보는 것도 괜찮을 것 같네. 이친왕부로 나를 따라 나서게."

사실 류묵림은 가흥루로 가서 소순경을 만나는 일이 개인적으로는 더 시급했지만 홍력의 명에 따르는 수밖에 없었다.

두 사람은 한 무리의 태감들을 데리고 나란히 말을 달려 서화문 밖 북가(北街)에 위치한 이친왕부로 향했다. 길에는 인적이 매우 드물었다. 평소에 이를 데 없이 법석대던 난면(爛面) 골목의 괴수 사가(槐樹斜街)와 산섬회관(山陝會館)과 채운각(彩雲閣), 녹경당(祿慶堂) 등 대극장에도 한산한 정도가 아니라 인적조차 찾아보기 힘들었다. 그 모습을 본 류묵림이 한숨을 지었다.

"다들 대장군 구경하러 가고 텅 비었네요! 아직도 북소리, 징소리 요란하고 사람소리 파도 같은 걸 좀 보세요. 세상 사람들이 다 같이 취하고 미쳐서 돌아가는 것 같습니다!"

"보아 하니 세인들이 다 취하고 유독 자네만 깨어 있는 것 같네?"

말의 움직임을 따라 몸을 앞뒤로 흔들흔들하며 생각에 잠겨 있는 듯한 홍력이 머리를 끄덕이더니 웃으며 말했다.

"'공이 있으면 상을 내리고, 죄를 지었으면 벌을 준다[功必獎, 過必罰.]'는 것은 자고로 통리(通理)이지. 일반인들은 책을 읽고 연마를 거쳐 이런 도리를 비롯한 수많은 이치를 깨닫게 되지만 폐하께선 천부적인 통찰력과 강직함을 타고나신 분이네."

세상 사람들이 미쳐 돌아간다는 자신의 말에 대한 답변이기도 하면서 또 뭔가를 암시하는 것 같았지만 류묵림으로선 도무지 표연(飄然)하는 그 무엇을 손에 잡을 수가 없었다. 다시 입을 열어 말하려 할 때 하인이 채찍으로 전방을 가리키며 아뢰었다.

"넷째마마, 저기가 바로 이친왕부입니다."

홍력이 미처 대답하기도 전에 이친왕부의 문지기 태감이 벌써 종종걸음으로 달려오고 있었다. 홍력을 알아본 태감은 급히 머리를 조아려 인사하며 반색했다.

"넷째마마가 아니시옵니까! 소인 애청안(艾淸安)이 문안올리나이다!"

태감의 허겁지겁 하는 모습하며 말하는 투하며 애청안이라는 이름에 두 사람은 배꼽을 잡고 말았다. 류묵림이 웃으며 말했다.

"자네, 이름 한번 기똥차게 지었네. 세상에 청안하기 좋아하는 사람도 있나?('艾淸安'은 중국어 발음상 청안올리기 좋아한다는 뜻)"

그러자 애청안이 웃으며 말했다.

"소인들은 사람 만나면 굽실거리고 청안올리는 멋에 사는 무리들이잖습니까? 그래서 이름을 아예 애청안이라고 고친 겁니다! 청안올리지 않으면 뭘 먹고 살겠습니까?"

이같이 말하며 태감은 어느새 말발굽 아래 땅을 짚고 엎드렸다.

"십삼마마께선 왕부에 계시나?"

아직 웃음기가 남아있는 홍력이 태감의 어깨를 딛고 조심스레 말에서 내렸다. 그리고는 30냥짜리 은표 한 장을 꺼내 주었다.

"난 폐하의 지의를 받고 십삼황숙의 병문안을 온 거네."

"이걸 어쩌죠?"

애청안이 황송해마지 않으며 굽실거렸다.

"한 발 늦었사옵니다, 넷째마마! 이친왕께오서는 아침 일찍 출타하시고 아니 계시옵니다. 어제 남경에서 무슨 오(鄔)라고 하는 분이 오셨는데 같이 구경 나가셨사옵니다. 이친왕께서 건강도 여의치 않으신데 온 사람도 참 염치가 없어 보였사옵니다. 반은 주인 행세를 하는 것이 참으로 어처구니 없어 보였사옵니다. 이친왕께서 너그러우시니 그렇지, 소인 같았으면 당장 내쫓았을 것이옵니다!"

류묵림을 데리고 안으로 들어가며 홍력이 웃으며 말했다.

"그 분이 누군 줄 알고 내쫓는다는 건가?"

그러자 애청안이 종종걸음으로 앞서 길을 안내하며 말했다.

"소인이 뭘 알겠사옵니까만 보기에 어느 몰락한 집안의 궁상맞은 선비 같았사옵니다. 전에 이친왕과 조금 안면이 있던 사이로 굶어죽게 되자 빈대 붙으러 온 게 아닌가 하옵니다……."

홍력과 류묵림이 듣는 내색도 않고 있었지만 서재에 도착하는 내내 중얼거리던 애청안이 물수건과 얼음을 가져다 놓으며 말했다.

"소인이 사람을 시켜 저희 주인을 모셔오도록 하겠나이다. 잠깐만 기다려 주시옵소서, 넷째마마."

애청안이 물러가자 류묵림은 얼음접시를 홍력에게 받쳐 올렸다. 홍력이 머리를 저으며 싫은 내색을 보이자 류묵림은 얼음 하나를 집어 입안에 넣었다. 삽시간에 시원한 느낌이 온몸에 퍼졌다. 류묵림이 웃으며 말했다.

"저것이 입술이 얄팍해서 말은 많아도 시키는 일은 잘할 것 같습니다!"

"그거야 물론이지. 보정(保定) 사람이거든. 자손 대대로 궁중에서 대물림 받아온 직업인데, 서당개 삼 년이면 풍월을 읊는다고, 좀 잘하겠나! 이쪽에서는 보정 사람을 알아주거든."

홍력이 이같이 말하며 윤상의 서재를 천천히 둘러보았다. 유리병에 꿩 꽁지 털이 꽂혀 있고, 벽에 보검이 걸려 있는 것 외엔 책장 빼고 장식이라고 이름 붙일 만한 물건이 없었다. 홍력이 가벼운 한숨을 지었다.

"십삼황숙은 영웅의 성정(性情)에 비해 취미가 참 고상한 것 같네. 서부에 있을 때 우연히 이친왕부에 대한 얘기가 나오자 연갱요가 요란한 겉모습에 비해 내부는 텅 비었다며 은연중에 십삼황숙을 얕잡아 보는 말을 하는 것 같던데, 모르는 소리 말라고 해야겠네. 지금 이 책들이 어디 웬만한 사람이 읽을 수나 있겠나 보게."

홍력과 만난 이래로 처음으로 홍력이 자리에 없는 사람 말을 하는 걸 본 류묵림은 흠칫 했다. 그리고 곧 상체를 숙이며 물었다.

"그 당시 연갱요가 한 말에 대해 넷째마마께서는 어떤 반응을 보이셨는지 궁금합니다."

"왕부엔 나름대로 규제가 있다고 했지. 십삼황숙은 친왕이고, 상서방 일까지 겸한 데다가 호부, 병부, 형부 어느 곳 하나 십삼황숙의 손길이 미치지 않는 곳이 없는 바 셋째큰아버지, 팔황숙처럼 그리 한가하지 못하다고 말이네."

뒷짐을 지고 걸어다니며 이같이 말하고 난 홍력은 곧 말머리를 돌렸다.

"이것은 구십주(仇十洲)가 그린 〈빙창관우도(憑窓觀雨圖)〉인데, 왜 제발(題跋)이 없지? 참으로 유감스러운 일이군."

그러자 류묵림이 그림에 시선을 고정시키고 한참 생각하더니 히죽 웃는 것이었다.

"왜 그런지 알 것 같습니다. 혹시 구십주의 작품이 이것 뿐이라 사람들이 감히 붓을 대지 못했을 수도 있지 않겠습니까?"

홍력은 어디를 유람하든지 산수초목(山水草木) 하나하나에 대해서 글귀를 남기는 걸 무척이나 즐겼다. 무심코 한 류묵림의 말이 홍력의 오기를 건드렸다. 그는 필통에서 붓을 꺼내 묵을 듬뿍 찍었다. 그리고는 잠시 생각하는 듯하더니 풀밭을 스치고 지나가는 뱀의 몸동작을 방불케 하는 운필(運筆)을 보이며 그림의 오른쪽 귀퉁이에 이 같은 글귀를 남겼다.

朝雨明窓塵,
晝雨織絲杼,
暮雨澆花漏.

새벽비에 창문의 먼지 씻겨 내리고,
낮비에 베틀소리 잠들고,
밤비에 꽃이 목욕하네.

39. 이별주(離別酒)

홍력과 류묵림이 그림을 감상하며 윤상을 기다리고 있을 때 갑자기 밖에서 몇 사람의 웃음소리가 들려왔다. 홍력이 고개를 들어보니 방포와 문각스님이 먼저 들어섰고, 그 뒤로 지팡이를 겨드랑이에 낀 오사도가 따라 들어왔다. 홍력이 급히 붓을 내려놓고 두어발짝 다가가 멈춰서더니 읍하며 말했다.

"큰스님, 방 선생, 오 선생, 다들 오셨네요. 근데 십삼숙은 안보이시네요? 오 선생과는 너무 오랜만이네요. 몸도 불편하신데 이쪽으로 오셔서 안락의자에 앉으시죠."

류묵림은 그제야 이 못 생긴 절름발이가 바로 옹정이 말끝마다 붙이던 '오 선생'이라는 걸 알 수가 있었다. 전혀 공손하게 사양하는 기색없이 떡하니 방포의 상석에 자리하는 오사도를 보며 적이 놀란 류묵림이 두 손을 맞잡아 가슴에 대고 읍하며 웃는 얼굴로 말했다.

"문각대사는 폐하의 불가체신(佛家替身)이고, 방 선생은 제우(帝友)로서 저도 익히 알고 있었습니다만 오 선생은 이번이 처음이네요. 외람되지만 함자는 어떻게 쓰시고, 현재 어느 아문에서 잘 나가고 계신지요?"

그러자 홍력이 웃으며 말했다.

"오, 깜빡하고 소개를 안 했네. 오 선생은 지금 전문경의 막료로 명성을 날리고 계시고, 여기 이 사람은 류묵림이라고, 올해 탐화(探花)에 합격한 재자(才子)지요. 묵림, 자네 자(字)가 '강주(江舟)'라고 했나?"

그러자 류묵림이 대답했다.

"원래는 '류강주'라고 불렀습니다만 누군가 제 이름만 들으면 자꾸 그 떠들썩한 '유배강주(流配江州)' 사건이 떠오른다 하여 아예 자를 없애버렸습니다."

류묵림의 말을 듣고 난 오사도가 무덤덤하게 입을 열었다.

"난 오사도라고 불러주면 되겠소."

이들이 구십주의 그림과 홍력의 필체를 두고 한참 설왕설래를 하고 있을 때 태감 애청안이 들어와 홍력을 향해 아뢰었다.

"넷째마마, 저의 이친왕께서 돌아오셨사옵니다."

사람들이 모두 자리에서 일어서자 태감에게 한 쪽 팔을 맡긴 윤상이 서재에 들어섰다.

"됐네."

사람들이 예를 갖춰 문안올리려 하자 윤상이 이 같이 말하며 손짓으로 태감을 물리쳤다. 그리고는 자리에 앉을 생각을 않고 홍력을 향해 물었다.

"지의(旨意)를 받들고 왔나? 그렇다면 어서 선독(宣讀)하도록 하게."

그러자 홍력이 급히 대답했다.

"폐하께선 저더러 십삼황숙과 오 선생을 찾아보라고 하셨을 뿐 따로 지의는 안 계셨습니다. 그만 자리하십시오."

이어 홍력이 옹정이 했던 말을 반복하여 들려주었다. 그제야 윤상이 머리를 끄덕여 보이며 깊은 한숨과 함께 허물어지듯 의자에 주저앉았다. 다소 창백해 보이는 얼굴에 피곤이 역력했다. 인삼탕을 한 그릇 마시고 다소 정신을 추스른 듯한 윤상이 입을 열었다.

"오 선생, 폐하께서 북경에선 더 이상 그대를 접견할 의사가 없으신 것 같은데 무슨 일이 있으면 날 통해 주하도록 하시오. 오 선생도 보다시피 내 건강이 과히 여의치가 않소. 그래서 연회가 끝나고 폐하를 뵈려고 일부러 남았었지. 폐하께선 앞으로 오 선생의 밀주문은 보친왕더러 대신 전하라고 하셨소."

말을 마친 윤상은 크게 기침을 두어 번 하더니 다시 말을 이었다.

"삐리타 등을 불러 뭘 좀 상의하느라 늦어졌소. 내일 난 어가(御駕)를 따라 풍대를 다녀와야겠고, 큰형과 둘째형도 들여다보고 올 거요. 큰형은 정신이 나가 미쳐서 돌아가고 사람도 못 알아본다오. 둘째형은 나랑 똑 같은 병을 앓고 있는 모양이오. 살날이 그리 많이 남은 건 아닌 것 같소. 문각대사, 폐하께서 지의 내리신 몇 가지 중에서 먼저 연갱요를 북경에 남겨둘 것인가, 아니면 지방으로 내려보낼 것인가부터 논의하도록 하게. 내가 옆에서 듣고 있을 테니. 오늘따라 말할 기운도 없네. 그런데 이 사람은 누군가?"

윤상의 눈빛이 갑자기 류묵림을 향했다.

"한림원에서 본 기억이 있는 것 같은데 말이야."

자신에게 시선이 쏠리는 순간 류묵림은 가슴이 뜨끔해졌다. 이 자리는 결코 범상치만은 않은 자리라는 생각이 번개처럼 뇌리를 쳤다. 내가 어쩌다 몽유병 환자처럼 이렇게 위험한 곳으로 들어왔을까? 일순 당황한 류묵림이 대답하려고 할 때 옆에 있던 홍력이 대신 말했다.

"조카가 데려온 사람입니다. 십삼숙께서 기억하고 계신 대로입니다. 이 사람은 한림원의 서길사(庶吉士)로 있는 류묵림이라는 사람입니다. 대단히 명민한 친구입니다. 혹시 연 대장군이 북경에 남지 않고 다른 데로 가게 된다면 이 친구를 딸려보낼까 하여 방 선생, 오 선생 두 분께 선보이러 왔습니다."

홍력의 말을 듣고 난 류묵림은 더더욱 불안해졌다. 깊이를 알 수 없는 심연(深淵) 속으로 휘말려 들어가는 것 같은 느낌에 사로잡힌 류묵림이 급히 상체를 숙였다.

"전 삼척미명(三尺微命)의 일개서생(一介書生)에 불과한 바닭 모가지 비틀 힘도 없는 사람입니다. 연 대장군처럼 흰칼 들어갔다 빨간 칼이 되어 나오는 가슴 떨리는 장면은 못 봅니다. 그런데 제가 따라가서 뭘 하겠습니까?"

돌멩이를 던져 옥(玉)을 유인하는 격[抛磚引玉]으로 류묵림은 윤상네의 진의를 끌어내고 싶었다. 말을 마친 류묵림은 웃으며 윤상을 똑바로 쳐다보았다. 윤상이 머리를 끄덕이며 말했다.

"홍력, 자네가 눈독들인 사람은 틀림없을 줄로 아네. 다만, 연갱요의 향방은 아직 미정인지라 앞으로 정해진 다음에 구체적으로 논의해도 늦진 않을 것 같네."

"지당하신 말씀입니다, 십삼숙."

홍력이 부드러운 미소를 지으며 류묵림을 바라보았다.

"아까부터 자네 꼭 무슨 일이 있는 사람처럼 안절부절못하는 것 같던데, 이제 됐네. 어디 고운 색시 하나 봐뒀나 본데 필요할 때 부를 테니 오늘은 그만 가 보게."

홍력이 말이 끝나기도 전에 류묵림은 어느새 반쯤 일어섰다. 엉거주춤 말이 끝나길 기다려 류묵림은 급히 홍력과 윤상을 향해 깊숙이 허리 굽혀 인사하고는 물러갔다. 류묵림이 허둥지둥 막 두 번째 문을 나섰을 때 십칠황자 윤례가 한 무리의 태감들에 둘러싸여 이곳으로 오고 있었다. 류묵림은 급히 한 쪽에 물러서서 윤례 일행이 지나가기를 기다렸다가 한 줄기 연기처럼 이친왕부를 빠져 나와 소순경을 찾아 줄달음쳤다.

가흥루에 도착했을 때는 하늘 색을 보아 벌써 유시(酉時)가 끝날 무렵이었다. 어둠의 장막이 무겁게 드리우기 시작했다. 상봉의 감격과 기쁨, 그리고 잔잔한 슬픔으로 류묵림은 가슴이 터질 듯 벅차 올랐다. 그러나 엎어질 듯 대문을 밀고 들어선 류묵림은 그 자리에 굳어지고 말았다. 이게 웬일인가? 북경을 떠나 있는 몇 개월 사이에 이곳은 이미 술집 아닌 희루(戲樓, 연극만을 공연하는 곳)로 바뀌어 있었던 것이다. 아래층, 위층에서는 각종 악기소리가 혼란스럽게 엉켜 울려퍼졌고, 목청을 트느라 별의별 이상한 고함소리를 내는 사람들로 정신 사나울 지경이었다. 짙은 화장을 한 여자아이들이 분주히 왔다갔다 했지만 아는 사람은 하나도 없었다.

류묵림이 실망과 좌절감에 머리를 떨구고 있을 때 전에 소순경을 시중들었던 오씨 영감이 연극 장비가 담긴 상자를 사람들과 함께 옮기는 모습이 보였다. 순간 눈빛을 크게 반짝이며 류묵림이 급히 손짓하여 부르며 웃음 섞인 욕설을 퍼부었다.

"어디 가서 나자빠져 있다가 이제 나타난 거야, 이 거북아! 그래, 자네 엄마랑 누이들 다 어디 갔어?"

"아니, 류 어른!"

그제야 류묵림을 알아본 오씨가 반색을 하며 달려오더니 한 쪽 무릎을 꿇어 인사를 올렸다.

"흠차대신께서 북경엔 언제 돌아오셨습니까! 여기는 지난 달에 서준 어른께서 넘겨받아 서 상국(徐相國, 서건학의 직함)의 사설 극단으로 만들었습니다. 가흥루는 더 이상 꾸려갈 수 없게 되었잖습니까? '천민종량(賤民從良)'의 지의에 따라 순천부에서는 이제부터 종량하지 않는 사람에 한해서는 세금을 두 배로 걷는다고 못을 박았기 때문입니다. 여기 누이들은 더러는 집에 갔고, 더러는 추천받아 마나님들의 시중드는 하녀로 들어가는 등 아무튼 뿔뿔이 흩어지고 말았습니다. 후유, 세상사라는 것이 다 흩어지고 만나고, 만나고 헤어지는 것이 아니겠습니까?"

그러자 류묵림이 웃으며 말했다.

"천민이 종량하는 건 좋은데, 술 안 팔고 깨갱거리며 목줄이나 뽑는다고 '귀민(貴民)'이 되나? 아무튼 난 관심없으니 소순경이 어디 있는지만 알려줘."

이에 오씨가 대답했다.

"귀인다망사(貴人多忘事)라더니, 정말로 어르신께서 기반가(棋盤街)에 살 곳을 마련해 주지 않으셨습니까? 어멈이랑 그곳으로 옮겨간 지 한참 됐습니다……."

류묵림은 오씨 영감의 주절대는 말을 뒤로 하고 경황없이 돌아섰다. 그러나 원수는 외나무다리에서 만난다고 했던가. 밖으로 나오자마자 류묵림은 편안한 옷차림에 두루마기 자락을 바람에 날리며 두 명의 가노(家奴)들과 함께 거드름을 피우며 다가오는 서준과 정면으로 맞닥뜨리고 말았다. 류묵림을 알아본 서준이 웃어보이며 두 손을 가슴께에 가져가 읍하며 말했다.

"실로 오랜만이오, 류 어른! 가내 두루 평안하시고? 만리 서역행에 수고가 많았을 거요!"

의외로 깍듯이 예를 갖추는 서준을 보며 감히 무시할 수 없었던 류묵림이 웃으며 대답했다.

"보아하니 좋은 일이 많은 것 같은데, 어디 가는 길인지 여쭤봐도 되겠소? 괜찮다면 나랑 기반가 소순경한테 가서 한잔 하는 게 어떻겠소?"

"아니, 아니! 난 그 여자한테 할퀼까봐 겁나서 못 가겠소. 그 악바리 여편네는 또 어떻고!"

서준이 히히 웃으며 말했다.

"염친왕께서 오늘저녁 우리 극단을 불러주셔서 가는 길이오. 새로 편찬한 이 책들도 가져다 드릴 겸."

이 같이 말하고 난 서준이 곧 오씨 영감을 향해 눈을 부라리며 나무랐다.

"등신 같은 것이 어서 가서 가마를 대기시켜 놓지 않고 뭘 해?"

그제야 류묵림은 두 가노가 품에 안고 있는 책에 시선이 갔다. 그 중 한 권을 보니 〈망월루시고(望月樓詩稿)〉라는 시집이었다. 찍어낸 지 얼마 안 되는 듯 묵향이 물씬 안겨왔다. 류묵림이 책장을 넘기며 웃으며 말했다.

"연극구경에 시낭 송에, 대단한 낭만파들이네. 새책 나온 기념으로 나한테 한 권 선물하면 안 될까?"

그러자 서준이 함박웃음을 지으며 말했다.

"류형 같은 인재가 진가를 알아봐 주니 정말 기분이 째지네. 이 기분대로라면 뭔들 못 주겠소. 다섯 권 줄게, 읽어보고 흥잡을 부분이 있으면 몰래 알려주시오."

류묵림이 그렇게 하겠노라고 머리를 끄덕이고는 서둘러 말에 올라 탔다.

"또 봅시다."

류묵림의 등뒤에서 서준이 빈정대듯 입을 이죽거리며 말했다. 그리고는 속으로 냉소했다.

'자식, 아무리 잘 난 척을 해 봐라. 벌써 녹두건(綠頭巾, 바람난 아내를 둔 남편을 빗대는 말) 뒤집어쓰고 있는 줄도 모르고!'

류묵림이 기반가로 달려왔을 때는 사위가 완전히 어두워진 뒤였다. 먼길 떠났다 모처럼만에 돌아온 자기 아들을 반기듯 어멈의 입이 귀에 걸렸다. 발뒤축이 땅에 닿지도 않은 듯 바람을 일구며 분주히 설치며 어멈이 어느새 주안상을 마련하여 소순경의 방에 들여다 놓고는 웃으며말했다.

"안 그래도 지켜보는 내가 입이 바짝바짝 마를 정도로 순경이가 눈 빠지게 기다렸나이다. 진작에 오실 줄 알았는데 이제나 나타나시니 기다리는 사람은 오죽하겠나이까!"

이 같이 주절대며 이번에는 소순경을 향해 눈짓을 하며 어멈이 말했다.

"보고 싶어 죽을상을 짓더니 왜 그리 수심에 잠겨 있는 거야? 귀인이 드셨는데 쌓였던 고민도 한 방에 날아나게 생겼구만. 좋은 밤을 류 어른 모시고 술잔을 기울이며 잘 보내거라……."

말을 마친 어멈은 곧 문을 살며시 닫고 나갔다. 자신을 바라보는 소순경의 눈에 눈물이 일렁이는 걸 본 류묵림은 자신이 늦게 온 걸 탓하는 줄 알고 급히 다가가 와락 껴안았다. 그 동안의 그리움을 한꺼번에 쏟아내듯 으스러지게 껴안고 자상한 미소를 머금은 류묵림이 말했다.

"깨물어 주고 싶어. 이렇게 뾰루퉁하게 있는 모습도 너무 좋아. 다신 당신 곁을 떠나지 않을 테니까, 천애지각 어딜 가도 데리고 갈 테니까 일 때문에 늦게 온 걸 한 번만 봐 주라, 응?"

"연 대장군이 입성하는 날, 저 가봤어요."

상처 입은 어린새처럼 류묵림의 품에 쏘옥 들어가 기댄 채 소순경은 마치 그 옛날의 이야기를 꺼내듯 멀고도 또렷한 목소리로 하소연하듯 말했다.

"당신이 같이 오는 줄 알았어요……."

연갱요의 말이 나오자 류묵림은 순간적으로 방금 홍력이 했던 말이 떠올랐다. 자신을 연갱요에게 딸려 보내겠다는 말속에 내재되어 있는 더 깊은 뜻이 있을 것 같았다. 그렇다면 그것은 과연 무엇일까? 자신이 떠나온 후 십삼패륵부에서는 또 무슨 얘기가 오갔을까? 생각할수록 종잡을 수가 없이 혼란스러웠다……. 잠시 다른 생각을 하고 있었다는 데 미안해하며 류묵림이 소순경의 반질반질한 머리카락을 쓸어 내리며 부드럽게 그녀의 이마에 입맞춤을 했다.

"내 마음 같아서는 당장이라도 달려와 당신을 안고 싶지. 하지만 난 새처럼 완벽하게 자유로운 사람이 아니잖소. 특히 군국대사이니 만큼 철저히 명령에 따라 움직일 수밖에. 안 그렇소?"

류묵림이 신기한 보물 들여다 보듯 고개를 살포시 수인 소순경을 유심히 바라보며 그녀의 옷섶을 비집고 손을 들이밀었다. 그리고는 옥돌을 만지듯 조심스레 그녀의 솜털 같은 보드라운 몸을 어루만졌다. 발끝부터 머리까지 순식간에 전율이 타고 올라 왔다. 델 것 같은 두 입술이 포개졌고, 류묵림의 손은 어느새 소순경의 배꼽 아래쪽을 더듬고 있었다…….

"오늘은 안 되는데……."

자신의 전부를 내맡긴 것처럼 나긋나긋하던 소순경이 갑자기 류묵림을 밀어냈다. 그리고는 애써 일어나 머리를 만지고 옷섶을 꽁꽁 여몄다. 마치 다시는 범접해선 안 된다는 경고인 것처럼. 무슨 영문인지 몰라 얼떨떨해 있는 류묵림을 바라보는 그녀의 눈빛이 슬펐다. 차라리 우는 것이 나을 것 같은 억지웃음을 지어내며 소순경이 말했다.

"오늘 저녁만 봐 줘요! 다음…… 기회를 기다려 주세요."

갑작스런 그녀의 돌변에 어정쩡해 있던 류묵림이 그제야 웃음을 머금었다.

"당신 몸이 안 좋거나 기분이 아니면 내가 도리어 안 할 텐데, 왜 그리 벌에 쏘인 사람처럼 화들짝 놀라고 그러오? 생리 때문에 예민해진 것 같은데, 위에만 만지면 안 될까? 긴긴 밤을 사랑하는 사람 앞에 두고 그냥 있기가 너무 아쉽네."

소순경이 아기처럼 가슴을 파고드는 류묵림을 다시 밀어냈다. 그리고는 류묵림의 머리를 받쳐들고 오래오래 뜯어보았다. 마치 콧수염 하나 눈가의 잔주름 한 올이라도 가슴속에 새겨 넣으려는 듯 그녀는 류묵림에게서 눈을 뗄 생각을 하지 않았다. 그러길 한참, 붙어버린 듯 꽁꽁 닫혀 있던 그녀의 입술이 열렸다.

"당신, 그 험한 서역길 다녀오느라 참으로 고생 많았죠? 얼마 전에 대충 끄적이다 보니 곡을 붙여보면 좋을 것 같은 가사가 있는

데, 한번 들려 드릴까요?"

　소순경은 류묵림을 주안상 앞에 눌러 앉히고 살포시 고개 숙여 술을 따라주고는 거문고를 퉁기며 흐느끼는 듯한 목소리로 노래를 부르기 시작했다.

　　세월의 손때 묻은 성벽은 여전한데,
　　복숭아꽃 당신 모습은 왜 안 보이나요?
　　신첩, 이내 몸은 파릇한 버드나무 잎이에요.
　　이제 막 고개 내민 새싹이거늘 어찌 몰아치는 비바람을 이길 수 있으리오!
　　아파라, 슬퍼라, 괴로워라…… 누각에 잔몽(殘夢)은 남아있는데
　　무정한 유수(流水)는 벌써 천진(天津) 다리 밑을 흘러가네.
　　내 영혼의 갈피갈피에 맺혀있는 이 한을 어이하리오?
　　저승에서도 내 너를 물고 놓지 않으리, 너와 난 영원한 원수!

　아무 생각없이 연거푸 술잔을 비우고 있던 류묵림은 갈수록 이상한 기분이 느껴지는 듯 노래 말을 조용히 되씹으며 고개를 가볍게 저었다. 소순경이 사뿐사뿐 다가와 정감어린 눈빛으로 류묵림을 바라보며 술잔을 채워 주었다. 그리고 자리로 돌아간 그녀는 이번엔 춤까지 추며 노래를 불렀다. 그러나 류묵림에겐 그 몸동작, 소맷짓 하나도 모골이 송연할 만큼 섬뜩한 느낌으로 다가왔을 뿐 그 밖의 감동은 깡그리 사라지고 없었다. 빈속에 술을 거푸 들이마셔 벌써 취기가 오른 류묵림이 진저리치듯 머리를 흔들었다. 그리고는 몽롱한 눈을 들어 소순경을 바라보았다.

　"당신…… 어째 이상한데…… 왜 그래? 무…… 무슨 일 있었

어?"

"아니에요."

소순경이 애써 눈물을 삼키며 류묵림의 품에 안겼다. 그리고는 다시 류묵림에게 철철 넘치도록 한 잔 부어주며 흐느끼듯 말했다.

"한 잔만 더 받으세요. 내 신랑 견우 아저씨."

"견우라니?"

류묵림이 눈을 게슴츠레 뜨고 말했다.

"내가 견우(牽牛)면 당신은 직녀(織女)란 얘기야? ……우리 사이엔 은하(銀河)가 가로막힌 것도 아닌데? 오! 이제 보니 나더러 소처럼 실컷 마시라는 거구나……."

혀가 갈수록 꼬이던 류묵림이 그 자리에 폭 고꾸라지고 말았다. 두 다리 사이에 머리를 박고 류묵림은 곧바로 코를 드르렁드르렁 골기 시작했다. 그제야 소순경의 두 눈에선 봇물 터지듯 굵은 눈물이 마음껏 쏟아져 내렸다. 겉옷을 벗겨 편안하게 뉘이고 베개까지 받쳐주고 난 소순경의 흐느낌은 끊어질 듯 이어졌으나 류묵림은 아무 것도 모른 채 입을 쩝쩝 다시며 잠들어 있었다. 손가락으로 머리며 얼굴을 쓸어 내리며 소순경은 오래도록 류묵림에게서 눈길을 돌릴 줄 몰랐다. 수많은 유혹을 뿌리치며 순결을 사수해 온 몸을 냉큼 내어주었던, 세상의 유일한 남자였다. 둘도 없는 정인(情人)이었다.

때는 음력으로 5월, 한여름의 깊은 밤이었다. 바람 한 점 없고 벌레소리, 새소리마저 잠들어버린 한밤이었다. 이따금 저 멀리 연못가에서 개구리가 트림하는 소리가 한 번씩 들려올 뿐 삼라만상은 죽은 듯한 정적에 푹 잠겨 있었다. 하늘 가득한 구름에 가리어 답답한 듯한 달님이 기어이 머리를 내밀고 어둠에 잠겨 으스스해 보이는 나무며 가옥들에 은색을 칠하고 있었다. 그 서투른 몸짓에 때론 창백하고 때론 붉으락푸르락한 것이 왠지 소롯한 느낌이 들었다. 눈에 익숙한 석탁(石卓)이며, 어항, 분재며 가산(假山)의 돌 틈에서 산발을 한 귀신이 뛰어나올 것만 같은 불안이 엄습해 왔다.

가슴을 지그시 누르고 있는 듯한 무겁고 갑갑한 오포(午砲) 소리가 밤의 장막을 깨고 은은히 전해왔다. 걸상에 앉아 멍하니 생각에 잠겨 있던 소순경은 순간 소스라치듯 놀랐다. 자리에서 일어난 그녀는 유령처럼 곧 쓰러질 듯 어두운 촛불 앞에서 긴긴 그림자를 끌며 몽유병 환자처럼 서성거렸다. 그리고는 헛소리하듯 중얼거렸다.

"난 몸은 비록 천하게 태어났지만 그렇다고 마음도 천한 건 아니잖아? 일곱 살에 엄마를 잃고, 열 살에 아버질 잃었어. ……엄마는 좋은 분이었어…… 같은 창기(娼妓)의 처지를 잘 헤아려 내게서 동병상련의 아픔을 느꼈어…… 묵림, 다행이에요. 당신에게 깨끗한 내 몸을 줄 수 있어서…… 이젠 천적(賤籍)에서 놓여나 재주 많은 당신을 따라 고락을 같이 하여 일품부인(一品夫人)이 될 꿈을 꾸며 살아왔어요……."

비틀거리며 창가로 다가선 그녀의 안색이 하얗게 변해 있었다.

"……그러나 제 꿈이 너무 컸나요? 그래서 죄받은 건가요? 견우가 이제 더러워진 직녀를 가지려 하겠어요……."

그녀의 웃음은 창백하고 서글펐다.

"소순경이 이렇게 삶을 마감하게 되다니. 서준! 내 너를 절대 가만두지 못할 거야, 두고 봐라!"

곧 쓰러질 듯 책상 앞으로 다가간 그녀는 서랍 속에서 작은 약봉지를 꺼냈다. 술잔에 털어 넣고 흔들며 그녀는 전혀 깰 기미를 보이지 않고 곤히 잠들어 있는 류묵림을 깊고 그윽한 눈빛으로 바라보았다. 그리고는 목을 젖히고 꿀꺽꿀꺽 들이마셨다…….

창자가 뒤틀리는 아픔이 몰려왔다. 사력을 다해 류묵림에게로 다가가 그 옆에 몸을 뉘인 소순경은 고통으로 일그러진 표정에 마지막으로 한 올의 웃음을 길어 올렸다……. 류묵림의 옆에 웅크린 채 굳어가면서도 그녀는 끝까지 신음소리 한 마디 내지 않았다.

한편 해가 중천에 떠서도 잠이 덜 깬 류묵림은 타는 듯한 목마름에 연신 입을 다시며 물을 달라고 졸랐다. 그러나 아무리 불러도 응답이 없었다. 있는 힘껏 벌떡 일어나 앉은 류묵림은 머리가 어지러워 잠시 눈을 감은 듯 뜨고 주위를 둘러보았다. 얼마 떨어지지 않은 곳에 웅크리고 있는 소순경을 본 류묵림이 웃으며 말했다.

"술도 별로 안 마신 사람이 술이 떡이 된 사람보다 더 늦게 일어나는 게 어딨어? 여자가 잠이 그렇게 깊어서야 업어가도 모르겠네!"

그럼에도 소순경은 응답이 없었다. 순간 문득 불길한 예감이 든 류묵림이 엉금엉금 기어갔다. 눈을 꼭 감고 장작처럼 굳어진 소순경의 입가에 한 줄기 피가 흘러 딱딱하게 굳어 있었다. 순간 초풍할 듯 놀란 류묵림이 경황없이 콧구멍에 손을 대 숨을 쉬는지를 확인하고 맥을 짚어보았지만 불길한 예감은 불행히도 적중하고 말았다.

"순경아!"

오장육부가 갈기갈기 찢어지는 류묵림의 고함소리가 이어졌다. 그는 실성한 사람처럼 소순경의 차가운 몸에 엎드려 애타게 흔들며 불렀다.

"순경아, 눈 좀 떠봐! 이게 웬일이야? 너 지금 무슨 멍청한 짓을 한 거니? 제발 부탁이야, 눈 좀 떠 봐…… 아…… 흑흑……."

소순경을 번쩍 안고 눈물을 비오듯 흘리며 류묵림은 그녀의 이름을 애타게 절절하게 부르고 또 불렀다.

"순경아…… 네가 어떻게 날 이런 식으로 버리고 갈 수 있어? ……어젯밤, 네가 이상했었어. 무슨 일인지 왜 내게 말하지 못했니? 난 네게 무슨 존재였니…… 아…… 흑흑…… 아…… 이제 난 어떡하라고……."

하늘이 박살나 우수수 파편이 떨어지는 것 같은 애절한 울음소리에 어멈이 문을 확 젖히고 들어섰다. 눈 앞의 광경에 사색이 되어 있는 어멈을 본 류묵림은 조심스레 소순경을 침대 위에 내려놓고는 무서운 광기를 보이며 어멈의 목덜미를 잡아 치켜 들었다.

"말해, 더러운 암캐 같으니라고! 말 못해? 누가 순경이를 괴롭혔는지? 목졸라 죽이기 전에 어서 말해! 아니…… 순천부로 보내 칼의자에 앉혀 죽일 거야! 내가 할 수 있나, 없나 보고 싶다고? 좋아 두고 보면 알 거 아니야!"

기생어멈의 목덜미를 움켜잡은 류묵림의 손에 갈수록 힘이 들어갔다. 얼굴이 험악하게 일그러져 있었고 핏발이 선 눈에서는 금세라도 삼켜버릴 듯한 흉광이 번쩍였다. 쓰레기처럼 건뜻 들려 바둥대던 어멈은 이미 반주검이 되어 있었다. 연신 살려달라고 싹싹 빌며 어멈이 말했다.

"류 어른, 제발…… 맹세코 이 년은 아닙니다. 아무래도…… 아무래도……."

"어서 말 못해? 어떤 자식이야?"

"서준 어른일지도 모릅니다……."

류묵림이 어멈을 힘껏 내던지고는 이를 악물고 생각했다. 그는 어멈의 말을 믿기로 했다. 서준은 지금 염친왕부에 있을 것이다. 말을 대기시키라고 연신 고함지르며 밖으로 뛰쳐나온 류묵림은 날렵하게 뛰어올라 있는 힘껏 채찍질을 해댔다. 깜짝 놀란 말이 숨 넘어가는 소리를 지르며 두 발을 높이 치켜들더니 무서운 기세로 냅다 달리기 시작했다.

40. 연병식(演兵式)

불숙불쑥 치미는 울화를 안고 단숨에 염친왕부로 달려온 류묵림은 왕부의 병풍 앞에서 묘기를 부리듯 말 위에서 굴러내렸다. 거친 숨을 몰아쉬며 주먹을 불끈 쥔 류묵림은 그러나 경계가 삼엄한 왕부의 대문을 바라보며 잠깐 망설였다. 아직 수면 위로 떠오르지도 못한 별볼일 없는 한림(翰林)에게 염친왕이 시간을 내줄지가 걱정이었고, 설령 들여보낸다고 해도 무슨 말을 어디서부터 어떻게 아뢰어야 할지도 난감했다. 게다가 서준은 윤사의 좌상객(座上客)이고 한림원에서는 내로라 하는 편수(編修)였다. 염친왕의 절대적인 신임을 받고 있는 왼팔을, 그것도 염친왕부로 뛰어들어가 다짜고짜 목덜미를 잡고 흔든다는 것은 자신이 윤사의 뺨을 때리는 것과 다를 바가 없지 않는가? 그러니 윤사가 수수방관할 리가 있으랴? 이밖에도 서준이 과연 이 시간까지 안에 있을지, 없을지도 알 수 없는 일이었다……

똥 마려운 강아지처럼 류묵림이 그 자리에서 뱅뱅 맴돌고 있을 때 대문 안쪽에서 대포소리가 세 번 울리더니 중문(中門)이 천천히 열리기 시작했다. 이어 한 무리의 태감들이 손뼉을 치며 걸어나오며 숙정회피(肅靜回避)를 외쳤다. 그 뒤로 노란색 차양을 드리운 팔인대교(八人大轎)가 모습을 드러냈고, 그 안에 희색이 만면한 윤사가 앉아 있었다. 한 무리의 왕부시위들과 청객막료들이 뒤따랐지만 서준은 눈에 띄지가 않았다. 실망하여 어깻죽지를 늘어뜨리고 있던 류묵림은 순간 의문(儀門)을 통해 부채를 부치며 팔자걸음으로 걸어나오는 서준을 발견했다. 온몸의 피가 거꾸로 솟는 것 같았다. 얼굴이 시뻘겋게 달아오른 류묵림이 기둥에 말을 붙들어매고 다가가려 할 때, 때마침 류묵림을 발견한 윤사가 수레를 멈추게 하고는 큰 소리로 물었다.

"거기 류묵림이 아닌가?"

"예……"

류묵림이 엉겁결에 말끝을 흘리고는 번쩍 제 정신이 들어 윤사에게로 달려와 무릎꿇어 예의를 갖추었다.

"염친왕께 문안을 올립니다."

"내게 문안올리러 왔구나!"

표독스러운 눈빛으로 서준을 쏘아보는 류묵림을 보며 윤사가 실소하듯 웃었다.

"오늘 이거 체면이 서는데! 연 대장군이 보낸 건가, 아니면 이친왕이 보내서 왔나?"

그 진의가 아리송한 윤사의 말에 문득 냉수를 들이킨 듯 제 정신이 든 류묵림이 공수하며 대답했다.

"신은 보친왕에게서 오는 길입니다. 염친왕께 청안도 올릴 겸 서준 형이 용돈 좀 꿔줄까 싶어서 왔습니다."

소순경에게서 자초지종을 전해들은 류묵림이 자신에게 행패를 부리려고 찾아온 줄로 알고 핑계를 대어 도망가려던 서준은 돈을 꾸러 왔다는 말에 몰래 안도의 숨을 내쉬며 씩씩하게 팔을 내저으며 다가왔다.

"참 딱하다 딱해! 여기까지 찾아와 돈 빌리러 온 걸 보면 여간 급한 일 있는 게 아닌데!"

이 같이 빈정대고 난 서준은 곧바로 윤사를 향해 말했다.

"여덟째마마께선 모르시겠지만 이 친구 이래도 여자 복이 기똥차다는 거 아닙니까? 요즘은 꿀 같은 도화운(桃花運)에 세월가는 줄 모를 겁니다. 하기야 사내로 태어나 금옥장교(金屋藏嬌) 한번 못해 보는 것도 억울할 일이지. 그래서 돈이 필요한 모양인데, 그거야 내가 흔쾌히 밀어주지. 얼마나 필요한데? 필요한 액수만 말하면 나중에 가인들을 시켜 보내줄 테니."

"염친왕께서 입조(入朝)하시는 길인데, 여기선 말할 자리가 아닌 것 같소."

류묵림이 다짜고짜 서준을 한 쪽으로 잡아끌며 윤사를 향해 읍하여 양해를 구했다.

"신이 경망스런 행동을 보여 죄송합니다. 서준의 시간을 잠시만 빌리도록 하겠습니다!"

말을 마친 류묵림이 거친 숨을 몰아쉬며 입을 움찔움찔하더니 갑자기 전혀 무방비상태인 서준의 면상을 향해 "퉤!" 하고 걸쭉한 가래침을 내뱉었다. 오만상을 찌푸린 서준의 얼굴에 싯누런 가래침이 얼어붙은 고드름처럼 들러붙고 말았다!

"이런 인피를 뒤집어 쓴 짐승 같으니라고!"

한 발짝 물러서며 류묵림이 징그럽게 웃으며 말했다.

"병균이 바글대는 가래침을 내뱉을 곳이 없어 찾아왔다! 알겠냐?"

막 대교(大轎)를 들고 일어서던 교부들이 갑작스런 광경에 깜짝 놀라 휘청하더니 다시 윤사를 땅에 내려놓고 말았다. 미소를 잃지 않고 있던 윤사의 얼굴이 갑자기 빙점으로 치달았다. 마침내 그는 홱 고개를 돌려 고함지르고 말았다.

"류묵림, 누구 면전이라고 감히 이런 무례를 범하는 거야?"

서준은 자신이 류묵림에게서 가래침을 뒤집어 쓴 이유를 너무나 잘 알고 있었기에 악을 쓰며 대적하여 류묵림을 크게 자극할 수가 없었다. 경황없는 와중에도 그는 이참에 자신의 '함량'을 과시하여 염친왕에게 점수를 따야 한다는 일념밖에 없었다. 서준은 애써 표정관리를 하며 의연한 척 뺨을 쓰윽 문지르고는 태연스레 입을 열었다.

"여덟째마마, 저자는 둘째가라면 서러워 할 미친개입니다. 정평이 나 있는 걸요. 되다 만 인간에게 화내실 것 없지 않겠습니까?"

"너야말로 미친개다, 이 새끼야!"

류묵림이 악에 받혀 길길이 뛰었다.

"속은 구더기가 득실거리면서도 겉만 번드르르 하면 다야? 명문세가라는 끝가지에 대롱대롱 매달려 있지만 너의 아비 서건학을 비롯하여 너희 가족은 명실상부한 '미친 개 가족'이야. 네가 하고 다닌 짓거리를 과연 모른단 말이야?"

자신의 아버지를 욕되게 하는 데야 끝까지 신사적으로 굴 수 있는 서준이 못 되었다. 그는 두 눈에 이리의 그것 같은 불을 내뿜으며 고함질렀다.

"하룻강아지 범 무서운 줄 몰라도 유분수지, 너 우리 가문이 어떤 가문인지 알기나 하고 더러운 주둥아리 놀려? 우리 아버지 발가락에 낀 때도 너의 낯짝보다는 깨끗하다! 무슨 영화를 누리겠다고 개구멍에서 기어 나왔냐? 여덟째마마, 보시다시피 저 자는 오늘 이런 식으로 저를 모독했습니다. 류묵림, 너 겁대가리 없으면 말해 봐, 무엇 때문에 날 모욕했어?"

"신목(神目)이 전광화석 같아! 너 자신이 더 잘 알 거야!"

"난 몰라!"

"넌 알아!"

"난 몰라!"

사실 윤사는 소순경이를 놓고 두 사람이 질투하여 싸우고 있다는 것쯤은 알고 있었다. 큰 구경거리가 났다며 여기저기서 사람들이 팔짱끼고 몰려들자 윤사가 가마에서 내려 크게 고함을 질렀다.

"아무리 체통머리 없이 굴어도 유분수지, 지금 자네들 뭐 하는 짓이야? 류묵림, 난 자네가 왜 이러는지는 모르겠다만 어쨌든 서준은 내가 왕부로 불러들인 사람이야. 그런데 내 앞에서 감히 왕부로 초대받아 온 손님한테 침을 뱉다니! 설마 내가 누군지를 모르지는 않겠지? 오늘 자네가 범한 이 무례함만으로도 난 자네를 용서할 수 없네!"

"맘대로 하시죠!"

류묵림이 무모하리 만치 배짱을 부리고 나섰다.

"아무튼 저도 살고 싶지 않습니다! 대왕께선 천자검에 왕명기패까지 없는 게 없지 않습니까? 저의 파리목숨 해치우는 거야 식은죽 먹기 아니겠습니까?"

모든 걸 각오한 류묵림의 말에 흠칫 놀라는 표정을 보이던 윤사가 그러나 곧 차갑게 웃으며 말했다.

"난 줄곧 관대함과 인후(仁厚)함으로 아랫사람을 대해 왔거늘 감히 내게 이 같은 불경을 저지를 사람은 없는 줄로 알고 있는데, 자네 같이 잘해 줘도 잘해 주는 걸 모르는 몰염치한 인간은 처음이네! 죽을죄까지는 아니겠지만 살아 있다는 것이 원망스러울 정도로 괴롭혀 줄 테니 기다려. 여봐라!"

"예!"

"이 자는 술에 만취하여 왕부를 찾아와 소동을 부렸네."

윤사의 목소리는 단호했다.

"서재 앞으로 끌고가 햇볕을 쬐어 땀을 쫘악 빼게 하게. 술이 좀 깨게 말이네. 어떻게 처리할지는 내가 폐하께 주명(奏明)한 뒤에 이부에서 소식이 있을 거네."

"예, 알겠습니다!"

몇몇 부하들이 굶주린 이리떼처럼 달려들어 안간힘을 써서 물리치는 류묵림의 팔을 잡아끌었다. 하늘이 찢기고 땅이 갈리는 듯한 류묵림의 고함소리가 들려왔다.

"편가르기를 해도 이런 식으로 쪽을 놓는 건 아닙니다. 여덟째 마마…… 제가 목숨처럼 사랑하는 소순경이 저 자식 때문에 죽었다는 걸 모르시죠? 서준, 이 자식아! 너의 손에는, 몸에는 온통 억울하게 죽은 원혼들의 피가 묻어 있어! 자기 스승까지 극약을 먹여 죽이더니, 넌 순경이마저 독극물 먹여 비명에 가게 했어. 용기가 있으면 너 뒤를 돌아 봐라! 두 원혼이 널 가만두지 않을 거다……."

류묵림의 악에 받친 처량한 목소리에 사람들은 저마다 소름끼치는 표정이었다. 벌써 사색이 되어버린 서준은 얼음구멍에 빠졌다 건져올린 사람처럼 덜덜 떨며 잔뜩 겁을 집어먹은 눈빛으로 슬며시 뒤를 돌아보았다. 그 모습을 본 윤사가 조소어린 웃음을 흘리며 가마꾼들에게 명령했다.

"얼른 서둘러! 폐하께서 풍대 대영의 열병식 때문에 기다리고 계실 텐데, 저런 미친 것들 때문에 시간을 빼앗기다니 황당하기 이를 데 없구만!"

문 앞에서 시간을 허비하는 바람에 윤사는 약속보다 거의 일각이나 늦어서야 입조할 수 있었다. 서화문에 도착하여 막 패찰을 건네려 할 때 태감 고무용이 안에서 헐레벌떡 뛰어왔다. 그는 청안 올리는 것도 잊은 채 발을 동동 굴렀다.

"마 중당, 장 중당께서는 벌써 오셨습니다. 모두들 태화문에서 여덟째마마만을 기다리고 있습니다! 동화문으로 들어오실 줄 알고 장오가가 사람을 그쪽으로 파견해 놓고 있는데, 결국엔 이쪽으로 들어오셨네요!"

윤사가 고무용을 따라 들어가며 말했다.

"폐하께서 어제 서화문에서 패찰을 건네라고 명하셨는데, 내가 어찌 감히 동화문으로 들어올 수 있겠나? 하다 보면 조금 늦을 수도 있는 거지, 그렇다고 똥 마려운 강아지처럼 그러고 있어? 폐하께선 건청궁에 계실 거고, 연 대장군은 도착했어?"

고무용이 아뢰었다.

"연 대장군께서도 벌써 도착하셨습니다. 지금 커룽둬 중당과 함께 건청궁에서 폐하를 모시고 말씀을 나누는 중이십니다! 십삼 마마께서는 어젯밤 피를 토하셔서 폐하께서 태의(太醫)를 보내신 줄로 알고 있습니다. 지금 태의가 보내온 수식을 듣고 움직인다고 하시며 기다리고 계십니다. 아니면 진작에 열병식에 떠날 채비를 하셨을 겁니다……."

윤사가 태화문에 모습을 드러내자 미리 기다리고 있던 장정옥과 마제는 그제야 안도의 숨을 내쉬었다. 마제가 먼저 입을 열었다.

"드디어 도착하셨네요! 사람을 시켜 왕부로 가 보니 떠나셨다곤 하는데, 동화문 쪽에서는 아직 모습이 안 보인다 하여 한참 초조하게 기다리던 중입니다. 폐하께서 부르시면 어떡하나 하고 말입니다."

그러나 장정옥은 아무 말도 않고 손을 내밀고 허리를 굽히며 말했다.

"먼저 행차하시죠. 저희들이 뒤따라 가겠습니다."

태화문으로 들어간 세 사람은 삼대전을 거치지 않고 좌익문을 통해 전정(箭亭), 숭루(崇樓), 경운문(景運門)을 거쳐 천가(天街)를 지나 건청문에서 패찰을 건넸다. 잠깐 기다리고 있노라니 "들라"는 지의가 전달되었다. 세 사람이 들어와 보니 어의 류유탁(劉柳鐸)이 옹정에게 윤상의 병세를 주하고 있는 가운데 커룽둬가 옆에 시립하고 있었고, 연갱요는 자리에 앉아 있었다. 옹정이 대례를 면하라는 시늉을 해보이며 류유탁에게 말했다.

"자네가 맥상(脈象)에 대해 많이 말해도 짐은 잘 모르니 세세하게 주할 필요없이 대체 이친왕이 앓고 있는 병이 어떤 병인지, 생명에는 지장이 있는지 여부만 주하면 되네."

"아뢰옵니다, 폐하! 이친왕께오선 결핵을 앓고 계시옵니다."

류유탁이 주저없이 아뢰었다.

"성명하신 폐하께서 잘 아실 줄로 아옵니다. 이 병은 피곤한 걸 가장 금기시 하고 있사옵니다. 이번에 병이 도진 것도 노심(勞

心)이 지나치시고 몸조리가 따라주지 못한 것이 주된 원인이 아닐까 하옵니다. 천만 다행으로 십삼마마께오선 평소에 건강이 좋으셨기 때문에 조용히 몸조리만 제대로 하신다면 천수를 누리는 수도 있겠사옵니다. 당장 소인이 단언할 수 있는 것은, 적어도 앞으로 3, 5년은 생명의 위협은 없을 것이옵니다. 염려스러운 것은 이 친왕께서 의정(醫正)의 당부를 무시하시고 일에만 매달리시는 날엔 소인으로서도 달리 방법이 없을 줄로 아옵니다."

말을 마친 류유탁은 연신 머리를 조아렸다.

시선을 멀리 두며 옹정이 한숨을 지으며 말했다.

"짐이 여러 차례 특지를 내렸었지. 절대 무리하지 말라고 말이네. 그런데 짐의 명령이라면 다 듣는 사람이 유독 이것만은 따라주지 않아 저렇게 각혈까지 하고 심각한 상태에 와 있지 않나. 이제부터는 짐이 십삼마마를 자네한테 맡길 테니 의식주행(衣食住行) 모든 것을 정성껏 보살펴 드리도록 하게. 설령 짐이 지의를 내려 불러들이더라도 자네가 봤을 때 상태가 여의치 않아 보이면 자네가 직접 짐에게 주하도록 하게. 무슨 말인지 알겠나?"

그러자 류유탁이 말했다.

"소인은 폐하의 지의를 받들어 여태 이밀친왕(理密親王, 윤잉)의 건강을 보살펴 왔사옵니다. 이제 소인이 다시 십삼마마를 시중들게 되오면 이밀친왕은 누가 보살펴 드리고, 또 큰황자마마는……."

이에 옹정은 잠시 생각에 잠겼다.

"이밀친왕한테는 자네가 믿을 만한 다른 태의를 보내도록 하게. 큰황자는 정신질환자니까 달리 손 쓸 방법이 없기 않나. 저렇게 살다가 가는 수밖엔. 자네가 봐서 병이 심하게 도질 때마다 태의를 들여 보내도록 하게."

다 같은 일부동체(一父同體)의 형제이지만 이들을 대하는 옹정의 태도는 판이하게 다르다는 생각에 윤사는 가슴이 섬뜩해졌다. 그러자 장정옥이 조심스레 입을 열었다.

"주군! 큰황자, 둘째황자도 그러하옵니다만 준화에서 수릉(守陵)하고 계시는 십사마마께오서도 요즘 들어 건강이 여의치가 않다고 하옵니다. 내무부를 관장하고 있는 신(臣)이 세 분 마마의 건강을 챙겨드리고 십삼마마에 한해서는 류유탁이 전문적으로 시중을 드는 것이 어떨까 하옵니다."

"그것도 괜찮은 것 같네."

옹정이 회중시계를 꺼내보더니 일어섰다.

"자네는 재상이니 모든 일을 관장하여 조화롭게 하는 것은 본직(本職)이지 않은가. 시간 다 됐네. 연 대장군, 이제 슬슬 자네 군중(軍中)으로 구경이나 가지?"

조용히 들으며 생각에 잠겨 있던 연갱요가 급히 일어나 허리를 숙이며 대답했다.

"예, 폐하! 신이 주군을 선도(先導)하도록 하겠사옵니다!"

그러자 옹정이 미소를 지어 그의 어깨를 두드려 주었다.

"아니, 자네는 짐과 한 수레에 앉아 가세. 거절하지는 말게. 왕이 앞서가면 나라가 흥하고, 부하가 서둘러 앞서가면 나라가 망한다[王前則國興, 士趨則國衰]고 했네. 짐이 그래 제(齊)나라의 위왕(威王)보다 못하단 말인가? 짐은 자네가 짐의 못난 아들들보다 낫다고 생각하네. 군신, 부자 사이에 무슨 그리 서먹서먹하게 형식에 구애받을 게 있나? 부자(父子)가 같은 수레를 타고 움직이는 것도 즐거운 일이잖은가!"

말을 마친 옹정은 껄껄 너털웃음을 지었다. 그리고는 연갱요의 손을 잡고 함께 궁을 나서 36인 대교(大轎)에 올랐다. 옹정이 지고 무상한 제왕의 신분을 스스로 낮춰가면서까지 연갱요를 잡으려고 한다고 생각하며 윤사는 속으로 냉소했다. 이를 지켜보는 커룽둬 마제 장정옥도 보기에 썩 좋지는 않아 보였지만 감히 어쩔 수가 없어 각자 말을타고 수레를 따라 움직이는 수밖에 없었다.

어가가 풍대에 도착했을 때는 오시(午時)도 한참 지난 시각이 었다. 이날 북경은 찌는 듯한 더위에 몸살을 앓고 있었다. 구름 한 점 없는 맑게 개인 하늘에 불가마 같은 태양이 지칠 줄 모르고 열기를 토해냈다. 아침에 물을 흠뻑 뿌렸던 황토 역도(驛道)는 벌써 말라서 갈라졌고, 말발굽이 닿는 곳마다 먼지가 수증기처럼 올라와 시야를 흐렸다. 더위 먹은 적이 있는 옹정은 더위를 가장 무서워했다. 수레 안에 얼음 대야를 몇 개 비치해 두고 있었지만 옹정은 끊임없이 땀을 훔쳤다. 연갱요 역시 땀범벅이 되었지만 조각상처럼 꼼짝 않고 앉아 점점 가까워오는 풍대 대영 쪽만을 뚫어지게 바라보고 있었다.

연갱요의 3천 철기병들은 어가를 맞을 준비를 미리 마치고 대기 하고 있었다. 모두가 연갱요의 거듭되는 엄선을 거친 체격이 곰 같은 용감무쌍한 용사들이었다. 넓디넓은 공터 사위에는 95개의 용기(龍旗) 외에도 여러 가지 색상의 깃발이 내걸려 있었고, 패도 를 차고 장검에 손을 얹은 병사들이 연갱요의 지시대로 세 부분으 로 나뉘어 정렬해 있었다. 옹정과 연갱요가 탄 수레가 도착하자 입구의 홍기(紅旗)를 든 군관이 깃발을 흔들었다. 그러자 9문에 설치되어 있던 일명 '무적대장군(無敵大將軍)'이라는 홍이대포가 일제히 기염을 토해내며 연신 아홉 발을 발사했다. 지진이라도 일어날 것처럼 대지가 뒤흔들렸다. 장정옥, 마제 등 문신(文臣)들은 서산 주둔군과 풍대 대영의 열병식에 참가한 적은 있지만 이같이 삼엄하고 무거운 군위(軍威)가 한 몸에 느껴지는 검열식은 처음이었는지라 저마다 마음이 한결 경건해졌다. 예포의 산울림이 점점 사그라져 갈 때 시위 무상아가 팔을 힘차게 저으며 씩씩하게 걸어나오더니 수레 앞으로 다가와 한 손을 펴서 가슴에 대고 군례를 올리며 크게 외쳤다.

"폐하의 검열을 받을 준비가 완료되었습니다!"

옹정이 연갱요를 향해 말했다.

"명령을 내리게."

"검열 시작!"

귀청을 째는 듯한 연갱요의 고함소리가 울려 퍼졌다. 옆에 앉아 있던 옹정은 저도 모르게 흠칫하여 자세가 조금 흐트러졌으나 곧 위엄있게 자세를 고쳐 앉았다.

"예!"

한 쪽 무릎을 꿇어 옹정을 향해 군례를 올리고 난 무상아가 획 돌아서더니 두 주먹을 불끈 쥐고 연병식(演兵式)이 있을 곳으로 달려갔다. 그리고는 대장군 깃발 밑에서 대갈(大喝)했다.

"대장군의 군령이시다. 이제부터 폐하의 검열이 시작되겠다!"

"황제폐하 만세, 만만세!"

3천 군사들의 함성이 대지를 뒤흔들었다. 크게 세 부분으로 나뉜 군사들은 각각 머리에 공작화령을 달고 노란 마고자를 입은 세 명의 시위들을 따라 때로는 가로로, 때로는 세로로, 때로는 일자형(一字形)으로 연신 모습을 바꿔가며 누런 먼지 속에서 도광검영(刀光劍影)을 선보이며 살기등등한 군위(軍威)를 떨쳤다. 간혹 더위를 참지 못하고 쓰러진 병사들이 눈에 띄었지만 곧 밖으로 들려나가 치료를 받곤 했다. 그럼에도 침을 한 대 맞고 가까스로 정신을 차린 군사들은 태의의 권유도 뿌리치고 다시 대오로 돌아가려 필사적인 몸부림을 쳤다. 옹정과 상서방의 대신들은 말로만 듣던 연갱요의 군위를 실감할 수가 있었다. 윤사 또한 연갱요가 사람을 이 잡듯 한다는 말을 익히 들어왔지만 평소에 자신에게 보여줬던 부드럽고 평화로운 인상과는 거리가 너무 멀었는지라 도저히 믿어지지가 않았다. 그러나 이번 열병식을 통해 윤사는 새삼 연갱요의 힘과 수완을 실감했다.

윤사가 이 같은 생각에 잠겨 있을 때, 무쌍아가 빨강과 검정 두 색깔의 깃발을 교차하여 흔들자 질서정연하던 진영은 갑자기 대란을 일으키고 말았다. 살기등등한 군사들이 대접전을 방불케 할 정도로 누런 흙먼지 속에 파묻혀 맞붙어 돌아가며 시범을 보였다. 옹정의 시선이 대뜸 연갱요에게로 향해졌다. 옹정의 시선을 의식한 듯 내내 열병식장에 시선을 둔 채로 고개도 돌리지 않고 연갱요가 말했다.

"폐하, 지금 보시는 것은 진영을 변형하는 과정이옵니다. 신이 무후팔진도(武侯八陣圖)에서 계시를 받아 연구해낸 것이옵니다. 만에 하나 우리 군이 적들에 의해 포위당하고 진영조차 흐트러지는 위험에 처한다면 이런 식으로 결집하여 대적하는 것이 바람직할 것 같았사옵니다……."

연갱요가 이 같이 말하는 사이, 마구 헝클어져 있던 대오는 어느새 둥그런 원을 그리고 있었다. 중간의 군사들은 태극 쌍어(雙魚) 모양으로 꿈틀거리며 빙빙 돌며 제자리를 찾아가고 있었고, 이들을 둘러싸고 있는 사위의 군사들은 활을 팽팽하게 당겨 이들을 호위하고 있었다. 그사이 두 개의 태극 어안(魚眼)을 핵심으로 하는 두 개의 방대(方隊)가 형성되었고, 밖에서 호위하고 있던 군사들까지 합치니 3천 군사가 하나가 된 큰 방대가 형성되어 마침 '만수무강(萬壽無疆)' 네 글자를 만들어내고 있었다. 이를 본 모든 사람들은 눈이 휘둥그레지고 말았다.

"멋지군!"

옹정이 희색이 만면하여 힘있게 머리를 끄덕이더니 미소를 지으며 일어섰다.

"우리 이제 내려가지. 삐리타의 군중에 가서 유격 이상의 군관들을 접견해야겠네."

"예, 폐하!"

연갱요가 대답하고는 먼저 수레에서 내려 섰다. 그리고는 돌아서서 옹정을 부축하여 내렸다. 옹정이 앞서고, 연갱요가 조금 떨어져 수행하였다. 윤사, 커룽둬, 마제, 장정옥 등 대신들이 그 뒤를 따라 '만수무강' 네 글자 중간의 통로를 통과했다. 연갱요가 손짓을 보내자 군사들이 일제히 무릎을 꿇었다. 소매를 휘젓는 소리가 깊은 산 속에서 산새들이 떼지어 날아오르는 소리처럼 들려왔다. 얼음대야가 찬 기운을 내뿜어 그나마 견딜 만했던 수레에서 내려오자 옹정은 곧 찜통 같은 더위에 숨이 헉헉 막혔고 어느새 온몸에 땀이 흥건했다. 그럼에도 옹정은 위엄있게 천천히 발걸음을 떼어놓으며 앞으로 걸었다. 중군 대청(中軍 大廳)의 그늘진 처마 밑에 서니 그제야 좀 서늘한 기운이 느껴졌다. 삐리타와 장우, 장오가 세 사람이 대청 입구에 지키고 서 있는 모습을 본 옹정이 안으로 들어가려다 말고 다시 나와 미소를 지으며 손을 흔들어 보였다. 그리고는 말했다.

"여러분들은 짐의 귀보(貴寶)이고, 이 나라의 간성(干城)들이 되기에 손색이 없네. 참으로 수고가 많네!"

"만세, 만만세!"

또다시 떠나갈 듯한 함성이 진동했다.

옹정이 안으로 들어가 자리하자 그제야 사람들도 따라 들어갔다. 연갱요도 이번 연병식(練兵式)의 지휘를 맡은 무상아에게 몇 마디 당부하고는 성큼 들어섰다. 옹정의 옆자리가 비어 있는 걸 보며 연갱요가 옹정을 향해 허리를 굽히며 아뢰었다.

"유격 이상의 군관들을 전부 군중으로 불렀사옵니다."

옹정이 머리를 끄덕이자 연갱요는 마치 자신의 자리가 틀림없다는 확신을 가진 것처럼 곧바로 옹정의 옆자리로 가서 앉았다. 연갱요의 오만불손과 무례함을 보다 못한 마제가 엉덩이를 들썩이며 한마디하려고 하자 옆에 있던 장정옥이 급히 발끝으로 몰래 주의를 주었다. 주위를 슬그머니 둘러보며 고개를 숙인 마제는 굴뚝 같이 치밀어 오르는 화를 참느라 안간힘을 쓰는 듯 얼굴이 시뻘겋게 달아올랐다. 연갱요의 이 같은 안하무인의 행동을 지켜보는 다른 사람들도 저마다 나름대로의 생각에 잠겨 있는 것 같았다. 이때 10명의 시위, 그리고 20여 명의 참장, 부장, 유격들이 요도(腰刀)와 패검(佩劍)이 부딪치는 쇳소리를 쩌렁쩌렁 내며 들어오더니 옹정을 향해 삼고구궤의 대례를 올렸다.

옹정이 보니 살인적인 더위가 기승을 부리는 날씨임에도 이들은 하나같이 쇠가죽 갑옷을 입고 차림새가 추호도 흐트러짐이 없었다. 땀을 비오듯 흘리고 있는 이들을 향해 옹정이 웃으며 말했다.

"올해는 더위가 일찍 시작한 것 같네. 벌써 삼복처럼 더위가 기승을 부리니 말이네. 이 날씨에 정말 고생하네! 그 투박한 갑옷이라도 벗어 던지도록 하게."

"성은이 망극하옵니다!"

장군들이 일제히 대답했다. 그러나 어느 누구도 옷을 벗지는 않았다.

"갑옷을 벗으라고 했네. 삐리타, 얼음 남은 거 있나? 있으면 가져다 이들에게 상내리도록 하게!"

삐리타가 급히 대답하고는 얼음을 가지러 갔다. 그러나 거듭된 옹정의 명령에도 불구하고 장군들은 갑옷을 벗으려 하지 않고 한결같이 연갱요만을 뚫어지게 쳐다보았다. 옹정이 갑옷을 벗으라고 다시 한 번 말했다. 그제야 연갱요가 입을 열었다.

"폐하의 지의가 계시니 갑옷을 벗어도 괜찮아."

연갱요의 말이 떨어지자 그제야 장군들은 "예!" 하는 우렁찬 대답과 함께 양옆으로 물러나 날렵한 동작으로 순식간에 갑옷을 벗어버렸다. 그리고는 얇은 부복(仆服) 차림이 되었다. 순간 옹정의 눈에 섬뜩한 빛이 스쳤다. 그러나 옹정은 내색하지 않고 미소를 머금었다.

"우린 최대한 간편하게 입고도 더워서 헉헉대는데 갑옷까지 입고 떠 죽지 않겠나?"

연갱요의 부하들은 모두 밖에서 군사를 이끄는 장군들이기에 대부분은 이번에 처음으로 옹정의 용안을 보았다. 그 동안 냉엄하고 각박하기 이를 데 없다고 소문으로만 들어 알고 있던 옹정이 이토록 농도 잘하고 부드럽고 자상한 면모를 보이는 데 대해 장군들 모두 천위(天威)가 지척에 있다는 두려움도 잊은 채 편안한 표정으로 웃었다. 이때 옹정이 고개를 돌려 삐리타를 향해 물었다.

"오늘 구경 잘했을 텐데, 자네의 병사들은 연 대장군의 병사들에 비해 어떠한가?"

연갱요에 대해 불복(不服)하는 마음이 가슴 가득한 삐리타였지만 '성의(聖意)'가 분명한 만큼 비위를 맞춰주는 수밖에 없었다.

"소인은 오늘 그야말로 많은 것을 보고 느꼈사옵니다. 군사를 이끄는 데 있어서 연 대장군의 실력은 실로 대단하옵니다. 신은 아직 멀었다고 생각되옵니다! 신은 조상의 음덕 덕분에 16살 때부터 선조를 따라 서정 길에 올랐으면서도 이런 연병 장면은 처음이옵니다. 앞으로 겸허한 마음으로 많이 배우도록 하겠사옵니다."

"짐은 오늘 기분이 날아갈 것 같네."

옹정이 감개에 젖어 말했다.

"연갱요는 짐이 옹화궁에 잠룡하고 있을 때부터 키워온 문하이자 짐과는 남도 아닌 친인척 사이이지. 연갱요가 그렇게 큰 승전을 이끌어내고 이토록 용맹하고 자질이 뛰어난 병사들을 키워냈다는 것이 짐은 은근히 어깨가 으쓱해지네. 짐이 연갱요를 짐의 은인으로 받드는 것은 이 친구가 일편단심으로 짐궁을 위해 효도한다는 것 외에도 성조(聖祖, 강희황제)께서 말년에 미완으로 남긴 아쉬움을 한 번에 해결해 줌으로써 저 하늘에 계신 성조와 그 뜻을 이어받은 짐의 마음을 홀가분하게 해주었다는 데 있네. 조훈(祖訓)에 이성(異姓)은 왕으로 봉해질 수 없다는 조항이 명시되어 있기 때문에 짐은 유감스럽지만 연갱요를 일등공작으로 밖에 봉할 수 없는 입장이지만 연갱요를 향한 짐의 마음은 형제나 자식이나 다를 바 없네. 그러나, 세상에 독불장군이 없다고 연갱요 혼자만의 힘으로는 대승을 이끌어낼 수 없었을 거네 천하의 신민(臣民)들이 한결같이 힘을 모아 밀어주고 받들어준 결과이고 자리에 함께 한 여러 장령들의 목숨 내건 용맹함이 빛을 본 위대한 산물이라고 하겠네. 여러분들의 공훈은 일월과 더불어 영원히 꺼지지 않고 빛날 것이네! 장정옥!"

"예, 폐하!"

옹정이 느릿느릿 입을 열었다.

"오늘 연병식에 참가한 장령과 병사들은 모두 한 등급씩 직품을 올려주도록 하게. 그리고 연갱요가 특별히 승진을 추천한 몇몇 장령들에 대해서는 이부 고공사(考功司)에 기록하고 그대로 수렴하도록 하게."

"예, 폐하!"

"지의를 전하게. 내고(內庫)에서 3만 냥을 풀어 오늘 이 자리에 있는 모든 군사들에게 상내리도록!"

옹정은 이어서 또 말을 이었다.

"지의를 전하게. 류묵림더러 서정대장군의 군공덕패(軍功德牌)에 들어갈 글귀를 작성하여 서녕에 비석을 세울 때 새겨 넣도록 하게. 영원히 서녕정신을 기리게 말이네!"

"예, 폐하!"

순간 윤사의 가슴이 뜨끔해졌다. 류묵림은 아직 자신의 서재 앞에서 땡볕에 무릎꿇고 있을 텐데, 이걸 어쩌나? 윤사가 긴장하여 생각을 더듬고 있을 때 장정옥이 말했다.

"폐하, 하오면 서녕에 비석을 세우는 일에는 누굴 파견하실 예정이시옵니까?"

"류묵림을 보내지."

옹정이 찻물로 입술을 적시며 당연하다는 듯 대답했다.

"흠차신분을 주어 대장군의 참의(參議) 역할을 하게 하면 되잖겠나."

류묵림에 대한 옹정의 기대가 웬만큼 높은 게 아니었다. 결국 자신이 류묵림에게 벌을 준 사건이 탄로날 것이 분명하다고 생각한 윤사가 용기를 냈다.

"류묵림은 잔머리가 발달해 있는 건 사실이오나 행실이 대단히 부정하다는 나쁜 소문이 돌고 있습니다."

이 같이 운을 뗀 윤사는 염친왕부 앞에서 있었던 일의 자초지종을 들려주었다. 그러나 류묵림을 땡볕에 무릎꿇고 있도록 벌을 주었다는 말은 하지 않았다.

"……그리하여 신이 이참에 악습을 고쳐보려는 호의에서 류묵림을 서재에서 신이 돌아갈 때까지 기다리게 했습니다. 창기 출신의 천민 여자 하나 때문에 감히 신의 면전에서 신의 명관(命官)을 모욕한다는 것이 어디 있을 법한 일입니까. 자질이 부족하고 근본이 안 되어 있는 사람에게 연 대장군의 공덕패를 맡긴다는 것은 좀 어울리지 않는 것 같습니다."

옹정의 안색이 어느새 굳어 있었다. 그는 즉위 초에 천민을 해방시킨다는 조서를 발표했다. 장정옥과 마제조차도 옹정이 그리 시급한 현안이 아님에도 이 일을 서둘러 추진한 이유를 모르고 있었다. 자리한 사람들 중에서 오직 연갱요만이 황제가 젊은 날에 안휘성을 순시하던 중, 물에 빠진 자신의 생명을 구해준 낙호(樂戶)의 여자와 가슴 절절한 과거가 있었다는 걸 이위에게서 들어 대충 알고 있을 뿐이었다. 아무 것도 모르는 윤사는 자신이 '천민'이라는 말을 대수롭지 않게 내뱉음으로써 옹정의 기휘를 범했다는 사실은 전혀 모르고 있었다. 옹정은 내심 심기가 대단히 불편했으면서도 일순 비명에 죽어간 소록(小祿)이와 놀라울 정도로 닮은 시녀 교인제를 떠올렸다. 열넷째를 따라 준화로 갔는데, 잘 살고 있는지가 새삼스레 궁금해졌다. 윤사의 말이 끝나길 기다렸다가 옹정이 냉소하며 말했다.

"사내로 태어나 풍류죄 한 번쯤 범하는 거야 무슨 그리 큰 죄가 되겠나? 짐은 사람의 냄새가 나는 류묵림의 솔직함이 온통 거짓으로 도배된 도학파 선생들보다는 낫다고 보는데! 소순경 사건에 대해선 류묵림에게서 들어 짐도 어느 정도는 알고 있네. 자기는 얼마나 고상하기에 다들 천민, 천민 하는데 그러는 서준의 할머니는 천민 아니었나? 그리고 또……"

이 대목에서 옹정은 윤사를 힐끗 쳐다보더니 말머리를 돌렸다.

"됐네! 이 일은 더 이상 논하지 말지."

그러나 윤사는 옹정이 말끝을 흐린 "그리고 또……"라는 말뜻을 짐작하고도 남았다. 윤사 자신의 생모인 양귀인(良貴人) 위씨(衛氏)도 원래는 신자고(辛者庫)의 완의노(浣衣奴) 출신이었던 것이다! 옹정이 자신의 생모의 출신을 거론하도록 만든 장본인이 자신이라는 생각에 윤사는 창피하기도 하고 울화가 치밀기도 했다. 그는 몰래 옹정을 매섭게 노려보고는 숨을 죽여 연신 거친 숨을 토해냈다.

"류묵림은 재주가 넘치는 사람이옵니다. 이 점은 신이 군중에 있으면서 충분히 느꼈사옵니다."

연갱요가 조심스레 말을 이었다.

"신에게도 때마침 이처럼 문장의 달인이 필요하던 중이옵니다. 묵림이 와 준다면야 신이 주장을 올릴 때 골머리를 앓지 않아도 될 것 같사옵니다."

그러자 옹정이 태감 고무용을 향해 말했다.

"여덟째마마의 서재로 가서 류묵림에게 지의를 전하도록 하게. 신시(申時) 이후에 양심전으로 패찰을 건네어 뵙기를 청하라고 말이네."

그러자 연갱요가 말했다.

"폐하! 열병식도 마쳤고, 이제 신은 더 이상 북경에 머무를 이유가 없을 것 같사옵니다. 청지(請旨)하옵건대, 신은 언제쯤 북경을 떠나는 것이 적당할는지 모르겠사옵니다. 이 많은 인마(人馬)가 한꺼번에 움직이기보다는 주숙(住宿)과 양초(糧草)를 책임진 인원들은 먼저 출발시키는 것이 어떨까 하옵니다."

"자네들은 이제 그만 궤안(跪安)하게!"

몇 십 명의 군장(軍將)들이 몰려 있어 더욱더 공기가 탁하고 더워보이자 옹정이 이들을 물러가라는 명령을 내렸다. 그리고는 천천히 일어나 부채를 부치며 왔다갔다 거닐더니 말했다.

"악종기가 올린 밀주문에 의하면 자네 부하들과 악종기의 사천군(四川軍)이 사소한 일로 마찰이 잦다고 했네. 내일 황후와 연귀비(年貴妃, 연갱요 여동생)를 찾아 뵙고 황도길일(皇道吉日)인 모레쯤 장정옥과 방포가 짐을 대신하여 자네의 환송연을 열어 바래줄 거네. 자네가 얘기했던 군향과 군량미에 대해선 짐이 이미 호부에 지시해 놓은 상태네. 차질없이 추진할 거네. 돌아가서 초심을 잃지 말고 본연의 임무에 최선을 다하도록 하게. 자네와 악종기는 모두 짐의 두 날개와 같은 신하들인 만큼 진심으로 공사일주(共事一主)하는 모습을 보여줬으면 하네. 두 사람이 합심하면 밑에서도 당연히 마찰이 적어지지 않겠나."

그러자 이상한 느낌을 받은 연갱요가 흠칫 놀라며 물었다

"혹시 신의 3천 군마는 이번에 신과 동행하지 않는단 말씀이옵

니까?"

이에 옹정이 웃으며 말했다.

"먼저 보냈던 10명의 시위들은 북경에 남겨두었다가 필요한 곳으로 배치할거네. 3천 군사는 여전히 자네의 병사들인 것만은 변함이 없네. 다만 오늘 보니 하도 탐이 나서 얼마동안 북경에 남겨 작전 경험이 전혀 없는 경기 지역의 병영을 순회하며 시범을 보이게 할까 하네. 그 다음에 서녕으로 보내주면 자네도 이번에 편히 갈 수 있고 여러 가지로 득이 되지 않을까?"

연갱요의 미간이 아주 미세하게 떨렸다. 10명의 시위들은 원래부터 옹정이 파견한 사람들이기 때문에 북경에 붙잡아둔다고 해도 아쉬울 것이 없는 연갱요였다. 그러나 이번에 데려온 3천 군사들은 자신이 손수 심혈을 기울여 키워온 정예부대였다. 전쟁터에 나가면 목숨 내걸 태세가 되어 있고, 무예 실력으로는 이만한 사람들이 없을 것이다. 또한 자신이 돈으로 배를 불려놓아 웬만한 유혹엔 넘어가지도 않는 충성파들이고 자신의 명령이면 물불을 가리지 않는, 한시도 떨어져선 살 수 없는 수족 같은 존재였다. 만에 하나 옹정이 돌변하여 이들을 전부 북경에 가둬버리는 날엔 자신이 수 년 동안 쏟아 부은 심혈은 말짱 헛것이 될 터였다. 그러나 이들을 빌려 다른 병사들의 사기를 북돋워 주자는 옹정의 말에는 전혀 하자가 없었다. 또한 서녕전사(西寧戰事)는 이미 한 단락을 매듭지었으니 옹정의 뜻을 거역할 당당한 명분이 서지 않는 연갱요였다. 한참 고민하던 연갱요가 웃으며 말했다.

"신이 모처럼 주군의 말씀에 토를 달아보려 하옵니다. 병사들은 비록 신이 데리고 있다곤 하지만 폐하와 조정이 먹여 살려주시옵고 신 역시도 폐하의 노예이온데, 폐하께서 원하시는 대로 하시면 될 일이지 굳이 신의 의견을 물어오시는 것은 신으로선 대단히 부담스럽지 않을 수가 없사옵니다. 신은 어디까지나 폐하께서 주무르시는 대로 모양이 이뤄지는 찰흙 같은 존재이옵니다! 그리고 악종기와 신은 오랫동안 교분을 맺어온 돈독한 사이옵니다. 아랫것들이 철없이 굴어 그런 불미스런 일이 있었던 것 같사옵니다만 폐하께서 우려하시지 않으셔도 필히 일심일덕(一心一德)으로 공생공사할 것이옵니다. 만에 하나 집안끼리 주먹 휘두르며 싸운다면 조정의 체면에도 큰 손상을 입힐 뿐더러 주군의 기대에도 어긋날 것이 아니옵니까?"

"상관없네."

옹정이 자리에서 일어섰다.

"아무튼 짐은 돌아가서 악종기에게 지의를 내릴 거네. 자기 부하들을 잘 단속하라고 말이네. 그래야만 자네가 돌아갔을 때 만에 하나 생길지도 모르는 사고를 미연에 방지할 것 같네."

말을 마친 옹정은 곧 밖으로 나가버렸다. 연갱요와 삐리타, 장우 등이 대영 입구까지 뒤따라 나왔다. 그리고는 무릎을 꿇어 옹정의 수레가 멀어질 때까지 머리를 숙이고 있었다.

41. 밀주함(密奏函)

　상서방대신들이 옹정을 수행하여 서화문 입구까지 도착했을 때
는 하루종일 기염을 토해내던 태양도 서서히 기울기 시작한 시각
이었다. 석양으로 물든 서쪽 하늘은 피를 토한 것 같았다. 새벽녘
에 우유 한 잔만 마시고 상조(上朝)한 장정옥은 중간에 옹정이
두 번씩이나 선(膳)을 내렸으나 젓가락을 들자마자 번번이 사람
들이 찾아오는 바람에 여태 밥도 못 먹고 있었다. 여름엔 해가
길어 완전히 어두워지지 않았지만 시계를 보니 벌써 술시(戌時)
가 가까워오고 있었다. 옹정이 수레에서 내리자 그제야 한숨이
놓인 장정옥은 갑자기 참을 수 없는 허기가 몰려오기 시작했다.
눈앞에 온통 먹을 것이 왔다 갔다 해서 무엇을 먹을까만 생각하고
있을 때 옹정이 손짓하여 불렀다.
　"형신, 자네들은 뭘 하나, 이리 오지 않고. 또 접견할 사람이
있는데, 깜빡했나?"

그제야 생각이 난 장정옥이 자신의 실수를 덮어 감추려는 듯 웃으며 말했다.

"신이 어찌 감히 공무(公務)를 잊을 수가 있겠사옵니까! 폐하께서 하루종일 사람 접견하시느라 노곤하실 것 같아 잠깐 쉬어가는 줄 알고 그랬사옵니다."

"용선(用膳)을 배불리 하고, 풍대에 다녀온 것뿐인데. 거기 가서도 반나절 동안 앉아만 있다 왔는데 노곤할 게 뭐 있나?"

옹정이 편안한 웃음을 지어 보였다. 뒤따라오던 커룽둬가 물러가려고 하는 눈치를 보이자 옹정이 불렀다.

"국구(國舅)께서도 같이 들어오지."

"예, 폐하!"

커룽둬가 마지 못해 상체를 굽실거리며 대답하고는 따라 들어왔다. 네 사람이 산책하듯 천천히 양심전으로 돌아와 보니 류묵림이 벌써 수화문 밖에 엎드려 대령하고 있었다. 하지만 고개를 떨구고 있어 표정을 살필 수가 없었다. 그 옆엔 양명시와 손가감도 같이 무릎을 꿇고 있었다. 하나는 술직차 북경으로 왔고 하나는 지방 순시를 마치고 돌아오는 길이었다.

"일어나 기다리도록 하게."

옹정이 짤막한 한마디를 남기고는 대원(大院)으로 들어갔다. 백발이 성성한 태감 형년이 급히 마중나오며 옆자리에 물러서서 아뢰었다.

"이불(李紱)이 방금 패찰을 건네왔사옵고, 첨사부(詹事府)의 사이직(史貽直)도 뵙기를 청하였사옵니다. 둘 다 지의를 받은 몸이 아니었기에 소인이 천가(天街)에서 기다리게 했사옵니다. 벌써 한 시간이 다 되어가는데 폐하께서 접견을 거부하시오면 어서

가서 물러가라고 해야겠사옵니다. 궁문이 닫히면 특지가 없는 한
은 밖으로 나갈 수 없기 때문이옵니다."

"음! 음!"

짤막하게 대답하며 거닐던 옹정이 '사이직'이라는 이름을 듣는
순간 걸음을 멈추고 생각하더니 말했다.

"사이직이라면 연갱요와 같은 해에 진사에 급제한 친구잖은가.
들라 하게. 이불은 갔다가 내일 다시 뵙기를 청하라 하고…… 방
선생은 들어왔나?"

한편 지은 죄가 있어 당당하지 못한 커룽둬는 옹정이 자신을
함께 부른 이유를 점치느라 옹정의 눈치를 살피기에 바빴다. 궁등
밑에서 힐끗 훔쳐본 옹정은 전혀 무표정했다. 연신 꼬르륵거리는
배를 달래며 속으로 울상을 짓고 있던 장정옥은 그러는 커룽둬의
표정을 살필 여유가 없었다.

"신, 대령하였사옵니다!"

붉은 돌계단 밑에 서 있던 방포가 옹정의 부름을 받고 급히 한
발 앞으로 나서며 아뢰었다. 천자의 면전일지라도 무릎을 꿇을
필요가 없다는 옹정의 거듭되는 지의에 이제 겨우 어색함을 벗어
난 방포가 무릎꿇는 대신 길게 읍하며 웃는 얼굴로 아뢰었다.

"신은 십삼마마를 뵙고 돌아온 지 반시간쯤 되옵니다."

"그래, 잘했네."

옹정이 담담하게 이같이 말하며 궁전 안으로 성큼 들어섰다.
동난각의 커다란 온돌마루에 좌정하여 줄줄이 밀고 들어오는 신
하들을 바라보며 옹정이 미소를 머금고 말했다.

"다들 면례(免禮)하고 자리하게. 이 더위에 목들이 탈 텐데, 차
를 내오거라!"

옹정의 말이 끝나자마자 태감이 사이직을 데리고 들어섰다. 그러자 옹정이 웃으며 말했다.

"사 첨사(詹事), 자네 오늘 운 좋게 무릎에 힘 덜 빼게 됐네! 짐이 원래는 양명시를 먼저 접견하기로 했는데, 자네가 그네들을 제치고 먼저 들어왔으니 말이네. 첨사부는 한가한 아문으로 알고 있는데, 이 저녁에 무슨 일로 이리 급히 뵙기를 청하였는가?"

사이직은 키가 크고 장작처럼 말라 있었다. 두형(頭形)이 유난히 길고 목이 가늘고 길어 마치 허리 잘록한 박 같았다. 게다가 말할 때마다 주먹만하게 오르내리는 목젖은 대단히 우스꽝스러워 보였다. 그러나 외모에 비해 표정은 항상 근엄하기 이를 데 없어 보였다. 땅에 엎드려 옹정의 말을 듣고 난 사이직은 무겁게 머리를 조아리고는 고개를 들어 아뢰었다.

"아뢰옵니다다. 폐하! 외람되오나 조정엔 '한가한 아문'이 따로 없는 줄로 알고 있사옵니다. 일을 하고자 찾아다니는 사람에게는 항상 일이 따르게 마련이고, 일을 피해 다니는 사람은 얼마든지 한가해질 수 있사옵니다."

사이직의 이 같은 말에 옹정이 빙그레 웃었다.

"대단히 정확한 말이네. 그렇다면 자넨 무슨 급한 일이라도 있는 겐가?"

다시 사이직이 머리 조아리는 소리가 쿵쿵 들려왔다.

"올봄 4월 초부터 지금까지 직예와 산동에는 비 한 방울 내리지 않는 오랜 가뭄이 이어지고 있는 실정이옵니다. 폐하께서는 이들 성(省)에 대해 어떤 조치를 생각하고 계시옵니까?"

"그 일로 이렇게 정신없이 털러왔나?"

옹정이 다소 화난 듯 보였지만 웃으며 말했다.

"짐이 왜 나 몰라라 했겠나? 4월 중에 호부에서 이미 잡곡 3백만 석을 풀었네. 산동, 직예 일대의 이재민들은 호구에 문제없을 뿐더러 종자와 사료도 더불어 해결된 줄로 아네!"

그러나, 그대로 물러갈 줄 알았던 사이직은 옹정의 말이 떨어지기 바쁘게 입을 다시 열었다.

"재해지역을 두루 살피시어 성은을 베풀어주신 사실은 만천하가 알고 있사옵니다. 성주(聖主)의 인후(仁厚)함은 일월(日月)과 더불어 길이 빛날 것이옵니다. 그 옛날 우리 대청의 명신이었던 우성룡이 〈역경(易經)〉의 이치에 비춰 했던 말이 떠오르옵니다. 그 분은 경사(京師)에 오랫동안 비 한 방울 내리지 않고 무서운 가뭄이 지속되는 것은 조정에 간신(奸臣)이 있기 때문이라고 했사옵니다. 소인배가 있는 곳에는 기름기가 고이지 않는다고도 했사옵니다. 아무리 자연재앙이라 하오나 인간의 힘으로 충분히 막을 수 있다는 뜻이 아니겠사옵니까?"

사이직의 말은 마치 줄 끊어진 구슬이 쟁반 위에 떨어지는 것 같이 쟁쟁한 울림이 컸다. 몇몇 대신들의 얼굴이 하얗게 질리고 말았다. 좀처럼 가라앉을 줄 모르는 허기 때문에 경황이 없던 장정옥도 배고픔을 깡그리 잊어버리고 말았다. 그들은 마치 땅을 뚫고 솟아오른 손오공을 바라보듯 놀랍고 경이로운 시선으로 사이직을 바라보았다. 또한 이 괴짜가 지목하는 '간신'이 대체 누구일지도 나름대로 불안했다!

"천도는 망망하여 성인도 알기 어렵다[天道茫茫, 聖人難知]고 했네."

사이직의 거침없고 느닷없는 말에 깜짝 놀란 옹정이 손을 흠칫 떠는 바람에 손에 들고 있던 우유가 밖으로 넘쳤다. 우윳잔을 내려다보며 진정을 취한 옹정이 냉소하며 말했다.

"자네, 술 취해서 짐을 찾아와 주정부리는 건가? 여기 사람들이 다 모여 있네. 심중이 가는 사람 있으면 짚어보게. 장정옥? 마제? 아니면 커룽둬?"

"간신은 바로 연갱요이옵니다!"

사이직의 이 한 마디는 그야말로 청천벽력 같은 효과를 내고도 남았다. 궁전 안팎의 대신과 시위, 태감들 모두 혹은 앉은 채로 혹은 선 채로 그 자리에 목석처럼 굳어지고 말았다. 삽시간에 궁전은 피폐한 절간을 방불케 하는 적막감에 사로잡히고 말았다. 모두들 경악을 금치 못하는 가운데 유독 한 사람만은 적이 안도하는 눈치를 감추지 못했으니, 바로 내내 좌불안석하고 있던 커룽둬였다. 팽팽하게 늘어났다 느슨해진 고무줄처럼 널뛰는 촛불을 바라보는 커룽둬의 시선이 초점을 잡지 못하고 있었다. 한편 날카로운 눈끝으로 좌중을 쓸어보던 옹정이 이윽고 껄껄 웃었다. 그리고는 물었다.

"자네가 연아무개를 탄핵하는 건 자네 마음이네. 다만 연갱요는 이제 막 불세지공(不世之功)을 이룩한 청렴하고 강직한 대장군으로서 조야가 다 칭송하는 영웅이네! 설령 짐이 자네 손을 들어준다고 쳐도 무슨 이렇다 할 죄명이 있어야 할 게 아닌가? 연갱요를 잡아들이는 것은 조서(詔書) 한 장이면 되겠지만 짐은 결코 '황당무계'한 군주라는 악명을 벗어버릴 수가 없을 테지. 자넨 설마 짐을 이런 식으로 후세에 욕보이려는 건 아니겠지?"

옹정의 어투는 생수처럼 무미(無味)했다. 그러나 옹정과 더불어 살아온 세월이 20년은 넘는 장정옥은 자기 주군의 성격을 너무나 잘 알고 있었다. 말하는 투가 무덤덤하고 평화로워 보일수록 속으론 칼을 갈고 있다는 것을. 장정옥은 적이 사이직의 명운이 걱정스러워 마음이 불안해졌다. 미간을 좁히며 급박하게 사태를 완화시킬 수 있는 방법을 생각해 보았다. 방포를 보니 그는 새카맣고 반들반들한 작은 눈을 부산스레 깜빡이며 태연스레 앉아 있었다. 그러나 뭔가를 진지하게 생각하고 있는 것만은 분명해 보였다.

"아뢰옵니다, 폐하!"

옹정의 서슬에 다소 주눅이 들어있는 것 같던 사이직이 어느새 두려운 기색을 감추고 침착하게 입을 열었다.

"자고로 간웅(奸雄)들은 어느 누가 먼저 공로를 인정받지 못한 사람이 있사옵니까? 조조(曹操)가 만약 장각(張角)의 난을 평정하여 제후들을 쓸어버리지 않았다면 한(漢)나라의 재상이 될 수 있었겠사옵니까? 연갱요가 서녕대첩을 이끌어낼 수 있었던 것은 폐하의 영명하신 지휘와 천하의 재력을 긁어모아 뒤를 받쳐준 결과로서 폐하와 천하신민들, 그리고 서부 병사들의 합작품이라고밖에 볼 수 없사옵니다. 그럼에도 연아무개는 악종기가 공로를 나눠 가지려 들까봐 지레 두려워 사천성(四川省)의 군사들이 청해성(靑海省)으로 들어오지 못하게 막음으로써 원흉인 뤄부짱단쩡을 놓치고 말았사옵니다. 이건 연아무개가 질현투능(嫉賢妬能)하는 소인배라는 사실을 단적으로 입증해주고 있사옵니다. 한때 조정을 떠들썩하게 만들었던 악명 높은 눠민은 연갱요가 추천한 사람이옵니다. 성(省) 전체의 아래, 위는 물론이고 조정까지 기만해 놓고서도 눠민 사건에 대해 연갱요는 여태 일언반구도 사죄의 뜻을 내비치지 않고 있사옵니다. 조정에서는 강희 연간부터 국고 환수 운동을 줄기차게 펴 왔사옵니다. 아직까지 호광, 사천, 양광, 복건 등 완고한 성들에서는 번고(藩庫)가 텅 비어 있는 실정이옵니다. 폐하! 실제로 조사해 보시옵소서. 이들 지역의 빚진 관원들 중 십중팔구는 연갱요와 친분이 두터운 옛 부하들과 친신(親信)들이옵니다. 만에 하나 신이 거짓을 말했다면 폐하께서 이 놈의 머리를 쳐서 일벌백계의 전형으로 삼아주시옵소서. 기왕 들어주시는 김에 신에게 조금만 더 시간을 주시옵소서. 연갱요가 관리를 선발하면 그것은 곧 '연선(年選)'이 되옵고, 연갱요가 밥을 먹으면 그것은 '진선(進膳)'이라 하옵니다. 연갱요의 가노들이 귀향하면 그곳 지부 이하의 관원들은 일제히 무릎을 꿇어 예를 갖추어야 한다고 하옵니다. 연갱요의 일년치 봉록은 겨우 180냥에 불과하오나 그의 집에는 사재가 천만 냥을 넘는다고 하옵니다. 이런 돈이 대체 어디서 났겠사옵니까? 이번에도 3천 군사를 이끌고 귀경하면서 거치는 곳마다 민정(民政)에 간여하고, 민재(民財)를 약탈하고 공공연히 뇌물을 받아 챙겼으며, 의장행렬은 왕의 의장행렬을 능가했다 하옵니다. 천자를 배알하는 자리에서 다리를 뻗고 앉질 않나, 왕공들을 만나도 예를 갖추지 않는 불경을 저지르질 않나, 조조가 환생한들 이보다 더 발호하겠사옵니까?"

사이직은 마치 달달 외워두기라도 한 듯 거침없이 연갱요의 죄행을 나열했다. 구구절절 날카로운 비수 같았다. 이를 정리하면 곧 한 편의 〈토연갱요격문(討年羹堯檄文)〉이었다. 사람들은 저마다 손에 진땀을 쥐었다.

"……폐하께서는 옹친왕부에 잠룡하시던 시절에 '이치란 한 편의 진정한 문장 같다[吏治乃是一篇眞文章]'라고 하셨사옵니다. 등극하신 이후로도 누누이 엄지(嚴旨)를 내리시어 환부를 도려내고 이치를 쇄신하는 것만이 제일 가는 요무(要務)라며 강조해 오셨사옵니다. 이런 뜻에서 비춰 볼 때 연갱요를 주살하지 않고서는 결코 이치쇄신이 제대로 이뤄질 수가 없사옵니다! 큰 간사꾼은 되레 충성스러워 보이고, 큰 사기꾼은 오히려 정직해 보인다고 했사옵니다. 폐하께서 부디 월운(月暈)을 살피시어 풍우(風雨)를 미리 감지하시고, 천위(天威)를 분발하여 연아무개를 처단하시는 것은 곧 만민의 행운이요, 사직종묘의 복이라 하겠사옵니다. 그리하면 하늘도 감화하여 필히 상서로운 기름비를 내려 신주(神州) 땅을 적셔줄 것이옵니다!"

처음과는 달리 옹정은 한 글자도 빠뜨릴세라 귀기울여 들었다. 마음이 크게 흔들렸다. 연갱요를 탄핵하기로는 사이직에 앞서 범시첩이 먼저였다. 그러나 범시첩은 '무릎 맞대고 밀주'하였고, 사이직은 공공연히 기염을 토하고 나선 것이다.

이에 앞서 옹정은 방포와 오사도와 더불어 벌써 연갱요의 탄핵안에 대해 본격적으로 논의했었다. 하지만 아직은 시기상조라고 의견을 모았다. 아직은 연갱요를 건드릴 시기가 아니라는 데는 변함이 없지만 물불을 가리지 않고 덤비는 사이직을 어떻게 처리할 것인가? 눈꺼풀을 드리우고 부지런히 생각을 더듬던 옹정이 뭔가를 결심한 듯 이를 악물었다. 그리고는 갑자기 실태(失態)를 드러내며 대갈했다.

"이런 광망(狂妄)한 자 같으니라고!"

곧이어 힘껏 내리친 탁자 위에서는 찻잔이며 뚜껑, 주전자며 벼루가 바르르 떨며 저만큼 높이 치솟아 올랐다!

극도로 모순된 속마음을 감추고 초조하게 궁전을 거닐며 마침내 생각을 정리한 듯 옹정이 사이직에게로 다가가 물었다.

"자네, 아직 할 말이 남았나?"

"신은 달리 주할 말이 없사옵니다."

"자넨 봉룡비간(逢龍比干)이 되고 싶나본데?"

"감히 그런 생각은 품을 수가 없사옵니다. 봉룡과 비간은 천고의 충신들의 본보기이옵니다."

"자네도 그 반열에 들 수 있게 짐이 도와주지."

이 같이 말하는 옹정의 가슴속에는 파도가 세차게 몰아쳤다. 마구 엄습해오는 비릿한 내음을 애써 눅자치는 듯 시고 씁쓸한 침을 꿀꺽 삼키는 옹정은 힘겨워 보였다.

"오늘저녁 집에 돌아가 식구들과 이별을 고하도록 하게. 내일 지의가 내려질 테니."

"예……."

곧 쓰러질 것처럼 위태롭게 멀어져 가는 길고 마른 사이직의 뒷모습이 어둠 속에 묻힐 때까지 바라보고 있던 옹정이 이를 악물었다. 이를 악다문 부위의 볼이 불끈 치밀어 올랐다. 애써 눈물을 참는 모습이 역력했다. 부지런히 눈을 깜빡이며 뒤돌아 서 있던 옹정이 한참 후에야 무겁고 거친 한숨을 토해냈다.

"양명시와 손가감, 류묵림더러 물러갔다가 내일 다시 패찰을 건네라고 하게. 아니, 아니, 류묵림은 남으라고 하게. 우리 이제 커룽둬에 대해 논의하도록 하지."

마제와 장정옥이 놀란 시선을 교환했고 일제히 커룽둬를 바라보았다. 자신의 이름이 거론되지 않고 한 고비 한 고비 넘어갈 때마다 요행을 바랐건만 끝내는 도마 위에 올려지고만 커룽둬의 머리 속은 순간 벌집을 들쑤신 듯 윙윙거렸다. 심장 뛰는 소리가 들렸고, 귓가엔 급류가 소용돌이치는 소리가 거셌다. 안색이 창백해진 커룽둬는 누군가 다리의 힘줄을 잘라버린 듯 맥없이 털썩 무릎을 꿇었다. 그리고는 떨리는 목소리로 말했다.

"신…… 성훈을 경청하여 받들겠사옵니다."

"일어나서 자리하게."

옹정이 음울한 웃음을 지어냈다.

"짐은 자네를 어떻게 손봐야겠다는 생각은 없네. 다만 짐은 짐이 북경으로 돌아오는 사이 창춘원에서는 대체 무슨 일이 있었는지가 궁금하네."

뺨을 맞을 줄 뻔히 알면서도 눈을 깜빡하듯 이 일 때문에 불렀으리라는 짐작은 했으면서도 커룽둬는 흠칫했다. 그러나 사실대로 주하지 않을 수 없었다. 그는 급히 그 날 있었던 자초지종을 설명하고 나서 덧붙였다.

"선제께서 여섯 차례 남순을 하시고 돌아오실 때마다 구문제독 아문에서는 궁전을 대거 청소하였고, 북경의 치안을 더욱 강화하곤 했사옵니다. 그것이 몸에 배어 신은 이번에도 당연시하여 시키지도 않은 일을 했을 뿐이옵니다."

이 같이 말하며 커룽둬는 마제를 힐끗 훔쳐보았다.

"마제를 쳐다보지 말게. 마제는 어느 누구의 흥도 보지 않았네."

옹정이 차갑게 말했다.

"경도(京都)는 황제의 거처이고, 나라의 근본이 집결된 중지(重地)이거늘 짐이라고 어찌 방심할 수 있겠나? 자네가 경계를 강화했다고 하여 짐이 책임을 추궁하는 건 아니잖은가! 짐에게 몇 통의 밀주문이 있는데, 자네가 정말 궁금하다면 보여줄 수도 있네. 보고 싶나?"

그러자 커룽둬가 급히 마른 웃음을 지어 불안한 마음을 다잡으며 말했다.

"신이 어찌 감히 밀주문을 기웃거리겠사옵니까? 사실 신의 속내는 폐하께서 가장 잘 알고 계시옵니다. 신에게는 주군밖에 없사옵니다. 주군을 떠나선 달리 안신입명(安身立命)할 곳도 없사온데 짐이 어찌 감히 못된 맘을 품을 수가 있겠사옵니까?"

그러자 마제가 받아치고 나섰다.

"누구도 당신더러 못된 맘을 품었다고 말한 사람은 없소. 내가 잘난 척을 하는 게 아니라 난 스물 다섯 살에 순천부 부윤을 지낸 이래로 40년 동안 경관으로 있었소. 선제께서 남순을 마치고 귀경하셨을 때 마지막 네 번은 내가 직접 어가를 맞는 자리에 있었소. 그래서 누구보다 분명히 아는데, 보군통령아문에서 제멋대로 나와 궁중을 들쑤시며 청소한 적은 없었소. 경사의 근교에는 주둔군만 10만 명이 넘는데, 전부 이번처럼 따로 논다면 주군도 안 계시는 마당에 무슨 사고라도 나는 날엔 그 막중한 후과를 누가 책임질 수 있단 말이오? 내가 나중에야 들은 얘긴데, 지난번 태후마마께서 선서(仙逝)하셨을 때도 누군가가 봉천으로 급신(急信)을 보내어 팔기 기주, 왕공들을 북경으로 청하려고 했다는 거요. 만약 당신처럼 제멋대로 했다간 만에 하나 터질 수도 있는 사태를 당신이 막을 수 있겠소, 내가 막을 수 있겠소?"

마제의 얼굴이 차츰 일그러지는 걸 지켜보던 방포가 웃으며 말했다.

"마 중당, 성질 내지 말고 우리 찬찬히 얘기 나눠보세. 자, 커룽둬 중당은 전위유조를 발표한 탁고중신이오. 다른 마음을 품고 있었다면 손쓰기에 얼마나 좋은 기회였겠소. 그런 천재일우의 호기를 놓치고 천하가 궤도에 진입하여 태평한 이 시점에서 달걀로 바위를 내리치는 우매한 행동을 감행할 이유가 있겠소? 그러나 백번 양보하여 커룽둬 중당의 이번 처사는 확실히 잘못 됐소. 성조께서 귀경하실 때는 미리 정확한 귀경 날짜가 잡혀 있었고, 먼저 조서가 내려진 상태에서야 비로소 궁전을 청소할 수 있었소. 그것도 순천부와 경사의 각 주둔군 군영(軍營)의 주관(主管)들이 합동으로 움직였소. 경사의 무비(武備)를 총괄하는 사람은 이친왕이오. 내가 이친왕을 모시고 청범사에 있었잖소. 사고 발생 전날 당신이 십삼마마께 청안올리러 왔었으니까. 그때라도 십삼마마는 병상에 누워 계시니 친히 움직일 순 없었겠지만 나한테라도 한마디라도 언질을 주었더라면 이런 일은 발생하지 않았을 거 아니오?"

어눌한 말투로 매섭게 따지는 방포의 말에 커룽둬는 속으로 빌어나 처먹을 영감태기라며 이를 갈았다. 얼굴이 붉으락푸르락 하는 마제와는 달리 낯색 하나 변하지 않고 조용히 칼날을 들이대는 모습이 마제보다도 더 대적하기 힘들 것 같았다. 커룽둬가 한숨을 지었다.

"그런 걸 보면 나도 갈 때가 다 됐나 보오. 청범사를 찾았을 때 이친왕께서 이제 막 40을 갓 넘긴 나이에 병이 고황(膏肓)에 들어있는 모습을 보며 안타까움밖에는 아무 생각도 없었소. 그리고 궁을 청소하는 일 자체를 그리 크게 생각하지 않았던 것 같소."

"국구!"

옹정이 미소를 머금고 말했다.

"마제가 과민반응을 보이긴 했지만 자네가 잘못 처신한 건 사실이네. 아직 뭘 잘못했는지 모르겠나?"

그러자 커룽둬가 급히 허리를 굽실거렸다.

"신은 잘못 처신하여 물의를 빚었사오니 죄를 지은 건 당연하옵니다. 주군의 처벌을 달게 받겠사옵니다."

이에 옹정이 말했다.

"처신이 바르지 못했던 건 확연하나 무심코 저지른 잘못이라고 짐은 믿고 싶네. 자네가 만약 나쁜 마음을 품고 일을 저질렀더라면 오늘 같은 자리에서 이렇게 당당하게 나오지는 못하겠지. 짐도 애당초 자네와 이런 자리를 가지지 않았을 테고 말이야. 그러나 그 어떤 이유가 있든 죄는 정당화될 수 없으니 법에 따라 자그마한 처벌이 있을 거네."

옹정의 이 말에 방포와 장정옥 마제가 급히 자리에서 일어섰다. 커룽둬는 무릎을 꿇어 머리를 조아리며 말했다.

"처벌을 달게 받겠사옵니다, 폐하."

"이번 착오는 자네가 나이 들어 기력이 전 같지가 않아 빚어진 것이기 때문에 짐은 대단히 안 됐다고 생각하네."

옹정의 표정이 다소 처연해 보였다.

"무심코 저지른 실수인 만큼 중벌은 내리지 않겠네. 다만 자네가 겸직을 너무 많이 하고 있는 것이 문제가 되는 것 같으니 상서 방대신과 영시위내대신, 이 두 가지 직함만 남겨두고 나머지는 손떼는 것이 어떻겠나?"

옹정은 비록 보군통령아문 직에 대해선 언급하지 않았지만 커룽둬는 사실상 옹정이 진정 잘라버리고자 하는 가지는 보군통령 아문이라는 것을 잘 알고 있었다. 그는 급히 머리를 조아렸다.

"신은 주군의 높고 깊은 성은에 겨워 살면서도 폐하의 기대에 부응하지 못했을 뿐더러 용서받지 못할 실수를 저질렀사옵니다. 신의 여건상 상서방대신 직위를 포함하여 전부 내놓고 물러나는 것이 바람직할 것 같사옵니다. 간절하게 바라옵건대 주군께서 이 못난 사람의 간청을 수렴하시어 공무에 태만하고 소홀한 전형으

로 삼아 아직도 정신 못 차린 신하들을 편책(鞭策)하셨으면 하옵
니다!"

"자네를 처벌하는 짐의 마음은 충분히 괴롭네. 더 이상은 안
되겠네."

옹정이 한숨을 지으며 말했다.

"방금 애기했던 대로 오늘저녁 돌아가 사표를 작성하여 내도록
하게. 상서방대신 직위는 절대 내놓을 수 없다는 걸 명심하고. 그
만 물러가게!"

실로 형언키 어려운 갖가지 감정을 느끼며 커룽둬는 경황없이
머리를 조아렸다. 그리고는 자신이 대체 무슨 말을 했는지조차
기억이 나지 않았다. 옹정이 부드러운 목소리로 위로했다.

"자네 기분을 짐이 헤아리고도 남네. 형식상 이렇게 처리할 수
밖에 없는 짐의 마음도 헤아려 줬으면 하네. 자네는 앞사람이 흩뿌
린 모래에 눈을 다친 경우라고 할 수 있겠네. 다른 걱정은 말게.
자네가 짐에게 충성하는 한 짐은 절대 나 몰라라 하지 않을 거니
까."

이와 같이 말하며 옹정은 커룽둬를 부축하여 궁전 밖까지 바래
다주는 예우를 보여주었다.

커룽둬가 태감들의 안내를 받으며 멀어져가자 궁전으로 돌아온
옹정이 웃으며 말했다.

"류묵림을 불러 말 좀 들어보려고 했는데, 난데없이 사이직이
뛰쳐나와 가지고 말이야! 구문제독아문의 자리가 비었는데, 후임
을 누구로 앉히면 좋을는지 논의해 보게."

잠시 생각하던 마제가 먼저 입을 열었다.

"군무를 아는 사람이라야 될 것 같사옵니다. 연갱요의 군중으로

가서 연마하고 돌아온 10명의 시위들 중에서 무샹아가 특출해 보였사옵니다. 그 사람을 고려해 보는 것이 어떻겠사옵니까?"

입술만 빨뿐 옹정은 가타부타 말이 없었다. 그리고는 밖을 향해 외쳤다.

"류묵림을 들라 하게. 무샹아는 연갱요 군중에 가 있었다고는 하지만 총칼 들고 실전에 나가본 적이 한 번도 없네. 겉멋만 들어 가지고 실력은 들여다 보나마나지. 열병식에서 '태극도' 진영을 선보였다곤 하는데, 짐은 총칼이 난무하는 전쟁터에서 그런 것이 소용 있다고는 애당초 믿지도 않네! 그들 10명에 대해서는 짐이 불러서 얘기를 나눠보고 각자 적절한 곳으로 파견하겠지만 무샹 아는 아닌 것 같네."

"그렇다면 삐리타를 고려해 보실 수도 있지 않겠사옵니까?"

마제가 다시 말을 이었다.

"삐리타는 노장으로서 성조를 따라 서정 길에도 올랐던 경험도 있사옵니다."

"풍대 대영도 그 사람 없인 아니 되옵니다."

이번에는 방포가 나섰다.

"장우를 비롯해 여럿이 있다곤 하지만 풍대 대영은 아직 삐리타 없인 곤란한 실정이옵니다."

"음."

옹정이 짤막하게 대답하고는 장정옥을 향해 물었다.

"형신, 자넨 왜 말이 없나?"

연이은 사건으로 허기도 까마득히 잊은 장정옥이었다.

"신의 우견으로는 투리천이 적임자일 것 같사옵니다. 껌긴치(粘竿處)는 원래 황궁 내 시위들의 내정아문이었고, 투리천은 몇 차례의 임무를 충실히 완수하고 돌아왔사옵니다. 지금의 정세로 미루어 보아 신은 점간처를 없애고 보군통령아문과 내아문(內衙門)을 합쳐 투리천을 통령 자리에 앉히는 것이 어떨까 하옵니다. 내아문에서 병사들을 키우는 것은 후유증을 남기기 쉽사옵니다. 오래 전부터 상언하려던 참이었사온데, 이번 기회에 말씀 올리게 되어 참으로 후련하옵니다."

그러자 옹정이 웃으며 말했다.

"점간처를 없애자는 발상은 참으로 바람직한 것 같네. 밖에서는 벌써 점간처를 명나라 때의 특무기관인 동창(東廠)와 비슷한 사적인 호위기관인 줄로 알고 쉬쉬하고 있는 실정이네. 그리고 투리천이 데리고있는 시위들은 사람을 하도 많이 죽여 몸에 밴 피비린내가 천리 밖에서도 맡을 수 있다나? 아무튼 짐의 위상을 망가뜨리는 소문일수록 더 날개돋친 듯 퍼지는 것 같네! 그럼에도 점간처가 법사아문의 허락을 받지 않고 죽이거나 연행한 관리들이 있으면 이름이라도 대라고 족치면 또 하나도 못 대면서 말이네! 이 참에 아예 온갖 악소문의 온상인 점간처를 없애버려 별유용심(別有用心)한 자들의 입을 봉해버리는 게 좋겠네."

이같이 말하며 장정옥에게로 다가온 옹정은 장정옥의 얼굴을 유심히 들여다보며 말했다.

"자네, 안색이 너무 안 좋아 보이는데 어디 불편하기라도 한 건가?"

이에 장정옥이 애써 웃으며 말했다.

"그런 건 아니옵니다. 신은 달리 심사가 있어 마음이 무겁사옵니다. 사이직이 주했던 내용이 그저 그런 일은 아닌 것 같사옵니다. 첨사부는 동궁(東宮)을 전문적으로 돌보는 아문이었사오나 태자가 없는 동궁은 거의 할 일이 없다고 할 수 있사옵니다. 남부러울 것 없이 충족하고 이젠 한가하기까지 한 아문에서 대체 무엇이 아쉬워 성총을 한 몸에 받는 연갱요에게 목숨 내걸고 달려들겠사옵니까? 그 사람이 주했던 말이 전부 허튼 소리라고 만은 할 수 없사옵니다. 처벌을 내리더라도 죽을죄까지는 아닌 것 같사옵니다. 설령 폐하께서 그 친구를 달리 처벌하시지 않으신다고 해도 신은 폐하의 입장을 충분히 이해할 수 있사옵니다. 한창 물이 올라 있는 연 대장군을 이런 식으로 맹공한다는 것은 무엇을 뜻하는지 사이직은 전혀 생각지도 않은 것 같사옵니다."

"인정만을 따지자면 충분히 용서할 수 있지."

장정옥의 말에 상당부분 공감하는 듯 마음이 대단히 괴로워 보이는 옹정이 말했다.

"그러나 이치는 냉정할 수밖에 없네. 그를 죽이지 않으면 연갱요에게 할 말이 없잖은가!"

옆에서 듣고만 있던 방포도 괴롭긴 마찬가지였다. 한참 생각하던 그가 입을 열었다.

"신에게 한 가지 방법이 있사옵니다. 하늘이 알아서 결정하게 하는 것이 어떨까 하옵니다!"

"무슨 뜻인가?"

옹정이 다그치듯 물었다. 그러자 방포가 까만 콩 같은 눈을 반짝이며 드물게 장난기 어린 웃음을 지으며 아뢰었다.

"사이직은 비가 내리지 않는 것은 연갱요 탓으로써, 반드시 그를 죽여없애야 천우(天雨)를 볼 수 있다고 했는 바 실은 기우(祈雨)를 위해 왔다고 할 수 있사옵니다. 내일 오문 밖에서 무릎꿇어 비를 구(求)하게 하되, 만약 하늘에서 비가 내리면 간신은 연갱요가 아니겠고, 반대로 비가 안 내리면 연갱요는 '간신이 아니다'라고 할 수 있겠사옵니다. 이런 식으로 연갱요의 체면을 살려줄 수밖에 없사옵니다. 왜냐하면 언제든지 이 일은 절대 연갱요 귀에 들어가지 말라는 법은 없기 때문이옵니다."

"그럼 사이직은?"

방포의 말뜻을 알아차리지 못한 옹정이 어정쩡한 표정으로 물었다.

"비가 안 내리면 사이직을 죽여? 말아?"

이에 방포가 웃으며 말했다.

"신의 판단으로는 내일 기필코 하늘에서 비를 줄 것이옵니다. 하오나 정말 비가 안 내린다면 사이직은 군주의 면전에서 광언(狂言)을 일삼은 죄를 묻지 않을 수 없사옵니다. '광언'이 어떤 죄에 해당하는지는 형부에 넘겨 법에 따라 처리하면 되겠사옵니다."

방포의 말을 듣고 난 옹정은 궁전 입구로 걸어가더니 하늘을 유심히 쳐다보았다. 구름 한 점 없이 맑고 푸른 하늘에 별들이 총총했다. 비가 내릴 가망이 거의 없다고 생각하며 옹정은 한숨을 지었다.

"그렇게 하는 수밖엔 없겠네."

그러나 장정옥은 방포의 말이 마냥 세살배기들의 장난처럼 느껴졌다.

"방 어른, 그 말은 글공부한 사람의 입에서 나온 말 같지가 않고 꼭 강호를 떠도는 술사(術士)들의……."

대단히 힘겨운 듯 여러 겹으로 겹쳐진 눈꺼풀을 보이며 이 같이 말하던 장정옥은 그러나 말을 끝맺지도 못하고 스르르 무너져 내리며 기절하고 말았다.

순간 장내의 사람들은 초풍할 듯 놀라고 말았다.

"어서 태의를 불러!"

옹정이 경황없이 한 발 뒤로 물러나며 크게 고함지르는 가운데 방포와 마제가 벌떡 일어섰다. 이때 지의를 받고 들어와 궁전 입구에서 무릎꿇고 대기한 지 한참 되는 류묵림이 엉금엉금 기어서 다가오더니 말했다.

"신이 의도(醫道)에 조금은 통하오니 한번 봐 드리겠사옵니다……."

급히 장정옥의 눈꺼풀을 치켜올려 보고 난 류묵림은 맥을 짚어 한참동안 눈을 지그시 감고 있었다. 그러자 옹정이 다그쳤다.

"대체 무슨 증상인가? 괜찮겠나?"

"정녕 믿어지지가 않사옵니다……."

류묵림이 머리를 저으며 혼자말처럼 중얼거렸다.

"이럴 수가?"

"도대체 무슨 병인데 그러나?"

"장상은 아무런 병도 없사옵니다. 신이 보기엔…… 허기가 지나쳤던 것 같사옵니다."

그러자 옹정이 미간을 찌푸려 언짢은 표정을 지었다.

"무슨 허튼소리! 짐이 오늘 두 번씩이나 어선(御膳)을 내렸었는데!"

이에 태감 고부용이 끼어 들어 아뢰었다.

"사실일 수도 있사옵니다. 폐하께서 내리신 선(膳)을 장정옥은 찾아오는 사람이 하도 많다 보니 거의 손대지 못했사옵니다……."

사람들이 한 마디씩 주고받는 사이, 감쪽같이 깨어난 장정옥은 아직 경기(驚氣)가 남아있는 옹정을 보며 난감한 표정을 지었다.

"못난 신이 잠시 머리가 어지러운 바람에 이런 몰골을 보여 폐하를 놀라게 해서 황송하기 이를 데 없사옵니다."

두 명의 태감이 부축하여 일어선 장정옥은 창백한 얼굴에 웃음을 지어 보이며 말했다.

"저희 장가네는 조상 때부터 성조의 조훈을 받들어 복을 아끼고 소식하여 건강을 지키는 습관을 길러왔사옵니다. 그런데 재상이 배가 고파 쓰러지다니 이런 가문의 창피가 어디 있겠사옵니까!"

분위기를 바꿔보려는 장정옥의 농 섞인 말에도 옹정은 웃음이 나오지가 않았다. 그의 마음은 자꾸만 밑으로 가라앉는 것 같았다. 한참 후에야 비로소 제정신이 든 옹정이 급히 '전선(傳膳)'을 지시했다. 그러자 방포가 아뢰었다.

"고기며 생선 등 기름기 있는 어선은 형신이 아직 소화해내지 못할지도 모르옵니다."

이에 류묵림이 자신의 처지는 잊은 채 거들었다.

"어선은 말고 우유 한 잔에 빙당(氷糖)을 많이 넣어 간단한 떡 종류와 함께 먹는 것이 위에도 부담없고 좋을 듯하옵니다."

류묵림의 말이 끝났음에도 태감 고무용이 멍하니 서 있자 옹정이 버럭 고함을 질렀다.

"어서 가서 챙겨오지 않고 뭘 하는가!"

장정옥은 게걸스레 우유 한 사발을 단숨에 비우고 궁중떡 한 접시도 게눈 감추듯 했다. 그제야 천천히 안색이 돌아온 듯한 장정옥이 이마의 땀을 닦으며 웃는 얼굴로 말했다.

"주군 앞에서 이렇듯 망신을 당해보긴 처음이옵니다. 이제 괜찮사오니 의사(議事)하셔도 되겠사옵니다."

옹정은 시간도 많이 흘렀고 장정옥의 기력도 아직 여의치 않으니 내일 다시 의사하는 게 좋겠다고 했다. 그러자 장정옥이 다시 조심스런 미소를 지으며 아뢰었다.

"오늘저녁 양명시와 손가감도 접견하기로 예정돼 있지 않으셨사옵니까? 전부 내일로 미루시면 내일은 더 힘들어지지 않겠사옵니까? 주군께서 신들에게 당부하셨듯이 오늘 일은 오늘로 끝내는 것이 좋을 듯하옵니다."

"류묵림, 자네가 왜 불려 들어왔는지 알겠나?"

옹정이 자리한 모두에게 인삼탕을 내오라고 명령하고는 마른기침을 하며 물었다. 사람들은 류묵림이 분명히 잘 모른다고 대답할 줄 알았다. 그러나 사람들의 예상과는 달리 류묵림은 머리를 조아려 아뢰었다.

"신은 폐하께서 왜 부르셨는지를 알고 있사옵니다. 신이 오늘 염친왕부에서 서준에게 침을 뱉어 여덟째마마를 노엽게 하고 말았사옵니다. 주군께오서는 염친왕에게서 이 사실을 전해 들으시고 신에게 죄를 물으시려는 것이옵니다. 신은 작심을 하고 서준을 찾아간 만큼 폐하께서 어떤 죄를 물으시든지 달게 받겠사옵니다."

류묵림의 어벙한 말투에 사람들은 저마다 웃어버리고 말았다. 이에 옹정이 말했다.

"자넨 머리가 너무 좋은 게 탈인 것 같네! 전혀 못 알아 맞췄네. 서준은 방탕하고 기본이 안 된 자로서 자기 여덟째마마를 등에 업고 하늘 높은 줄 모르는 인물이고, 거침없는 자유문인인 자네는 모르긴 하지만 짐의 성총을 믿은 구석이 없지는 않은 것 같네. 짐이 공정하게 판결하면 자네들은 둘 다 억울할 것도 없네! 염친왕이 짐을 대신하여 자네를 훈계했다고 하니 짐은 따로 처벌을 내리지 않겠네."

그러자 류묵림이 머리를 조아렸다.

"성은이 망극하옵니다. 신은 비록 방탕할 정도로 자유분방하오나 여덟째마마 앞에서 서준에게 침을 뱉은 것 외엔 달리 여덟째마마에게 무례를 범한 일은 없사옵니다. 하오나 여덟째마마께오선 잘잘못을 가리기에 앞서 무조건 서준을 감싸고 돌며 신을 벌주셨사옵니다. 신은 실로 서준을 이대로 용서할 수가 없사옵니다."

"그래도 일단은 참아야 하네."

옹정이 조용히 입을 열었다.

"소순경에 관해서는 짐도 생각이 있네. 짐은 여자 하나 때문에 이렇듯 못나게 구는 자네를 이해할 수 없네. 사내 대장부가 여자 때문에 울고 웃는 건 대단히 취할 바가 못 되는 졸장부 같은 짓이야. 십삼마마가 장례식 비용은 마련해줄 것이네. 책을 몇 수레씩이나 읽었다는 사람이 어찌 그런가?"

자고로 남을 설득하기는 쉬워도 자신을 달래긴 어렵다고 했다. 이 같이 류묵림을 지적하면서도 옹정은 주체할 수 없이 떠오르는 자신의 여인 소록이와 그 여인을 쏙 빼닮은 윤제의 시녀 교인제를 어이할 수가 없었다. 마음이 아파 오고 상심이 몰려올 것이 두려운 옹정이 급히 마음을 다잡았다.

"자네의 사생활을 들추려고 부른 건 아니고 자네를 외관(外官)으로 내보낼까 해서네. 어찌 생각하나?"

류묵림이 의외라는 듯한 반응을 보이며 말했다.

"전 목숨으로 이 나라를 지킬 각오가 되어 있는 영원한 폐하의 신자(臣子)이옵니다. 북경에 있으나 밖에 나가나 주군을 향한 신의 충성은 변함없을 것이옵니다! 다만 폐하께서 '어찌 생각하나'를 물어오시니 신은 한 말씀 올리고자 하옵니다. 대개 한림원에서 나간 한림들은 학정(學政)이 되어 문생을 들이고 경력을 쌓아 어디 가나 자기를 알아보는 사람이 많을 것을 원해마지 않사옵니다. 신 역시도 예외는 아니었사옵니다. 그러나 폐하께서 저술하신 〈붕당론〉을 읽어보고 신은 생각이 확 바뀌고 눈과 마음이 활짝 열리는 느낌을 받았사옵니다. 폐하께서 신에게 중등 규모의 군(郡) 하나를 믿고 맡기신다면 신은 필히 3년 내에 소치(小治)를, 5년 내에 대치(大治)를 이룩할 것을 약조하옵니다! 신은 폐하의 충실한 방목꾼이 되겠사옵니다!"

오랫동안 정좌하여 다리가 저린 옹정이 내려서서 걸었다. 뒷짐을 지고 왔다갔다하던 옹정이 갑자기 피식 웃었다.

"물론 좋은 발상이네. 그러나 자네에게 한 개 군만을 맡긴다는 것은 대재소용(大材小用)하는 격이라서 아깝네. 짐은 자네에게 맘껏 날개를 펼 수 있게 큰 무대를 마련해줄까 하네. 참의(參議) 자격을 줄 테니 서녕으로 가서 참의 도대(道臺)로 있게. 어떤가?"

"……."

"응?"

"신은 주군의 명령을 거절할 수 없사오나 거짓을 말하고 싶진 않사옵니다. 솔직히 신은 가고 싶지 않사옵니다."

"왜?"

그러자 류묵림이 연신 머리를 조아리며 아뢰었다.

"신은 엄하고 무서운 연 대장군을 시중들 자신이 없사옵니다!"

순간 방포와 마제, 장정옥 세 사람의 시선이 부딪쳤다. 눈빛을 교환하고 나서 장정옥이 두 손을 무릎에 얹은 채 상체를 앞으로 가까이 하며 말했다.

"폐하께오선 자네더러 연갱요를 시중들라고는 하시지 않으셨네. 자네는 서녕 참의도대(參議道臺)로 있으면서 연갱요와 악종기 두 부대의 군향을 책임지고 조달하며 서녕에 있는 각 주둔군 사이의 분쟁을 해결해주는 중재 역할을 하는 것이지 누구의 제재를 받는 게 아니오. 자네에겐 상서방에 직접 상서할 수 있는 권한이 주어진다오."

"아니. 직접 짐에게 직주하게."

옹정이 손을 흔들어 보였다. 형년이 노란 함을 받쳐들고 다가왔다. 노란 함 위에는 두 개의 열쇠가 가지런히 놓여 있었다. 옹정은 그 중 하나를 고무용에게 건네주며 말했다.

"잘 건사하게."

형년이 하나 남은 열쇠와 함께 노란 함을 류묵림에게 두 손으로 받쳐 건넸다. 류묵림이 조심스레 받아보니 꽤 묵직했다. 네 모퉁이에는 금을 도배한 동판이 씌워져 있었고, 열쇠 구멍은 개의 이빨 모양으로 교착되어 있었다. 특수제작한 자물통임에 틀림없었다. 이것이 바로 말로만 들었을 뿐 여태 본 적이 없는 밀주함(密奏函)이라는 걸 류묵림은 알아차렸다!

못내 호기심이 생겨 노란 함을 들여다보고 있을 때 옹정이 미소를 지으며 말했다.

"성조의 발명품이네. 자고로 전례가 없었지. 어떤 사람들은 짐이 이목(耳目)이 영통(靈通)하여 쉽사리 누군가의 속임수에 넘어가지 않는 것은 점간처의 간첩들을 사방에 풀어놓았기 때문이라고 하는데, 그건 말도 안 되는 소리네! 총독, 순무에서부터 주현(州縣)의 미관말직에 이르기까지 짐은 바로 이 노란 함을 통해 정보를 주고받고 진실을 캐냈던 거네. 마치 가족끼리 속마음을 터놓듯 사람들은 이 함 안에서는 진정을 토로하게 돼 있다네. 이

안에서는 진실하기만 하다면 잘잘못을 모두 짐의 용서를 받게 돼
있지. 또한 짐은 언제 어디서나 이 안에 들어있는 상주문은 반드시
직접 읽어보고 주비를 달아 보내곤 한다네. 자네 역시 혼자서는
해결하기 어려운 일에 봉착하였으나 밖으로 알리고 싶진 않을 때
면 주저하지 말고 짐에게 주하도록 하게. 그렇지 않고 장정옥에게
보낸다면 그것은 곧 공무로 변하여 공적인 법이나 제도에 따라
처리하게끔 되어 있다네. 이걸 제대로 알고 사용하도록 하게."

류묵림이 다소 놀라는 반응을 보이자 마제가 웃으며 말했다.

"거의 매일이다시피 폐하를 배알하는 우리도 이런 함을 하나씩
가지고 있다오! 이는 특별한 은혜이거늘 어서 망극한 성은에 사은
(謝恩)을 표하지 않고 뭘 하나?"

"그렇지. 이건 특별한 거지."

옹정이 먼 곳에 시선을 두며 말했다.

"유감스럽게도 특혜를 받은 모든 이들이 다 이를 대수롭게 여기
는 것만은 아니라는 거네. 어떤 이들은 자랑삼아 밀주함을 열어
남에게 보이며 으스대다가 큰 코 다치는가 하면, 어떤 이들은 짐의
주비를 발설하는 경우도 있다네. 이 두 부류의 사람들에 대해선
짐이 결코 용서할 수가 없네. 그리고 또 혹자는, 예를 들면 무상아
같은 사람이 있지. 보내온 밀주문마다 연갱요에 대한 지나친 미화
와 아부로 구역질이 날 지경이었네. 방금 마제가 구문제독감으로
그 자를 거론했는데, 참으로 어리석은 짓이지!"

순간 마제의 얼굴이 귀밑까지 시뻘겋게 달아올랐다. 그는 급히
일어서며 아뢰었다.

"신이 망언을 하였사옵니다!"

"무심코 했겠지."

옹정이 앉으라는 손시늉을 했다.

"말하다 보니 딸려 나온 얘기지만 아무튼 밀주문에는 짐이 관심을 가질 만한 내용만 담길 바라네. 총독, 장군에서부터 일반 서민에 이르기까지, 큼직큼직한 사안에서부터 술집회관들에서 일어난 사소한 우스개일지라도 민심을 반영하고 조정의 정무와 관련된 일이라면 주저하지 말고 주하도록 하게. 마치 부자간에 서신왕래를 하는 것처럼 재고 견주는 것 없이 솔직담백하게 주해야 하네! 어느 곳에 흉년이 들었다거나 흐리고 홍수가 나고 개고 가뭄이 든 자잘한 일상도 헛되이 넘기는 일이 없도록 하게!"

날씨에 관한 말을 하다 보니 문뜩 사이직이 떠오른 옹정은 가슴이 움찔해졌다. 잠시 고개를 떨구고 멍하니 발끝만 내려다보고 있던 옹정이 한참 후에야 입을 열었다.

"오늘은 여러분들도 피곤할 테고 짐도 머리가 맑지 않네. 류묵림은 내일 장정옥을 만나고 연갱요한테 가 있도록 하게. 명심하게, 매사에 연갱요의 의사를 존중하고, 사사건건 밀주를 보내야 한다는 걸 잊지 말게!"

소순경을 잃은 슬픔에, 윤사에게 당한 분노에, 느닷없이 고공비행을 하게 된 기쁨에, 연갱요 같은 사람과 호흡을 맞춰야 하는 우려에 류묵림은 이루 형언할 수 없이 마음이 복잡했다.

"성훈을 고이 받들 것을 맹서하옵니다!"

류묵림이 머리 조아려 이 같이 아뢰었다.

"날도 저물었는데, 그만 물러가도록 하게."

옹정이 머리를 끄덕였다.

이날 저녁 옹정은 양심전에서 쉬기로 했다. 그는 빈비들을 부를 생각도 않고 다소 우울한 마음을 안고 자리에 누웠다. 그러나 시간

이 흘러도 잠은 오지 않았다. 이리저리 뒤척이기도 하고 중간에
몇 번씩이나 밖에 나갔다 들어오곤 했다. 그러나 옹정의 번뇌를
알기나 하는지 하늘은 맑기만 했다.

42. 첨사우(詹事雨)

장정옥이 건강이 좋지 않다는 걸 아는 류묵림은 이튿날 오전 진시(辰時) 무렵 가마를 타고 장정옥의 사택을 찾았다. 오는 길 내내 수레 밖으로 들리는 소리는 온통 사이직이 연갱요를 탄핵했다는 데 대한 소문이었다. 어떤 이들은 "사 어른이 벌써 오문(午門)에 끌려갔고 오시(午時) 삼각(三刻)에 오문문참(午門問斬)을 한다더라!"며 떠들었고, 또 어떤 이는 "연 대장군이 친히 회자수(劊子手)가 되어 범인을 처단한다더라"며 공공연히 떠벌렸다. 류묵림은 비등하는 소문에 그저 실소를 보일 뿐이었다. '오문문참'은 명나라 이후로 청대(淸代)에 들어와서는 폐지한 지 오래된 처형 방식이었던 것이다. 다만 오삼계(吳三桂)가 삼번(三藩)의 난(亂)을 주도하고 있을 때 강희황제는 오봉루(五鳳樓)에서 열병식을 갖고 오문 앞에서 오삼계의 장자인 오응웅(吳應熊)의 목을 침으로써 이들 세력들을 절대 용인하지 않겠다는 결연한 의지를 보였던 것이 처음이자 마지막이었다. 사이직이 바른 소리 한 마디 했기로서니 제2의 오응웅이 될 리는 절대 없다고 류묵림은 확신했다. 사이직에 대한 생각에 잠겨 있는 동안 가마는 어느덧 땅에 내려앉고 있었다. 숨을 길게 몰아쉬며 몸을 숙여 가마 밖으로 나온 류묵림이 명자(名刺)를 문관에게 건넸다.

"사경(四更)에 기침(起寢)하셔서 오경(五更)에 임조(臨朝)하시는 것은 장상(張相)의 몇 십 년 불변의 규칙입니다. 어른께서 방문하시면 상서방으로 모시라는 당부 계셨습니다."

순간 류묵림은 헛걸음을 했다는 아쉬움보다는 장정옥의 근로왕사(勤勞王事)에 대한 존경심이 물안개처럼 가슴 가득 피어올랐다. 옹정이 남다른 애착을 보일 법도 했다. 오랜 재상으로서 여전히 흐트러짐 없는 장정옥에게 높은 점수를 매기며 류묵림은 서둘러 수레를 타고 서화문으로 향했다. 그러나 그는 일부러 오문을 거쳐 돌아가기로 했다. 소문대로 사이직이 오문에 무릎꿇고 있는지가 궁금했던 것이다. 평소에 사이직과는 가벼운 인사 정도 나누는 사이이지만 그래도 한 번 찾아주는 것이 예의인 것 같았기 때문이었다.

오문에 도착한 류묵림은 그러나 '문관은 가마에서 내리고, 무관은 말에서 내리라[文官下轎, 武官下馬]'는 간판이 내걸려 있는 곳에서 잠시 머뭇거렸다. 이제 곧 연갱요의 밑으로 들어갈 텐데 이 마당에 사이직을 보러온 것은 금기를 범하는 것은 아닐까? 멀리 바라보니 과연 소문대로 사이직은 정자도 뜯긴 채 꿋꿋하게 시위방 앞에 무릎을 꿇고 있었다. 때는 비 한 방울 내리지 않아 살인적인 가뭄이 이어지고 있는 음력 5월 중순이지라 오문 밖의 넓은 공터에는 벌써부터 지열(地熱)이 뜨거운 김처럼 스멀스멀 기어올라가고 있었다. 구름 한 점 없는 하늘이 공포스러울 정도로 햇빛은 슬슬 그 무서운 기염을 토해내고 있었다. 땅바닥은 후끈후끈 솥뚜 껑 같았다. 무표정한 얼굴을 번쩍 쳐들고 하늘을 뚫어지게 바라보 는 사이직을 지켜보는 류묵림은 일순 마음이 아팠다. 이때 형년이 몇몇 태감들을 거느리고 성큼성큼 사이직에게로 다가오더니 말했 다.

"지의가 계신다!"

"신 사이직, 지의를 받들겠사옵니다!"

"폐하께서 물으신다."

형년이 지극히 메마른 목소리로 말했다.

"자네가 이번에 연갱요를 무단 공격한 것은 밀모세력들과 짜고 한 짓이 아닌가?"

"맹세코 그런 건 아니옵니다!"

"그렇다면 어찌하여 손가감도 자네랑 입을 맞춘 듯 똑같이 주하 고 또한 목숨 걸고 자네를 지키려 드는 건가?"

순간 사이직이 크게 의외라는 반응을 보이며 고개를 갸웃했다.

"손가감은 어제 북경으로 들어왔고 신은 어젯저녁에 폐하를 배 알하였사옵니다. 그가 북경에 도착한 후에 신은 그와 만난 적도 없고 평소에도 거의 왕래가 없었을 뿐더러 정견(政見)도 대부분 일치하지 않아 항상 거리감을 느껴왔던 사람이옵니다. 그런 그가 신을 위해 변호하려는 의도를 신은 알 수가 없고 관심조차 없사옵 니다."

형년은 지의를 전달하라는 명령만 받았을 뿐 답변하거나 반박 할 권한이 없었기에 그저 머리를 끄덕이기만 했다.

"폐하께서는 또 '짐은 그대를 대단히 측은하게 생각한다'라고 하시며 연 대장군에게 사죄만 하면 그것으로 용사(容赦)받을 수 있다고 하셨소."

그러자 사이직이 손가락으로 하늘을 가리키며 말했다.

"연갱요의 작당은 천노(天怒)와 인원(人怨)을 불러일으키기에 충분하옵니다. 신이 만약 그 자에게 잘못했노라고 빈다면, 그것은 곧 불의에 대한 타협이고 폐하에 대한 굴욕이옵니다. 그런데, 폐하께서 어찌 신을 용사하시겠사옵니까? 연갱요의 목을 치는 날에 하늘에선 곧 비를 내릴 것이옵니다!"

끝까지 자기 주장을 굽히지 않는 사이직의 태도에 옆에 있던 시위들은 적이 놀라는 눈치였다. 이를 지켜보던 류묵림 역시 얼굴이 하얗게 질렸다.

"폐하께서는 또 이와 같이 말씀하셨소. 자네는 연갱요와 동년진사(同年進士)이고, 연갱요의 추천을 받아 비로소 동궁(東宮)에서 세마(洗馬)하게 된 것 아닌가."

형년이 말을 이었다.

"자네는 연갱요가 공고진주(功高震主)하여 필히 짐의 손에서 토사구팽(兎死狗烹)의 말로를 맞이하게 될 것이라는 생각을 하여 참새가 방앗간을 지난 형국이 되고 만 것이 틀림없네. 아니 그런가?"

형년은 대내에서 경력이 가장 긴 태감이었다. 명신(名臣) 곽수(郭琇)가 용린(龍鱗)을 비판하고, 요재우(姚絳虞), 당뢰성(唐賚成)이 북궐(北闕)에 상서하여 남산을 질타하던 모습이 역력했다. 그러나 그때는 관대하고 인후한 강희황제 시절이었고, 사이직아 섬기고 있는 군주인 옹정은 사이직의 쓴 소리를 받아들일 만큼 여유가 없다는 것이 형년의 생각이었다. 그는 은근히 사이직을 위해 손에 땀을 쥐었다. 류묵림은 뼈를 발라내고 살을 도려내는 것 같은 옹정의 말을 전해들으며 이 말을 할 때 옹정이 지어 보였을 표정을 상상하고는 진저리치듯 흠칫했다. 그러나 사이직의 태도는 여전히 강경했다.

"신은 연갱요의 추천을 받았다는 사실을 전혀 몰랐사옵니다. 지금 들으니 창피하기 그지없사옵니다. 연갱요가 신을 추천한 속셈은 모르겠사오나 신을 기용하신 분은 주군이시옵니다. 신은 폐하께서 직접 시비취사(是非取捨)를 결정하시기에 앞서 다른 사람의 말만 들으시고 신에게 죄를 물으신다는 것은 부당하다고 생각하옵니다!"

말을 마친 사이직은 연신 머리를 조아렸다. 형년이 땀을 훔치며 말했다.

"그대가 죄를 인정하지 않을 시에는 폐하께서 이렇게 전유(傳諭)하라 하셨소. 자네야말로 소인배이고 이 독기어린 땡볕이나 쬐고 있어야 하겠네. 그러다 더위 먹어 죽는 순간에 하늘에선 비를 내릴 것이네!"

지의를 전달하고 난 형년이 휑하니 돌아서서 가려고 했다. 그러자 사이직이 필사적으로 옷자락을 잡아당기며 고함질렀다.

"이 빌어나 먹을 고자 놈아! 가서 폐하에게 아뢰어라. 난 절대 소인배가 아니라고 말이야!"

옹정의 말에 깊은 상처를 입은 듯 하얗게 질린 사이직의 얼굴엔 최후의 비장함 같은 것이 감돌았고 눈에는 눈물마저 서려 있었다. 그러자 형년이 약올리듯 웃으며 말했다.

"난 지의를 전달하라는 명만 받았을 뿐 다른 건 나랑 상관없는 일이오. 물론 난 사 어른의 대쪽같은 모습과 기개에는 탄복해마지 않소."

말을 마친 형년은 곧 대내를 향해 발걸음을 옮겼다.

그제야 문득 자신이 장정옥과 연갱요를 차례로 만나봐야 한다는 생각이 번쩍 든 류묵림은 더 이상 여기서 시간을 지체할 수 없다고 판단하여 급히 형년의 뒤를 쫓아 좌액문을 통해 대내로 들어갔다. 형년은 양심전으로 보고 올리러 갔고 류묵림은 곧추 상서방으로 향했다. 장정옥은 양명시를 접견하고 있었고, 이불이 한 쪽에서 부채를 부치고 앉아 차례를 기다리고 있는 것 같았다. 류묵림이 들어서는 걸 보며 장정옥이 머리를 끄덕이며 말했다.

"자네를 먼저 보려고 했었는데, 많이 늦었군 그려. 기왕 늦어진 것 양명시 이 친구 얘기 다 들어보고 나서 자네를 연 대장군한테로 데려다 주지. 계속해 보게."

"운귀(云貴, 운남성과 귀주성) 지역은 묘족(苗族)과 요족(瑤族)이 잡거(雜居)하는 곳으로서 내지(內地)와는 비할 바가 못 됩니다."

양명시가 빙차(氷茶)로 목을 축이며 침착하게 말했다.

"내지는 관부(官府)의 명령이면 다 통하지만 그쪽에서는 토사(土司)의 지령 외엔 먹혀드는 것이 없습니다. 채정 장군이 더 이상 민정에 간여치 않고 대신 제가 선왕(先王)의 유정(遺政)을 받들어 유화와 강압 병용정책을 편 덕에 겨우 말썽은 잠재워 놓고 있는 실정입니다. 이제 폐하께서 개토귀류(改土歸流, 정부에서 토사를 직접 통치하는 현상)를 선언하셨는데, 제가 그 뜻을 받들기 싫어서가 아니라 솔직히 힘이 듭니다. 몇몇 지역에서 시행을 해봤습니다만 묘족과 요족들의 기가 웬만큼 세야 말이죠. 저미다 도재(土寨)를 쌓고 깊은 산 속으로 숨어들어 일일이 찾아내 설득한다는 게 그리 쉽진 않습니다. 어떤 곳엔 지세가 험준하기로 말들도 올라가지 못하는가 하면 외부와 오랜 세월 차단돼 있다 보니 대단히 야만적이고 공격적입니다. 게다가 말까지 통하지 않으니 말입니다. 자손 대대로 세습해온 토사정책을 하루아침에 취소한다고 하니 조정을 원망하는 마음이 생기고 나름대로 불안해하는 것 같습니다. 지금 어떤 현(縣)에는 유야 무야 하던 현령마저 도망간 지가 오래됐고, 현 아문도 피폐해지고 말았습니다. 그곳에 지방정부를 설치하려면 관원들이 파견돼야 할 텐데, 그곳 특유의 장기(瘴氣)와 독무(毒霧)로 인해 열에 아홉은 불귀의 객이 되고 맙니다. 그러니 그런 곳에 보내질 바에야 아예 관직을 그만두려고 할 수 밖에요. 상술한 여러 가지 어려움을 조정에서는 많이 헤아려 주셔야 합니다. 제 생각엔 당분간은 현상을 유지하는 것이 바람직할 것 같습니다."

양명시가 말하는 동안 내내 미간을 좁히고 있던 장정옥이 말했다.

"토사의 특권을 박탈하는 시책에 대해서 백성들은 쌍수 들어 환영해야 할 것이 아닌가. 정부에서 가연잡세(苛捐雜稅)도 받지 않을 테니 말이네. 폐하께선 백성들을 인애(仁愛)하는 마음에서 토사귀류를 촉구하는 것일 뿐 다른 뜻은 없네!"

그러자 양명시가 말했다.

"제 말뜻은 시행에 어려움을 겪는다는 것이지 결코 정책 자체가 잘못 됐다는 건 아닙니다. 운귀 지역은 중원에 차와 소금의 혜택을 주고 있지만 자고로 척박하고 식량이 부족하기로 이보다 더한 곳도 없을 것입니다. 대부분 아직 원시적인 도경화종(刀耕火種)에 매달려 있는 실정입니다. 제가 그곳에 부임하여 제일 먼저 착수한 일이 바로 그들에게 농사짓는 방법을 가르친 것입니다. '의식이 족하면 영욕을 안다[衣食足 知榮辱]'를 '삼자경(三字經)'의 서두로 가르쳤습니다. 이제 그것을 시작으로 농업을 적극 격려하고 인재양성에 힘을 쏟아 존공존맹(尊孔尊孟)의 분위기를 이끌어낸 후에 천천히 지방정부를 설치하는 게 최선인 것 같습니다. 물이 들고나면 자연히 골이 파이듯 말입니다. 억지로 먹이면 되레 반항을 불러일으키게 될 것입니다."

장정옥은 보기에 마음이 울적해 보였다. 옹정이 개토귀류를 서두를 때 그도 찬성을 했었다. 그러나 양명시의 말을 듣고 보니 망설여지는 것도 사실이었다. 한참 생각에 잠겨 있던 장정옥이 말했다.

"소에게 억지로 머리를 눌러 물 먹이는 격이로군. 폐하께선 튼튼하게 살찌라고 보약을 먹이려 하건만 철없는 소가 말을 들어주지 않으니 걱정이네! 이위가 강남에서 시행하는 화모귀공(火耗歸公) 정책에도 자네는 공감하지 않는다며?"

"전 이위와 대단히 교분이 깊은 사이입니다."

양명시가 말을 이었다.

"그러나 이번 행동은 지방재정을 충족히 하려는 폐하의 심사(心思)에만 편승한 다소 성급한 결정인 것 같습니다. 그래서 제가 일부러 먼 길을 돌아 강남에 들러 이위를 만나고 오는 길입니다. 당분간 의견일치를 보기는 어려울 것 같습니다. 화모귀공의 취지는 좋지만 궁극적으로는 청관들의 삶만 고단해지게 만들 뿐 탐관오리들은 어떻게든 돈을 세탁할 명분을 만들지 못하겠습니까? 지금의 이치(吏治)가 대체 어디까지 와 있는지를 장상께서 저보다 더 잘 아실 줄로 믿습니다. 작년 가을 제가 운남성 지부대리인 장성문(臧成文)을 참핵하지 않았습니까? 그런데 정자를 떼어버리자마자 그곳 백성들이 들고일어나 만민우산(萬民雨傘)을 보내오며 어이없는 구명운동을 벌였던 거 기억나죠? 그 자가 자기네들의 흡혈귀가 되어 출처가 불분명한 검은돈을 만 냥씩이나 갖고 있는 사실이 드러났는데도 백성들이 어찌하여 그 자를 변호하려 들까? 그런 의혹을 떨칠 수가 없어 제가 몰래 현지로 가서 조사해 봤습니다. 그랬더니 백성들이 하나같이 하는 말이 올해 연례(年例)를 이제 막 바쳤는데, 그 사람을 쫓아버리면 이미 납부한 돈은 환불받을 수도 없고 다른 지부가 내려오면 또 연례를 새로 내야 하니 살 길이 막막하여 '구관(舊官)이 명관(明官)'이라는 생각에서 그랬다는 겁니다! 백성들은 관리들을 승냥이에 비유했습니다. 겨우 하나를 배불리 먹여보내니 또 굶주린 승냥이 한 마리가 쳐들어오면 어떡하느냐는 겁니다! 홧김에 전 왕명기패를 청하여 장성문의 목을 쳐버렸습니다. 당연히 후임자를 향한 경종이었죠! 이위의 이 방법이 전국적으로 널리 퍼지는 날엔 위에서 정책을 내리면 밑엔 대책이 있다는 말처럼 남의 등쳐먹고 사는데 익숙해진 탐관오리들은 또 갖은 방법을 동원하여 수탈을 일삼을 것입니다. 결국 이래저래 괴로운 건 백성들뿐입니다!"

장정옥은 할 말을 잃었다. 양명시의 논리를 그는 믿어마지 않았다. 그러나 옹정과 몇 차례에 걸쳐 무릎을 맞대고 독대를 해온 장정옥으로서는 천하 일은 변법(變法) 아니면 밀고 나갈 수 없다는 옹정의 이론을 정면으로 돌파할 용기가 나지 않았다. 화모귀공(花耗歸公), 개토귀류(改土歸流), 정은입무(丁銀入畝), 관신납량(官紳納糧)과 주전법(鑄錢法) 등 시책은 옹정이 야심차게 추진해왔고, 이제 막 몇몇 측근대신들을 통해 밖에서 시행하기 시작한 정책들이었다. 만에 하나 이렇다 할 명분없이 중도하차 하게 된다면, 그것은 곧 옹정호의 선장인 옹정의 치적에 대한 반감효과를 불러 일으키게 될 것이고 흔들리는 민심을 악용한 윤사 일당의 흥운작우(興雲作雨)로 이어질 것이다. 심지어는 윤사가 팔기병의 철모자왕들을 동원하여 옹정을 폐위시키려 들지도 모르는 일이었다.

그런 최악의 경우가 닥쳐온다면 명색이 재상인 나는 과연 어떻게 대처할 것인가? 장정옥은 머리가 복잡해졌다. 양명시, 이불 모두 옹정이 친히 선발하여 키워온 측근들임에도 깊게 들여다보면 옹정의 정책에 찬성표를 내는 사람이 거의 없다는 것이 실로 개탄스러운 일이 아닐 수 없었다. 장정옥이 양명시의 의견을 물었고 양명시가 미처 대답하기도 전에 손가감이 들어섰다. 그러자 양명시가 말했다.

"이보게, 친구. 벌써 다녀왔어? 폐하께서도 나름대로 어려운 사정이 많으실 테니 우리라도 힘과 용기를 드려야지 너무 따지려 들지 말자고. 알았지?"

그러자 손가감이 말했다.

"난 사이직을 위해 변호했을 뿐 폐하를 상대로 따지고 든 건 하나도 없소. 폐하께서는 어제저녁 잠을 설치셔서 그런지 대단히 날카로워 보였소. 내가 주하는 동안에도 부산하게 방안을 거니시더니 궁전 밖으로 나가셔서 한참 산책하시다가 들어오시곤 했소. 뭔가 마음을 다잡지 못하시는 것 같았소. 그리고는 내가 주하기를 마치자 폐하께서는 나더러 자네 양명시와 장 중당의 처벌에 따르라고 지시하셨소!"

말을 마친 손가감은 곧 상체를 깊숙이 숙였다.

그러자 장정옥이 한숨을 지었다.

"자네는 똑똑한 바보야! 폐하께서 자네를 처벌하시지 않으셨는데 내가 무슨 명목으로 자네를 처벌하겠나? 언관(言官)이 좋다는 게 뭔가. 자네는 어사이니 상주하기가 나보다 더 편할 거네."

이같이 말하며 장정옥은 사람들을 둘러보았다. 그리고는 말을 이었다.

"난 여러분들에게 한마디만 하고 싶소. 옹정개원쇄신정치(雍正改元刷新政治)! 이 구호는 폐하께서 천하의 대세를 미리 파악하여 결단을 내리신 방략(方略)이라는 걸 명심했으면 하네. 우리 신자들은 이 방략 안에서만 놀아야 할 뿐 절대 밖으로 뛰쳐나가선 안 되겠네. 국운이 성세일로를 달릴 때 이치를 속전속결로 정돈해내지 못하면 재앙이 닥쳤을 때는 후회막급이지! 내가 보기엔 폐하의 정견은 대단히 미래지향적이네. 다만 현 시점에서 발목 잡는 요소들이 너무 많은 게 복병이어서 그렇지."

"성조(聖祖)의 시책엔 잘못이 거의 없습니다."

양명시가 자신의 생각을 비췄다.

"단지 성조 말년에 법이 느슨하고 물렁해져 탐풍(貪風)이 갈수록 기승을 부렸지만 제때에 억제를 하지 못한 것이 병폐가 되어 오늘날까지 그 곤욕을 치르고 있는 것 같습니다. 방금 장 중당께서 질문하셨던 물음에 대한 답변입니다. 탐관오리들을 붙잡아 친소에 무관하게, 귀천에 상관없이 일률로 죄를 물어 천하에 경종을 울리는 것만이 탐풍을 잠재우는 유일한 방법인 것 같습니다. 선제께서는 친히 '성훈36조'를 내리시어 각 지역의 학궁(學宮)에서는 조정의 훈시를 제대로 학습하고 전달하여 충과 효를 겸비한 청렴한 관리들을 키워내라고 지시하셨습니다. 선제의 뜻을 받들어 천천히 이를 시행해 나가는 것이 한 술에 배 부르려고 하는 오늘날의 '변법'보다는 낫지 않겠습니까?"

양명시의 이 같은 말에 장정옥이 급히 끼어 들었다.

"'변법'이란 말은 내가 했지, 폐하께서는 이런 말씀을 하신 적이 없네. 우린 지금 사석에서 의견을 주고받고 있지 않은가."

"사실 저도 이것을 변법이라고 칭하고 싶습니다."

양명시가 고개를 번쩍 쳐들었다.

"그러나 뭐라고 명명하는 것이 뭐가 그리 중요하겠습니까? 송(宋)나라의 신종(神宗)은 영주(英主)입니다. 왕안석(王安石)은 영재(英才)입니다. 이 둘의 변법은 어떤 변화를 불러 왔습니까? 반란을 숙청하였지요!"

이불은 장정옥의 문생이었다. 없는 듯 한 쪽에 자리하고 감히 끼어들 엄두를 못 내고 있던 그는 더 이상 침묵할 수 없었다. 그는 상체를 숙여 예를 표하며 말했다.

"양형(楊兄), 〈여씨춘추(呂氏春秋)〉 '찰금(察今)' 편을 펼쳐보면 첫마디가 이러하오. '상호(上胡)가 선왕(先王)의 법을 따르지 않는 것은 현명하지 못해서가 아니라 그 법이 취할 바가 못 되기 때문이다!' 지금의 정세는 희조 때와는 한참 다르오. 케케묵은 발상으로 현실을 부둥켜안고 있다 보면 새로운 정치란 있을 수가 없소. 하지만 스승님도 너무 성급하신 것 같습니다. 정은입무도 좋고 화모귀공도 좋지만 자칫 한꺼번에 백성과 관원들의 원성을 사는 수가 있습니다. 안 그래도 조정에서 여러 가지 의견이 엇갈리는 마당에 자칫 난국을 초래하기 쉽습니다! 전문경처럼 거의 전성(省)의 모든 아문 주관들을 쫓아내 버리고 혼자서 삼두유비(三頭八臂)가 날린들 무슨 수로 그 많은 일을 다 해낼 수 있겠습니까?"

갑자기 무거운 우렛소리가 긴 꼬리를 끌고 지나갔다. 상서방 천장이 오슬오슬 떨었다. 사람들이 흠칫 하는 사이에 저만치 갔던 우레는 또다시 돌아와 한바탕 허세를 버리고 도망갔다. 그러나 소리는 그리 크지 않았다. 하늘도 지친 모양이었다.

"비가 올려나 봐!"

장정옥이 흥분하여 벌떡 일어나 출입구 쪽으로 달려가다시피 하더니 바깥을 내다보았다. 그러나 태양은 여전히 찬란하여 눈을 부시게 했다. 상서방은 서쪽 방향으로 앉았고 동쪽을 향하고 있었다. 장정옥은 급히 통로로 나가 손으로 햇빛을 가리고 서쪽을 유심히 바라보았다. 먹장구름이 먹을 쏟아 놓은 것처럼 번져오기 시작하여 느릿느릿하긴 하나 서로 기울고 있는 태양을 향해 정확히 덮치기 시작했다. 마른번개가 하늘에 나뭇가지 모양을 그리며 번쩍이고 있었고, 우렛소리가 먼 북소리처럼 들려왔다. 잠시 기다리며 서 있노라니 멀리 숲 속에서 나뭇가지 흔들리는 소리가 파도 같았고, 습기를 머금은 찬바람이 먼지를 휘감아 겹겹 장애물을 넘어 궁원으로 돌진해 왔다. 장정옥은 시원한 느낌에 눈을 스르르 감고 먼지바람에 온몸을 맡겼다. 그리고는 중얼거렸다.

"아무튼 방포는 대단한 인물이야! 비가 올 거라고 하더니 정말이네!"

장정옥의 말이 끝나기 바쁘게 돌산이 무너져 내리고 하늘이 소스라칠 듯한 커다란 우렛소리가 대작했다. 그 바람에 궁궐대지는 세차게 뒤흔들리는 것 같았다. 이윽고 동전 크기 만한 빗방울이 후둑후둑 떨어지기 시작하더니 송도(松濤) 같은 빗소리가 서쪽에서부터 점점 가까워오고 있었다. 자금성의 우뚝 솟은 용루봉각(龍

樓鳳閣)들은 삽시간에 마렴(麻帘)같은 비의 장막 속에 잠기고 말았다. 원래 씻은 듯 말끔하게 개어있던 동쪽 하늘도 어느새 파죽지세로 달려오는 검은 구름에 점령당하고 말았다. 사람을 소롯하게 만드는 우렛소리가 연이어 터지며 어둠 속에 잠겼던 정원을 하얗게 비추었다. 바깥은 마치 늦가을의 황혼녘 같았다.

장정옥은 넋나간 사람처럼 빗속에 그대로 서서 대책없이 비를 쫄딱 맞고 있었다. 물 속에 빠졌다 나온 사람처럼 온몸에서 물이 줄줄 흘러 내렸지만 그는 눈을 감고 고개를 들어 하늘을 바라보았다. 빗방울이 코에 떨어져 산산조각이 났다. 그는 마치 하늘이 내린 감로수를 마시는 듯한 기분에 도취되어 있는 듯 중얼거리며 뭔가를 기도하는 것 같기도 했다. 이를 묵묵히 지켜보던 이불이 급히 뛰어나와 말렸다.

"스승님의 마음은 상천(上天)께서 읽으셨다고 머리를 끄덕이셨습니다. 빗속에서 너무 오래 서 계시면 큰일납니다. 어서 들어가십시오. 아직 의논할 일도 많은데!"

드디어 장정옥이 깊은 한숨을 토해내고는 이불의 부축을 받으며 상서방으로 들어왔다. 옷을 갈아입으며 장정옥이 말했다.

"이 비는 수많은 사람을 살려주는 비로써 폐하의 홍복이 불러왔다네! 난 즉각 폐하를 배알해야겠어! 자네들 내가 돌아올 때까지 여기서 날 기다리게……."

이같이 말하며 우비를 챙겨 입고 밖으로 뛰쳐나가려던 장정옥이 손짓으로 관원 하나를 불러 명령했다.

"즉각 호부로 가서 상서 이하의 관원들은 전부 출동하여 양고(糧庫)를 둘러보라고 하게. 그리고 병부더러 무기고(武器庫)도 점검하고 비 새는 곳이 있으면 즉각 땜질하라고 하게. 쌀 한 톨,

병기 하나라도 손상이 가는 날엔 용서 못 받을 거라고 하게. 사람을 순천부로 보내어 영정하의 제방을 견고히 하게 하고 경사의 민간에 초가집들이 어디 내려앉은 곳은 없나 잘 살펴 사람이 다치지 않는 걸 최우선으로 하라고 전하게!"

숨가쁘게 지시를 마친 장정옥은 곧 월화문을 나서서 양심전으로 줄달음쳤다.

이 시각 옹정은 양심전 입구에서 멍하니 서 있었다. 천성적으로 찬 기운을 좋아하고 더위를 무서워하는 옹정은 가벼운 짙은 갈색 두루마기에 검은 홑옷 하나를 껴입고 있었을 뿐 머리엔 관모(冠帽)도 쓰지 않고 있었다. 신발이 처마 밑으로 날려 들어온 빗물에 젖어 들었지만 그는 꼼짝도 않고 비를 퍼붓기에 여념이 없는 하늘만을 뚫어지게 쳐다보고 있었다. 옹정의 등뒤에 서 있는 방포도 생각에 수염을 매만지며 생각에 잠겨 있는 듯했다. 장정옥이 헐레벌떡 빗속에 모습을 드러내자 방포가 말했다.

"형신이 왔사옵니다, 폐하."

"오? 오."

옹정이 머리를 끄덕여 보이고는 몸을 돌려 궁전 안으로 발을 들여놓았다. 그리고는 태감에게 명령하여 궁전 입구에 방석을 가져다 놓게 하고는 거기에 앉아 말했다.

"격식은 필요없네, 형신. 그래 사람들은 만나봤고?"

"아직 얘기가 끝나지는 않았사옵니다!"

예를 면하라고 했지만 장정옥은 한 쪽 무릎을 꿇어 상견례를 하고는 몸을 일으켰다.

"하늘에서 이렇게 좋은 비가 내리니 주군의 기분이 환희로 울 것 같아 이참에 사이직을 대신하여 사죄라도 올릴까 해서 왔사옵니다."

그러자 옹정이 흠칫했다. 그리고는 말했다.

"사이직은 죄가 있는 사람이네. 그는 연갱요가 간신이어서 그를 죽이지 않는 한 하늘에서는 비를 주지 않을 거라고 망언을 했네. 보다시피 연갱요가 멀쩡히 살아 있음에도 비는 내리고 있지 않은 가. 그는 망언의 죄를 지었네. 죄지은 자를 쉽게 풀어주어 공신의 마음을 다치게 할 순 없네."

자신이 달려와 말만 하면 옹정이 기다렸다는 듯이 사이직을 풀어줄 줄로 자신만만했던 장정옥은 여지없이 재갈을 물려버리는 옹정의 말에 흠칫 놀라며 마땅히 어찌 응답해야 할지 몰랐다. 방포를 힐끗 쳐다보며 잠시 망설이던 장정옥이 한참 후에야 입을 열었다.

"성명하시옵니다, 폐하. 하오나 폐하, 천도(天道)가 하도 무상(無常)하여 사이직이 판단에 착오를 빚은 건 사실이오나 황제의 측근 중에 소인배가 있다는 말은 실정일지도 모르옵니다. 오늘 갑작스레 내린 이 비를 오문에서 땡볕에 무릎을 꿇어 있는 사이직을 안쓰럽게 여긴 하늘의 뜻으로 받아들일 순 없겠사옵니까?"

그러자 방포가 가볍게 미소를 지으며 말했다.

"이보게, 형신! 자네가 아뢰기 전에 폐하께선 당연히 다 알고 계시지. 그러나 다른 사람의 생각도 해줘야 하지 않겠나. 이번에 사이직이 연갱요를 탄핵하고 손가감이 발벗고 사이직을 변호하려 든다는 것은 모르는 사람이 없소. 방금 난 폐하께 이번 비를 '첨사우(詹事雨)'라 명명할 수 있겠노라고 말씀올렸소. 그러나 지금 조정의 정세로 비춰 볼 때 이 비는 사이직 한 사람이 목숨을 구해주는데 불과할 뿐 다른 건 아직 이렇다 저렇다 말할 단계가 못 되는 것 같소. 조금 더 지켜보오, 뭘 그리 서두르오? 이 비가 당장 그치지는 않을 테지?"

그 뜻이 아리송한 방포의 이 같은 말을 들으며 장정옥은 드러내놓고 말하진 않았지만 옹정의 마음속에 더 깊어진 우수를 엿볼 수 있었다. 군신 세 사람은 아무 말 없이 양동이로 퍼붓는 것 같은 빗줄기에 시선을 두고 있었다.

"정옥, 양명시네는 뭐라고 하던가?"

옹정이 눈빛을 반짝이며 물었다. 그러자 장정옥이 아뢰었다.

"이불은 신의 문생이어서 그런지 말을 아끼는 것 같았사옵니다. 하오나 양명시의 뜻에 공감하는 것 같기도 했사옵니다. 다들 조정에서는 뭔가를 이룩하려는 마음이 성급하여 발걸음이 좀 위태로워 보인다고 느끼는 것 같았사옵니다."

장정옥은 양명시가 했던 말을 세세히 중복하여 들려주었다. 옹정은 귀기울여 열심히 들었지만 달리 말은 없었다. 장정옥의 말이 끝나기를 기다렸다가 옹정은 비로소 자리에서 일어나 몇 발짝 걸었다. 그리고는 고개를 돌려 방포를 향해 말했다.

"방 선생, 채정이 올려온 밀주문에 의하면 양명시에 대한 평가가 좋았소. 민심이 원하는 바를 미리미리 잘 파악하여 처리한다고 말이네. 이불도 짐이 잘 알고 있는데, 자기 물건이 아닌 것에 대해선 절대 손이 가지 않는 친구지. 그리고 손가감도 충직한 사람이고. 그런데 짐의 정령(政令)에 찬성하는 이는 하나도 없는 것 같네! 실로 개탄스러운 일이 아닐 수 없네. 사람을 제대로 알기가 어렵다고 하지만 사람들에게 똑바로 알려지기란 더 어려운 것이네! 그네들은 늘 짐과 성조를 떼어놓고 옹정 초기와 강희 초기를 비교하려고 드는데, 어떻게 하면 짐의 마음을 제대로 읽을 수 있도록 할 수 있을 것인가?"

옹정은 흥분한 듯 두 눈썹이 미간 쪽으로 엉켜 붙었다. 마치 흐리멍텅한 우무(雨霧)를 꿰뚫어 버리려는 듯 눈에 힘을 실어 창밖을 바라보았다. 무거운 침묵이 흘렀고 한참 후에야 옹정은 어쩔 수 없다는 듯이 깊은 한숨을 내쉬었다. 그러는 옹정의 의중을 누구보다 잘 아는 방포와 장정옥이지만 달리 위안을 줄 수가 없었다. 강희 말년에 정무가 황폐하여 그 난전을 그대로 물려받아 이치정돈과 정치쇄신이라는 두 가지 무거운 과제를 팔 떨어지게 안고 있는 옹정이었다. 세상엔 무관불탐(無官不貪)이라고 하거늘 옹정은 이들 탐관들을 뿌리뽑으려고 하지만 또 어쩔 수 없이 이들을 통해 자신의 새로운 정책을 펴나가야 하는 어려움이 있었다. 획기적인 개혁을 시도하는 황제로서 그 힘겨움은 말할 수 없지만 이를 지켜보는 재상들도 고뇌가 이만저만 아니었다.

양심전은 다시 깊은 적막감에 사로잡혔다. 강과 바다를 뒤집어 엎어 버릴 것 같은 빗소리와 우렛소리만 줄기차게 귓전을 때렸다. 이처럼 양심전 전체가 시름에 잠겨 있을 때 갑자기 거대한 얼음층이 쫘악 갈라지는 듯한 째지는 파열음과 함께 궁전이 폴싹 주저앉아 버릴 것만 같은 우렛소리가 들려왔다. 이와 때를 같이하여 낮게 드리운 먹장구름사이로 화구(火球) 하나가 뜀박질을 하며 내리꽂히는 것이었다. 어느 궁으로 떨어졌는지 그 충격에 대지는 또 한 빈 경기를 일으켰다.

사람들이 대경실색을 금치 못하고 있을 때 멀리서부터 한바탕 고함소리가 들려오더니 물병아리가 된 태감 하나가 헐레벌떡 달려 들어왔다. 사색이 되어 궁전 입구에 무릎을 꿇은 태감은 입술을 덜덜 떨며 말했다.

"폐폐폐…… 폐하…… 우레…… 우레가……."

"이게 무슨 꼴이야, 지금!"

놀란 기색이 역력해 보이는 옹정이 버럭 화를 냈다.

"하늘이 무너지기라도 한 건가?"

"태화전이…… 벼락을 맞았사옵니다. 빗물이 새어 들어오고 있
사옵니다!"

순간 방포와 장정옥이 초풍할 듯 놀라며 벌떡 일어섰다. 그리고
는 어느새 양심전을 뛰쳐나간 옹정의 뒤를 정신없이 쫓아갔다.
동남 쪽을 바라보니 화광(火光)은 보이지 않고 무겁고 어두운 구
름이 숨막히게 드리워져 있었다. 멀리서 사람들의 아우성 소리가
들려왔다. 온몸이 흠뻑 젖은 태감 고무용이 달려와 아뢰었다.

"다행히 불이 크게 번지기 전에 빗물에 꺼졌사옵니다. 안심하시
옵소서, 폐하……."

"오문으로 가서 사이직에게 지의를 전하도록 하게."

옹정의 목소리가 빗속에서 유난히 또렷하고 무게 있게 들려왔
다.

"경사에 오랫동안 비가 오지 않아 극심한 가뭄이 든 것은 짐이
부덕함으로 비롯된 것이므로 만약 천재지변이 들이닥친다고 해도
모두 짐이 그 죄를 떠 안을 것이다. 사이직은 함부로 천변을 들먹
이며 충직한 공신에게 엉뚱한 죄를 덮어씌우려고 못된 마음을 먹
었는 바 엄벌에 처해 마땅하나 초심은 큰 악의가 없었던 점을 감안
하여 혁직(革職) 처분을 내린다. 이 일은 영원히 다시 거론치 않기
로 하고 부의(部議)에 넘기는 걸 면한다. 가서, 이대로 전하게!"

사이직의 목숨을 구해주기 위해 달려왔던 장정옥은 옹정의 이
와 같은 판결에 적이 안도했다. 그러나 옹정이 자신에 대한 비난을

전제로 하고 있었기에 달리 뭐라고 할 말이 없었던 장정옥이 잠시 침묵 끝에 조심스레 아뢰었다.

"하오나 폐하, 폐하께선 스스로를 지나치게 자책하시는 것 같사옵니다. 가뭄이 들었다고는 하오나 재앙까지는 아니지 않사옵니까. 그 책임을 추궁할라치면 음양(陰陽)을 조율하고 조야(朝野)를 조화롭게 해야 하는 의무가 있는 재상인 신이 모든 책임을 떠안아야 마땅할 것이옵니다……."

"자네 마음은 구태여 말을 안 해도 짐이 다 알 수 있네."

옹정이 천천히 몸을 돌렸다.

"상서방에서 사람들이 기다리고 있다고 하지 않았나? 자넨 어서 가보게."

장정옥이 급히 대답하고는 물러가려 했다. 그러자 옹정이 다시 불러세웠다.

"양명시와 이불은 모두 바른 사람들이네. 정견이 다르더라도 맘껏 털어놓도록 하게. 자네는 짐의 대변인인 만큼 주장을 명백히 하여 의견조율을 시도하되 그들에게 짐과의 일심일덕(一心一德)을 권유하고 강조하는데 초점을 맞추도록 하게. 짐은 인군(仁君)이지 결코 폭군(暴君)은 아니라는 걸 세월이 흐르면 저절로 느끼게 될 것이라고 말해주게. 그들의 주장이 다소 자위적일지라도 자기 관할구역의 이치를 쇄신할 수 있는 신빙성이 있으면 인정해주도록 하게. 다만 사이직은 닮지 말라고 못을 박아두게. 사이직은 너무 철딱서니가 없어!"

장정옥이 양심전에서 물러나는 모습을 바라보는 옹정은 피곤해 보였다. 다소 무거운 걸음으로 동난각에 돌아와 앉은 옹정은 유리창 밖의 빗물만을 멍하니 바라보고 있었다. 동난각으로 따라 들어와 옹정을 지켜보고 있던 방포가 한참 후에야 말했다.

"비가 제대로 내리옵니다."

그러자 옹정이 머리를 끄덕이며 입을 열었다.

"연갱요한테 실망을 느끼는 것 같네! 짐은 이 정도면 행여나 연갱요가 사이직을 위해 나서줄 줄 알았네. 혹시 하늘더러 자신의 뜻을 대변하라는 건가?"

반짝하던 그의 눈빛이 다시 암담해졌다.

"폐하, 저길 바라보시옵소서."

방포가 북측 벽에 걸려 있는 서화(書畵)를 가리키며 말했다.

"'계급용인(戒急用人)'. 선제께오서 당금께 내리신 글이옵니다. 신이 보기에 저 네 글자는 폐하에게 평생 힘이 되어드릴 것 같사옵니다."

옹정이 글자와 방포를 번갈아 보았다. 그러나 아무 말도 하지 않았다. 방포가 웃으며 말했다.

"이위, 전문경, 이불, 양명시 등이 각자 자기 고집대로 밀고 나가는 현실에 대해서는 당장은 지켜보는 수밖에 달리 어찌 할 수가 없을 것 같사옵니다. 여덟째와 연갱요 두 바위가 길을 막고 있는 한, 폐하께선 성급하게 시책을 펴나가려는 마음은 접어두시고, 이럴 때일수록 여유를 보이는 것이 좋을 듯하옵니다. 바위를 하나씩 제거할 때까지 참고 견디는 미덕이 절실할 때이옵니다."

두 손을 무릎 위에 올려놓고 악의에 찬 시선으로 네 글자를 노려보던 옹정이 한참 후에야 입을 열었다.

"짐은 형제간의 불협화음을 어떻게든 바로잡아 보려고 애써 왔네. 그러나 이제 보니 모든 건 짐의 짝사랑이었네. 실로 유감스러운 일이 아닐 수 없네. 짐이 즉위하고 나서 여덟째의 측근들을 얼마나 많이 띄워줬나? 형제간의 알력을 메워보려고 노력하는 흔적이 역력했음에도 여덟째는 아직도 짐의 뒤통수를 노리고 있어! 커룽뒈도 염친왕에게로 기우는 것 같고. 여태 짐이 말로만 하고 된맛을 안 보여줘서 그러네! 제깟것들이 감히 짐을 '외강중간(外强中干)'의 숙맥으로 봐? 연갱요를 떠나보내고 나서 짐은 당장 윤사를 상서방에서 쫓아낼 거네. 누가 감히 입이나 뻥긋 하나 보게."

"바로 연갱요이옵니다."

방포가 콧수염을 치켜올리며 냉정하게 말했다. 달구지 굴러오는 소리 같은 천둥소리를 잠재울 정도로 또렷하게 들려오는 방포의 이 한 마디는 소름이 끼칠 정도로 음한(陰寒)했다. 저도 모르게 흠칫 떠는 옹정의 안색은 창백하게 질렸다.

무거운 침묵이 얼마나 오랫동안 흘렀을까, 옹정이 마침내 입을 열었다.

"설마 그럴 리야 있겠나? 연갱요는 짐이 옹친왕 시절부터 데리고 있어서 잘 알지. 겸손해 보이는 겉모습에 비해 오만방자하여 안하무인인 약점은 있지만 모역(謀逆)을 일삼을 정도로 담력 있는 위인은 못 되네. 이번에 북경에 돌아와서도 얼마나 은총을 많이 받았는데……."

그러자 방포가 말했다.

"신이 직언을 올림을 용서해 주시옵소서. 폐하께오서는 그야말로 연갱요의 '표상(表象)'만을 보았을 뿐이옵니다. 신이 쭉 지켜본 바로는 연갱요의 성격은 '호의(狐疑)' 두 글자로 형용할 수 있사옵니다. 호리(狐狸, 늑대)가 얼음장 위를 걸을 때 두어 발짝 떼고는 얼음의 동정을 살피고 또 두어 발짝 옮겨놓고는 얼음장이 깨지지는 않나 귀를 기울이며 조심조심한다는 것이옵니다. 그러다가 더이상 얼음이 깨지지 않을 거라는 확신이 드는 순간, 늑대는 활개치며 언덕을 향해 줄달음칠 것이옵니다!"

옹정의 얼굴은 갈수록 백지장처럼 변했다. 그는 강희가 두 번째로 태자를 폐위시켰을 당시가 떠올랐던 것이다. 그때 연갱요는 북경으로 돌아와 탈적(奪嫡)을 둘러싼 황자들의 움직임을 면밀히 주시했고, 결국엔 윤사에게로 쏠렸었다. 다만 오사도의 예리한 시선을 비켜가지 못하여 오사도로부터 "불장난해서는 안 된다"는 경고를 받고 가까스로 공공연히 주군에게 칼끝을 겨냥하려던 생각을 잠재웠을 뿐이었다. 그때 그 시절을 떠올리며 옹정은 저도 모르게 머리를 끄덕였다.

"자네의 추측이 사실로 밝혀진다면 하늘은 그 자를 어떻게 요리할지 모르겠군! 그러나 그 자가 아무리 고수일지라도 짐을 대적하기가 그리 쉬울까? 그 자가 눈에 든 가시처럼 미워하는 악종기가 바로 청해성에 있는데 악종기가 그 입김에 불려 다니려 하겠어? 그리고 군량미는 어쩌고? 군향은 또 무슨 수로 충당하고? 게다가 천하가 태평한데 출사(出師)를 하더라도 명분이 있어야 할 게 아닌가?"

"연갱요가 진정으로 실수한 것은 악종기와 공로를 다투지 말았어야 한다는 것이옵니다. 막역한 친구사이로 알려졌는데, 연갱요가 스스로 한계를 드러낸 셈이옵니다."

방포의 눈에서는 예리한 빛이 새어 나왔다.

"폐하께오서 여덟째마마를 손보시는 날엔 연갱요도 출사의 '명분'을 얻는 순간이옵니다. 여덟째마마의 문생들은 지방에서 막강한 직권을 행사하고 있사옵니다. 폐하께서 '이치쇄신'의 신호탄으로 이들 세력을 먼저 들춰놓았으니 이것들이 속으로 이를 갈지 않겠사옵니까? 연갱요 이 늑대가 일단 얼음강을 건너는데 성공하기만 하면 군량미와 군향은 문제될 것이 없사옵니다. 신이 거듭 말씀올리옵니다만 연갱요의 진정한 골칫거리는 악종기밖엔 없사옵니다! 연갱요, 커룽둬, 여덟째마마 셋은 저마다 다른 주머니를 차고 있는 사이옵니다. 커룽둬가 이번에 감히 창춘원을 들이치지 못한 것은 결코 마제를 두려워해서가 아니옵니다. 삐리타를 의식한 건 더더욱 아니옵니다. 사실 이들은 모두 연갱요의 움직임을 주시하고 있었던 것이옵니다! 폐하의 위엄과 십삼마마의 힘을 두려워하여 감히 범접 못한 것도 있지만 연갱요의 진실을 파악하지 못했기에 북경에 들어온 연갱요가 어느 쪽으로 기울지 감을 잡지 못했던 것이옵니다. 폐하! 이렇게 많은 성호사서(城狐社鼠)들이 묘당에 떡하니 자리하고 있는 실정이옵니다. 폐하의 신변도 추호의 방심을 허락하지 않는 마당에 어찌 탄정입무니 관신일체납량 등 제도를 밀고 나갈 수가 있겠사옵니까?"

불이 번쩍하듯 번개가 궁전 안팎을 눈부시게 비추고 지나갔다. 그 뒤를 이어 장작을 패는 듯한 파열음이 긴긴 꼬리를 질질 끌며 멀어져가고 있었다.

"방 선생이 짐을 위해 신경 많이 써줘야겠소. 이친왕과 같이 있도록 하게. 같이 있으면서 수시로 지도편달 부탁하오."

어두운 난각에서 창문 쪽으로 등까지 돌리고 있어 옹정의 얼굴 표정은 볼 수가 없었다. 그는 천천히 한 마디 한 마디씩 힘을 실어 아뢰었다.

"서부에서 부내온 밀주문은 자네가 먼저 읽이보도록 하게. 아무리 늦은 시각일지라도 필요하면 수시로 짐에게 뵙기를 청할 수 있네."

그날 그 비는, 밤새도록 지치지도 않고 퍼부었다. 동녘하늘이 어스름해서야 빗소리는 가늘어지기 시작했다. 이튿날 아침 뽀얀 물안개가 밤새도록 비의 채찍에 시달린 북경성을 어루만지듯 감쌌다.

43. 황제의 벗

 이번 비는 예고없이 왔다 가뭇없이 사라졌다. 이튿날 아침부터 구름이 걷히고 비가 멎기 시작하더니 곧 맑은 하늘이 빠끔히 고개를 내밀었다. 비를 핑계로 북경에서 며칠 더 머무르려던 연갱요는 떠날 채비를 서두르는 수밖에 없었다. 연갱요를 접견한 옹정은 양심전에서 어선(御膳)을 내렸다. 음식을 앞에 두고 군신 사이엔 담소가 그칠 줄 몰랐다. 옹정은 변함없는 친절함을 보였고 다른 중요한 말은 없이 했던 말을 반복하여 거듭 당부했다.

 "……뭐니뭐니 해도 건강이 최고로 중요한 만큼 부디 쉬어가면서 해야 하네. 성은에 보답한다고 하여 죽을 둥 살 둥 일만 하지 말고 몸도 챙기라는 말일세. 짐은 이미 악종기에게 지의를 내려 여전히 사천성으로 물러나 주둔하고 있으라고 했네. 자네는 자네 군사만 잘 다스리면 되니 괜히 찻시기 규이부스림 민드는 일은 없었으면 하네. 군량미와 군향은 류묵림이 각 성의 협조를 받아

조달할 테지만 총체적인 지휘는 자네가 하도록 하게. 자네 여동생
은 벌써 귀비로 봉해졌고, 자네 부친과 형도 짐이 알아서 잘 챙길
테니 걱정말게. 이제 청해성(靑海省)과 서장(西藏)이 안전국면으
로 접어들었으니 나중에 재력이 더 풍부해지면 짐은 또 자네의
힘을 빌어야겠네. 아라부탄의 반군을 섬멸해야겠거든. 그때 다시
한 번 영웅의 기개를 떨쳐 짐의 체면을 온누리에 빛내주길 바라네.
짐이 명주(明主)가 되는데 자네가 현신양장(賢臣良將)으로서의
진가를 유감없이 발휘해 준다면 짐이 자네만을 위한 능연각(凌煙
閣)을 만들어 주는 것도 그리 어렵지는 않을 것이네……."

이 같이 말하며 옹정은 자상하게 술을 따라주며 권했다. 사이직
을 어떻게 처리할 것인지를 물어보려던 연갱요는 꿀같이 달콤한
옹정의 말에 그만 둥실둥실 떠다니느라 할 말을 잃고 말았다. 그는
옹정의 말에 무작정 대답했다. 사시(巳時)가 되자 예부의 사람이
들어와 아뢰었다.

"백관들이 오문 밖에서 대기하고 있습니다. 송례(送禮)를 받으
셔야겠습니다, 연 대장군."

"주군의 성유(聖諭)는 신이 가슴 속 깊이 아로새겼사옵니다."
연갱요가 일어나 옹정을 향해 절을 했다.

"신은 분골쇄신이 되는 한이 있더라도 근로왕사(勤勞王事)하
여 망극하오신 성은에 보답할 것을 맹세하옵니다!"

자리에서 일어난 옹정은 궁전을 두리번거리며 뭔가 하사할 만
한 물건이 없는지를 살펴보았다. 마땅히 이거다 싶은 물건이 없었
다. 잠시 생각하던 옹정이 금으로 아로새기고 보석을 박은 여의주
를 내려서 들더니 감개가 무량하여 말했다.

"자네 마음은 짐이 다 아니 더 이상 말이 필요없네. 이번에 나가

면 또 고생할 텐데 짐은 마땅히 어떤 선물을 내줘야 짐의 마음을 표할 수 있을지 모르겠네. 이걸 가져가게. 밥 먹을 때 보면서 먹고, 연병(練兵) 시에 생각하고, 행군할 때 몸에 지니고 다니며 짐이 항상 자네 곁에 있다는 걸 잊지 말게……."

옹정의 눈언저리가 붉어지더니 어느새 눈물이 찔끔 새어나왔다. 자신을 향한 옹정의 마음 씀씀이에 연갱요 또한 크게 감명받은 듯 우렁찬 대답과 함께 길게 무릎꿇어 머리를 조아렸다. 그리고는 울먹이며 말했다.

"부디 옥체보존 하시옵소서, 폐하. 신, 다녀오겠사옵니다!"

옹정이 두 손으로 연갱요를 일으켜 세우며 웃음을 지었다.

"생이별도 아닌데 이렇게 상심에 젖을 건 없지 않나? 짐도 갈수록 왜 이리 감정을 주체하지 못하는지 모르겠네. 짐이 오문까지 바래줄 테니 같이 나가지."

그리하여 두 사람은 어깨를 나란히 하여 양심전 수화문을 나섰다. 수레를 타지 않고 산책하듯 걸었다. 삼대전을 돌아 우익문에서 대내로 들어간 이들은 태화문을 통해 금수교를 건너 곧추 오문으로 향했다. 오문 밖에 깃발들이 펄럭이며 하늘을 빼곡이 덮었고, 갑병(甲兵)들이 삼립(森立)하여 있는 모습을 멀리서 보며 옹정은 발걸음을 멈췄다. 눈을 가늘게 좁히고 멀리 바라보며 생각에 잠겨 있던 옹정이 손짓으로 장오가 등 시위들에게 자리를 피하도록 명령했다. 옹정이 자신에게 뭔가 할 말이 남아있는 것 같은 느낌이 든 연갱요가 급히 몸을 숙이며 물었다.

"폐하, 하실 말씀이 계시옵니까?"

"그렇네."

옹정이 탄식하듯 말했다.

"짐은 쭉 망설여 왔네. 말할 시기를 두고 말이네."

연갱요가 의혹에 찬 시선으로 옹정을 바라보았다.

"폐하의 명시(明示)를 바라옵니다!"

이에 옹정이 잠시 생각하더니 말했다.

"짐은 아무래도 윤당을 다시 자네 군중으로 보내야겠네."

옹정의 말을 듣고 난 연갱요가 웃음을 지었다.

"아홉째마마는 북경에 남아 있든 군중으로 따라가든 다를 바가 있겠사옵니까? 풍랑을 일으키기에는 너무 작은 존재이옵니다! 그리고 신이 보기에 아홉째마마는 그래도 현실에 안주하는 편인 것 같았사옵니다."

"짐은 자네가 이렇게 생각하는 것이 가장 두렵네."

옹정이 어금니를 깨물며 냉소했다.

"짐이라고 형제간에 화목한 것이 싫어서 이러겠나? 나무는 조용히 하고 싶은데, 바람이 쉼없이 불어닥침에야 무슨 수가 있겠나! 이런 말은 이목이 복잡한 궁전에서 하는 게 아니지. 두어 마디로 알아듣게끔 말할 수도 없고. 헤어지는 마당에 짐이 한 가지만 물어보겠네. 만에 하나 여덟째가 조정을 배신한다면 자넨 어찌할 건가?"

"절대 그런 일이 있을 수가 없사옵니다! 만약 정말 그런 일이 발생한다면 신은 10만 정예병을 데리고 북경을 덮쳐 근왕(勤王)할 것이옵니다!"

그러자 옹정이 머리를 끄덕였다.

"자네가 말했듯이 제발 이런 불상사가 없기를 바랄 뿐이네. 그러나 그 옛날에 탈적(奪嫡)에 유난히 열을 올렸던 사람들이네. 이들이 뭣 때문에 탈적을 못해 안달이었겠나? 여덟째, 아홉째, 열

째, 열넷째…… 이들은 어쩔 수 없는 소인배들이네. 절대로 이들이 진심으로 회개하고 뉘우치길 바라지 말게. 이들을 여기저기 분산시킨 것은 머리 맞대고 모반이나 획책하고 다닐 것을 미연에 방지하기 위함이었네! 자네들이 밖에서 맡은 바에 충성하여 일을 잘해 줄수록 짐의 용좌는 갈수록 든든해질 것이고, 짐의 이 강산은 더더욱 무쇠팔뚝을 자랑할 것이네! 그렇지 않을 경우엔 무슨 일이 발생할지 어느 누구도 예측불허일 것이네. 짐이 사이직을 엄벌에 처하지 않는 것도 이 때문이네. 사이직이 '황제의 측근에 간신이 있다'라고 한 말은 결코 기군(欺君)이 아니네!"

옹정의 이 같은 말에 연갱요의 얼굴이 갑자기 새빨갛게 달아올랐다. 그는 크게 한 발 떼어 앞으로 나서며 목소리를 낮춰 대단히 흥분하여 떨리는 목소리로 말했다.

"지의를 내려주시옵소서, 폐하! 반시간 내에 신이 '여덟째당'을 갈아 엎어버리도록 하겠사옵니다!"

이에 옹정이 피식 웃음을 터뜨렸다.

"연갱요, 자넨 정치를 몰라서 하는 소리네. 자네가 북경에 없을지라도 짐이 맘먹고 저것들을 갈아버리려면 조서 한 장이면 끝나는 일이네. 잊지 말게, 저들이 저렇게 못나게 굴어도 어쩔 수 없는 짐의 친혈육이라는 사실을 말이네! 짐이 자기 형제도 제대로 교화시키지 못하면 어찌 만천하 백성들을 감화시킬 수 있겠나? 저네들도 지금 상태로는 감히 망동할 수가 없지. 아마 짐이 정국을 말아먹기만을 두 손 모아 빌고 있겠지. 그때 가면 큰힘 들이지 않고도 팔기 기주들을 동원하여 조상의 성법대로 짐을 폐위시킬 수 있을 테니까. 짐이 불철주야 근정하여 이 강산에 물 한 방울 새지 않는 칠통장벽을 누르게 된다면 저들은 제풀에 꺾여 시들해질 것이고,

망심(妄心)만 거둬들인다면 짐의 훌륭한 아우들로 남을 수 있지!"

옹정은 시종일관 진지하고 정중해 보였다. 듣는 연갱요로 하여금 온몸의 열혈이 들끓게 만들다가도 순식간에 빙점으로 떨어져 소롯해지게 만들었다. 윤사 일당을 당장 처치해 버릴 것 같다가도 '혈육'의 정을 유난히 중요하게 여기는 것 같은 면모를 보이는 것 같아 갈피를 잡을 수가 없었다. 연갱요는 곰곰이 생각해볼 겨를이 없었다. 다만 옹정이 자신을 심복으로 생각하지 않는다면 이런 말은 절대로 입밖에 내지 않을 거라는 확신은 섰다. 연갱요는 연신 대답했다.

"신이 밖에서 병사들을 거느리고 있는 한은 소인배들이 감히 설치지 못할 것이옵니다. 하오나 폐하께서 형제간의 정분을 강조하시니 신은 감히 뭐라 드릴 말씀이 없사옵니다. 부디 옥체보존하옵시고 신변을 보중(保重)하여 주시옵소서. 신의 필요성을 느끼시오면 8백리 긴급으로 불러 주시옵소서. 3일 안에 달려오겠사옵니다."

그러자 옹정이 활짝 웃었다.

"말만 들어도 든든하네. 그렇게까지 위태로운 일이야 있으랴만 짐은 자네도 최악의 경우를 항상 염두에 두고 있으라고 미리 일러두는 바이네. 북경성엔 큰 일이 일어날 수가 없지. 그 옛날에 여덟째와 열넷째가 안팎으로 호응하며 비린내를 풍겼어도 짐은 두려워하지 않았거늘! 자, 짐이 바래줄 테니 떠나지. 여긴 오래 서서 말할 수 있는 곳이 아니네."

옹정이 천천히 발걸음을 옮겼고 얼굴 가득 숙연한 표정을 한 연갱요가 그 뒤를 따랐다. 오봉루 밑에 있던 포수(砲手)가 어가가 움직이기 시작하자 대포 심지에 불을 달았다. 무거운 대포소리가 세 번 울리자 창음각 공봉들의 북소리가 들려왔다. 고무용 등 몇 십 명의 태감들이 노란 우산과 깃털로 만든 부채를 들고 황제와 대장군을 옹호하여 오문의 정문을 나섰다……

한편, 연갱요가 북경에서 돌아온 지 5일째 되던 날, 오사도는 서둘러 개봉으로 돌아왔다. 서서히 절름발이 막료의 내력을 알게 된 전문경은 속으로는 내키지 않았지만 어쩔 수 없이 예를 갖춰 깍듯이 모시는 수밖에 없었다. 매일 아문에 자리를 지키고 앉아 있는지 여부도 묻지 않았고 북경에서 돌아온 날 아침엔 사람을 시켜 50냥 짜리 대주족문(臺州足紋, 순은)을 가져다 바치기도 했다. 그런 전문경의 속마음을 알기나 하는지 오사도는 아문에 얼굴 비추는 날은 적고 성 곳곳의 명승고적을 돌아다니느라 여념이 없었다. 오늘은 상국사(相國寺)로 가서 향을 사르고, 내일은 용정(龍庭)을 둘러보고, 또 그 다음 날은 파양호(鄱楊湖)에 배를 띄우고 아스라이 높은 철탑에 올라 황하를 굽어보며 시를 읊고 가야금 줄이나 퉁기며 갈수록 자유로운 철새 같았다. 전문경의 세 막료는 이러는 오사도에게 은근히 이를 갈았고 여러 차례나 전문경의 의중을 떠보았으나 그때마다 전문경은 장화 신은 채 다리 긁는 격으로 어영부영 대답하기가 일쑤였다.

"어쩌겠나! 병신된 것만 해도 억울할 텐데 우리 성한 사람들이 양보하고 살아야지. 자네가 벌어들이는 돈이 적은 건 아니잖아? 이 일은 돈 액수 가지고 따지고 들 일이 아니라네."

전문경에게서도 속이 후련한 대답을 듣지 못한 이들은 화가 난 나머지 아문에도 나오지 않았다.

이곳 하남성으로 부임해 올 때 전문경은 이치를 정돈하여 새로운 면모를 만들어 보리라는 나름대로 큰 꿈을 안고 팔을 걷어붙이고 일에 착수했던 것이다. 그러나 명색이 순무로서 수중에 중권(重權)을 장악하고 입에 천헌(天憲)을 물고 있음에도 여전히 사사건건 제한을 받을 줄은 몰랐다. 조류씨 사건에 연루된 법사아문의 관원 스물 몇 명을 붙잡았고, 호기항과 차명 두 대원(大員)을 '비구니들과 간통하여 관전(官錢)을 팔아먹고 관사(官司)에 뇌물을 준' 혐의로 참핵안을 올렸었다. 당사자인 중과 비구니들에게서 모두 자백을 받아낸 상태임에도 이부에서는 "차명과 호기항의 탐묵불법 사실에 대한 실증이 부족하다"라고 부문(部文)을 내렸고, 형부에서는 "승민(僧民)들의 일면지사(一面之辭)는 경악을 불러일으키기에 충분하다. 일부러 자백을 강요하는 대신들을 혼란에 빠뜨리게 하여 진실을 덮어 감추려는 의도가 엿보이는 만큼 재수사가 불가피하다"라고 했다. 전문경은 위에서 내려보낸 이와 같은 부문(部門)을 보며 화가 동한 나머지 울고 싶어도 눈물이 나지 않았다.

그는 차명과 호기항더러 봉인(封印)하고 참핵 결과를 기다리게 했다. 위에서 당연히 혁직부문(革職部文)이 내려올 줄로만 알고 있었던 것이다. 혁직부문이 내려지는 대로 이들 음승음니(淫僧淫尼)들과 대질심문을 벌여 사건을 깔끔하게 매듭지을 예정이었던 것이다. 이제 차명과 호기항이 보란 듯이 배 내밀고 활개치며 다닐 테니 문제의 중과 비구니들을 어떻게 판결할 것인가? 주변을 둘러보니 오사도는 모든 일에 없는 듯 그림자조차 잡을 수 없고, 오봉각 등 세 막료들은 심통이 나 수수방관하고 있어 전문경은 철저히 고립무원의 경지에 빠진 느낌이 들었다. 그제야 전문경은 비로소 손바닥도 부딪쳐야 소리가 난다는 도리를 깨달을 수가 있었다!

공문결재처에서 밤새도록 고민하며 전문경은 밤을 하얗게 지새 웠다. 묘시(卯時)가 되어 순무아문의 집사들이 속속 나오기 시작 해서야 전문경은 애써 괴로움을 감추며 부하 축희귀를 시켜 포정 사아문과 안찰사아문으로 가서 호기항과 차명을 불러오게 했다. 축희귀가 대답과 함께 밖으로 나가려 할 때 문관이 관원 하나를 데리고 들어섰다. 키가 크고 깡마른 사내였다. 까무잡잡한 얼굴엔 관골이 불쑥 튀어나와 있었고 눈은 작은 편이었다. 머리엔 푸른 보석 정자가 드리워져 있어 3품 대원임을 한 눈에 알아볼 수 있었 다. 전문경은 눈에 익은 상대에 놀란 나머지 벌떡 일어섰다. 그는 다름 아닌 호광 포정사로 있는 고기탁이었던 것이다. 이 사람이 무슨 일로 언제 개봉에 온 것일까?

"왜 사람을 보고 그리 놀라오?"

고기탁이 소탈한 웃음을 지으며 읍했다.

"친구가 멀리서 찾아오니 이 아니 좋을씨구 라고 하지 않았소? 어느 핸가 그대가 십삼마마를 따라 호부에서 일하면서 국은(國 銀) 납부를 촉구하여 사천으로 내려왔을 때 나랑 알고 지내지 않 았소? 이제 봉강대리가 되더니 눈이 높아져 나 같은 사람은 알아 보지도 못하네!"

그러자 전문경이 맞인사를 하며 말했다.

"무슨 그런 말을 다 하고 그러오? 내가 어찌 감히 기탁 형을 못 알아보겠소? 너무 갑작스레 들이닥치니 놀랐을 뿐이지. 자네들 은 왜 미리 아뢰지 않았어? 오냐오냐했더니 갈수록 엉망이군!"

전문경이 부하들을 나무라자 고기탁이 웃으며 말했다.

"이 사람늘을 뭐라고 하진 마오. 아뢰러 들어가겠다는 걸 내가 일부러 붙잡았소. 난 중문을 열어 예포를 울리고 하는 것엔 아직 익숙해 있지 않소. 우리 사이에 꼭 그런 형식에 구애될 것도 없고 해서 말이요."

몇 마디 인사말이 오가고 나자 전문경은 또다시 울적해지고 말았다. 그는 무릎에 손을 올려놓고 긴긴 한숨을 토해냈다.

"초산(樵山, 고기탁의 호)형, 폐하의 부름을 받고 북경에 들어온 거지?"

그러자 고기탁이 편안하게 기지개를 켜고는 찻잔을 집어들며 웃는 얼굴로 말했다.

"그렇소. 이위한테 들렀다 오는 길인데, 폐하께서 자네들을 먼저 만나보라고 명하셔서 말이오."

그러자 전문경이 급히 자리에서 일어나 깊숙이 허리 굽혀 절을 했다.

"이 못난 사람을 먼저 찾아주다니 실로 황송해서 몸둘 바를 모르겠소!"

전문경이 태감 이홍승을 불러 말했다.

"가서 주방에 말해 주안상을 마련하도록 하게!"

"사실은……."

이홍승이 물러가자 고기탁이 부채를 부치며 말을 꺼냈다.

"폐하께선 준화(遵化)에 능(陵)을 만드시려는 모양이오. 흠천감(欽天監)에서 한 곳을 물색해 놓았다고 해서 작년에 내가 가봤소. 그 당시 내가 살펴보고 나서 지맥(地脈)이 끊겼고 겉보기엔 괜찮아도 밑에는 토기(土氣)가 너무 얇다고 했더니 별로 믿지 않는 눈치더니, 올 봄에 파보니 아니나다를까 7척 밑으론 전부 모래고 물이 마구 솟아오르더라는 거야. 이번엔 오 선생의 추천을 받고 준화로 폐하의 능 자리를 봐 드리러 오게 된 거요. 듣자니 오사도 선생은 벌써 하남성으로 돌아왔다는데, 얼굴 안 보여줄 거요? 한 번 보고 싶은데!"

그러자 전문경이 씁쓸한 웃음을 흘리며 한숨을 지었다.

"집에 붙어 있어야 말이지. 초산 형, 아무래도 내가 노는 물은 너무 얕아 오 선생 같은 거물을 키우기엔 역부족인 것 같소. 감히 내 맘대로 사람을 바꿀 수도 없고 명색이 순무라고는 하지만 꼴 우스울 때가 한두 번이 아니라오!"

그러자 고기탁이 씨익 웃으며 말했다.

"자네의 고충은 나도 알아. 그래서 폐하께서 나더러 자네를 찾아보라고 하셨을 거요. 내가 올린 밀주문에 자네를 찾아보라는 주비를 내려주셨고, 자네가 올렸던 상주문도 함께 보내주셨소."

전문경이 눈을 크게 떠 보이며 의혹에 찬 시선으로 고기탁을 바라보았다.

"이위는 자네보다 처지가 좀 나은 것 같았소. 국고를 환수하면서 자기 부하들을 꽤나 챙겼나 보더라고. 어얼싼이 거의 피골이 상접하여 강소성을 떠나면서도 아무리 눈에 쌍심지를 켜고 보아도 그 큰 성에서 국고에 빚이 남아 있는 주현(州縣) 하나조차도 찾아내지 못했다는 거 아니오."

고기탁이 곁눈질을 하더니 말을 이었다.

"사실 어얼싼이 오기에 앞서 이위는 벌써 폐하께 밀주문을 올려 강남의 국고환수 실태를 진실되게 주한 모양이야. 그는 먼저 자신이 설 자리를 공고히 해놓은 뒤에야 화모귀공을 비롯한 시책을 펴나갔던 거요. 그런데 자네는 하룻강아지 범 무서운 줄 모른다는 격으로 부임하자마자 자기 퇴로는 전혀 안중에도 없이 하남성의 관가를 들쑤셔 놓았으니 닭이 지붕 위로 날아오르고 개가 담을 넘는 진풍경이 벌어지지 않을 수가 있겠소? 그러나 폐하께선 자네의 이런 마구잡이식 추진력과 원혐(怨嫌)을 두려워하지 않는 성품을 높이 사시는 것 같았소. 그래서 자네가 어떤 어려움에 봉착해 있는지를 알아보라고 하시며 나를 보내신 거요."

순간 전문경의 눈빛이 반짝였다. 그는 다그치듯 물었다.

"방금 했던 말은 과연 폐하의 말씀이오, 아니면 초산 형의 추측이오?"

이에 고기탁이 정색하며 말했다.

"폐하께서도 고신(孤臣)이었고, 대신들과 잘 어울리지 않았던 외로운 시절이 있었소. 여덟째마마와 비교가 될 만큼 인망(人望)도 처졌었지……. 문경, 내가 어찌 감히 성유를 날조할 수 있겠소? 폐하의 말씀 그대로를 옮겨도 괜찮다는 폐하의 윤허가 안 계셨기에 난 그저 이 정도밖에 말할 수 없을 뿐이오."

전문경은 더 이상 캐물을 수는 없었지만 커다란 마음의 위로를 얻었다. 훈훈한 기운이 마음속의 살얼음을 사르르 녹이는 듯 따뜻한 감동이 밀려왔다. 눈물이 그렁그렁하여 고개를 숙이고 있던 전문경이 중얼거리듯 말했다.

"폐하께서 이 전문경의 마음을 읽어주시니 난 이제 힘들어 죽어도 여한은 없소. 곰곰이 생각해 보니 폐하께서도 난감하실 것 같소. 그러나 내가 이해할 수 없는 건 차명은 여덟째마마를 등에 업고 있으니 손보기가 그리 쉽지 않다고 하지만 연갱요 대장군은 또 무엇 때문에 호기항을 그리 감싸고드는지 모르겠소? 호기항 그 자식, 내 손에만 들어오는 날엔 그 죄명이 뤄민의 빰치게 많다는 걸 만천하에 공포할 텐데! 하나는 전량(錢糧)과 관리들의 인사를 담당하고, 하나는 법사(法司)를 관장하고 있는 이 둘을 겪어놓지 못하는 날엔 내가 하남성에서 대체 뭘 할 수 있겠소? 명색이 순무이지 빛좋은 개살구 아니오? 설상가상으로 오사도라는 어르신은 자리나 꿰차고 앉아 일은 뒷전이고 돈밖에 모르니 정말 이러지도 저러지도 못하고 골칫거리요! 아문의 다른 막료들보다 턱없이 많은 돈을 받으면서도 하는 일은 없으니 막료들이 눈꼴이 시어 일 못하겠다며 저마다 시들해 있질 않나, 내가 스스로 불러들인 사람이라면 진작에 내 입맛에 안 맞으니 짐 싸들고 나가라고 내쫓았을 거요!"

"중승 어른, 과연 그런 날이 온다면 난 여태 이곳에서 받았던 돈을 한 푼도 빠짐없이 다 내놓고 갈 거요!"

뒤에서 들려온 오사도의 목소리였다. 전문경과 고기탁은 오사도가 어느새 등뒤에 와 있다는 느낌은 전혀 모르고 있었던 것이다. 불에 덴 듯 흠칫 놀라며 전문경이 고개를 돌려보니 지팡이에 몸을 실은 오사도가 문 옆에 서 있었다. 순간 전문경의 얼굴이 귀밑까지 붉어졌다. 심한 낭패감에 사로잡힌 듯 그는 잠시 할 말을 잃었다. 난감하기는 고기탁도 마찬가지였다. 그러나 눈치빠르고 약삭빠른 그는 급히 다가와 오사도를 부축하여 자리에 앉히고는 웃으며 말했다.

"호랑이도 자기 말을 하면 나타난다더니, 오 선생 귀가 몹시도 가려웠나 봐요! 전 중승이 막 오 선생 흉을 질펀하게 보려던 참인데, 좀 있다 나까지 합세하여 신나게 입방아를 찧을 때 으흠! 하며 나타나시지 그랬어요! 난 이위한테서 오는 길인데, 이위가 오 선생 안부를 물었어요. 취아가 오 선생의 두 부인과 사이좋게 지내고 있으니 다른 걱정은 마시라고 신신당부하더군요. 전 중승도 워낙 힘이 들다 보니 불평불만을 좀 토해낸 것뿐이니 기분 나쁘게 생각하실 건 없어요. 세상천지에 그 많은 사람을 만나고 다녀도 진정한 지기가 몇이나 되겠습니까?"

"나도 진심에서 우러나온 말을 했을 뿐이오."

오사도가 전혀 화난 기색없이 진지하게 말했다.

"돈만 챙기고 하는 일은 없으니 내가 봤을 때도 난 분명 훌륭한 막료라고 할 수 없는 사람이오."

이 같이 고백하는 오사도의 눈빛이 우울해 보였다. 지팡이 소리를 내며 몇 발짝 떼어놓던 오사도가 천천히 말을 이었다.

"고기탁, 자네는 알고 있겠지만 난 사실 당금폐하와는 친구 사이오. 십 몇 년 동안 옹친왕부에서 조석으로 참찬(參贊)을 해왔고, 폐하께서 등극하시고 날더러 상서방에 들어오라는 명령도 내리셨을 정도로 폐하의 인정을 받아왔소. 나라는 사람의 실체는 이러하오. 초산(고기탁의 호), 자네는 이위가 현령으로 있을 때 막료로 일해온 이위의 친구잖소. 그러니 내 말의 진실 여부는 증명해줄 수 있지 않겠소?"

오사도가 뭔가 든든한 배경은 있는 인물이라는 것쯤으로만 알고 있었던 전문경은 옹정황제와 친구 사이라는 오사도의 고백에 그만 사색이 되고 말았다. 언젠가 옹정이 친히 "오 선생의 안부를 묻는다"던 깊은 말뜻을 이제야 알 것 같았다! 고기탁이 자리에서 일어나 오사도를 향해 허리를 깊숙이 숙이고는 아직도 경악에서 헤어나지 못한 듯 멍한 표정의 전문경에게 말했다.

"오 선생의 말씀이 구구절절 모두 사실이오. 폐하께서는 옹친왕 시절에 스승에 대한 예의로 오 선생을 깍듯이 모셨고, 이위도 오 선생님을 만나면 길게 엎드려 절할 정도라오. 폐하의 성총을 한 몸에 받는 넷째패륵(홍력)께서도 오 선생을 '세백(世伯, 아버지의 친구로 아버지보다 연장자에 대한 존칭)'이라 부른다오……."

그러자 오사도가 급히 손사래를 쳐 고기탁의 말을 자르며 담담하게 입을 열었다.

"내가 폐하로부터 사례(師禮)를 받았다고 했는데, 그건 아니오. 내가 어찌 감히 제사(帝師)라고 할 수 있겠소. 문경 이 친구가 하도 날 싫어하니 어쩔 수 없이 이런 말을 내비치게 됐는데, 하고 나니 내 자신이 참으로 가볍게 여겨지오. '대은(大隱)은 조정(朝廷)에, 중은(中隱)은 시정(市井)에, 소은(小隱)은 초야(草野)에'라는 말이 있소. 당시 북경을 떠나올 때 폐하께서는 '자네가 대은을 피해가지만 짐은 결코 소은도 허락하지 않을 거네'라고 하셨던 기억이 나오. 내가 대은도 소은도 아닌 중은지(中隱地)로 이곳을 선택하게 됨으로써 문경 자네는 사실 폐하를 대신하여 날 거둬주는 거나 마찬가지요. 이제 무슨 말인지 알겠소? 결국 난 자네한테 '은거'해 있는 사람이거늘 어찌 다른 막료들처럼 명(名)과 이(利)를 쫓아다닐 수가 있겠소?"

눈길을 천장에 박은 오사도는 감개가 무량한 것 같았다.

"사실 모든 일은 적당히 한다는 것이 가장 어려운 법이오. 공자 말씀에 '중용이 미덕[中庸之爲德也]'이라 했소. 이보게, 문경 어른! 내가 자나깨나 고향생각에 그 얼마나 가슴 절절한지 아오? 고향 무석(無錫)의 그 산, 그 물, 그 매화꽃, 그 눈밭…… 난 잊을 수가 없소. 허나 몸은 내 몸이나 내 맘대로 할 수 없고, 자네 역시 자네 맘대로 할 수 없는 처지 아니겠소……."

점점 상심에 젖은 듯 촉촉해지던 오사도의 눈가에 이느덧 두 줄기의 눈물이 주르륵 볼을 타고 흘러내렸다.

"오 선생, 몰라서 잘못을 저지른 자는 죄를 묻지 않는다[不知者
不爲罪]고 했소. 나의 무례를 한 번만 용서해 주시오."

오사도의 진정어린 고백에 적이 감동받은 전문경이 말했다.

"폐하께서 국사(國士)로 대접해 주시는 분을 내가 천덕꾸러기
'막료' 취급을 해 왔으니 정말 황송하여 드릴 말씀이 없습니다.
다만 저의 어려운 처지도 보셔서 아실 겁니다. 맹세코 작심하고
그랬던 건 아니었습니다."

전문경이 고개를 푹 떨구며 손으로 듬성듬성한 머리카락을 움
켜쥐어 쓸어내렸다. 그리고는 깊고 깊은 한숨을 토해내며 그동안
감춰왔던 속마음을 털어놓으려 했다. 바로 이때 축희귀가 들어섰
다. 그러자 표정을 바꾸며 전문경이 다그쳐 물었다.

"그래, 호기항과 차명 어른은 만나봤어?"

이에 축희귀가 세 사람을 향해 예를 표하며 웃음 띤 얼굴을 보이
며 아뢰었다.

"두 분 어른께서는 아문에 안 계셨습니다. 연 대장군께서 우리
하남성 경내의 정주(鄭州)를 경유한다고 하여 어제 벌써 청안올
리러 떠났다 합니다."

전문경이 놀란 표정을 지었다. 연갱요가 정주를 지나간다는 사
실은 열흘 전 예부에서 내려보낸 자문(咨文)을 보아 알고 있던
전문경이었다. 자문에는 연갱요가 경유하는 각 성의 관원들은 공
작례(公爵禮)를 올려 입경출경(入境出境)을 영송(迎送)하라고
했다. 워낙 연갱요와의 사이가 껄끄러웠던 전문경은 이래저래 심
사가 불편하여 이 사실을 정주 지부에게 알리고 자신은 건강상
이유를 들어 환영행사에 참석할 수없음을 통보한 상태였다. 오늘
호기항과 차명을 부르려 한 것도 바로 연갱요의 환영행사 때문이

었다. 두 사람을 대신 연갱요에게로 보내 청안올리게 하려던 참이었는데, 자신에게는 간다온다 말도 없이 가버렸다는 것이 전문경의 심기를 다치게 했던 것이다!

"알아서들 척척 해주니 잘 됐네, 뭐! 원래 하남성이라는 곳은 제멋대로 자기가 잘난 멋에 사는 동네니까. 우리끼리 거하게 한잔 마시자고! 난 연 대장군에게 일부러 미운 털 박힐 필요도 없지만 그 사람을 주인으로 모시고 싶은 생각은 없소!"

전문경이 마른 웃음을 토해내며 이 같이 말했다. 사실 그는 순간적으로 오사도라는 든든한 배경을 밀어내지 못해 안달을 했던 자신의 어리석음을 자책했다! 오사도의 도움을 받을 수 있는 일이 한두 가지가 아닐 것 같았다. 방금 전까지 똥 밟은 것 같았던 기분이 말끔히 사라지는 것 같았다. 그는 얼굴에 홍조까지 띠우며 흥분하여 연신 주안상을 재촉하며 고기탁과 오사도를 안으로 안내했다.

"초산 형, 이쪽으로 가시죠! 온 김에 며칠 더 머무르면서 내가 조류씨 사건을 깨끗이 파헤치는 걸 보고 가세요. 풍수지리에 능하시다고 하니까 우리 아문이 제대로 앉았나도 봐주시고……. 아무튼 이곳으로 부임해 오고 나서 하루도 맘 편한 날이 없었으니까, 대체 우리 아문이 어느 조상님 터전을 다쳐 놓았나 봐 주세요. 오 선생님도 어서 오시죠! 오늘 여태 건방지게 굴었던 점 진심으로 사죄하는 뜻에서 술을 따라 올리겠습니다. 워낙 아량이 넓으신 분이니 술 한 잔에 모든 걸 꿀꺽 넘겨버리실 수 있을 줄 믿습니다!"

"그대의 마음 충분히 알 것 같소. 그러니 사죄라는 말은 하지 마오."

오사도가 미소를 지었다.

"난 워낙 주량이 약해 술을 마시지 못하니 전 어른의 술은 마신 걸로 하겠소. 오봉각 등이 곧 올 텐데 그네들과 얼굴 마주하고 싶은 마음도 없고 여긴 고기탁이 술동무로는 끝내줄 테니 난 내 서재로 들어가야겠소."

말을 마친 오사도는 곧 지팡이를 짚고 일어섰다. 그러자 전문경이 급히 앞을 막고 나섰다.

"그럼 오봉각 등은 안 부르면 될 거 아니에요. 우리 셋이서 한잔 하고 싶어 그러는데, 기탁의 풍수학문이나 들어가면서 말이에요. 꽤나 풍아(風雅)스러운 일일 것 같은데요!"

그러자 고기탁도 다가와 오사도의 지팡이를 빼앗으며 익살스럽게 웃으며 말했다.

"사천성 성도(成都)에서 오 선생을 처음 만났을 그 당시만 해도 이위는 얼간이 현령이었고 전 엉터리 막료였죠! 오 선생의 부탁을 받고 북경으로 서신을 전하러 가는데, 이위의 천리마를 타고 닷새 동안에 3천리를 달렸던 기억이 나네요! 다른 건 몰라도 그 옛날의 홍안사자(鴻雁使者)가 오랜만에 만나 술 한 잔 따르겠다는데 마다하시면 안 되죠. 다른 사람 하나도 부르지 말고 우리끼리 가슴 터놓고…… 어떻습니까? 북경에 가서 폐하와 이친왕께서 오 선생의 근황을 물어오실 텐데 할 말이 궁해지면 큰일 아니에요?"

두 사람은 겨우 오사도를 설득하여 자리에 눌러 앉혔다.

한편 차명과 호기항은 전문경을 쏙 빼놓고 연갱요를 만나기 위해 정주로 왔다. 오는 길 내내 이를 박박 갈며 연갱요 앞에서 전문경을 제대로 성토하여 연갱요의 칼을 빌어 이 재수없는 순무를 엉덩이 걷어차 쫓아내리라 작심했던 두 사람은 그러나 곧 실망하고 말았다. 연갱요의 명성에 걸맞게 치성을 들이러 온 내로라 하는 사람들이 너무 많아 도무지 연갱요를 독대할 수 있는 시간이 차려질 가망이 보이지 않았던 것이다. 본성(本省) 순무 전문경은 오지도 않았는데, 부근의 섬서성, 산서성, 산동성, 안휘성의 순무들이 한 자리에 모여 있었다. 감숙성 순무는 그 멀고도 험난한 길에 두 아들을 파견하여 연갱요를 맞이하게 하는 눈물겨운 지극정성을 보이기도 했다. 이러한 자리에 정작 당사자인 하남성 순무 전문경의 부재는 더욱 두드러질 수밖에 없었다. 연갱요의 옆에는 그림자처럼 따라 다니는 류묵림이 있어 차명과 호기항이 흉금을 털어놓을 기회를 찾는다는 건 여간 어려운 일이 아니었다. 두 사람은 거의 망상을 포기한 상태였다. 그러던 음력 6월 2일, 이 날은 연갱요가 정주를 떠나는 날이었는데 뜻밖에도 중군 교위 하나가 호, 차 두 사람을 찾아오더니 연갱요의 명자(名刺)를 보내와 연 대장군이 보자고 했다는 것이었다. 대나무로 정교하게 깎아 만든 명자는 기왓장보다 곱절은 더 길어 보였고, 반들반들하게 다듬어 있어 자칫 손에서 놓칠 것 같았다. 거기엔 이렇게 적혀 있었다.

一等公, 奉詔西征撫遠大將軍年 頓首拜

묵직한 것이 한 근은 족히 될 것 같았다. 몇 번을 사용했는지는 모르지만 상대로 하여금 부담을 느끼게 하기에 충분한 그런 명자였다.

"대장군께 아뢰시오. 명자는 감히 받을 수 없다고 말이오."
차명이 급히 웃으며 명자를 돌려주며 말했다.

"옷을 갈아입고 즉각 배알하도록 하겠소."

말을 마친 차명은 곧 백 냥 짜리 은표를 그 군교에게 건네주었다.

"얼마 안 되지만 심심할 때 술 한잔 하시라고 드리는 것이니 부디 받아 두셨으면 하오."

군교는 이게 웬 횡재냐는 듯 냉큼 돈을 받아들고 갔다.

호기항과 차명은 부랴부랴 관복으로 갈아입고 수본(手本, 신분증)을 챙겨들고 수레에 앉아 성황묘에 있는 연갱요의 행원으로 향했다. 멀리 보이는 널찍한 성황묘 입구에는 갖가지 관교(官轎), 양교(亮轎), 타교(馱轎)들이 반 리 길도 더 되게 즐비하게 늘어서 있었다. 접견을 기다리는 관원들과 수행들이 성황묘 밖의 버드나무 가로수 밑에 들어앉아 수박을 쪼개 먹고 부채를 부치며 이야기판을 벌이는 것이 자기 차례를 기다리고 있는 게 분명했다. 순간 호기항과 차명은 서로를 마주보며 어깨를 축 늘어뜨리고 말았다. 이렇게 많은 사람들이 먼저 줄을 서 있는데, 언제 차례를 기다린단 말인가? 어디 비비고 들어앉을 자리도 없이 낙담하여 두리번거리고 있을 때 방금 들어갔던 군교가 멀리서 손짓하여 불렀다.

"두 분 어른, 연 대장군께서 부르시오!"

순간, 먼저 온 사람들이 술렁대며 부러움과 의혹에 찬 시선을 던졌다. 호기항과 차명은 다시 어깨에 잔뜩 힘을 넣어 거들먹거리며 안으로 들어갔다.

"언제 한 번 자네들을 만나보려고 했었네."

서쪽 배전(配殿) 앞의 처마 밑에 희색이 만면하여 서 있던 연갱요가 수본을 건네고 청안올리는 두 사람을 일으켜 세우며 말했다.

"호기항 자네, 나랑 이리 서먹서먹하게 굴 건 뭐 있나! 안 그래도 어째 이곳 주인이 안 보인다 싶어 궁금했었는데 정주 지부가 그러더라구, 전 중승은 몸이 안 좋아 못 나왔다고. 우리 둘은 참 인연도 기막히게 안 닿지. 내가 북경에 들어가면 그는 '바빠서' 못 오고, 내가 찾아오면 또 '아파서' 꼼짝 못하고 하니 말이오. 자, 어서 안으로 들어가지!"

연갱요의 말속엔 서슬푸른 비수가 번뜩였지만 말투는 대단히 다정해 보였다. 날씨가 더운 탓인지 그는 자줏빛 얇은 두루마기만 입고 있었다. 허리엔 검은 띠를 질끈 동여매고 흰 머리채는 정수리에 얹혀 있었다.

아직은 연갱요와 서먹서먹한 사이인 차명은 조심스레 두 사람의 뒤를 따랐다. 안으로 들어와 보니 길고 큰 책상 옆에 늙고 젊은 두 관원이 앉아 있었다. 하나는 예순 살 정도 되어 보이는 백발이 성성한 노인이었고, 하나는 서른 살도 되나마나해 보이는 젊은이였다. 창문 쪽에서 책 한 권을 무릎에 올려놓고 앉아있는 젊은이는 점잖고 세련돼 보였다. 노인을 알아본 호기항이 얼른 다가가 청안 올리며 말했다.

"오랜만입니다, 상 군문! 대장군께서 개선하여 북경에 들어오셨을 때 반드시 동행하셨을 줄 알고 목 빼들고 찾아 봤지만 끝까지 모습이 안 보이시더니 이렇게 나타나실 줄은 몰랐습니다. 이럴 줄 알았더라면 상 군문 드리려고 준비해 뒀던 산삼 두 근도 챙겨오는 건데……"

차명이 한 쪽에 물러선 채 어리둥절해 있는 모습을 본 연갱요가 웃으며 말했다.

"내가 잠깐 소개하지. 이 사람은 상성정(桑成鼎)이라고, 우리 중군의 참장이네. 개인적으로는 내가 소싯적에 같은 젖을 빨고

자란 사이라오. 여기 이 점잖게 생긴 친구는 알 만한 사람은 다 알지. 이번에 새로 서정군량도(西征軍糧道)로 부임해 온 류묵림이오. 옹정황제께서 즉위하셔서 처음 치른 은과 시험의 탐화랑(探花郎)이라는 거 아니오. 그리고 이쪽은 하남성 포정사로 있는 호기항이라고 하오. 상성정, 자네 기억나지? 내가 과거보러 간다고 떠났다가 호가만(胡家灣)에서 병들어 누웠을 때 어떤 호씨 성을 가진 어르신이 날 구해줬잖아. 바로 그 아드님이야! 그리고 이 친구는 차명이라고, 하남성의 번대(藩臺)로 있는데, 왕홍서가 아끼는 고족(高足)이기도 하지!"

소개를 받은 네 사람은 서로 인사하며 알은체를 했다. 차명이 왕홍서의 문생이면 틀림없는 '여덟째당'이라는 생각에 류묵림은 기분이 잡쳤으나 모르는 척 잠자코 있더니 공수하며 말했다.

"두 분 어른께서 모두 굉장한 선배님이신데, 이렇게 뵙게 돼서 영광입니다!"

그러자 차명이 황송하다는 듯이 미소를 지었다.

"선배는 무슨, 이젠 이 빠진 사발인 걸!"

이같이 말하며 류묵림이 책상 위에 올려놓은 책을 힐끗 곁눈질로 본 차명이 말을 이었다.

"서준의 시집을 읽고 계시는 걸 보니 역시 풍아스러운 멋이 있는 사람은 다르네. 서 어른의 시는 독보적인 취향을 선보이고 있어 인기라오. 나도 한 권 소장하고 있는데, 주인 잘못 만나 여태 먼지 뒤집어 쓴 채 있다오."

그러자 류묵림이 웃으며 말했다.

"좋은 시임엔 틀림없어요. 시는 지조를 말하고 노래는 말을 전한다고 했는데, 우리 조대(祖代)에 〈우산시화(愚山詩話)〉, 〈어양시

화(漁洋詩話)〉등 유명한 시집이 탄생했듯이 얼마 뒤에는 나도
〈묵림시담(默林詩談)〉이라는 걸 끄적거려 낼지 누가 압니까? 그
래서 열심히 공부하고 있는 중입니다!"

세 마디 안짝에 본업을 알 수 있다더니, 둘은 문학에 대한 말이
나오자 시간가는 줄 몰랐다. 연갱요는 시원한 수박을 사람들에게
나눠주며 웃는 얼굴로 말했다.

"우산(愚山) 선생께서는 어양시(漁洋詩)를 손가락으로 톡 퉁
기기만 하면 나타나는 선인(仙人)의 오채루각(五彩樓閣) 같다고
하셨소. 시를 만드는 건 마치 집을 짓는 것과 같아 기와며 벽돌,
목재, 돌 모든 것이 다 준비되어야만 필을 들 수가 있다고 하셨지.
한 번 우연히 우산 선생을 뵐 기회가 있었는데, 그때는 너무 어렸
을 때라 이 말의 뜻을 구체적으로 여쭤볼 생각조차 안 했던 것
같소."

이에 류묵림이 담담한 어투로 말했다.

"선종(禪宗)의 돈오점오(頓悟漸悟)랑 의미가 비슷하지 않을까
요."

연갱요가 미소를 머금고 머리를 끄덕였다. 그리고는 호기항을
향해 고개를 돌렸다.

"자네 집안 얘기 좀 들어보자고. 듣자니 하남성의 아문 삼사(三
司)가 삐걱댄다는 것 같던데, 대체 어찌된 일인가? 물론 내가 간섭
할 바는 아니지만 폐하께서 누누이 '관풍(觀風)'을 지시하셔서 말
이오. 앞으로 주비가 내려오면 마땅히 여쭐 말이 없어서도 곤란할
것 같아서 그러는데, 자네들끼리 얘기 나눠보게. 난 들은 대로만
주장을 올리면 되니까."

자기네들이 연갱요를 찾은 목적을 달성하게 된 호기항과 차명

의 두 눈은 보물을 발견한 것처럼 빛났다. 연 대장군의 힘을 빌어 전문경의 기를 꺾어놓거나 당금에게 밀주하여 머리 위를 무겁게 누르고 있는 바위를 물리치는 것이 이들의 속셈이었다. 그러나 아직은 그 내력을 확실히 알 수 없는 류묵림의 존재가 부담스러운 호기항은 입을 실룩거리며 차명을 바라보았다. 강희 42년에 진사에 합격하여 환해(宦海)에서 수십 년간 부침을 거듭해오며 매끄럽기가 미꾸라지를 능가하는 차명이 의자에 앉은 채로 몸을 앞으로 숙이며 웃는 얼굴로 말했다.

"안찰사인 자네가 먼저 말해 보오. 빠뜨린 게 있으면 내가 보충할 테니."

호기항은 그제야 용기를 내어 전문경이 부임하여 오면서부터 어떻게 독단전횡하여 동료들을 기멸(欺蔑)했고, 어찌어찌 관원들의 목을 졸라 하공 경비를 충당하도록 했으며, 조류씨의 사건을 처리합네 하고 숱한 관원들을 억울하게 연루시켰으며, 평소에 자기 눈밖에 나 있던 법사와 번사를 곤경에 빠뜨리게 했다는 등 끝없이 떠들어댔다. 입가에 허연 거품까지 물고 호기항은 사방으로 침을 퉁겼다.

"저희 하남성에는 전문경의 잣대로 재단하면 장구 빼고는 쓸 만한 관리 하나도 없습니다! 장구는 어떤 인물인지 아십니까? 산동성에서 악명높은 양아치 새끼였습니다. 오죽하면 '장고쟁이'라는 별명까지 붙었겠습니까? 남의 등만 처먹고 돌아가다 운좋게 큰황자마마를 만나 신세 고쳐놓고는 큰황자마마가 실각되자 의리라곤 눈곱만큼도 없는 자식이 기다렸다는 듯이 염친왕에게 찰싹 붙어 돌아가는 거 있죠? 그러더니 이젠 여덟째마마라는 사다리도 위태로워 보이니 장 중당의 문생이자 십삼마마와 가까운 전문경한테 추파를 던지는 게 아니겠습니까? 하기야 그런 쓰레기 같은 물건을 전문경 같은 사람이나 거둬들이지 누가 왼눈으로나 쳐다보겠습니까! 하공 경비가 부족하여 전문경이 '낙수(落輸)'를 제창하고 나섰을 때 그 건의를 가장 먼저 떠받들어 은 수십만 냥을 선뜻 내놓은 자가 장구이고 보면 둘 사이는 죽이 잘 맞아 돌아가게 생겼죠. 아무튼 장구가 내놓은 돈도 당당하게 출처를 밝힐 수 있는 깨끗한 돈은 아닐 테니깐요. 저한테 근거가 있습니다. 안 그래도 걱정스러운지 전문경이 장부를 내놓으라고 윽박지르는 걸 제가 때가 되면 내놓지 말라고 해도 내놓는다고 했습니다!"

갈수록 흥분하는 듯 호기항의 목엔 핏줄이 굵게 부어 올랐고 얼굴도 삶은 돼지간을 방불케 했다.

"막료들도 하나둘씩 떠나버리고 이젠 완전히 독부(獨夫)가 되고 말았습니다. 막료들이 몰래 저를 찾아와 말하길, 자기네 주인이 미쳐버렸다고 합니다. 차명, 내 말 손톱만큼이라도 거짓이나 과장된 게 있소?"

"호 어른께서 방금 얘기한 사실에 대해 저는 직접 두 눈으로 보았거나 전해 들었습니다."

차명은 차후에 자신에게 책임이 돌아올 것을 우려하여 확실한 증거가 있는 부분만 인정하고 나머지는 전해 들었다는 식으로 탈출구를 마련해 놓았다. 이어 그는 정색하며 말했다.

"제가 걱정스러운 건 스무 명도 넘는 법사아문의 관원들이 아직 순무아문에 갇혀 있다는 겁니다! 조류씨의 아들이 실종되었다기에 법사아문에서 사람들을 파견하여 진상조사를 내려보냈는데, 그네들을 전문경이 전부 붙잡아 들였다는 게 말이나 됩니까? 그래 놓고는 방귀 뀐 놈이 성낸다고 이유없이 호 어른과 저의 직무를 박탈하겠다고 하니 나 참, 어이가 없어서!"

이 같이 말하고 난 차명은 몸을 뒤로 젖히더니 의자 등받이에 기대어 더 이상 입을 열지 않았다. 그러자 이번에는 류묵림이 고개를 갸웃하며 말했다.

"나는 전문경에 대해선 잘 모르지만 모든 것이 사실이라면 놀라운 일이 아닐 수 없소. 비록 정도로 관가에 들어온 관리는 아니지만 먹물깨나 먹은 사람이 어찌 그리 경거망동할 수가 있단 말이오? 대체 그 사람은 뭘 노리고 이런 행동을 서슴지 않는 거지?"

"전문경은 충분히 그러고도 남을 인물이오!"

차명이 입술에 힘을 주어가며 말했다.

"자루를 벌려 놓았으니, 돈을 가져다 넣으라는 뜻이겠지. 아니면 전성의 관원들을 하나같이 괴롭힐 이유가 어딨겠소! 돈독이 올라도 한참 올랐지!"

그러자 호기항이 차갑게 한마디 내던졌다.

"내가 보기엔 돈독이 아니라 '관독(官毒)'이 오른 것 같소."

호기항의 말에 사람들이 와! 하고 크게 웃었다. 내내 숙연히 듣고만 있던 상성정도 소리없이 웃고 말았다. 연갱요 또한 줄곧 이들의 말에 귀를 기울였다. 이번에 옹정에게서 전문경을 치하하는 말을 자주 들었고, 이친왕을 통해 오사도가 전문경의 막료로 있다는 사실도 알게 되었기 때문이다. 전문경의 영향력을 고려하지 않을 수 없었다. 호기항과 차명이 아무리 분통을 터뜨린다고 해도 공공연히 전문경과 얼굴을 붉힐 건 없다고 연갱요는 나름대로 생각했다. 사람들을 따라 웃으며 자리에서 일어난 연갱요가 천천히 거닐며 느릿느릿 입을 열었다.

"때려 죽일 놈이라고 욕해도 좋고 다 좋은데 누구나 장단점은 있는 법이지. 방금 자네들이 주먹을 휘둘렀던 부분이 그 사람의 단점이라면 매사에 진실로 승부를 거는 모습은 대단히 소중한 장점이라고 할 수 있겠소. 방금 두 사람이 말한 내용을 자세히 듣고 보니 상당 부분은 그 사람도 누군가 나쁜 마음을 품은 자에게 놀아난 것 같소. 이번에 내가 호기항을 다른 곳으로 보내주십사 하는 뜻을 주었더니 폐하께서 흔쾌히 받아주셨소. 이부에서 내선을 통해 전해들은 바에 의하면 차 어른도 이제 곧 하남성을 떠나게 될 거라고 했소. 어차피 전 중승과 어색하게 지낼 바에는 떠나는 것도 좋겠어. 그러니 굳이 전문경을 쓰러뜨리려 할 필요도 없고, 솔직히 쓰러뜨릴 수도 없어. 아무튼 자네들의 뜻을 내가 폐하께 주할 것이니 성명하신 폐하께서 결재를 내리실 때까지 지켜보자고, 알겠소?"

연갱요의 말이 떨어지기 바쁘게 호기항이 황송하여 어쩔 줄 몰라했다.

"대장군의 깊고 크신 은혜에 어찌 감사의 말씀 올려야 할지 모르겠습니다! 솔직히 전 하남성에서 하루도 살고 싶지 않습니다. 일각이 삼추 같습니다. 외람됩니다만 저희는 이제 어디로 가게 됩니까?"

"차 어른은 호광(湖廣)으로 수평이동할 것이고, 자네는 이변이 없으면 사천 순무로 가게 될 거네. 아직 확정된 건 아니니 폐하의 지의를 기다려 봐야 할 거네."

차명은 호기항과 평소에 의견 차이를 많이 보여 그리 가까운 사이는 아니었다. 다만 전문경에 대한 반란에 있어서는 동지였기에 같이 붙어 다녔을 뿐이었다. 호기항은 천부지국(天府之國)이라 불리는 사천성의 순무로 거명되는 반면, 자신은 올라가지도 못하고 내려가지도 않은 채 그대로 짐 싸들고 호북성으로 쫓겨가다시피 한다는 생각에 차명은 대단히 씁쓸하고 언짢았다. 그러나 애써 내색하지 않고 의자에서 몸을 약간 떼며 냉정하게 말했다.

"아무쪼록 대장군께서 잘 봐주신 덕분입니다! 하남성을 떠나는 건 천만 번을 꿈꿔 오던 일입니다. 다만 완석(頑石)은 갈라지는 한이 있어도 구겨질 순 없지 않습니까. 저는 굴욕을 참고 견디는 성격이 못 됩니다. 그 당시 조류씨를 붙잡아 오라는 명령을 법사아문에 내린 사람은 호기항 어른입니다. 그로 인해 법사아문의 관원들이 스무 명이나 잡혀 있는 초유의 사태를 초래했습니다. 이 일에서 저는 굴레를 벗고 싶습니다. 대장군님과 호 어른 두 분께서 알아서 처리하셨으면 합니다!"

느닷없이 튀어나온 차명의 이런 말에 연갱요가 흠칫 하며 놀랐다. 잠시 어리벙벙해 있던 연갱요가 말했다.

"그거야 당연하지! 내가 당장 전문경더러 사람을 풀어주라고 할거네!"

말을 마친 연갱요는 곧 종이를 펴놓고 붓을 날렸다. 숨돌릴 새도 없이 몇 줄 적어 상성정에게 넘겨주며 인감을 찍으라고 명했다.

류묵림이 웃으며 그 종잇장을 받아보니 이같이 적혀 있었다.

대장군 연갱요가 하남순무 전문경에게 보내는 자문(咨文):
조류씨 사건으로 인해 법사아문의 관원들을 대거 연행하였다는 말을 듣고 그대의 무모한 행동에 심히 놀랐소. 즉각 사람을 석방시키길 바라마지 않소. 법에 따라 처리하는 것만이 현명한 처사요. 명령에 따라주길 바라오!

"대장군님 명필이시네요!"

류묵림이 야릇한 표정으로 웃었다.

"다만 군령으로 민정에 간섭하는 건 적절하지 못한 것 같은데요?"

"상관없어."

연갱요가 그러는 류묵림을 은근히 째려보며 목소리를 내리깔았다.

"난 무려 11개 성의 군정을 통괄하는 대장군이오. 하남성 순무는 군무(軍務)까지 겸하고 있으니 따지고 보면 나의 휘하에 있는 거나 마찬가지야. 상성정, 인감 찍어 호기항에게 들려 보내게."

말을 마친 연갱요는 다시 한 번 류묵림을 매섭게 쓸어보았다. 내가 콩을 팥이라고 우겨도 넌 따르는 수밖에 없다는 식이었다. 네가 감히 나를? 바로 그것이었다.

류묵림은 전혀 개의치 않는 듯한 표정으로 부채를 부쳤다. 그러는 류묵림을 다시금 힐끗 쳐다보며 연갱요는 순간적으로 옹정이 신신당부했던 말이 번개처럼 뇌리를 스쳤다.

"군무에만 전력하고 다른 일엔 간섭하지 않는 게 좋겠네."

옹정은 분명히 이렇게 말했었다. 이 말 속에 들어 있는 깊은 뜻을 그제야 헤아린 연갱요의 마음속엔 섬뜩한 불안이 스쳐갔다.

44. 형을 집행하라!

　연갱요의 친필 수유(手諭)를 받아 챙긴 차명과 호기항은 득의
양양하여 전문경을 찾았다. 발 한 번 구르면 11개 성이 뒤흔들릴
정도로 연갱요는 여일중천(如日中天)의 위력을 과시하고 있거늘
전문경이 아니라 북경의 웬만한 왕공귀척(王公貴戚)들도 감히 연
갱요 앞에서 허리를 곧게 펴고 앉을 수가 없다고 생각한 두 사람이
었다. 전문경이 법사아문의 관원들을 석방시킴과 동시에 조류씨
사건은 또다시 미궁 속으로 빠질 게 틀림없었다. 요리하려 해도
간이 배어들지 않을 정도로 틈새를 보이지 않는 막무가내 전문경
이라 한 방에 쓰러뜨릴 순 없다지만 법사아문의 관원들만 풀려나
는 날엔 하남성에서 전문경의 입지는 갈수록 좁아질 것이다. 흥분
에 젖어 정주 성황묘를 나선 두 사람은 수레도 마다하고 밤새워
말을 달려 개봉으로 돌아왔다. 얼마나 정신없이 달렸는지 계명성
(啓明星)이 떠오를 무렵이 되자 벌써 상국사 서쪽에 위치한 포정

사아문에 도착할 수가 있었다.

호기항은 먼저 법사아문으로 들어가지 않고 차명의 번대아문에서 기다렸다가 둘이서 같이 전문경을 만나 연갱요의 수유를 제시하며 사람을 석방시킬 것을 요구하기로 했다. 그러나 엉덩이를 붙여 의자가 따뜻해지기도 전에 차명의 아문에서 전량을 전담하고 있는 막료 만조명(萬祖銘)이 뛰쳐 들어오듯 하며 미처 인사하는 것도 잊은 채 발을 동동 굴렀다.

"차 어른, 조금만 일찍오시지 그랬어요. 한 발 늦었어요!"

따뜻한 물에 발을 담그고 눈을 지그시 감은 채 발을 비비고 있던 차명이 눈을 번쩍 뜨며 호기항을 쳐다보고는 물었다.

"한 발 늦었다니? 무슨 큰 일이라도 있었나? 발정기가 된 고양이 상을 해 가지고!"

그러자 오만상을 잔뜩 찌푸린 만조명이 호기항의 옆자리에 털썩 주저앉으며 말했다.

"조류씨 사건은 벌써 판결이 났대요. 어제 요첩 등이 와서 그러는데, 진 중승이 오늘 왕명기패를 청하여 호로묘 중들과 백의암 비구니들을 한꺼번에 처형할 거라고 하네요. 대책마련이 시급한데 공교롭게도 두 분 어른께서 안 계시니 저희 몇몇 막료들이 똥줄만 탔지 마땅히 대책도 안 떠오르고…… 이제 여기까지 왔으니 손으로 가린다고 방귀 냄새가 안 나는 것도 아니고, 이 일을 어찌하면 좋아요?"

잠시 생각하던 차명이 피식 웃으며 말했다.

"사람 일이란 갈 데까지 가 봐야 아오! 가서 막료들을 다 불러오오. 좀 있다 같이 슈무아문을 방문하게."

그러자 만조명이 더욱 초조한 기색을 보였다.

"그 사람들이 여기 올 수 있다면 제가 왜 이리 안절부절 하겠어요? 전 중승한테 다 잡혀가고 없어요!"

"뭣이?"

호기항이 펄쩍 뛰었다.

"전아무개가 감히 번사아문의 막료들을 붙잡아 가다니! 뭣 때문에?"

이에 만조명이 머리를 가로저으며 말했다.

"상세한 내막은 저도 잘 모르겠어요. 차 어른께서 정주로 떠나시기 전에 은 몇 만 냥을 조류씨에게 먹여서라도 고소를 철회하게끔 하라고 하셨는데, 조류씨에게 먹혀들지 않았는지 아니면 간수를 매수하지 못해서인지 아무튼 전혀 감감 무소식이었어요. 그래서 막료를 보냈더니 보내는 족족 꿩 구워 먹은 자리인 거 있죠? 결국엔 그렇게 한 사람씩 붙잡혔던 거예요. 조류씨 이 년이 수작을 부린 게 틀림없어요!"

울분을 삭이지 못한 듯 만조명은 연신 가슴을 쥐어뜯으며 발을 굴러댔다. 그러자 호기항이 나섰다.

"자네들이 그러고도 소흥(紹興)에서 배출해 낸 막료들인가? 대청률(大淸律)도 제대로 모르면서! 우리 법사아문에 내로라 하는 형명(刑名) 막료들이 있는데, 진작에 찾아가 자문을 구하지 않고 뭘 했나! 이런 사건은 오입질하다 들통나 고소당한 것도 아니고, 도둑질하다 목덜미 잡힌 것도 아닌데 합의를 봐서 해결될 일이 아니지. 인명이 달린 문제인데 조류씨가 고소를 철회한다고 전문경이 손 털고 나앉을 사람 같소? 천만에!"

그사이 진정을 취한 차명이 발 닦고 신발을 꿰며 껄껄 웃으며 말했다.

"흥분하지 마오. 결과는 아직 며느리도 모르는 일이니까. 순무아문 측에는 어떤 상황인지 모르겠소. 일단 전문경을 만나보고 나서 대안을 고민해 보도록 하지."

두 사람이 순무아문으로 달려왔을 때는 날이 어스름히 밝아올 무렵이었다. 아문으로 들어가는 길목엔 불과 몇 발짝 사이에 초소들이 촘촘히 들어서 있었다. 모두 개봉부의 마가화(馬家化)가 배치한 경비들이었다. 인적이 드문 큰길에도 총칼로 무장한 병사들이 흐트러짐없이 진영을 이루고 있어 분위기가 대단히 삼엄하게 느껴졌다. 널다란 아문 조벽(照壁) 앞에는 벌써 몇 십 명의 군관들이 고니 모양을 하고 서서 불안한 듯 귀엣말로 뭔가를 주고받고 있더니 두 사람이 탄 관교가 도착하자 재빨리 양옆으로 좌악 갈라지며 비켜섰다. 수레에서 내려서서 주위를 두리번거리며 살피던 차명이 마가화를 발견하고는 손짓하여 불렀다.
"전 중승 안에 있나?"
"예, 번대 어른, 방금 뵈었습니다. 오늘 중승께서는 대대적인 홍차(紅差, 사형수를 처형함)가 있을 예정이라고 하셨습니다. 범인들은 벌써 압송한 상태입니다."
"알았어. 중승은 지금 어디 있어?"
"공문결재처에서 다섯 막료들과 얘기 중이십니다."
"음."
차명이 짤막하게 대답하고는 그 뜻을 알 수 없는 웃음을 지어 보였다. 그리고는 공터에 높다랗게 쌓아올린 노적가리 같은 장작더미를 가리키며 물었다.
"저건 어디에 쓸려고 저렇게 많이 쌓아 놨지?"

그러자 마가화가 말했다.

"저도 잘 모르겠습니다. 어젯밤에 중승께서 지시하셨습니다."

차명이 더 이상 묻지 않고 의문 옆에 몰려 있는 관원들을 바라보았다. 모두 하남성의 7품 이상 가는 관원들이었다.

"들어가지."

차명이 호기항을 향해 말했다.

두 사람은 옷매무새를 단정히 하고 아문으로 들어가 곧추 공문결재처로 향했다. 과연 멀리서 전문경의 목소리가 들려왔다.

"하남성은 강남과 사정이 다른 만큼 똑같은 방법을 쓸 수도 없어. 이위는 창녀들에게서 기름을 짜낼 수 있다지만 우리 여기에 춘향루 같은 술집을 하나 열었다고 생각해 봐. 며칠이나 가겠나. 육조금분지(六朝金粉地)의 유래 깊은 진회루(秦淮樓) 뒤꿈치에나 따라가겠어? 아이구! 차 어른, 호 어른, 어쩐 일이오."

차명과 호기항이 허리를 조금 숙이고 공문결재처로 들어서자 관모와 관포를 깔끔히 차려입은 전문경이 깍듯이 맞아주었다. 전문경은 산호정자를 드리우고 아홉 마리 맹수 무늬가 그려진 관포에 금계보복을 껴입고 책상 앞에 앉아 있었다. 오봉각, 필진원, 장운정, 요첩 등 네 명의 막료들이 급히 일어나 예를 표했다. 하지만 유독 오사도만은 병풍 앞에 홀로 앉아 부채를 폈다 닫았다 하며 생각에 잠겨 있었다.

"마침 잘 왔소."

전문경이 손짓으로 자리를 안내하고는 다시 제자리에 앉았다.

"조류씨 사건은 6일 전에 결안했소. 내가 판결결과를 직접 상서방에 보고올렸고, 그제 폐하의 6백리 긴급 정유(廷諭)가 도착했소. 여기 있소. 두 분도 봐 두오."

전문경이 노란 비단으로 겉표지를 씌운 문서를 건네주었다. 그러자 차명이 엉덩이를 들었다 놓으며 말했다.

"중승 어른께서 수년간 질질 끌어온 사건을 우레같은 위엄과 바람같은 속도로 처리하셨다니 실로 존경스럽소!"

전문경이 상서방에 올린 상주문 원문을 먼저 읽어보니 번사와 법사에 관한 언급은 전혀 없었다. 차명이 적이 안도하며 옹정의 주비를 읽어보았다. 그러나 눈길이 아래로 내려갈수록 그의 낯색은 변해갔고, 두 손은 바르르 떨렸다. 고개를 가까이 하고 들여다보던 호기항도 깜짝 놀라고 말았다. 거기엔 이렇게 적혀 있었던 것이다.

상주한 내용에 심히 해연(駭然)해지고 말았네. 청평성세(淸平盛世)의 환한 백일(白日) 아래 이런 일이 발생하다니! 짐은 문득 그 옛날 성조께서 남순 중에 가짜 주삼태자의 소굴인 비로묘(毗盧廟) 근처까지 가셨던 상황이 떠오르며 모골이 송연해지는 걸 어찌 할 수 없네. 이 따위 적승음니(賊僧淫尼)들은 반드시 빠른 시일 내에 엄벌에 처하여 민심을 다독여야 하네. 순무는 이 일을 처리함에 있어서 기존 계율에 얽매일 필요없네. 이런 거대한 죄악이 저질러질 때까지 그곳 법사아문은 대체 무엇을 하고 있었단 말인가? 호기항은 분명히 주하라! 조류씨가 고소장을 내고 아문을 쫓아다닌 세월이 장장 3년이거늘 그곳 관원들은 과연 몰랐을 리가 있겠나? 전문경은 짐의 성유(聖諭)를 받들어 하남성 전체 관원들의 직급을 두 등급씩 낮추고 전원의 봉록을 반 년 동안 지불정지시킬 것. 이상!

주사(朱砂)의 필체는 광풍이 휩쓸고 지나간 풀숲을 연상케 했다. 옹정이 대로한 상태에서 단숨에 써내려 갔다는 것을 짐작할 수 있었다. 한편 불명예스럽게 거명당한 호기항은 벌써 낯색이 창백하게 질려 있었다. 두 손으로 주비를 받들어 전문경에게 넘겨주는 그의 목소리는 덜덜 떨렸다.

"내가 지은 죄는 쾌히 인정하오. 다만 개중엔 말 못할 사연도 많다는 점을 헤아려 폐하께 주장을 올릴 기회를 주었으면 하오."

한편 전문경이 만나자마자 하마위(下馬威)를 과시할 줄은 몰랐던 차명은 잠시 어찌할 바를 몰랐다. 그러나 이 자리에서 기선을 제압 당하면 전문경은 한술 더 떠 내친 김에 무슨 일을 저지를지 알 수 없는 일이었다. 잠시 생각하여 이내 마음을 다잡은 차명이 말했다.

"우리 번사아문은 비록 이 사건에 개입하지는 않았지만 전임, 현임 개봉부 부윤 모두 내가 위임했었기 때문에 이 사건에 대해선 나도 들은 바가 있소. 다만 흔히 있는 살인사건인 줄로 알고 법사아문에서 어련히 알아서 처리할까 생각하여 크게 관심을 보이지 않았더랬소. 사건이 이토록 복잡하고 죄질이 무거울 줄은 정녕 몰랐소. 폐하께서 하남성 관리들의 죄를 물어오셨으니, 나 또한 책임에서 완전히 자유로울 순 없을 거라 생각하오. 다만……."

차명이 눈꺼풀을 힘껏 치켜올려 전문경을 힐끗 쳐다보더니 씁쓸한 웃음을 지었다.

"워낙 오래 끌어온 사건이라 뿌리를 캐기 시작하면 어디까지 뻗어 있을지 모르겠고 연루되는 관원들이 적잖을 거요. 묵은 쌀과 썩은 깨가 뒤섞이듯 하남성의 관가는 엄청난 파란을 겪을 게 분명하오. 이번에 연 대장군께서도 이 사건에 깊은 관심을 보였소. 이 사건이 몰고 올 파장을 우려하신 연 대장군께서는 문제의 절과

암자를 철저히 문책하고 장본인들의 죄를 묻는 선에서 일을 매듭
짓는 게 좋을 성 싶다고 하셨소. 이와 관련하여 특별히 친필 수유
를 우리 인편에 보내셨소."

차명이 이 같이 말하며 연갱요의 수유를 두 손으로 전문경에게
건넸다.

휙 쓸어 내리듯 단숨에 읽어보고 난 전문경은 대수롭지 않은
표정으로 수유를 오봉각 등 막료들에게 던지듯 넘겨주었다. 그리
고는 차를 한 모금 마셔 목을 축였다.

"연 대장군은 비록 11개 성의 군정을 통괄한다고는 하지만 사법
(司法), 민정(民政)까지 간섭해도 괜찮다는 지의는 없었소. 일선
에서 직접 두 발로 뛰어다니며 사건의 진상을 규명해 낸 사람은
바로 나요. 여기까지 온 마당에 난 천리와 왕법에 따라 처리할
수밖에 없소. 법사아문의 23명 아역들은 하필이면 내가 조류씨의
고소장을 수리하자마자 그날 밤으로 조류씨를 납치해 가려고 했
소. 그 속셈이 대단히 궁금하지 않을 수 없소. 호기항, 자네가 마침
자리에 있으니 묻고 싶소. 혹시 조류씨를 붙잡아 오라는 명령은
자네가 내린 건가?"

전문경에게 이 사건의 자주권을 부여한 옹정의 수유에 겁을 집
어먹은 호기항이었다. 자칫 잘못 둘러댔다가 이미 붙잡힌 아역들
과 구경(口徑)이 일치하지 못할 경우엔 자신도 물려 들어갈 수
있다는 생각에 잠시 고민하던 호기항이 웃음을 지으며 말했다.

"범인을 연행하는 것은 순포청(巡捕廳)의 일이오. 하루에도 열
몇 건씩 되는 그런 자질구레한 일까지 내가 어찌 일일이 챙길 수
있겠소?"

"알겠소."

전문경이 짤막하게 답했다.

"오늘 판결을 앞두고 나도 두 사람에게 몇 마디 속에 담아두었던 말을 할까 하오. 첫째, 나는 조정의 특간(特簡, 특별임명)을 받은 봉강대리로서 막중한 성은을 한 몸에 안고 사는 사람이오. 항시 그 은혜를 조금이나마 갚으려고 노력하고 있는 바 이 사건이 어느 누구에게 연루되든 난 절대 인정에 휘둘리지 않고 원리원칙에 따라 처리할 거요. 둘째, 난 이미 법사아문의 23명 아역들의 자백을 받아놓은 상태요. 순포청의 허락도 없이 맘대로 사람을 붙잡아들여 자기네 입맛대로 길들여 이 사건을 자기들한테 유리한 쪽으로 처리하려고 했던 것이 백일하에 드러난 셈이지. 고로 난 이 자들을 절대 관대하게 처리할 수가 없네. 난 오로지 조정에만 결백하고 조정에만 충성하면 된다고 생각하는 사람이니까! 한달 동안 우리 순무아문은 하공(河工)과 이 사건에만 매달려 왔소. 모든 아역들이 밤낮 따로 없이 시궁창보다도 더러운 이 중과 비구니 무리들을 심문하고 나니 며칠 동안 구역질이 나서 밥을 먹을 수가 없다고 하더군. 이것들이 관원 및 그 가족들과 뒤엉켜 육탄전을 벌인 과정을 공개하면 그야말로 인간말세라는 말이 저절로 나올 거요……"

말끝을 흐리며 차명을 힐끗 쳐다보고 난 전문경은 긴긴 탄식을 토해냈다.

차명은 더 이상 콩을 팥이라 우길 여력도 없었다. 사실 만천하를 경악케 한 이번 사건에 차명 본인은 책잡힐 일이 없었다. 그가 죽어라 덮어 감추려 했던 것은 몇몇 내실이 백의암 비구니들과 죽고 못 살 정도로 붙어다녔기 때문이었다. 만에 하나 그 중 하나가 중들과 그렇고 그런 사이라는 것이라도 밝혀지는 날엔 몇 십 년 동안 도학파의 명문으로 자처해 온 자신의 체면은 박살나고 말 것이라는 두려움에 떨었던 것이다. 이제 전문경의 입에서 "관원들 및 그 가족"이라는 말까지 나오자 차명은 온몸 가득 식은땀을 쏟으며 더욱 좌불안석했다.

"집안 흉은 담을 넘지 않는 게 좋다는 옛말이 있듯이 나랑 우리 몇몇 막료들은 재삼 고민 끝에 동료 여러분들의 체면을 고려해 주기로 했소."

전문경은 사뭇 진지한 어투였다.

"그 일환으로 이번 사건의 막판 처결에 두 분을 비롯한 여러 관원들을 심판하는 자리에 부르지 않았던 것이니 너무 서운하게 생각할 건 없겠소. 그 밖에도 난 평소에 이들 음승음니들과 왕래가 잦았던 환관과 그 가족들의 기록을 전부 없애버리도록 지시했소. 이 사실은 공개적으로 선명(宣明)할 건 못 되니 두 사람이 알아서 각 아문을 돌아다니며 전하도록 하오. 이번 일로 꿈자리가 사납던 관원들도 더 이상 몸달아 하지 말고 맡은 바 일에나 전력하라고 하오."

마치 차명의 속내를 읽은 듯한 전문경의 이 같은 말에 차명은 지지리도 무거운 등짐을 내려놓은 것 같은 홀가분함에 날아갈 것 같았다. 그러나 호기항은 마음이 다른 곳에 가 있었다.

"은혜를 베푸시는 김에 법사아문의 아역들도 석방시키는 것이 좋겠소. 석방을 지시한 연 대장군의 체통이 걸린 문제이기도 하고."

전문경은 입가를 치켜올리며 미소를 지을 뿐 대꾸가 없었다. 천천히 자리에서 일어난 그는 오사도를 향해 약간 머리를 끄덕여 보이고는 오봉각 등 막료들에게 말했다.

"승당(昇堂, 형을 집행하는 자리에 오름)할 때가 된 것 같네."

사람들은 저마다 자리에서 일어났다. 요첩이 한 발 앞서 밖으로 나오며 이문(二門)에 있는 아역들을 향해 큰소리로 외쳤다.

"포를 울려라! 전 중승께서 승당하신다!"

차명이 미꾸라지처럼 자기만 쏘옥 빠져나갔다고 생각한 호기항은 독기어린 눈빛으로 차명을 노려보았으나 따라나서는 수밖에 없었다. 차명에게서 배신감마저 느꼈다. 이를 눈치챈 듯한 차명이 몰래 호기항의 옷자락을 당기며 목소리를 낮춰 말했다.

"저 자식이 저울추를 처먹었는지 꿈쩍도 안 하는 걸 봐. 여기서 버텨봤자 득될 게 있나? 어떤 식으로 판결나나 지켜보고 나서 정인정사정없이 나오면 그때 가서 자네 전(錢) 막료더러 저자의 네 막료들을 물고 넘어가라고 하면 되지 않겠소!"

"알았소."

호기항의 눈에 귀신불 같은 섬뜩한 빛이 서렸다.

"장구(張球)도 있고 써먹을 방패가 아주 없는 건 아니군!"

"중승 어른께서 승당하신다!"

고함소리와 함께 대포소리가 쿵쿵쿵 세 번 울렸다. 평소엔 머리통만한 자물쇠가 내걸려 있던 순무아문의 정당(正堂) 문이 서서히 열리더니 삼반육방(三班六房)의 집사아역들이 의복을 정갈히 하고 정당 뒤쪽에 집결해 있는 모습이 보였다. 서기관들을 대동한 전문경이 차명과 호기항을 데리고 나타나자 이들은 "오우……!" 하는 나지막한 함성과 함께 순서대로 기러기 자세를 취하여 출당(出堂)하였다. 그리고는 다시 자기 위치를 찾아 자리했다. 이어 전문경이 출당했고 귀청을 째는 듯한 당고(堂鼓) 소리가 세 번 울려퍼졌다. 전문경은 '명경고현(明鏡高懸)'이라고 적힌 편액 밑의 중앙에 앉았고, 양옆엔 차명과 호기항이 자리했다. 장내는 삽시에 물 뿌린 듯 조용했고 옷섶 스치는 소리만 간혹 들릴 뿐이었다.

3년여에 걸쳐 드디어 판결을 기다리는 엄청난 살인사건이었다. 한 개 절과 암자의 모든 중과 비구니들이 개입돼 있는 이 사건에서 쥐도 새도 모르게 죽어간 사람들은 모두 스무 명 안팎이었다. 한꺼번에 아홉 명의 목숨을 앗아간 '광동성 사건'보다도 더 컸으니 나라 안팎이 발칵 뒤집히고도 남을 일이었다. 그럼에도 3년 동안 끌어왔던 사건이 오늘날 드디어 판결을 내린다니 개봉의 백성들은 모두가 하던 일도 제쳐놓고 꾸역꾸역 모여들었다. 희대의 경성(傾城)이 예상되었다. 수많은 목숨을 앗아간 장본인들은 과연 어떤 종말을 고할 것인가를 백성들은 지켜볼 것이다.

때는 음력 6월 6일, 초복 날씨라 이글거리는 불덩어리를 마주하고 앉은 듯한 더위가 기승을 부렸다. 수천 명은 더 될 구경꾼들이 조벽 밖에서 목을 길게 빼들고 이제나저제나 하며 대당(大堂) 안을 들여다보고 있었다. 개봉부의 아역들이 출동하여 사람들이 더 이상 가까이 다가오지 못하도록 경계하고 있었다. 범인들을 간수하랴 질서를 유지하랴 땀범벅이 된 마가화가 당고소리가 들려오자 자신의 부하들에게 지시했다.

"잘 지켜! 여기 이 선을 넘어서는 자에겐 무조건 채찍을 안겨도 괜찮아!"

말을 마친 마가화는 곧 대당으로 들어가 전문경을 향해 정참례(庭參禮)를 올렸다.

"밖에 구경꾼들이 너무 많이 몰려 질서를 유지하기가 여간 힘이 드는 게 아닙니다. 벌써 더위 먹어 쓰러진 사람도 있습니다. 전 여기서 중승 어른을 시중들 여유가 없을 것 같습니다."

형을 집행하라! 267

"알았네. 더운데 수고가 많네."

전문경이 미소를 지으며 이 같이 말했다. 그러던 그가 갑자기 낯색이 돌변하더니 힘껏 목탁을 내리치며 고함을 질렀다.

"범인을 끌어내거라!"

"예!"

미리 대기 중이던 아역들이 우렁찬 대답과 함께 달려가더니 곧 족쇄를 찬 7명의 중과 23명의 비구니들을 앞세우고 들어왔다. 얼마나 심한 고문을 당했는지를 단적으로 보여주듯이 이들 중과 비구니들은 저마다 심하게 절룩거렸다. 입성은 남루하기 이를 데 없었고 군데군데 채찍에 맞아 떨어져 나간 듯한 해진 자리엔 상처가 아직 아물지도 않은 듯 피가 낭자했다. 머리는 한 뼘씩 길어 비죽비죽 고슴도치 같았고, 몸에서 나는 악취가 코를 찔렀다. 저마다 핏기라곤 없이 초라한 얼굴을 하고 땅에 허물어지듯 엎드려 죽은 듯 고개를 숙이고 있었다. 차명이 눈여겨보니 과연 눈에 익은 얼굴들이 있었다. 이름은 알 수 없지만 평소에 법사(法事)를 해줄네 하고 자기네 집을 자주 들락거렸던 사람들이었다. 문득 가엾은 마음이 들었지만 내색을 할 수가 없었다. 이때 전문경이 명령을 내리는 소리가 들렸다.

"요첩, 이 자들의 범행을 낱낱이 고하도록 하게!"

"예."

요첩이 대답과 함께 자리에서 일어나더니 책상 위에서 묵직한 서류뭉치를 집어들었다. 그리고는 한 장씩 넘기며 큰소리로 읽어 내려가기 시작했다. 30명 흉악범들의 외모의 특징이며 고향 등의 소개에서부터 구체적인 죄명에 이르기까지 순무아문의 거듭된 조사를 거쳐 빈틈없이 기록된 내용들이었다. 전문경이 직접 정리하여서인지 단호하고 무엄한 분위기가 물씬했다. 그러나 이를 읽는 요첩은 끊고 맺는 게 분명하고 깔끔한 평소의 모습과는 달리 정신이 황홀하여 경황이 없어 보였다. 몇 번씩이나 말을 더듬고 틀리게 읽는가 하면 속도 또한 느려 한 시간은 족히 걸려서야 겨우 읽기를 마칠 수 있었다. 호기항은 행여나 연행된 법사아문의 아역들에 대한 얘기가 있을까 하여 귀기울였으나 전혀 언급이 없었다. 적이 놀라며 전문경을 바라보니 그는 얼굴 가득 소름끼치는 웃음을 머금으며 묻는 것이었다.

"이봐 각공(覺空), 당신은 주범이야. 백의암 비구니들을 종용한 것도 당신이고, 살인음모를 꾸민 작자도 당신이었어. 그리고 정자 (靜慈), 당신도 말해 봐, 내가 너무 무자비한 판결을 내린 건 아니지?"

각공이라 불리는 중은 두 손이 뒤로 묶였는지라 애써 몸을 움찔 거리며 한 발 앞으로 나섰다. 아직 40살이 되나마나한 이목구비가 수려한 사내였다. 수염이 꺼칠해 보이고 행색이 초라하게 보일 뿐 얼굴 가득 군살이 덕지덕지 붙은 험상궂은 인상은 아니었다. 사람들의 상상 속에 끔찍한 살인행각을 벌인 흉악범의 인상과는 거리가 멀게 보였다. 무릎걸음으로 앞으로 나선 각공이 말했다.

"중승 어른, 판결에 수긍합니다. 다만 정자를 비롯한 비구니들 은 직접 살인에 참여하지 않았음을 참작하여 주시어 판결해 주셨으면 합니다."

음산한 미소를 지으며 각공의 말을 듣고 난 전문경이 정자 비구 니에게 물었다.

"당신은? 항변할 말이 없나?"

놀라울 정도로 초연해 보이는 각공에 비해 온몸을 사시나무 떨

듯하며 달팽이처럼 오그라든 정자가 잔뜩 겁에 질린 두 눈을 희번
덕거리며 말했다.

"제발 빨리 죽여주세요, 제발요."

"난 좀더 숨을 쉬게 하여 덕을 쌓고 싶은데?"

전문경이 소름끼치는 웃음을 지었다.

"불가에선 육도(六道)의 윤회는 반드시 인과응보를 묻는다고
했어. 선악에 대한 보응은 시간문제일 따름이라고 이르고 있고!
살인을 저지른 행위 자체는 용서할 수 있을지 모르나 정리(情理)
에는 도저히 용납될 수 없다고 했거늘 수많은 원혼을 만들어 놓고
도 빨리 죽여달라고? 편히 가고 싶다 이거지?"

전문경이 탁! 하고 책상을 힘껏 내리쳤다. 사람들은 흠칫 놀라
낯색이 변하지 않은 이가 없었다. 이어 전문경의 고함소리가 대당
을 뒤흔들었다.

"각공과 정자, 이 둘을 한데 묶어 장작더미 위에 내던지거라.
내가 친히 불을 지펴 서쪽 나라로 날려보낼 것이니! 나머지 음승
음니들은 모두 효수형에 처한다!"

대청률에 따르면 가장 무거운 형벌은 능지처참(陵遲處斬)이었
고, 차례로 요참(腰斬), 참립결(斬立決), 교립결(絞立決) 순이었
다. 그러나 전문경은 이 모든 처형법을 제쳐두고 산 사람을 불에
태워 죽이는 비형(非刑)을 택했던 것이다. 사람들은 저마다 숨을
길게 들이마시며 눈이 휘둥그레지고 말았다. 그제야 공터에 쌓아
놓은 장작더미의 용처를 알게 된 차명의 등골엔 식은땀이 좌악
내돋고 말았다. 호기항도 거의 제정신이 아닌 것 같았다. 대경실색
한 사람들을 둘러보던 전문경이 버럭 고함을 질렀다.

"다들 멍청히 서서 뭣들 하는 거야, 빨리 움직이지 못하고!"

"예!"

"잠깐만!"

갑자기 각공이 달려드는 아역들을 손으로 막으며 요첩을 향해 고함질렀다.

"요첩 어른, 그리고 오 어른, 장 어른! '남아일언중천금(男兒一言重千金)'이라고 했거늘 왜 약속을 지키지 않는 거요? 어떻게든 집행유예를 이끌어내고 감형까지 시켜줄 거라며? 그렇게 호언장담하지 않았소?"

고요한 호수에 천만 근도 넘는 바위를 떨어뜨린 격이었다. 장내는 걷잡을 수 없이 술렁대기 시작했다! 이들 사이에 뭔가 검은 거래가 있었다는 명증 앞에서 전문경 역시 적이 놀라는 눈치였다. 그는 고개를 돌려 자신의 막료들을 집어삼킬 듯 매섭게 노려보았다. 그 중 필진원만은 이들과 '가랑이'를 같이 꿰지 않은 듯 그나마 초연해 보였지만 나머지 셋은 잔뜩 기가 질려 엉거주춤하고 고개를 떨구고 서 있었다! 그러던 중 얼굴이 백랍처럼 하얗게 질린 오봉각이 덜덜 떨며 손수건을 꺼내더니 안경을 벗어 닦으며 중얼거리듯 말했다.

"인간 말종 같으니라고! 생사람을 잡아도 유분수지……."

그러나 어찌나 힘을 주어 닦았는지 오봉각의 안경알은 톡하고 반쪽으로 갈라지고 말았다. 그 낭패한 얼굴을 지켜보던 전문경이 약 올리듯 헤헤 웃으며 말했다.

"이봐! 그것도 안경이라고 쓰고 다니나? 너무 부실하다, 안경이!"

"오, 그러게…… 아니……."

오봉각이 황급한 나머지 더듬거렸다.

"미친 놈의 새끼…… 돼지는 마당에도 주둥이를 물에 떠우지 못해서 지랄이네. 밟아 죽일 놈……."

한편 느닷없이 죄수에게 발뒤꿈치를 물린 전문경을 훔쳐보며 꿀물을 타 먹은 듯 고소해하던 호기항이 의자 등받이에 벌렁 기댔다.

"중승 어른, 보아 하니 사안에 변동이 생긴 것 같은데, 법 규정에 따라 일단판결을 유보하고 재수사해야 마땅할 것 같소. 이참에 우리 법사아문의 아역들도 죄를 지었으면 적당한 죄값을 치르고 풀려나게 말이오."

호기항의 말에는 아랑곳하지 않고 전문경이 굶주린 승냥이 같은 눈빛으로 요첩을 노려보았다.

"마음이 바르지 못한 자는 눈이 흐리멍텅하다고 했어. 요첩, 평소에 내가 자네들을 서운하게 대해준 건 없지? 이 일에 얼마나 개입했는지 자수해."

극도의 불안 속에서 헤매던 요첩이 찬물을 끼얹는 듯 섬뜩한 전문경의 말에 제정신이 든 듯 흠칫 하며 말했다.

"죽음을 앞둔 자들이 최후의 발악을 하여 아무나 물고 늘어지는 작당에 불과하오. 난 하늘에 맹세코 저 자들의 검은 돈을 한 푼이라도 받은 적 없소. 나뿐만 아니라 우리 아문 다른 막료들도 청청백백하다는 걸 내가 보장할 수 있소!"

요첩이 이 같이 당당하게 나오자 그제야 오봉각과 장운정도 용기를 내어 이구동성으로 수뢰사실을 강력하게 부인했다.

막료들의 행실이 석연치는 않지만 뜻하지 않은 곳에서 배가 뒤집혀 곤욕을 치르는 것을 원치 않는 전문경이 자리에 돌아가 앉으며 위엄있는 얼굴로 각공을 향해 말했다.

"당신네들의 죄행과 이네들의 잘못은 동일시 할 수 없어. 적어도 이네들은 살인은 저지르지 않았어. 더러운 돈에 혹했는지는 아직 모르겠지만 아무튼 각자 지고 갈 짐이 따로 있고, 자기 몫이 엄연히 다른 바 개중의 인과응보에 대해선 하늘이 알아서 벌을 줄 거라고 내가 처음부터 얘기했지? 이제 누굴 더 물고 늘어지든 간에 당신네들이 반전할 수 있는 가망은 전혀 없으니 꿈 깨라고!"

말을 마친 전문경은 천장이라도 무너져 내릴 것 같은 고함을 질렀다.

"꽁꽁 묶어 끌어내!"

아역들이 달려들어 순식간에 30여 명의 죄수들을 대당 밖으로 끌어냈다. 공문결재처의 관원들이 죄수들의 이름과 죄명이 적힌 망명패(亡名牌)를 한아름 안고 왔다. 입가에 음산한 미소를 걸고 전문경은 붓을 들어 주사(朱砂)를 듬뿍 묻혔다. 그리고는 망명패마다 시뻘건 가위표를 죽죽 그어 한 쪽으로 내던졌다. 채 마르지 않은 주사가 선지피 같아 보는 이로 하여금 가슴이 섬뜩하게 했다.

"꽉 막혔던 뒤가 술술 풀리는 쾌감이 이러하겠지?"

아역들이 망명패를 죄수들의 등뒤에 꽂고 있는 사이 홀가분한 표정을 지으며 자리에서 일어난 전문경이 웃으며 말했다.

"그 동안 저런 쓰레기들이 악취를 풍겨 우리 개봉(開封)이 기를 못 폈던 것 같애! 이제 악기(惡氣)를 날려보내고 나면 만사가 대길하여 묘당에 계신 폐하께서 흡족해 하심은 물론 만백성들도 환호작약할 것이야. 또한 서천에 계신 부처님께서도 불문(佛門)의 패륜아들을 제거하였다고 쾌심(快心)하시어 내가 죽어 승천할 수 있게 허락해주실 거야! 구경꾼들도 많이 모였을 텐데, 차어른! 호 어른! 바람도 쐴 겸 우리 같이 가서 형(刑)을 감독이나 하지!"

호기항과 차명은 코 꿰인 망아지처럼 순순히 따라나서는 수밖에 없었다. 아문 밖에는 인산인해를 이루고 있었다. 기다리다 못해 더위 먹고 쓰러져 들것에 들려 나가는 사람이 있는가 하면 목 좋은 곳을 찾아 눈요기를 실컷 하려는 사람들로 아수라장이 따로 없었다. 60여 명의 회자수(劊子手)들이 망명패를 꽂은 죄수들을 거칠게 등떠밀며 나오자 사람들은 모이를 찾아 몰려드는 병아리처럼 우르르 몰려들었다. 머리채를 목에 칭칭 감고 비지땀을 줄줄 흘리며 마가화는 경계선 안으로 막무가내로 몰려드는 사람들을 향해 채찍을 휘두르느라 정신이 없었다! 전문경이 고개 돌려 차명을 바라보며 웃으며 말했다.

"오늘 공교롭게도 욕저절(浴猪節)이더군. 날짜 잘못 잡은 것 같애. 내가 그만 깜빡한 거 있지."

이 같이 말하며 순무아문 깃발이 내어 걸린 깃대 밑으로 걸어간 전문경은 곧 위엄있는 목소리로 고함질렀다.

"각공과 정자를 이쪽으로 끌고 오너라!"

"예!'

"나머지 죄수들은 철제 난간 앞에 가둬 두고!"

"예!"

전문경이 눈에 힘을 주어 천천히 좌중을 둘러보았다. 사람들은 이 무서운 순무가 공개처형을 앞두고 분명히 일장 연설을 늘어놓을 줄로 알고 숨죽이며 기다렸다. 그러나 드디어 입을 연 전문경의 '연설'은 짤막하기 이를 데 없었다.

"형을 집행하라!"

전문경의 명령이 떨어지기 바쁘게 바위가 쪼개지고 하늘이 무너져 내릴 것 같은 요란한 대포소리가 쿵! 쿵! 쿵! 세 번 울렸다.

검은 옷에 붉은 허리띠를 질끈 동여맨 20여 명의 회자수들이 작두날 같은 칼을 치켜들더니 대단히 숙련되고 날렵한 동작으로 눈 깜짝할 사이에 장작패듯 죄수들의 머리를 내리쳤다. 그리고는 벌써 저만치 물러나 있었다. 28개의 인두(人頭)가 여기저기에 나뒹굴었고 선지피가 물총을 쏘듯 굵직한 핏줄기를 사방으로 내뿜었다. 아문 입구의 돌사자며 어디라 할 것 없이 도배한 선지피가 삼복의 맹렬한 햇빛을 받아 더욱 시야를 자극했다.

불과 몇 분 전까지만 해도 무겁게 이고 있던 머리가 '이사'를 가려니까 그야말로 눈 깜짝할 사이였다. 법사아문에 있으면서 처형장면은 익히 보아왔지만 한꺼번에 이렇게 많은 사람을 죽이는 장면은 처음인 호기항은 그럼에도 대수롭지 않은 표정을 짓고 있는 전문경을 힐끗 곁눈질하며 연신 숨을 들이마셨다.

"이제 이 한 쌍의 음남탕녀(淫男湯女)를 장작더미에 끌어올리거라!"

전문경이 각공과 정자를 가리키며 말했다.

"내가 친히 불을 지펴 극락세계로 보내줄 것이니!"

장대비를 맞은 진흙으로 만든 사람처럼 볼썽사납게 무너져 내린 두 사람은 죽은 듯 꼼짝 않고 있었다. 이런 일을 해본 적 없는 아역들은 한참동안 진땀을 빼서야 겨우 둘을 장작더미 위로 끌어올릴 수 있었다. 눈동자가 풀려 병든 수탉을 방불케 하는 차명과 호기항을 뒤돌아보며 전문경이 웃으며 말했다.

"갑자기 전에 읽었던 시 한 구절이 생각나네. '서생이 입만 살아 나불거린다며 비웃지 말라. 피비린내를 풍기려고 하면 당해낼 사람이 없거늘!' 연 대장군은 변방(邊防)의 안정을 위해 한꺼번에 10만 명을 사살했다는데, 일개 성(省)의 부모관으로 명받은 전문경이 몇몇 나부랭이들조차 처치하지 못하면 어디 연 대장군 앞에서 사람 구실이나 하겠소?"

말을 마친 전문경은 곧 횃불을 받아들고 소매를 힘껏 걷어붙이며 장작더미로 다가섰다.

구경꾼들은 개미떼처럼 몰려 있었다. 수만 명은 족히 넘을 것 같았다. 나무 위에 올라가 굽어보는 이가 있는가 하면 남의 집 지붕 위에까지 기어올라간 사람들도 있었다. 간혹 무서워서 우는 아이들의 울음소리가 들릴 뿐 잔뜩 숨죽인 사람들은 저마다 모골이 송연하여 긴장된 표정으로 지켜보고 있었다. 횃불을 치켜든 전문경이 장작더미 위에서 혼수상태에 빠져 있는 각공과 정자를 손가락으로 가리키며 중얼거렸다.

"죄 많은 인생 종지부 찍는 두 사람의 서행길, 현세에 지은 죄는 이로써 갚으면 되고 내세에 죄를 짓거들랑 이 문경이를 만나지 않도록 조심하라! 죄가 깊은 사악한 몸이라지만 이렇게 불태우면 더없이 깨끗해지거늘 부디 잘 가거라!"

말을 마친 전문경은 곧 장작더미를 향해 횃불을 내던졌다. 기름을 얼마나 뿌려댔는지 바싹 마른 장작은 타다닥 소리를 내며 삽시간에 시뻘건 불기둥으로 치솟기 시작했다. 작렬하는 태양 아래 장작 타는 소리가 숨막히게 들릴 뿐 사위는 조용했다. 불길이 몸을 할퀴기 시작하자 그제야 목숨이 붙어 있음을 증명해 보이기라도 하듯 둘은 맥없이 그러나 사력을 다해 버둥거렸다. 드디어 성난 화마(火魔)가 탐욕스런 혀를 날름대며 두 사람을 삼켜버렸고, 사람들의 눈에는 거대한 불기둥만 보일 뿐이었다.

장작이 다 타버려 나지막한 숯더미로 변하여 내려앉을 때까지 지켜보고 있던 전문경은 연기가 점점 사그라지고 구경꾼들이 하나둘씩 자리를 뜰 때에야 비로소 아문으로 돌아왔다. 신임 순무의 악랄한 일면을 유감없이 지켜본 관원들은 일제히 무릎을 꿇었다. 그러자 전문경이 미소를 지으며 말했다.

"다들 일어나게! 아직 일이 끝나지도 않았는데, 뭘 그러나!"

공좌(公座)로 돌아와 앉은 전문경이 차명과 호기항을 불러 자리하게 하고는 먼저 호기항에게 물었다.

"호 어른, 내 손에 잡혀 있는 자네 법사아문의 아역들은 어떻게 처리하는 게 좋겠소?"

"중승께서 재도(裁度)하는 대로 따르겠소."

호기항이 상체를 공손히 숙였다.

"사건이 우리 아문에까지 연루된 이상 난 회피하는 게 원칙일 것 같소."

그러나 차명은 전문경이 이제 곧 조야(朝野)의 도마 위에 오를 것이라는 판단 하에 전문경이 일을 더 크게 벌이기를 내심 바라는 뜻에서 차갑게 말했다.

"잊지 마오, 호 어른. 이번 사건에는 순무아문의 막료들도 개입돼 있소. 자네 말 대로라면 중승 어른도 회피해야 마땅하겠네?"

차명의 말에 문득 뭔가 떠오른 전문경이 한 쪽에 물러나 앉아 있는 막료 필진원을 향해 물었다.

"필 어른, 보아하니 자네는 더러운 흙 속에서 나와 깨끗함을 잃지 않는 연꽃 같은 그런 존재네?"

그러자 필진원이 쓸쓸한 웃음을 지어 보였다.

"솔직히 나도 연꽃의 깨끗함에는 비교가 안 되는 부족한 사람이오. 세상엔 털어서 먼지 안 나는 사람 없다고 하잖소. 다만 우리 가문에는 대대로 대물림되어 내려오는 철칙이 있을 뿐이오."

"오? 그게 뭐지?"

"모역안(謀逆案), 인명안(人命案), 이산혈육을 등쳐먹는 사건 등 적어도 이 세 가지 사건을 처리함에 있어서는 검은 돈을 챙기지 않는다는 거죠. 이 세 가지 사건에서 돈을 챙겼다가는 들통나기도 쉬울 뿐더러 상대방에게 이 갈리는 원수로 두고두고 저주받을 것이오. 자손들에게까지 그 화가 미치기 때문이오. 홍무제(洪武帝) 때부터 지금까지 근 3백년 동안 우리 필씨 가문에서 나간 막료들은 어느 누가 검은 돈을 챙겨 도마 위에 오른 적이 없었소. 나 역시 이번 사건에서 시종일관 태연자약할 수 있었던 것은 마음속에 한 점의 부끄러움도 없기 때문이오."

필진원의 이 한마디는 결코 미사여구(美辭麗句)도, 근거없는 고담준론(高談峻論)도 아님을 전문경은 잘 알고 있었다. 아무리 배짱이 두둑한 사람일지라도 양심의 가책이 있는 한은 이처럼 당당해질 수가 없었기 때문이다. 적이 감동을 받은 듯한 전문경이 말했다.

"나부터라도 털면 분명히 먼지는 날거요. 법사아문의 아역들에게는 달리 죄를 묻지 않겠소. 다만 큰 교훈으로 삼았으면 하오. 필 어른, 내 그대를 사고 싶소. 연금(年金)을 3천 냥까지 올려줄 테니 우리 하남성을 한번 멋있게 바꿔보도록 합시다. 단 하나, 다른 누구와는 비할 수 없이 내겐 큰 은인이 한 사람 있소. 바로 오사도, 오 선생이오. 그러니 절대 오 선생과는 연금이든 뭐든 비교하지 말았으면 하오. 난 돈에도 벼슬에도 욕심이 없는 사람이오. 그저 청렴한 관리, 칭송받는 관리로 후세에 길이 남고 싶을 뿐이오. 이런 나를 묵묵히 밀어줄 자신이 있으면 우린 끝까지 가는 거고 그렇지 않으면 일찌감치 다른 주인을 찾아 떠나도 좋소."

이 같이 조용히 말하던 전문경이 갑자기 언성을 높여 위엄어린 목소리로 말했다.

"이번 사건에서 법사아문의 아역들은 권력을 남용하여 사사로이 그 저의가 의심스러운 행동을 보였다. 우리 순무아문의 오봉각, 장운정, 요첩 역시 혼란을 틈타 어부지리를 챙기려는 몰지각한 행실을 보였음은 자명한 일이다. 실로 가증스럽기 그지없다. 여봐라!"

"예!"

"이들 막료들과 법사아문의 아역들을 방금 공개처형이 있었던 철제 난간 앞으로 끌고가 족쇄를 채운 채로 사흘 동안 무릎꿇고 있게 하거라! 그리고 오봉각 등 막료들은 장물을 토해낸 후에 원적(原籍)으로 추방한다!"

"예!"

순무아문의 아역들이 대답과 함께 분주히 움직였다. 차명과 호기항이 뭔가를 물으려 했지만 전문경은 손사래를 치며 찻잔을 집어들었다. 피곤하니 그만 물러가라는 뜻이었다. 두 사람은 할 말이 남아 있었지만 자리를 뜰 수밖에 없었다.

45. 대못을 뽑아라!

　장정옥이 전문경으로부터 조류씨 사건에 대한 최종판결 결과를 전해받았을 때는 음력 6월 하순이었다. 이에 앞서 그는 차명과 호기항이 자신들의 불찰을 인정하여 죄를 물어달라는 것과 전문경의 전횡과 발호, 그리고 안하무인을 탄핵하는 내용의 상주문을 받은 상태였다. 이들은 상주문에서 전문경이 비적(匪賊)의 잔인함을 소유한 불가사의한 인간이고, 하남성의 관리들은 "전중승이 관신일체납량제도를 시행하려 한다는 말에 자다가도 벌떡벌떡 일어난다"고 전했다. 어떤 사람들은 전중승 '전(田)'자만 들어도 도리질을 할 정도로 싫어한다고 했고, 땅을 가진 사람들은 장원(莊園)을 팔아버리고 기농경상(棄農經商)의 길에 올랐는 바 당장 내년 식량공급이 문제라고 했다. 장정옥이 이들의 상주문을 옹정에게 어람을 올리지 않은 것은 이에 대한 전문경의 해명을 듣고 싶어서였다. 그러나 전문경이 올린 상주문에는 조류씨 사건에 대한 전말뿐이었다. 자신이 비형(非刑)으로 죄수들을 처형한 데 대해 서도 그는 "이와 같이 섬뜩하게 하지 않으면 간인(奸人)들의 퇴풍 (頹風)을 막을 길 없고, 이와 같이 간담이 서늘하게 하지 않으면 겁난 구석없이 설쳐대는 악당들의 기를 꺾어버릴 수 없고, 따라서 백성들을 자식처럼 아끼라는 폐하의 뜻에 부응할 수 없다"고 했 다. 장정옥이 궁금해하는 관신일체납량제도의 시행과 하남성 관 가에서 조류씨 사건 처리결과에 대한 반응에 대해선 일언반구도 없었다.

전문경이 자신의 문하인 만큼 말 한 마디도 굉장히 조심스러워 질 수밖에 없는 장정옥이었다. 그는 곰곰이 생각한 끝에 이 세 사람의 상주문 원본과 자신이 정리하고 의견을 첨부한 절략(節 略)을 함께 챙겨들고 옹정을 배알하기 위해 양심전으로 향했다. 하루에도 몇 번씩이나 양심전을 들고나는 장정옥은 따로 뵙기를 청할 필요없이 수화문으로 들어갔다. 붉은 돌계단에서 당직을 서 고 있는 장오가를 향해 장정옥이 물었다.

"폐하께서는 아직 주장을 읽어보고 계신가? 아침 수라상은 올 렸는가?"

"중당 어른!"

장오가가 웃으며 답했다.

"방금 방 선생이 창춘원으로부터 오셔서 십삼마마의 건강이 많 이 호전되었다고 전하시어 폐하께서는 지금 대단히 흡족해 하십 니다. 아침 수라상을 물리시고 방 선생과 함께 봉천에서 온 투리천 어른과 대화를 나누고 계십니다!"

장정옥은 투리천이 옹정의 부름을 받고 종실(宗室)의 내무를 요리하기 위해 북경으로 왔다는 것을 알고 있었다. 그렇다면 필히 십칠황자 윤례와 십사황자 윤제를 만나보았을 것이다. 황제와 그 형제들간의 명쟁암투(明爭暗鬪)에 조금도 끼어 들고 싶지 않은 장정옥이었다.

"난 급한 일이 아니니 좀 있다 폐하께서 혼자 계실 때 자네가 태감을 상서방으로 보내 날 불러주면 되겠소."

그러나 공교롭게도 동난각에서 장정옥의 말을 들은 옹정이 창문을 사이에 두고 불렀다.

"장오가, 형신이 왔나? 들라 하게."

장정옥은 할 수 없이 동난각으로 들어갔다. 난각의 온돌에 좌정한 옹정은 평상시와 다름없이 간편한 복장을 하고 있었다. 이발한 지 얼마 안 되는 듯 이마와 머리의 경계가 푸르스름하게 분명해 보였다. 생사영관(生絲纓冠)은 용안(龍案) 위에 똑바로 놓여 있었다. 방포가 늙은 쥐의 수염을 방불케 하는 콧수염을 들썩이며 꽃무늬 방석에 비스듬히 앉아 있었고, 투리천은 손을 드리워 앞으로 모으고 남쪽에 시립하여 있었다. 장정옥이 대례를 올리며 곁눈질하여 보니 난각 밖에는 5품 관원 하나가 무릎을 꿇고 있었다. 그리 낯선 얼굴은 아니지만 금방 이름이 떠오르지 않았다. 장정옥은 곧 조심스레 아뢰었다.

"십삼마마께서 쾌차하시어 폐하께서 기분이 좋으시다고 하니 신도 덩달아 날아갈 것 같사옵니다!"

"모처럼 기분이 좋아지려고 하니 이런 화상이 나타나서 짐을 불쾌하게 만들고 있다네."

옹정이 말을 이었다.

"바로 이 사람이네. 짐이 기분이 좋아 보이는 틈을 타 뵙기를 청하여 자기 모친에게 정표(旌表)를 내려 주십사 하고 생떼를 쓰고 있지 않는가."

옹정이 무표정한 얼굴로 그 5품관을 바라보며 냉소했다.

"짐이 어찌 국가의 예전(禮典)을 가지고 마음내키는 대로 선심을 쓸 수가 있겠나? 그 당시 자네를 대만(臺灣) 지부(知府)로 위촉하면서 짐이 뭐라고 했던가? 자네가 대만의 식량을 자급자족시키는데 성공하면 짐이 자네 모친에게 가은봉상(加恩封賞)할 것이라고 약조했지 않았던가! 그런데 자네는 짐의 요구를 들어주었다고 생각하나?"

장정옥은 그제야 이 5품 관원이 바로 며칠 전 술직차 북경에 들어온 대만지부 황립본(黃立本)이라는 것을 알 수가 있었다. 옹정의 이 같은 말에 황립본이 연신 머리를 조아렸다.

"신은 결코 어거지로 상을 하사받으려 드는 것은 아니옵니다. 대만에서는 올해 복건성 번고로부터 쌀 한 톨도 지원받지 않았사옵니다. 믿어지지 않으시오면……."

"혼자 똑똑한 척하고 있네!"

옹정이 단호하게 황립본의 말허리를 뭉턱 잘라버렸다.

"자네는 감히 대륙의 약재를 가지고 홍모국(紅毛國)과 몰래 해상 교역을 해 왔네. 거기서 돈을 벌어 복건성 장주 지역에서 쌀을 구입해 들였지! 물론 이로 인해 별다른 부작용이 생긴 건 아니기에 짐은 자네의 죄를 묻지 않았네. 대만의 살림도 그만하면 괜찮게 한 것 같고. 그러나 자네가 짐이 실정을 모르는 줄 알고 이런 식으로 위선적인 효를 표방하여 명예를 낚으려고 드는 행실 자체가 짐은 마음에 들지 않네. 자네가 그런 마음가짐으로 주군을 대한다면 언젠가는 수급(首級)도 보존하기 힘들 것이네. 자칫 자네가 그렇게도 효도하는 노모에게 누가 될지도 모르는 일이고!"

"천만 지당하신 말씀이옵니다!"

"물러가게! 가서 짐의 말을 곰곰이 되새겨 보도록 하게!"

옹정의 일갈에 위엄이 서려 있었다. 그러나 정작 황립본이 물러가려 하자 옹정은 다시 불러 세웠다. 그리고는 한결 부드러워진 목소리로 말했다.

"중농(重農)을 하든 중상(重商)을 하든 모두 군자와 소인의 분야이네. 돌아가서 반드시 농민들을 격려하여 황무지를 많이 개척하도록 하게. 자네가 그래도 청렴한 편이고, 올해 대만의 세수가 확실히 증가한 점을 감안하여 짐은 복건성 순무가 자네의 직급을 두 등급 올려주십사 하던 청구를 들어주기로 했네. 짐은 잘잘못을 엄격히 가려내어 그에 상응한 대접을 해준다는 걸 잊지 말게. 그만 물러가게!"

그제야 장정옥은 급히 하남성의 삼사(三司, 법사·번사·순무아문)에서 올려보낸 주장(奏章)과 절략(節略)을 두 손으로 받들어 올리며 말했다.

"전문경의 상주문을 기다리느라 며칠 늦었사옵니다. 주군의 어람을 청하옵니다. 그밖에 조류씨 사건을 매듭짓기 전에 호기항을 사천성 순무로, 차명을 호광 포정사로 발령하기로 하셨사옵니다만 이부더러 표를 내리라고 해야 할는지 모르겠사옵니다."

장정옥의 말에는 대꾸도 않은 채 주장을 번갈아 훑어보던 옹정이 고개도 들지 않고 물었다.

"투리천, 자네 올해 서른 살 넘었지?"

"예, 폐하! 신은 올해 견치(犬齒) 서른 하고도 둘이옵니다."

"정실부인을 들였나?"

"들였었사옵니다만 작년에 열병을 앓아 죽었사옵니다."

"음."

옹정이 주장을 내려놓으며 방포를 바라보더니 말했다.

"짐이 자네한테 혼인을 내리려고 하는 참이네. 이 일은 짐이 오랫동안 가슴속에 품고 유심히 살펴왔는데, 아무래도 자네가 적임자인 것 같아서 말이네. 짐이 방 선생더러 자네 둘의 팔자를 보라고 했는데, 아주 찰떡궁합이라고 하더군. 어떤가 새장가 들어볼 생각이 없나?"

그러자 투리천이 급히 무릎을 꿇어 머리를 조아리며 아뢰었다.

"군부(君父)께서 내리시는 것이라면 그 무엇인들 마다하겠사옵니까? 하오나 망인(亡人)의 시골(尸骨)이 아직 식기도 전에 다른 여인을 만난다는 것은 솔직히 마음에 썩 내키지는 않사옵니다. 폐하께서 혼인을 내리시고자 하시는 여인은 어떤 댁의 귀한 따님이시온지요?"

"짐은 바로 자네의 이런 따뜻한 마음을 높이 사는 바네. 망자를 향한 자네의 마음 씀씀이가 이러할진대 누굴 맡기든 든든하지 않겠나."

옹정이 웃으며 말을 이었다.

"자네가 아무 생각 없이 흔쾌히 응해 왔더라면 짐은 마음을 바꿨을지도 모르네! 짐이 작년에 궁녀를 선발하려고 했다가 포기한 사실을 들어서 알고 있나? 그 당시 어떤 여식이 짐의 마음을 움직였었지. 그 여식에게 짐은 천년가약을 맺게 해주겠노라고 장담했었는데, 막상 외모도 상당하고 문묵(文墨)에도 능한 무장(武將)을 물색하려니 그리 쉬운 일이 아니더군! 여럿을 물망에 올려놓고 따져봐도 자네 만한 적임자가 없을 것 같아서 말이네! 이 여식도 출신이 다소 빈한한 것만 빼고는 외형이며 학식 모두 썩 괜찮은 아이라네. 그래서 짐은 그 여식으로 하여금 출신의 한계를 벗어나게 해주기 위해 종인부에 명령을 내려 짐의 의녀(義女)로 삼아 여섯째 공주라 부르기로 했네. 어떤가? 이만하면 괜찮은 신부감이지 않나?"

장정옥은 그제야 작년에 선발되어온 궁녀들 중에 지의에 항거하여 간쟁(諫諍)을 올렸던 복아광이라는 여자아이를 떠올렸다. 그 당시 옹정이 혼인을 시켜줄 테니 기대해도 좋다는 식으로 말했던 기억이 났다. 그러나 그때는 농담인 줄로만 알았었다. 그런데 옹정이 그 바쁜 와중에도 이런 자질구레한 일을 가슴속에 품고 여태 생각해 왔다는 사실에 장정옥은 적이 놀랐다. 그는 곧 웃으며 말했다.

"폐하께서 언급하시지 않으셨으면 신은 그 일을 벌써 까마득히 잊었을 것이옵니다. 워낙 사소한 일이라 그 당시 기록에도 남기지 않았사온데 폐하께서 여태 기억하고 계셨다니 실로 감복해마지 않사옵니다. 복아광씨가 여섯째 공주 행렬에 들었다 하오니 투리천은 부마로서 으레 일등시위로 진급시켜야 마땅하옵니다."

"이 일은 성덕(聖德)에 관련된 일이거늘 아무리 사소하다고 하여 어찌 예부의 문서에 기록이 남아있지 않을 수 있단 말인가? 이건 예부의 실직(失職)이네."

그러자 방포가 한마디 거들고 나섰다.

"조정의 과실에 관한 사안일지라도 대청의 후세들에게 좋은 교훈을 남겨주기 위해선 마땅히 기록을 남겨야 하오."

이에 옹정이 웃으며 말했다.

"그렇지. 맞는 말이네. 투리천, 자네는 이만 물러가도록 하게. 여섯째공주는 지금쯤 종수궁에서 황후의 덕담을 듣고 있을 터이네. 자네는 오후에 황후를 배알하여 청안올리고 황후가 무슨 의지(懿旨)라도 내리면 그에 따르면 되네."

"예, 폐하!"

투리천이 물러가기를 기다려 옹정이 웃으며 장정옥에게 말했다.

"자, 이제 자네 얘기를 들어보세. 요즘 하남성에서 올라온 밀주문을 읽어보니 어찌하여 그곳엔 좋은 사람은 하나도 없고, 온통 매도당해 마땅한 사람들만 모였을까? 하는 생각이 들었네. 서로 충부리를 겨누고 화약냄새를 풍기니 말이네. 누군가는 분명히 짐을 기만하고 있지만 하도 설왕설래가 난무하여 짐도 갈피를 잡을 수 없다네. 형신, 자네들은 원혐(怨嫌)을 피하지 않고 진정만을 토로하기로 짐이랑 약법(約法)하지 않았나. 말해 보게. 자네 말 들어보면 짐도 나름대로 판단이 설 테니까."

자신의 문생인 전문경이 관련돼 있어 되도록 개입하지 않고 옹정의 지의대로만 움직이려고 했던 장정옥이었다. 그러나 옹정이 이 같이 직설적으로 물어오자 장정옥은 잠시 망설이다가 마침내 용기를 내었다.

"신도 주군과 마찬가지로 현지에서 직접 보고 들은 건 하나도 없사옵니다. 하오나 신의 문생인 마가화가 얼마 전에 서신을 보내와 하남성 관가에서 공공연히 나돌고 있는 속어(俗語)를 적어 보냈사옵니다. 대단히 저속하여 폐하께 말씀올리긴 몹시 망설여지오나 주군께오서 웃으시는 모습을 보는 것으로 신은 만족하옵니다. 속어 내용은 이러하옵니다. '한 수레를 끄는 세 말(순무·번사·법사)은 제각각 튀고, 삼사(三司)의 세 나팔수는 서로 제가 잘 났노라 으시대며 따로 노네. 전(田), 차(車), 호(胡) 세 명 가운데 다리에서 내뿜는 오줌줄기는 굵기가 저마다 다르네.' 비록 저속하긴 하옵니다만 하남성의 실정을 반영했사옵니다……."

장정옥이 말을 끝내기도 전에 옹정과 방포는 뭐라 형언할 수 없는 표정을 지은 채 번갈아 보며 웃었다. 몇몇 태감들이 입을 움켜쥐고 구석자리에서 키득키득거리는 모습을 본 옹정이 문득 웃음을 거두고 눈을 부릅뜨며 고함을 질렀다.

"대신이 주사(奏事)하는 자리에서 버릇없이 뭣들 하는 건가? 어서 썩 물러가지 못하는가!"

"신이 보기에 전문경은 일심으로 조정을 위해 전력을 다하고 있는 것 같사옵니다."

장정옥이 깊은 생각에 잠긴 듯 미간을 다소 좁히며 조심스레 말했다.

"다만 매사에 임함에 있어 주군께 보은을 하려는 공훈심이 앞서 지나치게 성급히 매듭을 지으려 하다 보니 잔혹하다는 악명을 뒤집어쓰게 된 것 같사옵니다. 하루 빨리 하남성을 집집마다 대문을 열어놓고 잘 수 있고 길에서 다른 사람이 분실한 물건을 봐도 줍지 않는 그런 이상적인 곳으로 만들려다 보니 조류씨 사건에서 막판에 극참형(極慘刑)을 내린 것 같사옵니다. 마가화의 말에 따르면 이번에 비형에 처해진 비구니들은 죄값을 치르는 건 당연하나 죄의 경중에는 무관하게 모두 목을 쳐버린 것은 형량이 지나치게 무거웠다는 것이옵니다."

이와 같이 말하고 난 장정옥은 옹정을 바라보았다. 그러자 옆에 있던 방포가 물어왔다.

"마가화의 말을 들어보면 개중에는 억울하게 죽은 이도 있다는 뜻인데, 마가화가 그걸 어찌 아오? 또 과연 그게 사실이라면 억울한 죽음을 당한 사람은 몇이나 되는지?"

이에 장정옥이 말했다.

"백의암은 앞뜰, 뒤뜰로 나뉘어져 있다 하오. 앞뜰에서 시중드는 비구니들은 간혹 음란한 경우는 있지만 살인사건에는 직접 개입하지 않았다 하오. 그 중 셋은 석녀(石女)라서 죄명이 커봤자 '알면서 눈감아준 죄'인데, 곤장 20대면 족할 걸 꼭 죽였어야 하느냐는 거죠. 이로 볼 때 전문경은 이번 사건을 처리하는데 있어서 다소 무모했던 것 같사옵니다. 하루빨리 치적을 올려 보은하고픈 마음은 불 같은데, 순무로서의 위엄을 세우자니 아직 자망(資望)이 부족하여 든든한 배경을 등에 업은 세력파 차명과 호기항이 사사건건 발목을 잡고 늘어지니 당해낼 독불장군이 있겠사옵니까? 호기항이 상주문에 장구가 탐오횡령했다는 증명을 붙여서 보낸 것도 전문경을 괴롭히려는 뜻인 것 같사옵니다. 이 일에 대해 신이 거듭 고민해본 바로는 전문경을 어전으로 불러 죄를 묻는다고 해도 죽은 자는 말이 없으니 사건의 전말을 제대로 밝혀낼 수도 없고, 속이 시원하게 밝힌다고 해도 조정에는 별로 득될 것이 없을 것 같사옵니다. 아무래도 폐하께서 먼저 지의를 내리셨듯이 차명과 호기항 두 사람을 하남성에서 떼어내어 다른 곳으로 보내는 것이 상책일 것 같사옵니다."

장정옥의 말에 귀기울여 들으며 옹정은 형형한 눈빛을 창밖에 두며 깊은 사색에 잠겨 있었다. 한참 후에야 옹정은 비로소 고개를 돌려 방포를 향해 물었다.

"방 선생, 자네 생각은 어떠한가?"

방포도 궁전 밖을 바라보고 있었다 언제 먹장구름이 몰려오기 시작했는지 창 밖을 내다보니 반쪽 하늘은 벌써 온통 시퍼렇게 부어 있었다. 미풍에 붉은 궁벽 위의 가느다란 풀이 하느적거렸다. 입추는 아직 지나지 않았지만 북쪽에서 불어오는 바람은 더 이상 한여름의 숨막히는 열기를 품고 있지 않았다. 옹정의 질문에 한참 생각하여 방포가 입을 열었다.

"차명은 염친왕의 사람이고, 호기항은 연갱요의 문하이옵고. 전문경은 조정의 일꾼이옵니다. 하남성이라는 이 호수는 거울 속처럼 훤히 들여다 보이옵니다. 오사도가 지난번 북경에 왔을 때 밤을 새워가며 긴 얘기를 주고받았었사옵니다. 그때 많은 걸 느끼고 얻었사옵니다. 무좀 같은 질환은 우려할 바가 아니나 심복지환(心腹之患)은 남겨 둬선 아니 되옵니다……."

장정옥은 방포의 말뜻을 음미해 보았다. 그렇다면 과연 무좀 같은 존재는 누구이며 심복지환은 또 누구를 뜻하는 것일까? 그는 재상이었기에 방포처럼 자유로이 옹정과 흉금을 다 터놓고 할 수는 없었다. 재상으로서의 그는 정대광명하게 조정의 국면을 바로잡고 황제로 하여금 법리로 천하를 다스리도록 보좌하는 임무가 최우선이었다. 그러나 방포의 말뜻에서 장정옥은 윤사와 연갱요가 '성기(聖忌)'를 범한 정도는 이미 위험 수위를 넘어서고 있다는 것을 느낄 수 있었고, 이런 흐름에 맞춰 '음양을 조율'할 수밖에 없다고 생각했다. 그는 곧 웃으며 말했다.

"신의 우견으로는 차명을 호광 포정사로 발령내는 것은 그런대로 괜찮을 듯 싶사오나 호기항을 목마태워 갑자기 사천 순무자리에 앉히는 것은 아무래도 적당하지 않은 것 같사옵니다. 양명시의 운남 포정사 자리가 비어 있사오니 호기항을 그쪽으로 보내는 것이 더 낫지 않을까 하옵니다. 그리고 사천 순무는 잠시 사천 포정사가 서리(署理)하게 하는 것이 어떨까 하옵니다."

"그렇게 하지."

옹정이 희고 가지런한 윗니로 입술을 꼬옥 내리누르며 말했다.

"악종기더러 사천 순무를 겸하게 하는 게 좋겠네. 호기항은 이 부로 가서 인수인계를 마치고 운남성으로 가게 하게. 형신, 자네는 전문경에 대한 포상(褒賞) 지의를 작성하도록 하게. 여태 잘해 왔고, 짐은 대단히 만족한다고. 파죽지세를 꺾이지 말고 여태 해왔 던 것처럼 과감히 밀고 나가라는 뜻을 전하게. 그리고 이 두 마디 를 강조하게. 음…… 수년 동안 풀지 못했던 거대한 사건을 속시원 히 풀었고, 하남성 하늘에 지지리도 무겁게 내리 드리웠던 먹장구 름을 걷어내어 이치쇄신을 갈구하는 백성들의 한을 풀어주었다, 라고 말이네. 또한 지금은 관용을 베풀지 않아 우환이 끓는 것이 아니라 전문경 같은 무서운 호랑이가 없는 게 탈이니 소매를 더 걷어붙여도 괜찮다고 용기를 북돋아 주도록 하게!"

"알겠사옵니다, 폐하!"

장정옥이 대답과 함께 서둘러 물러가려고 하자 옹정이 불러 세 웠다. 그리고는 웃으며 말했다.

"군무도 아닌데 뭘 그리 서두르나? 방 선생과 함께 짐을 동무하 여 조선(早膳)을 마치고 일하러 가도 늦지 않네."

이 같이 말하고 난 옹정은 곧 수라상을 들이라는 명령을 내렸다. 장정옥과 방포는 못내 면구스러웠으나 어쩔 수 없이 응답과 함께 사은을 표했다. 어선방의 태감들이 어선이 담긴 접시를 하나 둘씩 들고 나와 정교한 선탁(膳卓)에 정성껏 배열해 놓았다. 제비집과 닭고기찜이며 오리구이, 노루고기볶음, 거위찜이며 사슴꼬리탕 그리고 네 개의 은접시에 야채가 조금씩 올라와 있었다. 그밖에도 여러 가지 떡과 만두 등 궁중다과로 젓가락 둘 데를 모를 지경으로

수라상은 푸짐했다. 그사이 옷을 갈아입고 중간에 자리한 옹정이
말했다.

"자네들은 짐의 양옆에 편히 앉아 양껏 들게. 알겠지만 짐은
평소에 이렇게 푸짐하게 먹는 경우가 거의 없다네. 오늘은 특별히
자네 두 사람에게 푸짐한 어선 한번 먹여보고 싶어 특별히 지시하
여 준비했으니, 자네들이 체면 차리고 안 먹어주면 별 의미가 없는
자리가 돼 버리고 만다네. 짐은 기름기를 싫어하니 짐에겐 신경쓰
지 말게."

옹정이 젓가락을 드네 마네 하는 바람에 방포와 장정옥은 허겁
지겁 먹을 수가 없었다. 평소에도 "음식 먹을 땐 말을 하지 않는
다"라는 철칙을 내세워 음식상을 앞에 두고는 좀체 말을 하지 않
는 1군 2신(一君二臣) 세 사람인지라 이번 어선은 대단히 엄숙한
분위기 속에서 마칠 수밖에 없었다. 창 밖이 점점 흐려지고 찬
기운을 듬뿍 머금은 바람이 불어닥쳤다. 바깥 병풍 앞에는 먼지가
소용돌이치며 달팽이처럼 팽그르르 돌더니 궁벽 쪽으로 사라지곤
했다. 신비함과 불안이 교차된 느낌을 받으며 두 사람은 옹정의
눈치만 살피며 젓가락을 들었다 놓았다 하며 음식 맛은 도통 느낄
수가 없었다. 진수성찬을 앞에 두고 이토록 힘겨울 줄은 몰랐다.
드디어 옹정이 수저를 내려놓자 두 사람은 기다렸다는 듯이 일어
나 어선을 내려주심에 감사드린다는 식으로 인사를 올렸다. 잔뜩
찌푸려 있는 창밖에 멍하니 시선을 두고 있는 옹정은 심사가 겹겹
한 것 같아 보였다. 한참 후에야 그는 비로소 숨을 길게 몰아쉬며
명령했다.

"모든 태감, 궁인들은 물러가거라!"

고무용이 대답과 함께 양심전에 있는 모든 태감과 궁녀들을 데

리고 조용히 물러갔다. 옹정이 뭔가 중요한 밀유를 내릴 것 같은 느낌이 든 방포와 장정옥은 서로를 마주보았다. 그러나 옹정은 더 이상 말이 없었다. 궁금하기 그지없지만 물을 수도 없는 일이었다. 숨막히는 침묵이 흘렀다. 그러길 한참, 옹정이 마침내 입을 열었다.

"형신, 짐은 선제보다 까다로워 비위 맞추기가 여간 어려운 게 아니다. 밖에서 이런 말이 나도는 게 사실인가? 바깥 형세는 방 선생보다 더 잘 아는 자네가 말해 보게."

"그런 설이 있사옵니다."

느닷없는 옹정의 질문에 가슴이 쿵 내려앉은 장정옥이지만 관가에선 더 이상 비밀이 아닌 사실인지라 속이고 감추고 할 수도 없는 노릇이었다. 그는 상체를 깊이 숙이며 아뢰었다.

"폐하께서는 지엄하시고 강직하신 인상을 대외적으로 많이 보이셨기에 선제와 성격이 다르다는 느낌을 주게 된 것 같사옵니다. 관가의 생리란 원래 윗사람의 성격의 요모조모를 따져 그에 걸맞는 수단으로 비위를 맞춰보려고 갖은 아부를 떠는 것인데, 폐하에게는 그 틈새를 비비고 들어갈 수가 없으니 당연히 이런저런 소문이 나도는 것 같사옵니다."

낯색이 조금 창백하게 보이는 옹정이 머리를 저었다.

"짐에 대한 소문은 이것 뿐만은 아닌 것 같네. '강도황제'라느니, '압수쟁이황제'라느니, '타부제빈(打富濟貧)황제' 뭐 이루 말할 수 없다는 것 같던데, 사실인가?"

장정옥은 그저 마른침을 꿀꺽 삼키며 몸을 숙일 뿐 말이 없었다. 감히 그 말을 반복할 수가 없어 묵인을 했던 것이다.

그러자 두 눈에 유유한 빛을 보이며 방포가 나섰다.

"신이 알기로는 방금 말씀하신 그런 소문이 나도는 건 사실이옵니다. 하오나 성은에 감격해마지 않는 신하들도 대단히 많사옵니다. 여론이 일치하지 않는 것도 상정(常情)이오니 폐하께서 이 점 유의하여 주십사 하는 신의 마음이옵니다."

"짐은 상심해서 이러는 건 아니네."

옹정이 얼굴에 자조 섞인 미소를 띠며 말을 이었다.

"짐을 미워하는 사람은 세 부류인 걸로 알고 있네. 대위(大位)를 노렸다가 짐에게 빼앗긴 자, 짐이 인정사정 보지 않고 재산을 몰수해 거리로 내쫓아버린 탐관오리들, 지역실세임을 내세워 호강(豪强) 행세를 하던 자들. 이런 자들이야 당연히 짐을 향해 이를 갈지 않겠나. 그러나, 정옥 자네는 기억하고 있을 거네. 선제께서 붕어하실 당시에 우리 대청의 국고엔 은이 얼마나 있었는지?"

"예, 폐하! 그 당시엔 7백만 냥이 고작이었사옵니다."

"지금은?"

"5천만 냥이 비축되어 있사옵니다."

옹정이 천천히 자리에서 일어나며 말을 계속했다.

"이 5천만 냥은 탐관오리들에게서 나온 것이지 결코 백성들의 골수를 빨아들인 것은 아니네. 그 동안 탐관오리들이 먹은 걸 게워내게 하여 전부 국고에 넣었을 뿐 짐이 궁궐을 보수하거나 금원(禁苑)을 짓기 위해 따로 숨겨둔 돈은 한 푼도 없네. 짐이 스스로의 양심에 한 치의 가책도 없는 한 짐은 자신하네, 짐을 비난하고 짐에게서 등 돌리는 사람은 필경 소수에 불과할 것이라고. 물론 짐은 스스로 옳다고 판단하였을 시에는 모든 이들이 등 돌린다고 해도 겁나진 않네."

침묵이 흐르는 가운데 옹정의 발자국 소리만 도금된 바닥에서 절도있게 울렸다.

"5천만…… 이 액수를 유지한다면 무슨 일이든 할 수 있어. 하도(河道)를 수리할 수도 있고, 재난을 구제할 수도 있고, 병사(兵事)를 대비할 수도 있고……. 나 애신각라·윤진은 이만하면 하늘에 계신 조상님들과 만천하의 억만 백성들에게 적어도 손가락질은 받지 않을 것이네!"

고개를 들어 궁전 천장의 조정(藻井)을 바라보며 옹정은 속에서 불붙고 있는 화염을 토해내듯 이 같이 말했다. 그 화염에 쬐어 온몸이 후끈후끈 달아오른 장정옥이 무겁게 입을 열었다.

"폐하……."

"짐이 하고자 하는 일은 절대 용두사미(龍頭蛇尾)하는 경우는 없을 거네. 종실내친(宗室內親)이든 현귀권요(顯貴權要)이든 그 누구를 막론하고 짐의 걸림돌이 되는 자는 가차없이 제거해버릴 것이니!"

옹정의 눈빛엔 시퍼런 독기가 서려 있었다.

"짐은 결단을 내렸네. 연갱요! 짐의 앞길을 막고 있는 이 대못을 뽑아버리기로 했네!"

순간 장정옥의 가슴은 천애절벽에서 추락하는 것 같았다. 가까스로 정신을 추스린 장정옥이 심각한 표정을 지었다.

"연갱요가 공로를 표방하여 오만방자하게 굴고 정무를 방해하는 건 주지하는 바이옵니다. 다만 이제 막 봉작진위(封爵進位)하여 드높은 성총을 한 몸에 받고 돌아간 연갱요이옵니다. 아직 손댈 수가 없이 뜨거운 감자이온데 돌연히 죄를 묻는다면 그 본인도 불복하겠지만 앙심을 품고 호시탐탐 기회를 노리고 있는 소인배 늘에게 조정을 혼란에 빠뜨리게 할 수 있는 명분을 내주는 것과 다름없사옵니다. 부디 폐하의 삼사(三思)를 기대하옵니다."

이 같이 말하고 난 장정옥은 잠시 후에 다시 입을 열었다.

"이 감자가 식을 때까지 몇 년간 기다렸다가 신이 명승암강(明昇暗降)하여 병권을 박탈하고 나서 천천히 목을 옥죄어 가는 것이 훨씬 안전하고 승산이 있을 것 같사옵니다."

그러자 방포가 한숨을 내쉬었다.

"형신, 솔직히 폐하께서 이렇게 마음을 굳히시기 전에 나와 오사도의 의견을 먼저 물어 오셨더랬소. 우리는 조국(朝局)의 한가운데 서 있는 자네처럼 그리 책임감있는 조언은 못해 드렸소. 우리 생각이 짧았을지 모르나 폐하께서 그저 참작을 해 주십사 했던 거요. 그러나 연갱요의 교횡(驕橫)과 발호(跋扈)의 움직임을 보면 몇 년 후에는 그 세력의 팽창속도가 아무도 예측할 수 없는 지경에 이를지도 모르는 일이오. 벌써 하남성에 손을 뻗쳐 전문경의 손목을 비틀어 개혁을 추진하지 못하게 하고 있잖소. 그뿐이오? 강소, 절강의 이위에게도 감놔라 배놔라 하여 이위가 골치를 앓는다오! 광동성 순무 공육순(孔毓徇)에게도 기웃거렸고. 오늘 우리는 폐하께 밀주하여 건의하는 자리이기 때문에 솔직히 터놓고 얘기해야 하지 않겠소? 몇 년 후에 연갱요가 '여덟째당'과 동류합오(同流合汚, 더러운 것끼리 한데 뭉침) 하였다고 가정했을 때, 안에서는 의정왕(議政王)의 위권에 짓눌리고 밖에서는 병권을 틀어쥔 공작대장군(公爵大將軍)이 밀어붙이면 장상, 그대는 과연 어찌 활개치고 일을 할 수가 있겠느냐 그 말이오. 그대의 재상 자리는 또 얼마나 보존할 수 있을지 그 누가 알겠소?"

"짐은 벌써 마흔하고도 팔 년을 더 살아왔네. 갈 길은 먼데 날은 어두워지고 있네. 앉아서 몇 년씩이나 기다릴 수가 없다는 얘기네."

옹정이 냉엄한 얼굴에 한 가닥 웃음을 걸고 말했다.

"형신, 우리 대청에 진정으로 군사를 알고 이끌어 나갈 수 있는 믿음직한 병권의 파수꾼은 오직 이친왕뿐이네. 그런데 자네도 봐서 알다시피 건강이 여의치가 않아. 만에 하나 잘못되기라도 한다면 우린 손을 써보고 싶어도 속수무책인 지경에 이를 수도 있네. 국구(國舅)는 불명불백(不明不白)하여 종잡을 수 없는 사람이라 기대할 수 없고, 대위(大位)를 노리는 윤사의 욕망은 죽어서나 사그라들 테고, 벌써부터 염친왕과 관련된 연갱요의 움직임이 심상치 않다는 보고도 올라와 있어. 자네, 앞뒤를 잘 재어 보게. 우리가 몇 년씩이나 지켜볼 수 있겠나? 물론 짐은 연갱요의 목숨까지 빼앗겠다는 뜻은 아니네. 그가 병권을 순순히 내놓고 본분을 지켜 평상심을 찾아간다면 짐은 그의 여생을 책임져 줄 의사도 있네. 마제도 이젠 늙었고, 방 선생은 그저 백의서생(白衣書生)일 뿐이니 짐은 자네한테 큰 기대를 걸 수밖에 없네!"

옹정의 말이 끝나기도 전에 장정옥은 벌써 그 뜻을 알 수가 있었다. 옹정이 거는 기대가 큰 만큼 자신의 어깨 또한 무거운 장정옥이었다. 자신의 말 한 마디에 대청의 명운이 오락가락 한다는 생각에 장정옥은 피가 마르는 순간을 견뎌내며 생각에 골몰했다. 창문을 스치는 가는 빗소리를 들으며 세 사람은 오래도록 침묵을 지켰다. 그러기를 한참, 장정옥이 마침내 입을 열었다.

"신, 지의에 따르겠사옵니다. 폐하께선 어떤 계획을 갖고 계시옵니까?"

"오늘 오후에 짐은 투리천을 부를 거네."

옹정이 느릿느릿 입을 열었다.

"연갱요를 항주장군(杭州將軍)으로 보낼까 하네. 투리천을 서녕(西寧)으로 보내어 이 일을 처리하게 하는 게 적합할 것 같네."

장정옥이 적이 놀라는 표정을 지었다. 그러자 방포가 말했다.

"연갱요가 순순히 봉조(奉詔)하면 만사가 술술 풀리는 거고, 만에 하나 봉조하기 않으면 악종기의 대영에서 연회를 베풀어 생포하는 수밖에."

이에 장정옥이 나섰다.

"방 선생, 지금은 법통(法統)이 엄밀한 태평성세요! 연극을 꾸미는것도 아니고 고서(古書)에 나와 있는 방식을 그대로 옮겨놓을 순 없소! 연갱요가 봉조하지 않을 뿐더러 연회에도 참석하지 않으면 그때 가선 어떡할 거요? 그리고, 연회석상에서 죄없는 공신을 죽였다는 여론은 무슨 수로 잠재울 거요? 연갱요의 부하들이 떠들고 일어나는 것에 대한 대비는 되어 있는 거요? 청해에 있는 악종기 부대는 고작 만 명밖에 안 되오. 그에 반해 연갱요는 무려 10만을 넘어서고, 게다가 아홉째패륵 윤당도 연갱요의 군중에 있지 않소? 자칫 큰일날 발상이 아닐 수 없소!"

아귀가 딱딱 맞아 돌아가는 장정옥의 반격에 옹정과 방포는 할 말을 잃고 말았다. 한참 후에야 방포가 눈꺼풀을 내리며 말했다.

"형신의 질책에 공감하오. 나도 급한 김에 생각이 짧았던 것 같소."

그러자 옹정이 웃으며 말했다.

"사람이니까 잘못 생각할 수도 있는 거지 그것 가지고 지나치게 자책하지는 말게. 형신, 자네는 어떤 경우에나 균형을 잃지 않는 걸 보니 '형신(衡臣)'이라는 이름 두 글자에 추호도 손색이 없는 것 같네. 무슨 양책(良策)을 갖고 있는지 어서 말해 보게."

"한꺼번에 보폭을 너무 크게 떼지 말고 몇 번에 나눠 목적지에 다다르는 게 좋겠사옵니다."

장정옥이 신중하게 말을 이었다.

"연갱요는 당장은 만천하가 들고 일어나 성토할 만큼의 죄를 지은 건 없사옵니다. 오히려 큰 영웅으로 부각되어 있는 실정이옵니다. 하오니 시은(施恩)할 건 전처럼 당당히 하고 군향도 충족하게 보내주면서 전사(戰事)가 끝났다는 이유를 들어 11개 성의 병마를 관장할 수 있는 병권을 조정에서 회수하는 것이 바람직하옵니다. 여기엔 폐하께서 직접 지의를 내리시는 것보다 신이 병부를 통해 정유(廷諭)를 내려 교섭하는 것이 나을 것 같사옵니다. 그래도 연갱요는 감히 공공연히 반항을 하지 못할 것이옵니다."

"음."

"이런 전제하에서 원단(元旦)에 연갱요를 술직차 북경으로 불러들이는 것입니다."

장정옥은 주도면밀한 책략을 내놓고 있었다.

"그때 가서 불렀음에도 안 온다면 그것은 공연히 지의에 항거하는 행위로 조정에서 처리할 수 있는 명분이 주어지게 되는 바 악종기더러 대장군직을 서리(署理)하게 하여 사천 주둔군을 청해성으로 옮기도록 조치하면 되겠사옵니다. 연갱요가 여기에도 따르지 않는다면 그것은 곧 모반으로 볼 수 있사옵니다. 풀 한 포기 제대로 안 자라는 청해 모래밭에서 10만 대군이 군량미 없이 얼마나 버틸 수 있겠으며, 명분없이 감히 반란을 일삼을 수 있는 자가 몇이나 되겠사옵니까? 물론 연갱요가 순순히 북경으로 와 준다면 양상은 크게 달라질 것이옵니다. 폐하께서도 병권을 빼앗는 것으로 만족하신다고 하셨듯이 우린 지나치게 그를 괴롭힐 것도 없을 것이옵니다."

조리가 분명하고 이치가 들어맞는 장정옥의 말에 방포마저 고개를 숙여 속으로 감복해마지 않았다. 그는 자조 섞인 웃음을 지으며 말했다.

"형신은 양모(陽謀)로 승부를 거는 진정한 신자(臣子)의 풍모를 갖췄사온데, 음모(陰謀)로 사군(詐君)한 방포는 창피스러워 머리를 들 수가 없사옵니다. 정옥의 뜻대로 큰 흐름을 타게 될 경우, 여기에 남아있는 연갱요 부하장령들의 가족들에게 안락한 거처를 마련해주어 그쪽에서 감히 연갱요의 선동에 동조하지 못하도록 하는 수도 있겠사옵니다. 또한 경기(京畿) 지역의 방어를 강화하여 건강이 여의치 않은 십삼마마를 보좌할 겸 십칠마마 윤례를 북경으로 불러들이는 것도 바람직할 것 같사옵니다. 어제 들어온 밀주문에 의하면 국구 커룽둬는 몰래 재산을 친구 집이나 서산 사찰에 분산시키느라 여념이 없다 하옵니다. 그가 무슨 생각에서 이런 행동을 보이는지, 지난번 창춘원을 수색한 건 무슨 의도에서였는지를 떠나서 그는 이미 폐하에게서 멀어져가고 있다는 명증이옵니다. 비록 이젠 구문제독 자리에서 물러났다고는 하오나 그 뿌리 깊은 유착관계는 남아있을 것이오니 경계해야 하옵니다. 그리고 폐하께서 전에 내리신 주비를 신이 읽어보니 연갱요에 대해 치하하신 부분이 상당했사옵니다. 이제부턴 슬슬 거둬들여야겠사옵니다. 관가의 청우표(晴雨表)라고 할 수 있을 정도로 민감한 신하들이옵니다. 금세 조정과 폐하의 깊은 뜻을 알아차리고 자기 자리를 찾아갈 것이옵니다. 이렇듯 가랑비를 내리다보면 아무리 둔한 사람이라도 옷 젖는 줄을 알게 돼 있사옵니다. 연갱요가 그 옛날의 연갱요가 아니라는 냄새를 다분히 풍기고 나서 손을 쓴다면 민심이 갈 곳을 몰라 허둥대는 혼란은 피해갈 수 있을 것이옵니다."

장정옥의 의견을 존중하면서 물샐틈없이 보강해 낸 방포의 건의에 장정옥은 박수를 보냈다.

장정옥과 방포가 물러나 밖으로 나왔을 때 잿빛 하늘은 손 뻗으면 금세 닿을 것 같이 낮게 드리워져 있었다. 가느다란 비는 소리 없이 내리고 있었다. 궁전 밖까지 두 사람을 배웅나온 옹정은 고개를 들어 하늘을 바라보며 얼굴에 닿는 느낌이 시원한 실비를 일부러 맞고 있었다. 그 모습을 발견한 형년이 급히 달려나왔다.

"아니 되옵니다, 폐하! 감기라도 드시면 큰일이옵니다. 우산을 쓰시고 잠깐 시원한 바람만 쐬고 들어가셔야 하옵니다."

그러자 옹정이 여전히 고개를 젖히고 눈을 지그시 감은 채 웃으며 말했다.

"6월에 감기가 웬 말인가? 자넨 종수궁에 가보게. 투리천더러 황후마마를 배알하였으면 건너오라고 전하게."

말을 마친 옹정은 곧 궁전 안으로 들어왔다. 동난각의 남쪽 창문을 열어젖히게 하고 자리에 앉은 옹정은 곧 용안 위에 높게 쌓여 있는 상주문을 뒤적였다. 훑어보긴 했기만 아직 주비를 달지 않은 것들이었다. 방금 장정옥과 담론을 거쳤으니 어떤 상주문은 다시 읽어야 할 것 같았다. 잠시 생각하던 옹정은 곧 광동성 총독인 공육순(孔毓徇)이 올려온 밀주문을 골라내어 주사를 듬뿍 묻혀 한 획 한 글자씩 주비를 달기 시작했다.

다음부터 청안을 올리는 상주문 외에는 노란 비단 겉봉을 사용하지 말도록 하게. 성인의 후예라는 사람이 물건 귀한 줄 몰라서야 되겠나?

주사(朱沙)를 너무 많이 묻혀서인지 커다란 주사액이 상주문에 툭하고 떨어지고 말았다. 옹정이 급히 문질러 닦는 바람에 더 많이 번지고 말았다. 옹정은 급히 옆자리에 이 같은 글귀를 남겼다.

짐이 부주의하여 오점을 남긴 것이니 자네는 놀랄 것 없네.

작은 글씨로 이 같이 해석을 달고 난 옹정은 다시 주비를 적어나 갔다.

자네가 지난번 올린 상주문에서 짐이 풍대 대영의 열병식에 참석한 건 연갱요의 요청에 따른 것이라는 소문을 들었다고 했는데, 과연 누구한테서 들은 것인가? 연갱요의 형이 광동성 해관(海關)에 몸담고 있거늘 혹시 그이한테서 들었는가? 이런 망언은 짐이 생각하기에 국구(國舅)가 연갱요의 공로를 질시하여 흘렸을 수도 있네. 짐이 유충지주(幼沖之主)가 아니거늘 어찌 연갱요의 입김에 불려 다닐 수 있겠는가? 그런 가당치도 않는 말은 듣지도 말고 옮기지도 말게!

다 쓰고 난 옹정은 또 다른 상주문을 뽑아들었다. 사천성 순무인 왕경호(王景灝)가 올린 주장(奏章)이었다. 그는 연갱요가 추천한 사람이었기에 옹정은 한참 심사숙고를 거친 끝에야 비로소 적어 내려가기 시작했다.

자네는 연갱요에게 밉보인 적이 없나 잘 생각해 보게. 그렇지 않고

서야 연갱요가 갑자기 호기항을 불러 자네를 대체하게 할 이유가
없지 않은가? 그러나 짐이 호기항을 안 보내기로 하였으니, 자네는
안심하고 일하게. 짐이 이번에 보니 연갱요는 그 옛날의 연갱요가
아니었네. 교만이 하늘을 찌르고 오만방자하여 짐의 눈에 거슬리는
일이 한두 가지가 아니었네. 정신이 퇴패(頹敗)하여서 그런 것인지
아니면 공고지만(功高志滿)하여 그런지는 모르겠네. 자네는 비록
그 사람의 추천을 받았다고는 하지만 절대 그에 빌붙어 용인(庸人)
으로 전락해서는 아니 되겠네. 짐이 기용한 대신인 만큼 다른 사람
눈치보지 말고 맡은 바에 충실하면 되네. 짐은 결코 연갱요가 어찌어
찌 할 수 있는 그런 무능한 군주는 아니네.

이 같이 주비를 적어 한 쪽으로 밀어놓고 난 옹정의 눈에 '고기
탁(高其倬)'이라는 이름 석 자가 확 안겨왔다. 연갱요와는 상극인
고기탁이었기에 더욱 옹정의 눈길을 끌었다. 그는 상주문을 대충
읽어보고 나서 잠시 생각한 끝에 주비를 달았다.

능(陵)의 풍수를 보라던 일은 어찌 됐나? 준화에 마땅한 자리가
없으면 다른 곳도 고려해 볼 수 있네. 좋은 곳을 물색해 두길 바라네.
그리고 요즘 들어 연갱요가 상주해온 사실들을 종합해 볼 때 그 저의
가 궁금하고 동기가 불순해 보이는 일이 한두 가지가 아니네. 자네가
지난번 올렸던 상주문 내용에 비춰볼 때 짐은 자네와 사이직에게
대단히 안 됐다는 생각이 드네!

끝으로 옹정은 연갱요가 올린 청안상주문을 집어들었다 턱을
치켜들고 한참 생각하던 옹정이 일필휘지하듯 초서체로 마구 써

내려가기 시작했다.

　지난번 주장에서 자네는 짐이 '전승불교(戰勝不驕), 공성불만(功成不滿)'한다고 했는데 사실이네. 서해 전투의 대승을 두고 짐을 복이 많은 사람이라고 하는 이들이 있는 줄 아는데, 뭘 모르고 하는 소리네. 그건 실로 성조(聖祖, 강희제)의 공덕에 힘입었기에 가능했던 일일세. 자네 부하들은 누구 하나 성조께서 손수 발탁하고 키워오지 않은 사람이 있는가? 자네를 비롯하여 이번 서해교전에 투입됐던 모든 병사들은 조정의 공신이고 짐의 은인이네! 진정한 뜻에서의 복된 황제가 되기 위해 짐은 오늘도 초심을 잃지 않기 위해 노력하고 있는 중이네.

　옹정이 여기까지 쓰고 고개를 들어보니 고무용이 면전에 서 있었다. 그는 곧 다그쳤다.
　"투리천 왔나? 들라 하게."
　말을 마친 옹정은 곧 신발을 신고 내려섰다.
　일등시위 복장으로 갈아입은 투리천은 신수가 훤하고 더욱 패기가 넘쳐났다. 옹정이 방안에서 서성이며 거니는 모습을 본 투리천은 놀라게 할세라 감히 인기척도 마음대로 내지 못한 채 조용히 궁전 한 구석에 무릎을 꿇었다. 창가까지 갔다 발걸음을 돌리던 옹정이 그제야 한쪽에 엎드려 있는 투리천을 발견하고는 말했다.
　"성은이 망극하네 어쩌네 하는 말은 하지 말게. 대신 짐은 자네에게 임무를 내릴까 하네."
　"예, 폐하!"
　"듣자니 커룽둬 국구의 재산이 너무 많아 처치곤란이라 하네."

옹정의 얼굴에 음산한 미소가 번졌다. 그는 천천히 말을 이었다.

"사람을 시켜 뒷조사를 해 보게. 그 많은 재산을 어디에 다 감춰 두었는지 우리가 눈요기라도 좀 하게. 확실한 물증이 잡히면 주장(奏章)을 올려 몰수하도록 하게!"

"예, 폐하!"

46. 마수(魔手)

커룽둬의 집이 압수수색 당했다는 소식은 곧바로 연갱요의 군중(軍中)에 전해졌다. 비록 자력(資歷)은 깊으나 실제 전공(戰功)을 이룩한 적이 없고 공적(功績)이 미미한 이 상서방대신에 대해 연갱요는 마음 속 깊은 곳으로부터 불복해 왔다. 대장군 자리에 처음 올랐을 때는 "커룽둬는 평범하기 이를 데 없는 사람"이라는 밀주를 넣었다가 옹정이 무려 3천 글자도 넘는 장문의 주비를 내려 커룽둬의 '평범'하지 않은 점을 부각시키는 바람에 황제의 체통을 봐서라도 연갱요는 더 이상 커룽둬를 백안시 할 수가 없었다. 그 당시 옹정은 "커룽둬는 성조께서 짐에게 남겨주신 든든한 주춧돌이고, 자네와 마찬가지로 이 종묘사직에 없어서는 아니 될 간성(干城)이다"라고 했었다. 그 뒤로 연갱요는 북경에 들어올 때마다 가끔씩 커룽둬에게의 선물도 챙기는 노력을 보였고, 두 사람은 차츰 왕래가 있기 시작했다.

그러던 중 올봄, 연갱요의 둘째아들 연희(年熙)가 병이 고황에
들었었다. 옹정이 연희의 생진팔자(生辰八字)를 고기탁에게 주며
사주풀이를 부탁하였으니 연갱요는 이 아들을 잃을 팔자라고 했
다. 마침 커룽둬 슬하에 아들이 없다는 걸 아는 옹정은 두 사람의
관계도 가까워지게 할 겸 명령을 내려 연희를 커룽둬의 슬하로
보내 재앙을 비켜가게 했다. 그로부터 커룽둬와 연갱요는 자연히
가까워졌고 밖에서 보기에는 완벽한 '장상합(將相合)'이 이뤄져
보였다. 그러나 연갱요는 억지로 짜집은 이 관계가 마냥 어색하기
만 했다. 그리하여 얼마 전 옹정이 "국구(國舅)가 구문제독 직을
내놓은 것은 짐의 입김이 전혀 작용하지 않은 완전한 본인의 의사
였다"라는 주비를 내렸을 때도 연갱요는 커룽둬가 성총을 잃어
어쩔 수 없이 물러났다는 것을 객관적인 입장에서 냉정히 판단할
수가 있었다. 그는 커룽둬가 실총(失寵)을 했더라도 전혀 따끔하
거나 가려운 느낌조차 없었다. 다만 그 의자에 앉아있는 자신의
모습을 그려보며 꿈과 현실은 요원하다고 보면 요원할지 모르나
가끔은 종이 한 장의 차이일 때도 있다고 생각했다.

그러나 커룽둬의 집이 압수수색 당한 사실에 대해선 연갱요도
완전히 자유로울 수 없었다. 필경 옹정호가 출범한 이래 기추대신
(機樞大臣)에게 이 같은 처벌을 내리기는 처음이었기 때문이다.
뭐니뭐니 해도 커룽둬는 국구(國舅)로서 성총이 연갱요 자신을
능가하는 무엄한 탁고중신이거늘 집을 압수수색 당한다는 건 시
사하는 바가 대단히 컸고 웬만한 일이 아니라고 연갱요는 생각했
다. 그는 커룽둬의 일이 남의 일 같지 않았고 토사구비(兎死拘悲)
의 비애 같은 것이 느껴졌다. 뭔가 사태가 이상한 방향으로 흐르고
있다는 것을 은연 중 감지하였으나 대체 어디서 삐걱대는 소리가

나는지 알 수가 없었다. 관보(官報)를 받고 한참 넋이 나가 있던 연갱요가 상성정을 불렀다.

"며칠 동안 잠을 설쳤더니 머리가 아파. 오늘은 아참(衙參)을 하지 말고 가서 장군들을 해산시키오. 그리고 사람을 시켜 왕 어른과 아홉째마마를 청해오도록 하오."

"예, 그렇게 하겠습니다."

상성정의 백발이 미세하게 떨렸다. 그는 힘겨워 보이는 몸짓으로 허리 굽혀 인사하며 말했다.

"류묵림 참의께서 오늘 악종기 장군의 대영으로 떠나시면서 돌아오는 대로 대장군을 뵐 거라고 하셨는데, 접견하실 수 있겠습니까?"

그러자 연갱요가 웃으며 말했다.

"어디 좀 덜 들러붙는 고약은 없나? 악종기 대영이 금방 달려갔다 올 수 있는 것도 아니고 여기서 수십 리는 떨어져 있는데, 돌아온다고해도 저녁 무렵이겠지. 그건 그때 가서 보기로 하지!"

이때 밖에서 장화 소리가 들려오더니 왕경기가 털털하게 웃으며 들어섰다.

"대장군께서 어디 불편하시다고요? 제가 맥을 좀 봐 드리겠습니다. 고약만 붙여서는 아무 소용없습니다."

왕경기가 이 같이 말하며 당일 감숙성 난주(蘭州)에서 전해온 문서며 주장들을 연갱요의 책상 위에 올려놓았다.

왕경기는 이곳에 사무관으로 온 지 반 년이 넘었다. 문서 처리에 능하고 걸어다니는 백과사전으로 통하는 그는 뭔가 자문을 구하면 질문이 채 끝나기도 전에 답변을 해버리기가 일쑤였다. 비록 나이가 들었지만 기력은 젊은이 뺨칠 정도로 충만했다. 한가할 때면 연갱요를 도와 군무를 처리하기도 하고 담고논금(談古論今)하며 연갱요에게 피가 되고 살이 되는 정신적인 양식을 공급해주곤 했다. 그러는 사이에 그는 어느새 연갱요가 하루도 떨어져서는 허전해서 살 수 없는 지낭(智囊, 지혜 주머니)이 되어 있었다. 연갱요는 급히 차를 내오게 하고 자리를 내주었다.

"마음도 울적하고 몸도 뻐근하고 좀 그렇소. 왕 어른이라도 봐야 숨통이 트일 것 같아서 말이오."

연갱요가 이 같이 말하며 관보를 왕경기에게 건네주었다. 그리고 자신은 북경에서 전해온 상주문에 대한 답장을 뜯어보았다. 윤당에게서 미리 관보를 보아 알고 있던 왕경기가 잠시 생각하더니 갑자기 거두절미하고 이 같이 말했다.

"다음 차례는 연 대장군입니다."

"그게 무슨 말이오?"

순간 연갱요의 손이 흠칫 떨렸다.

"제 말은……"

세월의 풍상을 겪은 흔적이 역력한 왕경기의 얼굴 주름은 전혀 움직일 줄 몰랐다. 웃음기는 어느새 사라지고 없었고, 관보를 말아 쥔 손은 책상 위에 올라와 있었다.

"폐하께오선 대장군에 대한 의심의 골이 깊어지고 있다는 뜻입니다. 여덟째마마를 수술하려던 칼로 먼저 대장군의 수급을 취하려고 하는 것 같습니다!"

연갱요는 불에 덴 듯 화들짝 놀랐다. 마치 생판 모르는 사람을 쳐다보듯 그는 눈을 부릅뜨고 왕경기를 뚫어지게 노려보며 쉰 목소리로 말했다

"난 폐하와 골육친정(骨肉親情)을 나누는 사이이고, 생사를 같

이 하는 군신(君臣)간이며, 막 전공(戰功)까지 이룩한 사람인데 폐하께서 무슨 연유로 나를 의심하신단 말이오?"

그러나 왕경기는 담담한 표정으로 발악에 가까운 연갱요의 눈빛을 응시했다. 그리고는 난데없이 푸우 하고 웃음을 터뜨렸다.

"그러고도 대장군께서는 유장(儒將)으로 자처하십니까? 천가(天家)에서는 친부모형제간에도 골육친정이라는 것이 없거늘 어찌 대장군께서 그리 어리석은 생각을 갖고 계십니까? 커룽둬는 폐하와 골육친정 사이가 아니라서 이런 꼴을 당하는 겁니까? 선제께서 붕어하셨을 당시, 안에서는 여러 왕들이 호시탐탐 제위를 노려보고 있고 밖에서는 강적들이 먹구름처럼 무겁게 변경을 덮쳤을 때였습니다. 커룽둬가 마음먹기에 따라 대청의 명운을 결정지을 후계자가 나올 형국이었습니다. 그 당시 커룽둬가 일념지차(一念之差)를 보였더라도 지금의 황제는 당금이 아니었을 겁니다. 그렇듯 커룽둬는 폐하로서는 둘도 없는 탁고중신이고 옹립지공이 혁혁한 인물입니다. 그럼에도 커룽둬는 지금 어디에서 무엇을 하고 있습니까? 장군께서는 심사숙고하셔야 합니다. 장군께서는 악비(岳飛)의 충정이 있습니까? 한신(韓信)의 공로가 있습니까? 아니면 영락황제처럼 숙질간의 골육정분이라도 있는 겁니까?"

연갱요의 뺨이 경련을 일으켰다. 그는 집어삼킬 듯한 위엄을 실어 다그쳤다.

"누구의 종용을 받아 당신이 내게 이런 말을 지껄이고 있는 거요? 누가 시켜서 이러는 거냐고?"

"그 사람에게 큰소리 치지 마오. 내가 시켰소."

문 밖에서 윤당의 목소리가 들려오더니 잠시 후 모습을 드러냈다. 그는 긴 두루마기 자락을 들고 연갱요와 얼굴 맞대고 앉았다. 그리고는 눈을 가늘게 좁히며 다분히 도발적인 표정을 지으며 아직 경악에서 헤어나지 못한 듯한 연갱요를 바라보았다.

"대장군은 지금 누란지위(累卵之危) 속에서 살고 있소. 난 마냥 지켜보고만 있을 수 없어 왕 선생을 시켜 당장은 아프겠지만 언젠가는 도려내야 하는 환부에 칼을 댔을 뿐이오. 이유는 단 한 가지요. 그대를 구출해내는 것만이 우리 대청의 사직을 구하는 길이니까!"

느닷없이 나타나 뒤통수를 치는 윤당과 왕경기를 의혹에 찬 시선으로 번갈아 보던 연갱요가 갑자기 뒤로 넘어가며 미친 듯이 웃었다. 그리고는 뚝 웃음을 멈추더니 살벌한 목소리로 말했다.

"아홉째패륵, 그대가 주군께 충성한다면 난 그대를 '아홉째마마'로 존경하여 받들겠지만, 그대가 주군께 불충을 일삼는다면 난 그대를 인간 윤당으로밖에 치부하지 않을 겁니다! 잊지 마십시오. 난 범상한 제독장군이 아니라 황월절(黃鉞節)을 소지하고 천자검(天子劍)을 지닌 전권대장군(專權大將軍)입니다!"

"바로 그렇기 때문에 당신은 더 아슬아슬한 지경에 놓이게 되는 거요."

윤당이 전혀 흐트러짐 없는 표정을 보이며 느릿느릿 입을 열었다.

"그대는 토사구팽의 위기가 코앞에 닥쳤고, 그로 인해 난 순망치한(脣亡齒寒)의 위기에 노출돼 있소. 그대를 구해내지 못하면 나도 존재할 수 없는 처지이기 때문에 오늘 진지하게 대책을 논의하러 왔을 뿐이오."

그러자 연갱요가 흥! 하고 코방귀를 뀌면서 장화 속에서 노란 겉봉을 한 상주문을 홱 뽑아내더니 던져주다시피 했다.

"그대들은 분명히 뭔가 착각하고 있소! 이건 얼마 전에 폐하께서 내리신 주비 내용이오. 보면 알겠지만 폐하와 나 사이엔 그얼마나 끈끈한 정분이 탯줄처럼 이어져 있는지 모르오. 설령, 폐하를 위해 죽는다고 해도 난 여한이 없소."

윤당이 주비를 읽어보고 나서 왕경기에게 건네주며 가소롭다는 듯이 웃더니 말했다.

"알고 보니 대장군은 말귀도 못 알아듣는군! 옹정은 분명히 따귀를 때리고 있음에도 대장군은 그것을 친근함의 표출로 알고 있으니 말이오!"

윤당의 거리낌없는 당당함에 다소 기선이 제압당한 연갱요가 의아스러워하며 상주문을 가져다 다시 읽어보았다.

"그대는 넷째마마를 수십 년이나 시중들었다면서 아직 그 성격조차 파악하지 못하는 건 아니겠지!"

윤당이 고소하다는 듯 헤헤 웃으며 부채를 쫘악 폈다 닫았다 하며 연갱요의 표정을 유심히 살폈다. 그리고는 눈썹을 치켜올리며 말했다.

"이 주비에서는 서해대첩(西海大捷, 서장과 청해성에서의 승리)의 공로를 황제의 '분복(分福, 타고난 복)'임을 교묘하게 내비쳤고, '자네 이하 장병'들의 덕분이라고 콕 집어 말하고 있소. 그러니 당신은 이미 얻은 것에 만족하고 잡념을 버리라는 뜻이 아니겠소? 대장군도 생각해 보오. 북경으로 오기 전에 받은 주비에는 이렇게 애매모호한 단어들이 있었나를."

순간 눈빛이 번쩍 빛나던 연갱요가 다시 냉소했다.

"아홉째마마가 제위에 오르지 않은 것이 얼마나 다행인지 모르겠습니다. 이렇게 의심이 많고서야 신하들이 기를 펴고 살기나 했겠습니까? 무엇이든지 내 맘대로 해석하고 내 뜻대로 풀이하자고 들면 얼마든지 옥에서도 티를 가려낼 수 있다는 거 아닙니까. 달걀에서 뼈를 골라내려 하지 말고 괜히 위언(危言)으로 멀쩡한 사람을 바보로 만들지 마십시오."

"방금 받은 그 주비를 대장군에게 보여주게!"

윤당이 내뱉듯 말했다. 이번에는 뭔가 불길한 예감이 든 연갱요가 놀라는 표정을 감추지 못하고 있을 때 왕경기가 청안상주문을 건네주었다. 펴보니 피가 낭자한 것 같이 섬뜩해 보이는 두 줄의 주홍색 초서체가 한 눈에 들어왔다.

연갱요는 과연 순수한 신하란 말인가? 짐은 아직 그 사람에게 '순(純)'자를 윤허하지 못하겠네! 이에 대해 할 말이 있으면 주하도록 하게. 6월 하순에.

연갱요로서는 더 이상 의심할 필요가 없는 옹정의 친필이었다. 전혀 조작을 한 흔적도 없었다! 노루새끼 한 마리 품어 안은 듯 가슴은 세차게 뛰었고, 얼굴은 벌겋게 달아올랐다. 대체 누가 올린 상주문에 대한 주비인지 이름이 있었지만 종이딱지가 붙어 있었다. 연갱요가 궁금증을 참지 못하고 손가락으로 딱지를 떼려고 하자 윤당이 덮치듯 상주문을 빼앗으며 헤헤 웃었다.

"그건 안 되지! 다른 사람의 목숨도 중요하니까! 그래도 못 믿겠으면 왕경호(王景灝)의 그 사본을 대장군에게 보여주게!"

순간 연갱요는 넋이 완전히 빠져나가고 말았다. 바보처럼 종잇장을 받아든 그는 초점 잃은 눈빛으로 대충 훑어보네 마네 하고는 실신하여 종잇장을 스르르 땅바닥에 떨어뜨렸다. 왕경호는 운귀 총독인 채정과 몰래 서신을 주고받으며 연갱요를 심심찮게 매도해 온 사실이 들통나 연갱요의 눈밖에 난 인물이었다. 괘씸한 마음에 연갱요는 왕경호가 인명을 쓰레기처럼 취급한다고 밀주하여 왕경호를 내쫓고 호기항을 그 자리에 앉히기로 했던 것이다. 연갱요의 판단에 따르면 이런 밀유를 위조해 낼 수 있는 사람은 아무도 없었다! 그는 마치 몽유병 환자처럼 정신이 황황하여 서재를 왔다 갔다하며 중얼거리듯 말했다.

"어찌…… 이럴 수가? 이건 사실이 아니야……."

"이건 사실입니다."

왕경기가 이를 악문 채 웃으며 말했다.

"커룽둬의 집이 압수수색당한 것처럼 이건 엄연한 사실입니다! 대장군께서는 폐하의 삼대기휘(三大忌諱)를 범했습니다. 속한 시일 내에 대책을 세우지 않으면 큰 화를 자초하게 될 것입니다!"

연갱요는 아직도 극도의 경악과 공포에서 헤어 나오지 못한 듯 중얼거리기만 했다.

"삼대기휘라니? 무슨 삼대기휘……."

그러자 윤당이 옆에서 크게 소리를 질렀다.

"이봐, 연장군! 정신차려! '생사는 명에 달려 있고, 부귀는 하늘에 달려 있다[生死有命, 富貴在天]' 했거늘 명색이 대장군이라는 사람이 이게 무슨 작태요! 정신차리고 내 말 좀 들어보오!"

그제야 제정신이 번쩍 돌아온 듯 연갱요는 자리에 털썩 주저앉으며 쓴웃음을 지었다.

"독은 독으로 치랬다고 날벼락 맞은 사람한테 날벼락 같은 소리를 하니 제정신이 돌아오는 것 같네요! 실태를 보여 면구스럽고 어떤 가르침을 주실는지 말씀해 보세요."

역시 연갱요였다. 그 자신이 형용했듯이 마른하늘의 날벼락 같은 충격이었을 테지만 그는 마침내 평소의 위엄과 안정을 찾아갔다.

"내키지 않게 내린 상을 받았으니 이것이 첫 번째 기휘(忌諱)를 범했다고 볼 수 있소. 옹정이 즉위했을 당시는 내외우환과 위기가 사처에 도사리고 있던 때라 이번 서해교전의 대승은 그가 민심을 안정시키고 대국(大局)을 안정시키는데 있어 크나큰 도움을 주었소. 옹정은 그대의 힘을 빌어 여덟째마마를 압도하고 여러 신하들의 불만을 잠재우려 했기에 어쩔 수 없이 그대에게 큰상을 내렸던 거요. 현요(衒耀)한 작위에, 성대한 환영의식에 그대는 인신(人臣)으로서 왕후에 못지 않은 대우를 받았소. 더 이상은 어떻게 해줄 수 없을 정도로 말이오. 그러나 그대는 옹정의 의중을 읽어내지 못했소. 주는 대로 당당하게 받았고, 당연한 줄로 알고 의기양양해 하며 향수(享受)해 왔지. 그대는 못 이기는 척이라도 했어야 했고 적당히 뒤로 물러났어야 했소. 곽자의(郭子儀)는 어떤 공신이오? 그럼에도 그는 일부러 주색에 빠져 자신의 욕망을 잠재웠고, 결국엔 자기의 수령을 보호하여 죽었소. 서달(徐達)은 중산왕부(中山王府)에 은거하며 정치엔 일절 불참했어도 왕은 알아서 맛있는 거위찜도 하사하고 잘해 줬소! 그런데 그대는 어찌 했소? 노란색 말고삐를 부여잡고 검붉은색 적토마에 떡하니 앉아 왕공들 이하 수천 명이 수십 리 길섶에 늘어서서 환호성을 내지르는 가운데 개선하면서도 그렇게 당당해 보일 수가 없었소! 그 밖에 황제가 풍대 대영에서 자네 부하들더러 갑옷을 벗으라고 명했을 때도 사네 부하들은 누구 하나 어명에 따른 사람이 없었소. 입장을 바꿔 자네가 황제였다면 이 굴욕을 거저 넘길 수 있었겠소? 의심이 많은 주인은 원래 성격상 겁이 많은 법이오. 옹정이 이치를 정돈하려고 하는데, 그대는 심심찮게 간섭해 왔소. 연 대장군, 그대는 폐하의 팔꿈치를 잡아당기는 기휘를 범했소. 이것이 그대가 범한 세 번째 기휘요. 곰곰이 생각해 보오. 그대는 스스로 관리를 얼마나 선발했고 다른 성의 정무에 얼마나 개입해 왔는지를. 폐하는 먼저 그대의 힘을 빌어 염친왕을 압제하고 여덟째당이 명실공히 와해된 후에 다시 그대의 병권을 박탈하려 했소. 그러나 이제 그는 연 장군이 여덟째마마보다 더 위험한 존재라는 걸 깨달았기에 그대를 먼저 제거하려고 드는 거요!"

윤당의 말이 이어지는 동안 연갱요는 깊은 생각에서 헤어나듯 깜짝깜짝 놀라는 반응을 보였다. 부들부들 떨리는 손으로 식은땀이 질펀한 이마를 떠받치고 있던 연갱요가 힘겹게 입을 열었다.

"내가 행실이 좀 과분했던 점은 인정해요. 하지만 결코 다른 마음이 있었던 건 아니에요. 대체 어디가 잘못돼서 성노(聖怒)를 불러 일으켰는지……."

"아직도 정신 못 차린 거 좀 봐, 이 사람아!"

윤당이 야유 섞인 웃음을 지으며 말했다.

"그대가 우리 넷째형을 알면 얼마나 알겠소? 같이 자란 나보다 더 많이 아는 건 아니지. 서녕대첩 이후로 보친왕 홍력을 비롯해서 별볼일 없는 서생 류묵림까지. 자네 대영에 하루라도 조정에서 나간 감시꾼들이 끊겨진 적 있소? 원래 있던 시위들도 감시꾼이었지. 나중에 자네한테 길들여져서 그렇지만!"

연갱요는 멍하니 창 밖을 내다보았다. 음력 7월에 접어들자 청해성의 날씨는 벌써 서늘한 기운이 느껴지기 시작했다. 백양나무

잎들은 하나둘씩 떨어져 내리기 시작했고, 넓다란 연무장(演武場)에는 모래바람이 회오리바람을 일구며 쫓고 쫓기는 추격전을 벌이다가도 한데 뒤엉켜 돌아갔다. 서풍이 크게 불어닥칠 때면 유리창에 모래가 스치고 지나가는 소리가 들렸다. 문 앞의 한 그루 버드나무는 그가 청해성으로 오던 해에 손수 심었었는데 어느새 팔뚝만큼 굵어져 있었다. 기승을 부리는 모래바람의 유린에 처절한 몸짓으로 구원을 호소하는 것 같은 버드나무에서 시선을 뗄 줄 모르는 연갱요의 가슴속에도 메마른 찬바람이 불어닥쳤다. 마치 성난 소용돌이에 휘말려 끝 모를 심연 속으로 추락하는 느낌에 연갱요는 새삼 삶의 허무를 실감했다…….

밖에서 눈길을 거둬들여 다시 눈앞의 두 사람을 바라보니 그렇게 눈에 익으면서도 낯설어 보일 수가 없었다. 깊은 꿈속에서 벌떡 놀라 깬 것 같기도 하고, 마치 한 세기를 훌쩍 뛰어넘은 느낌마저 들었다. 맥을 놓아버린 듯 후줄근하게 앉아있던 연갱요는 마침내 머리를 두 팔 사이에 깊숙이 파묻으며 신음 같기도 하고 눈물 젖은 탄식 같기도 한 소리를 냈다.

"이제 어떡하지……?"

"여덟째마마께선 그대의 고초를 너무나 잘 알고 계시오."

교만함과 횡포가 하늘을 찌를 것 같던 연갱요가 허물어지는 꼴을 보며 속으로 쾌재를 부르던 윤당이 겉으론 처연한 표정을 지으며 목소리를 부드럽게 하여 말했다.

"자고로 시대가 영웅을 낳는다고 했지만 반대로 영웅이 시대를 낳는 수도 있소. 너무 좌절하지는 마오. 내가 이곳 군중으로 온 지도 벌써 2년이란 세월이 흘렀소. 그 동안 유심히 살펴보니 아직 십사마마를 그리워하는 사람들이 있고, 변치 않은 옛 부하들의 마음이 엿보였소. 십사마마가 저렇게 억울한 나날을 보내고 있는데 대해 삼군(三軍)은 불복하고 있소! 십사마마를 대영으로 다시 모실 수만 있다면 연 대장군과 쌍벽을 이루어 어느 누구도 감히 넘볼 수 없는 국면을 이끌어낼 수 있을 텐데. 안에서는 기무(旗務)를 관장하고 있는 여덟째마마께서 팔기의 철모자왕들을 집결하여 차근차근 우리와 호응할 준비를 해나간다면 굳이 피비린내를 풍기지 않더라도 국면을 반전시킬 수가 있을 거요. 그때 가서야 우리 연 대장군께서는 비로소 진정한 영웅으로 거듭날 수 있을 테지!"

그러자 가슴이 타서 재가 되는 불안한 감정을 드러내 보이며 연갱요가 머리를 저었다.

"어찌 됐든 폐하께서는 나의 은주(恩主)이신데, 내가 어찌 배신할 수가 있겠소. 주군께서 아직 나를 반신(叛臣)이라 지목하지 않았는데, 내가 먼저 배신한다면 세상 사람들은 또 나를 얼마나 상종 못할 망나니라고 욕설을 퍼붓겠소?"

그러자 윤당이 코웃음을 쳤다.

"세상 사람들은 그저 성패로 영웅을 논할 뿐이오. 연 장군, 어쩌다가 이렇게 융통성없이 변했소, 큰일 할 사람이."

연갱요는 다만 머리를 저을 뿐 말이 없었다. 머리를 내젓는 힘이 훨씬 미약해진 것으로 미뤄보아 연갱요가 동요하고 있다고 판단한 왕경기가 책상 앞으로 다가가더니 붓을 들어 몇 글자를 적었다. 그리고는 말했다.

"대장군, 머리 들고 이걸 좀 보십시오! 선제의 유조(遺詔) 원문입니다!"

傳位十四子.

십사황자에게 제위를 물려준다.

무슨 영문인지 몰라 연갱요가 잠시 어정쩡한 표정을 짓자 왕경기가 붓을 들어 '십(十)'자에 두 획을 보탰다. 그러자 '十'자는 '우(于, ……에게 라는 뜻)'자로 변했다.

傳位于四子.
사황자에게 제위를 물려준다.

연갱요는 벌어진 입을 다물 줄 몰랐다.
"바로 여기에 비밀이 숨어있었던 것입니다!"
왕경기가 옥구슬이라도 물어뜯을 세라 이를 갈며 단호히 말했다.
"커룽둬의 '공(功)', 커룽둬의 '죄(罪)' 모두 여기에 있습니다!"
껄껄 웃으며 종이를 찢어버리며 왕경기가 말을 이었다.
"사실이 이러할진대 그 사람이 어찌 '황제'라고 할 수가 있겠습니까? 천지를 기만하고 조상을 기만한 명실공히 찬위간웅(簒位奸雄)이지요! 십사마마야말로 진정한 우리 대청의 주인입니다! 대장군께서는 사적(史籍)을 많이 읽어 잘 아시겠지만 자고로 연호에 '정(正)'자 붙은 사람치고 제대로 돼 먹은 인간은 하나도 없지 않았습니까? 금(金) 해릉왕(海陵王)의 '정륭(正隆)', 금(金) 애종(哀宗)의 '정대(正大)', 원(元) 순제(順帝)의 '지정(至正)', 명(明) 무종(武宗)의 '정덕(正德)' 등은 다 하나같이 역사에 덕지덕지 오점을 남긴 인물들이지 않습니까! 이 '정(正)'자를 놓고 볼 때, '왕심(土心)이 흐트러진' 형상을 하고 있으며, '일지(一止)' 두 글자로 파자(破字)할 수도 있습니다. 대장군께서는 하늘의 뜻에 순응하여 도탄에 빠진 대청을 구원하기 위해 하늘 아래서 가장 떳떳하고 당당한 일을 하거늘 어찌 초개같은 인간들의 손가락질에 연연할 수 있겠습니까?"

즉석에서 꾸며낸 그럴싸한 찬조황언(纂詔荒言)과 죽었던 사람도 벌떡 일어나게 만드는 왕경기의 천의무봉 입담에 연갱요는 걷잡을 수 없이 흔들리고 있었다. 벌겋게 달아올랐던 얼굴색은 어느새 창백하게 질려갔고 다시 시퍼렇게 굳어졌다. 다리 힘줄이 빠진 듯 더 이상 지탱하지 못하고 제자리에 허물어진 연갱요는 두 손으로 얼굴을 감싸고 넋 나간 사람처럼 중얼거렸다.

"이럴 순 없어…… 죽느냐 사느냐의 문제요. 생각 좀…… 해봐야겠소……."

류묵림이 악종기를 만나고 서녕으로 돌아왔을 때는 황혼녘이었다. 그는 서정참의도(西征參議道)라는 직책을 가지고 청해성에 주둔하고 있는 여러 부대 사이의 의견을 조율하여 원만한 관계를 유지하도록 협조해 주고 각 주둔군의 군향 조달을 책임지고 있었다. 황제의 파견을 받은 군무흠차(軍務欽差) 신분인지라 그는 연갱요와 악종기 그 누구의 명령도 받지 않았고, 서녕에 자신의 참의도아문을 설치하였다. 아문에 도착하여 말에서 내리기도 전에 문지기가 달려왔다.

"연 대장군께서 류 어른더러 도착하시는 대로 연회에 참석하시라며 청첩을 보내 오셨습니다."

류묵림은 악종기와 대군의 월동준비 상황에 대해 논의하고 먼 길을 달려오느라 많이 지쳐 있었다. 그러나 문득 어제 받은 옹정의 주비에서 "연갱요의 영무(營務)에 대해선 크고 작은 일을 떠나 사흘에 한 번씩 보고올리라"던 구절을 떠올린 류묵림은 곧바로 말에서 내려 수레를 갈아타고 대장군 행원으로 향했다. 그는 통보할 겨를도 없이 청색 두루마기 차림 그대로 중군의 군막으로 들어갔다. 안에는 일곱 석의 술상이 마련돼 있었고 빙 둘러앉은 이들은 모두 연갱요의 부하장령들이었다. 저마다 취기가 올라 홍광이 만면하여 떠들어댔다. 연갱요는 첫 번째 술상 앞에 앉았고, 그의 3대(三大) 도통(都統)인 여복(汝福), 왕윤길(王允吉), 위지약(魏之躍), 그리고 부장(副將)인 마훈(馬勛), 양주총병(涼州總兵) 송가진(宋可進) 등이 배석해 있었다. 술자리는 한창이었고, 사람들은 술기운에 질펀히 취해 있었다. 류묵림이 들어서는 걸 본 연갱요가 웃으며 손짓했다.

"어서오게! 대참의 어른, 우린 지금 주령(酒令)을 하고 있던 중인데, 늦게 온 대가로 벌주 한 잔 마셔야지!"

"대장군께서는 오늘 무슨 좋은 일이 있으신가 봐요!"

류묵림이 웃으며 자리에 앉았다.

"방금 들어오면서 보니 낭하에 희자(戱子, 연극단원)들도 보이던데, 오늘 입복, 눈복, 귀복 다 터졌네요. 난 오늘 악종기와 술 한잔 한 터라 몸도 피곤하고 이 자리가 두려운데요?"

그러자 연갱요가 웃으며 말했다.

"내가 자네 주량을 모를까 봐! 군소리하지 말고 마시게. 끄윽! 사실은 폐하께서 내게 하사하신 법랑주(琺瑯酒) 두 병을 여러분들과 같이 맛보고자 하던 차에 전문경이 수박을 몇 수레 보내왔기에 혼자서 청승맞게 먹느니 다들 같이 즐기려고 불렀던 거요. 그렇게 알고 자, 벌주부터 한 잔 마시고."

류묵림은 연갱요가 따라주는 벌주를 연거푸 석 잔 들이켰다. 마시지 않으려고 했지만 연갱요가 친히 따라 바치는 열성까지 보이는 데야 어찌 할 도리가 없었다. 이때 연갱요의 부장인 위지약이 입을 열었다.

"대장군님, 계속 주령만 하지 말고 주령할 사람들은 주령하고, 연극구경할 사람들은 따로 연극이나 구경하게 허락해 주십시오."

그러자 연갱요가 말했다.

"창자를 뒤집어 빨아 봐도 먹물 한 방울 안 나올 무식한 것들더러 주령을 하라고 하니 판이나 깨고 그러지. 알았네, 주제파악하고 알아서 빠져주니 잘 됐네. 그럼 연극을 시작하라고 하게나. 우린 계속해서 주령이나 하지! 내 차례지?"

연갱요가 젓가락으로 접시 변두리를 두드리며 말했다.

> 내게 빈 방 하나 있어 유방(劉邦)에게 선물하니
> 유방은 거절했네.
> 왜냐고 물으니, 춘색(春色)이 살랑살랑 숫총각 마음 간지럽혀
> 잠을 이룰 수가 없다고 하네.

류묵림이 들어보니 이 주령은 먼저 물건 하나 대고, 옛사람 이름 대입하여 고시(古詩) 한 구절로 끝을 맺기로 돼 있는 것 같았다. 류묵림이 잠시 생각하는 사이 옆에 앉은 왕윤길이 주령 하나를 말했다.

> 내게 부채 하나 있어 조자건(曹子建)에게 선물하니
> 조자건은 거절했네.

왜냐고 물으니, 한 줄기 싱그러운 바람에
황홀한 전율이 온몸 가득하다 했네.

이번에는 송사진의 차례였다. 그도 뒤질세라 한마디했다.

내게 활 하나 있어 봉몽(逢蒙)에게 선물하니
봉몽은 거절했네.
왜냐고 물으니, 저기저 백로들이 떼지어
푸른 하늘로 올라가는 것이 안 보이느냐고 했네.

이때 연갱요 옆에 앉아있던 도통인 여복이 말을 받았다.

내게 수탉 한 마리 있어 곽자의(郭子儀)에게 선물하니
곽자의는 거절했네.
왜냐고 물으니, 수탉이 홰를 치니
천하가 다 밝았구나 라고 했네.

그러자 사람들은 앞뒤가 통하지 않는다며 다른 것으로 하든지 벌주를 마시든지 하라며 여복을 괴롭혔다. 그러자 연갱요가 류묵림을 힐끗 쳐다보더니 웃으며 말했다.
"모르는 소리! 앞뒤가 안 맞긴? 내가 보기엔 딱 맞아떨어지는구만. 날이 밝았으니 수탉이 필요 없다는 데 말 되는 소리지! 잡아서 술안주 하는 게 더 낫지."
류묵림은 분위기가 슬슬 자신이 원치 않는 쪽으로 기울어가고 있음을 느끼고 주령의 색깔을 바꾸기로 했다.

내게 월륜(月輪) 하나 있어 류백륜(劉伯倫)에게 선물하니
류백륜은 싫다고 하네.
이유를 물으니,
백옥쟁반으로 잘못 알았다고 하네.

그러자 연갱요가 머리를 가로 저었다.

"끝 부분은 고시(古詩)여야 하는데, '백옥쟁반으로 잘못 알았다고 하네' 이런 시가 어딨소? 악종기한테서 싸구려 술을 마셨나? 대재자(大才子)께서 왜 이러지?"

이때 낭하에서는 북소리, 퉁소소리가 대작하는 가운데 제갈량이 동풍을 빌어 조조에게 초선(草船)을 보내 화살을 얻어온다는 내용의 연극이 시작되고 있었고, 연갱요 등은 류묵림이 벌주를 마셔야 한다며 떠들어댔다. 그러자 류묵림이 웃으며 말했다.

"이청련(李靑蓮)의 시에 '소싯적에 달을 몰라, 백옥쟁반이 내걸렸는 줄 알았네'라는 구절이 있어요. 대장군께서는 이 유명한 시구도 모르다니요? 이 시구를 또 이렇게 고칠 수도 있겠네요? '소싯적에 비를 몰라, 하늘이 오줌싸는 줄 알았네. 소싯적에 우레를 몰라, 하늘이 방귀 뀌는 줄 알았네.' 재밌지 않아요, 대장군?"

술취한 사람들이 연신 박수를 쳐대는 가운데 연갱요는 안 나오는 웃음소리를 억지로 끌어내며 크게 웃었다.

연갱요가 무대 위를 힐끔 바라보더니 류묵림에게 물었다.

"악종기네는 월동준비가 다 되어 가던가?"

류묵림 역시 광대 짓을 하는 연극배우들의 모습에 시선을 두고는 건성으로 대답했다.

"대장군과 속도가 비슷한 것 같았어요. 다만 온돌을 놓는데 벽

돌이 좀 부족하다고 하기에 만 명밖에 안 되는 사람들이 쓰면 얼마나 쓰겠느냐며 대장군한테서 좀 얻어 쓰라고 했어요. 제가 가장 우려되는 것은 식량공급이 차질을 빚는 점이에요. 섬서성, 감숙성의 양고(糧庫)는 재해지역에 구제하고 나니 텅텅 비어있는 실정이에요. 이위가 20만 석을 보내주기로 했는데, 한 번에 만 석씩밖에 보낼 수 없다네요. 그러다가 폭설로 길이 막혀 공급이 차질을 빚으면 어떡하나 걱정이에요. 악종기장군과 상의해서 사천성의 구제를 좀 받으면 모를까."

그러자 연갱요가 다그쳤다.

"그래 악종기는 뭐라고 그랬소?"

"다같이 폐하를 위해 뛰는 입장에서 네것 내것 따질 게 뭐 있느냐며, 있으면 나눠먹고 없으면 쪼개먹고 하면 되지 그러더라고요."

류묵림이 말했다.

"한마디로 통쾌했어요."

사실 연갱요가 가장 걱정하는 것도 식량이었다. 류묵림의 말뜻을 들어보니 이위에게서 도움을 바란다는 것은 여의치 않을 것 같았다. 천부지국(天府之國)이라 일컬어지는 부유한 사천성을 옆에 두고도 악종기의 관할권에 있는 곳인지라 쌀 한 톨 마음대로 할 수 없는 연갱요였다……. 그는 소리없이 한숨을 토해냈다. 서해교전을 앞두고 자신과 공로를 다투려 들까봐 지레 걱정하여 오랜 지기였던 악종기를 매몰차게 밀어낸 사실이 후회막급이었다. 연신 소리 죽여 한숨을 토해내며 연갱요가 말했다.

"그래도 이위를 독촉하는 게 낫겠소. 사천성에 월동식량을 지원해달라고 손내밀 수 없소. 악종기도 먹고살아야 할 테니까!"

"예, 그렇게 해보시오."

류묵림이 이 같이 대답하고는 더 이상 말이 없는 연갱요에게 물었다.

"왕 어른(왕경기)과 상 군문(상성정)께선 안 오셨네요? 아홉째 마마께서도 안 보이시고?"

그러자 연갱요가 웃으며 말했다.

"바빠서 못 왔소. 아! 정말, 서준이 사고를 쳐서 대리사(大理寺)로 연행됐다며? 자네가 탄핵했다던데? 여덟째마마의 심복이라 하여 그 동안 탄핵에 성공한 사람이 하나도 없었는데, 자네는 실로 대단한 사람이오. 단 한 번에 쓰러뜨렸으니."

"그렇진 않습니다. 난 그 사람을 탄핵한 적 없습니다."

류묵림이 일순 소순경을 떠올리고는 만감이 교차하는 표정을 지으며 차갑게 말했다.

"'다행불의필자폐(多行不義必自斃, 나쁜 짓을 많이 하는 것은 자살하는 것과 마찬가지)'라고 했습니다. 사악한 행각을 밥먹듯 하고 다니는 자는 굳이 손보지 않아도 스스로 자기가 판 함정에 빠지게 돼 있거든요."

서준의 죄명은 사실 "성조(聖祖)를 비방하고 전명(前明)을 추앙(推仰)한다"는 것이었다. 소순경의 원수를 갚기 위해 류묵림이 서준의 죄행을 하나둘씩 모으고 다니던 중 서준의 시집(詩集)에서 그에게 치명타를 안길 수 있는 글귀를 찾아냈던 것이다. 서준은 이렇게 적고 있었다.

明日有情還顧我,
淸風無意不留人.

밝은 태양이 정이 있어 날 잊지 않고 있듯이,
시원한 바람도 뜻이 없으면 사람을 붙잡지 않는다.

이 대목은 분명히 전명(前明) 시절이 다시 도래하기를 갈구하는 마음의 발로라고 판단하여 류묵림은 구구절절 이를 성토하는 탄핵안을 올렸던 것이다. 이때 무대 위에서 제갈량 역을 맡은 희자(戱子)의 고함소리가 들려왔다.

"사공들은 잘 듣거라! 이제부터 뱃머리를 돌려 화살을 받도록 하라!"

제갈량의 지혜를 유감없이 보여주는 압권이었다. 연갱요의 부장인 위지약이 엄지를 내둘렀다.

"역시 공명(孔明)은 기인(奇人)이야! 공자(孔子) 같은 인물이니 저런 후예를 낳지. 그러고 보면 천도(天道)는 허무한 게 아니야. 선행을 하면 꼭 보답을 받게 돼 있다고."

연갱요가 흡족하게 웃으며 뭐라고 말하려 하자 류묵림이 정색하여 먼저 입을 열었다.

"그럼! 천도는 허무한 게 아니고 말고! 진시황(秦始皇) 뒤에 진회(秦檜)가, 위무제(魏武帝) 뒤에 위충현(魏忠賢) 같은 망종들이 나오는 걸 보면 악은 악을 낳고 죄악을 저지른 자는 반드시 응보(應報)를 받게 돼 있잖소!"

류묵림의 말을 듣고 있던 연갱요가 갑자기 "푸우!" 하고 입에 넣었던 술을 사방으로 뿜어내고 말았다. 그는 자신의 실태를 덮어 감추려는 듯 연신 엄지를 내두르며 말했다.

"역시 뛰어난 재자(才子)는 한 마디를 해도 영양가 있는 소리만 한나니까!"

겉으론 모두들 웃고 있었지만 자리는 점점 어색하게 식어가고 있었다. 오늘 저녁에 써 두어야 할 밀주(密奏)가 있다는 생각이 든 류묵림이 자리에서 일어나며 말했다.

"이거 먼저 일어나게 돼서 대장군께 대단히 예의가 아닌 것 같습니다. 끝까지 배석했어야 하는데 오늘은 몸이 피곤하여 도저히 버틸 수가 없네요."

이 같이 말하며 류묵림은 자리에서 물러났다. 연갱요도 미소를 지으며 머리를 끄덕여 보일 뿐 억지로 잡아두려 하지는 않았다. 거처로 돌아온 류묵림은 옹정이 하사한 회중시계를 꺼내보았다. 해시(亥時)가 끝나가는 시각이었다. 잠을 내쫓을 심산으로 그는 차를 진하게 타서 두 잔이나 마셨다. 머리가 한결 맑아지는 것 같았다.

정신을 집중하여 밀주문 초고를 생각하고 있던 류묵림은 책상 위에 놓여 있는 학 모양으로 접힌 쪽지 한 장에 시선이 닿는 순간 흠칫 하며 다가갔다. 펼쳐 보니 뭐가 뭔지 모를 해괴한 그림이 아무렇게나 그려져 있었다.

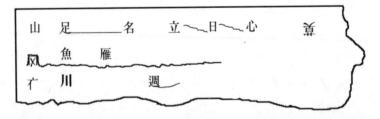

류묵림은 고개를 갸웃하고 미간을 찌푸린 채 종잇장에서 시선을 떼지 못했다. 이런 그림을 남겨놓고 간 사람은 분명히 전달하고자 하는 뜻이 있을 것이다. 류묵림은 여러 각도에서 바라보고 중간 중간에 박혀있는 글자를 풀이해 보았다. 순간 그는 얼음구멍에 빠진 것 같은 소름이 쫘악 끼쳐오는 느낌에 사로잡히고 말았다. 그는 이 익명의 비밀스런 쪽지를 파역(破譯)할 수 있었던 것이다. 뜻인즉, '산은 높고 길은 먼데 무얼 망설이나. 경풍(驚風)에 어안(魚雁)이 떠난다 말하지 말고, 야반삼경(夜半三更)에 문 닫고 도망이나 가거라!' 대충 이런 뜻인 것 같았다. 종잇장을 집어 촛불에 대며 타들어 가는 모습을 지켜보던 류묵림이 애써 진정하여 말했다.

"누가 이 따위를 끄적거렸어?"

"류 어른!"

대장군부에서 파견나와 시중드는 류 영감이 웃으며 말했다.

"대장군 행원에서 오후 늦게 류 어른더러 연회에 참석하라는 청첩을 전하러 사람이 다녀갔습니다. 그이가 잠깐 여기 앉아있는 건 보았으나 그림을 그리는 건 못 봤습니다."

"어떤 자식인지 사람을 우습게 보고! 하하하하……"

일부러 이 같이 말하며 느긋한 척 크게 웃고 있었지만 명민하기 이를 데 없는 류묵림은 벌써 은연 중 사태의 심각성을 느꼈다. 그는 주변에 자신의 일거수일투족을 훔쳐보는 자가 있으리라는 생각에 일부러 대수롭지 않은 태도를 보이며 길게 기지개를 켰다. 그리고는 말했다.

"원숭이더러 들어와 시중들게 하고 자네들은 그만 가서 쉬도록 하게."

주위를 물리친 류묵림은 서둘러 자신이 올리려다가 미처 올리지 못한 상주문 원고들을 한데 묶어 봉투에 넣어 봉했다. 그리고는 잠시 생각하여 봉투 위에 네 글자를 적었다.

年羹堯反

연갱요가 반역을 일으키다.

류묵림을 전문 시중드는 원숭이가 문을 열고 들어왔다. 류묵림의 낯색이 평소와 다른 것을 발견하고 원숭이가 걱정스레 물었다.

"류 어른, 무슨 일이 생긴 겁니까?"

원래 소순경을 극진히 시중들었던 하인이었기에 류묵림은 그 마음 씀씀이가 갸륵하여 데려와 필묵을 시중들게 했던 것이다. 여태 류묵림의 기대를 저버린 적이 없을 정도로 일 잘하고 속 깊은 아이였다. 무슨 일이 있느냐는 원숭이의 물음에 류묵림은 그저 시무룩하게 웃으며 말했다.

"이 문서를 오늘밤에 악종기 군문한테로 보내줘야 하는데, 무섭지 않겠어?"

"무섭긴요."

원숭이가 아이다운 천진난만하게 웃었다.

"80리 길도 안 되는데, 말을 탈 줄 알죠, 활 잘 쏘죠, 그러니 승냥이 밥이 될 걱정은 없지 않겠어요?"

그러자 류묵림이 흡족한 미소를 지으며 원숭이의 어깨를 툭 치며 말했다.

"그래도 조심하고 잘 다녀와!"

문서를 받아든 원숭이가 막 물러가려 하자 류묵림이 급히 붙잡으며 목소리를 한껏 낮춰 귀엣말로 속삭였다.

"방금 했던 얘기는 밖에서 엿듣는 자들에게 들으라고 한 말이고, 지금 나가되 성 밖으로는 나가지 마. 어디 숨어 있다가 내일 내가 무사하면 그대로 돌아오고, 만에 하나 내게 무슨 일이라도 발생하는 날엔 반드시 이 문서를 악 군문한테 전해드려야 해. 무슨 말인지 알겠지, 응?"

순간 원숭이의 얼굴에 웃음기가 사라지고 말았다. 류묵림의 심각한 표정과 의미심장한 말투에서 뭔가를 직감한 원숭이가 머리를 끄덕이며 귀엣말을 했다.

"성 안에 저의 양어머니가 있어요. 오늘저녁 거기 숨어 있겠습니다. 내일 아침 악 군문의 수령증을 받아가지고 오겠습니다!"

마지막 한 마디를 원숭이는 고함지르듯 큰소리로 말했다. 그리고는 밖으로 물러났다. 잠시 후 요란한 말발굽 소리가 멀어져가는 가운데 다시 정적이 깃들었다.

문서를 안전하게 빼돌리고 난 류묵림은 그제야 안도의 한숨을 토해냈다. 지금 자신이 밤을 타 이곳을 떠난다고 해도 누가 막을 사람은 없을 것이다. 그러나 자신이 받은 지령 가운데 첫 번째는 '연갱요를 붙들어매는' 것이었거늘 오늘저녁 연갱요의 마수(魔手)를 피해 도망간다고 해도 결국엔 옹정의 무엄한 심판을 벗어날 수 없을 것이었다. 그리고 연갱요가 아직은 이렇다 할 모반의 움직임을 보이지 않고 있는데, 이럴 때 자신이 사라진다면 자칫 연갱요는 이판사판으로 나올지도 모르는 일이었다. 이래도 죽고 저래도 죽을 바에는 국사(國事)를 위해 희생해야 했다. 거듭 고민한 끝에 류묵림은 남기로 했다. 온돌에 벌렁 드러누워 창문을 때리는 모래바람 소리를 들으며 만감이 교차하여 이리저리 뒤척이던 류묵림은 졸음이 몰려와 눈꺼풀이 무겁게 내려앉기 시작했다…….

바로 이때, 밖에서 "펑!" 하는 폭발음 비슷한 소리가 들려왔다. 류묵림이 벌떡 일어나 앉았을 때는 이미 찬 모래바람과 함께 방문이 벌컥 열이 꽂혔을 때였나. 눈을 비비고 정신을 차려보니 왕경기가 몇몇 부하들을 거느리고 들이닥쳤다.

맹렬하게 맞받아치는 모래바람에 얼굴이 얼얼했고, 책상 위의 종잇장들이 진저리치며 떠돌아다녔다. 전혀 예기치 못했던 상황은 아니었기에 류묵림은 오히려 담담했다. 그는 신발을 신고 내려서며 웃음을 지으며 말했다.

"왕 어른, 연 대장군이 내 수급을 따오라고 시켰나보지?"

"아니, 숭정제(崇禎帝)의 뜻이오!"

왕경기가 을씨년스럽게 웃으며 말을 이었다.

"당신이 보기 드문 인재라는 건 알고 있소. 그리고 오늘 내 손에 가게 되는 것도 개인적으로는 유감스럽게 생각하오. 그러나 우리 연 대장군께서 대명(大明)의 위업을 광복(光復)하는데 있어서 자네는 도움이 안 되는 존재이니 어찌 할 수가 없군. 그냥 비명에 가는 것이 아니라 성스러운 위업을 위해 죽는 것이니 값진 희생이 아니겠소?"

"연 대장군이…… 대명을 광복한다고? 꿈도 아무져라!"

"벌써 십사마마를 뫼시러 갔소."

왕경기가 껄껄 웃으며 말했다.

"십사마마께서 도착하시는 대로 이곳 서쪽은 하늘을 찌르는 기세로 진감할 거요. 우리가 들고일어나 쳐들어가면 안에서는 경황 없이 갈팡질팡하겠지? 하하하…… 그때가 되면 여송국(呂宋國)에서 피난해 있던 주가(朱家) 자손들이 다시 돌아와 국면을 수습할 테고!"

말을 마친 왕경기는 등뒤의 부하들을 향해 힘찬 고갯짓을 했다. 그러자, 부하 하나가 미리 준비해 온 병에서 술 한사발을 철철 넘치게 따라 류묵림에게 건넸다. 독주를 마시라는 것이었다.

류묵림은 혼신의 기운을 모아 왕경기를 뚫어지게 노려보았다. 방금 전까지 머리를 맞대고 간계(奸計)를 꾸몄을 연갱요의 악랄한 몰골이 겹쳤던 것이다. 이 둘의 혼을 빼내어 지옥으로 가지고 가 두고두고 괴롭히려는 듯 류묵림의 부릅뜬 눈빛은 서슬이 푸르렀다.

왕경기가 차마 그 눈길을 마주치지 못하고 외면했다. 그러자 류묵림이 가소롭다는 듯한 미소를 지어 보이며 말했다.

"먼저 가서 기다리마!"

말을 마친 류묵림은 곧 술대접을 받아들고 꿀꺽꿀꺽 들이마셨다.

47. 생이별

열넷째 윤제가 준화(遵化)에서 능(陵)을 지키며 독서로 소일하며 세월을 낚은 지도 벌써 1년이 넘었다. 그는 큰황자, 둘째황자와는 달리 다만 "대단히 불경스럽다"라는 죄명만을 지었기에 왕작(王爵)만 박탈당했을 뿐 고산패자(固山貝子)의 봉호(封號)는 그대로 보유하고 있었다. 덕분에 조정의 관보와 명조정기(明詔廷寄)는 어김없이 받아볼 수 있었기에 커룽둬가 "가산을 몰수당했다"는 소식을 연갱요에 앞서 접할 수 있었다. 그러나 이곳은 순치와 강희의 능침(陵寢)이 있는 중지(重地)였기 때문에 숙위관방(宿衛關防)은 모두 북경의 선박영(善撲營) 우림군(羽林軍)에서 직접 나와 관장하고 있었기에 경계가 대단히 삼엄했다. 준화 현령뿐만 아니라 직예 총독과 순무조차도 마음대로 출입할 수 없었다. 간혹 여덟째황자를 비롯한 다른 형제들이 음식을 보내오거나 안부서신을 전해와도 내무부 능침사(陵寢司) 아문의 관원과 태감들이 두 눈 부릅뜨고 검사하고 맛을 보고 나서야 비로소 윤제 본인에게 전달되곤 했다. 때문에 굵직굵직한 소식 이외에 바깥세상 돌아가는 것에 대해선 전혀 모르고 사는 윤제였다. 그래서 커룽둬가 재산을 압수당했다는 소식을 접했을 때 그는 단순히 평소에 품고 있던 얄미운 감정 그대로 고소하기만 했다. 그는 자신과는 전혀 상관없는 사람의 얘기를 하듯 웃으며 교인제에게 말했다.

"빌어먹을 영감태기 같으니라고! 오늘 같은 날이 찾아올 줄은 몰랐지! 제까짓 게 무슨 재주로 상서방대신 자리에 올랐겠어? 운 좋게 아바마마의 유조(遺詔)를 읽은 것밖에 더 있어?"

그러자 교인제가 애교넘치는 목소리로 권했다.

"십사마마께서는 이런 잡다한 일에는 신경쓰지 마시옵소서. 그 옛날의 고주망태기 같은 과거는 깨끗이 잊는 것이 건강에도 좋을 것이옵니다. 저희 소호(小戶) 사람들은 그저 배불리 먹고 등 따스하면 만족하고, 평안무사하면 복인 줄 아옵니다. 제가 보기에 폐하께오선 필경 일모동포(一母同胞)의 정을 헤아리셔서 십사마마에게는 각별하신 것 같사옵니다. 아홉째나 열째마마처럼 밖으로 떠돌게 했다면 모래바람과 그 추위에 얼마나 고생하겠사옵니까? 어딜 가나 제가 따라다니겠지만 도움도 별로 안 될 테고……!"

눈물이 그렁그렁 고인 두 눈을 들어 윤제를 바라보며 이같이 말하던 교인제는 결국 고개를 돌려 손수건으로 눈물을 닦고야 말았다. 그 모습에 윤제도 적이 감화된 듯 부드러운 미소를 지었다.

"보다시피 난 멀쩡하게 자네 곁에 있잖아? 걱정 말게. 이젠 엎질러진 물이고 돌이킬 수 없는 과거라 난 진작에 망상같은 걸 다 떨쳐버렸네."

비록 말은 이렇게 했으나 그것은 결코 한때의 망상쯤으로 치부하여 지워버릴 수 있는 일이 아니었다. 외부와의 접촉은 한계가 있지만 그도 나름대로 촉각을 곤두세우고 있는 건 사실이었다. 그의 생각대로라면 커룽뒈는 이제 곧 부의(部議)에 넘겨져 상응한 처벌을 받게 될 것이다. 그러나 곧바로 내려진 지의에 따르면 커룽뒈는 이번원(理藩院) 상서의 신분으로 "곧 아얼타이 영(嶺)으로 가서 처왕아라부탄과 준거얼과 카얼카의 유목 경계를 확정지을 것이며, 협상이 끝나는 대로 그 자리에서 러시아 사신(使臣)과 양국의 변경 문제를 상의할 것이다. 이번 일을 처리하는 태도를 참작하여 과연 커룽뒈가 진정으로 개과천선하는 모습을 보인다면 짐은 그 죄를 너그럽게 용서해 줄 수도 있다"라고 했다. 그러나 그로부터 한 달 뒤에 또 지의가 내려왔다. 내용은 갈수록 종잡을 수 없었다. "커룽뒈는 누누이 윤사를 참핵하여 그를 사지로 내몰고자 했고, 반대로 어룬따이, 알쏭아, 그리고 도통(都統) 여복(汝福)은 온갖 수완을 동원하여 감싸려 했고, 윤사를 밀어내고 자립하여 문호를 열려고 했거늘 그 예측불허의 속셈을 묻지 않을 수 없다"라고 커룽뒈를 질책했다.

옹정이 또다시 토사구팽의 작당을 일삼으려 하며 그 행동의 정당성을 주장하기 위해 수작을 꾸민다고 생각해 왔던 윤제는 여덟째 윤사까지 운운하고 자신의 심복장군이었던 여복까지 거론하고 나서자 다시금 오리무중에 빠지고 말았다. 그는 궁금하고 초조하기 이를 데 없었지만 달리 어찌할 방법이 없었다. 복진(福晉, 정실부인)과 복진의 측근이 두 달에 한 번씩 면회를 오긴 했지만 북경에 있는 왕부 역시 이곳과 마찬가지로 철통같이 봉쇄되어 있었기에 들을 만한 소식을 빼내올 수가 없었다. 커다란 능원(陵園)의 궁침(宮寢)엔 몇십 명의 궁녀들만이 덩그러니 자리를 지키고 있었지만 교인제를 제외한 나머지와는 말도 함부로 주고받을 수 없었다.

외원(外院)에는 채회새와 전온투 두 관사(管事)가 내무부에서 보내온 백여 명의 가인들을 데리고 번갈아 가며 대기하고 있었다. 이들 가인들은 3개월에 한 번씩 교체 투입됐기 때문에 안면을 익혔는가 싶으면 곧 떠나가기가 일쑤여서 관리하기가 여간 어려운 게 아니었다.

갑갑하고 초조한 가운데 어느덧 7월도 지나가고 이젠 8월의 끝자락에 와 있었다. 관보를 봐도 더 이상 눈이 번쩍 뜨일 만한 변화가 없어 보이자 윤제도 차라리 마음이 편해졌다. 그는 9월 9일 중양절에 교인제와 함께 산에 올라 마음속 갈피갈피에 때처럼 끼어 있는 울분을 깔끔히 털어 내려고 했다. 그러자 인제가 좋아라 했다.

"궁녀들도 속이 곪아터질라 이참에 다 데리고 나가 창가하고 춤추며 실컷 놀다 오는 게 좋겠사옵니다. 십사마마께서 전에 만들어 놓으신 가사에 제가 곡을 달아 놓았사오니 그때 가서 들려드리겠사옵니다!"

"여보게, 인제!"

윤제가 씁쓸한 웃음을 지어 보이며 말했다.

"여긴 선제의 능침이라는 걸 항상 잊지 말게. 노래하고 춤출 곳이 따로 있지, 누구 귀에 소문이 들어가는 날엔 우리는 미친놈, 미친년 취급을 받아도 싸다 싸."

그러나 이미 마음이 풍선처럼 들떠있는 인제가 고개를 갸웃하더니 웃으며 말했다.

"주인께서는 어떨 때 보면 간이 크기로 태산도 포용할 수 있을 것 같사오나 이럴 땐 겨자씨도 담지 못할 것 같사옵니다. 보십시오. 저쪽은 경릉(景陵)이옵고, 저기 저쪽은 효릉(孝陵)이옵니다. 남쪽에 있는 이 기봉산(棋峰山)은 지세가 좀 낮지만 위엔 정자가 있사옵니다. 폐하께서 얼마 전에 하사하신 술 두 항아리가 있지 않사옵니까? 그걸 가지고 기봉산에 올라 노래하고 춤추면서 경릉과 효릉에 계신 조상님들을 기쁘게 효도해 드리는데, 어찌 죄가 되겠사옵니까."

일리가 있는 교인제의 또랑또랑한 말을 듣고 난 윤제의 얼굴이 활짝 펴졌다.

"자넨 정말 귀여워 깨물어주고 싶네. 어찌 그런 깜직한 생각을 했을까? 좋아, 자네 뜻에 따르지!"

두 사람이 이 같이 주고받고 있을 때 밖에서 전온투가 들어오더니 정방(正房)의 계단 밑에서 한 쪽 무릎을 꿇어 아뢰었다.

"십사마마, 북경에서 손님이 왔사옵니다. 십삼왕부의 왕태감 조록(趙祿)이옵니다!"

"일없어!"

방금 전까지 웃음기가 남아있던 윤제의 얼굴이 삽시간에 딱딱하게 굳어졌다. 그는 오만한 표정을 지어 고개를 쳐들고 멀리 창밖의 백양나무 위에 있는 까마귀 둥지를 바라보았다.

"할 말 있으면 먼저 자네들한테 말하고 나서 다시 내게 아뢰라고 하게. 그래야만 내가 혐의를 덜 받을 게 아닌가."

이런 일은 자신이 끼어 들어봤자 소용없다는 걸 아는 교인제는 가볍게 한숨을 지을 뿐 말이 없었다. 그러자 전온투가 웃으며 말했다.

"무슨 뜻인지 알겠사옵니다. 십삼마마께서는 편지 한 통과 술에

절인 대추 몇 항아리를 보내오셨사옵니다. 물건을 안으로 들여보
내라고 할까요?"

"음, 물러가게."

"예."

대답과 함께 뒤로 물러가던 전온투가 몸을 돌려 나가려 하자
윤제가 불러세웠다.

"편지를 가지고 왔다니 사람도 들여보내게. 마음이 안 놓이면
자네나 채회새나 누구 한 사람 따라 들어와도 되네."

이에 전온투가 황급히 말했다.

"무슨 그런 말씀을 하시옵니까! 소인도 어쩔 수 없이…… 게다
가 이친왕께서 보내신 사람이라 걱정 같은 건 전혀 하지 않사옵니
다."

말을 마친 전온투는 곧 물러갔다.

"주인!"

전온투가 멀리 사라지기를 기다려 인제가 웃으며 말했다.

"저 사람들에게 좀 잘해 주시옵소서. 소녀가 보기에 전온투와
채회새 두 사람은 나름대로 양심도 있고 썩 괜찮은 사람들 같사옵
니다. 지난번에 주인께서 아홉째마마에게 보내는 서신을 전해준
사실이 들통나 전온투가 내무부로 끌려가 다리뼈가 부러질 정도
로 얻어맞았더랬사옵니다. 소녀가 겨우 추궁하여 그 진상을 알아
냈사옵니다!"

그러자 윤제가 냉소를 터뜨렸다.

"주유(周瑜)도 황개(黃蓋)를 때리고는 조조(曹操)에게는 안
그런 척했다네! 자네는 여식이라 남자들끼리 오고가는 미친 짓은
잘 몰라!"

이때 남령정자(藍翎亭子)를 단 태감 하나가 용도(甬道, 건물 사이를 잇는 복도)를 통해 낭하를 따라 걸어오고 있는 게 보였다. 그 뒤에는 채회새가 일정한 간격을 두고 따라오고 있었다. 정방이 가까워오자 채회새는 멈춰 섰고 태감 혼자 다가와 윤제에게 웃으며 고개를 숙였다.

　"태감 조록이 십사마마께 청안을 올리옵니다. 부디 만복을 받으시옵소서!"

　"일어나게."

　윤제가 담담히 한 마디 던지고는 방안에 들어가 자리에 앉았다. 조록(趙祿)에게 자리를 내주고 난 윤제가 말했다.

　"십삼마마께서는 본인도 건강이 여의치 않으면서 나까지 신경을 써주시니 정말 뭐라 고마움을 표해야 할지 모르겠네."

　조록이 급히 안주머니에서 편지를 꺼내 두 손으로 윤제에게 건네주었다. 그러자 윤제가 봉투를 뜯으며 지나가는 말처럼 물었다.

　"그래, 이친왕께서는 좀 좋아지셨나?"

　이에 조록이 비스듬히 앉은 채로 몸을 숙이며 대답했다.

　"요 며칠새 많이 좋아지셨사옵니다. 그래도 아직은 조심하셔야 하옵니다. 태의는 담증(痰症)이라 했사오나 후에 하남성에서 온 오씨(鄔氏)가 맥을 보더니 노질(癆疾, 폐결핵)이라 진단을 고쳐 내렸사옵니다. 이제 병명을 정확히 알고 치료하니 훨씬 효과가 기대되오나 완치가 될는지는 감히 장담할 수 없다고 했사옵니다……."

　윤상이 보낸 편지에는 온통 마음을 비우고 고독을 즐기라는 둥 독서하여 인내를 키우라느니 이런 말밖에 없었다. 심드렁한 표정을 지은 채 대충 읽어보는 척하고 있던 윤제는 노질(癆疾)이라는 말에 흠칫 놀라더니 한숨을 지었다.

"오씨라니, 누군지 알겠네. 그 사람이 십삼마마더러 90살까지는 문제없다고 큰소리 뻥뻥 친 사람이니 당연히 문제없겠지. 인제, 조 어른께 차나 한 잔 올리지!"

인제가 물러가자 조록이 기다렸다는 듯이 주변을 둘러보고는 서둘러 장화 속에서 종이 한 장을 꺼내 윤제에게 건네주며 나지막이 말했다.

"여덟째마마께서 보내신 편지이옵니다. 잘 건사하시옵소서."

편지를 받아든 윤제가 의혹에 찬 시선으로 조록을 힐끗 쳐다보았다. 그러자 조록이 급히 말했다.

"십사마마, 명찰하시옵소서. 소인은 염친왕부의 태감 하주와 의형제를 맺은 사이옵니다. 강희 52년에 이친왕이 연금당하셨을 때부터 소인은 염친왕의 뜻에 따라 이친왕을 시중들기 시작했사옵니다. 이런 신분이 아니었다면 이 편지를 전해드릴 수 없었을 것이옵니다."

"음."

윤제가 그제야 마음이 놓이는 듯 편지를 펴보았다. 순간 윤제가 적이 놀라는 표정을 지으며 조록을 바라보았다. 그러자 조록이 급히 설명했다.

"미즙(米汁)으로 쓴 것이옵니다. 연기에 그을려야 글씨가 보일 것이옵니다……"

이때 인제가 찻잔을 받쳐들고 들어서자 조록은 뚝하고 말문을 닫아버리고 말았다. 그러자 윤제가 웃으며 말했다.

"내가 아무리 초라하기로서니 심복 하나쯤도 없을까봐 그러나? 걱정말게. 인제, 이 종이를 가져다 기름등잔 연기에 그을려서 가지고 오게."

인제가 말없이 종이를 받아들고 물러갔다. 윤제가 그제야 조록을 인정하는 듯 물었다.

"여덟째마마는 잘 계신가? 성총도 여전하고?"

이에 조록이 대답했다.

"괜찮은 것 같아 보였사옵니다. 소인은 십삼마마를 시중들기에 여덟째마마는 거의 만날 수가 없사옵니다. 설령 만났다 하더라도 말을 건넬 수가 없사옵니다. 십삼마마가 장 중당과 얘기하는 걸 귀동냥해 들으니 연갱요, 커룽둬를 제거하지 않으면 제권(帝權)을 완벽하게 틀어쥘 수 없고 조정 내의 붕당도 소멸시킬 수가 없다고 했사옵니다. 커룽둬 중당은 이제 아무런 실권도 없는 산질대신(散秩大臣)으로 전락해 버렸고, 이제 폐하께서는 연갱요의 병권을 박탈하려는 모양입니다. 이건 암암리에 떠도는 소문이라 진실 여부는 잘 모르겠사옵니다."

윤제는 곰곰이 생각해 보았다. 이런 말은 태감이 꾸며낼 수 있는 말이 아니었기에 그는 조록을 어느 정도 믿지 않을 수가 없었다. 옹정이 만약 자신을 손보려 한다면 이런 식으로 겉돌 리가 없다고 생각했다.

궁금한 것이 한두 가지가 아닌 윤제가 다시 뭔가를 물으려 할 때 인제가 시커멓게 그을린 종잇장을 들고 다가왔다. 받아보니 이같이 적혀 있었다.

아홉째가 서신을 보내왔는데, 연갱요 본인이 아직 우왕좌왕하여 결단을 내리지 못하고 있으나 제법 진전은 있다 하네. 천고의 성패는 아우 자네의 일념(一念)의 선택에 달렸네. 죽은 듯 골방을 지키고 있어도 죽고, 설치고 다녀도 죽을 판에 열넷째 아우의 현명한 판단을 기대하네. 노구(老狗, 왕경기)가 사람을 데리고 자네를 맞으러 미리 가 있네. 이 기회까지 놓치면 우리는 평생 배꼽을 물어뜯으며 후회해도 막급일 걸세.

서두도 없고 낙관도 없었지만 초서체의 필적은 확실히 염친왕의 친필이 틀림없었다. 모든 의혹이 한꺼번에 사라지고 윤제의 얼굴은 가슴속에서 울렁이며 치솟는 뜨거운 열기로 벌겋게 달아올랐다. 뭐라고 형언할 수 없는 착잡한 감정이 뒤엉켜 돌아갔다. 종잇장에 불을 붙이자 곧 가냘픈 재가 되어 흔적도 없이 사라질 뿐이었다. 우수에 젖은 눈빛으로 오색찬란한 산봉우리를 바라보며 윤제가 물었다.

"왕경기는 도착해 있나?"

"예, 십사마마! 왕경기는 지금 준화성 안에 들어와 있사옵니다."

"준화성 어디?"

"그건 잘 모르겠사옵니다."

"내가 어떻게 만나면 되나?"

"여덟째마마께서 그러시는데, 십사마마께서 능원(陵園)만 벗어나시면 왕 어른이 알아서 찾아뵐 거라고 하옵니다."

윤제가 자리에서 일어났다. 천천히 몇 발짝 떼어놓던 그가 갑자기 웃으며 말했다.

"난 마음이 고목처럼 죽어 있는 사람이네. 그 옛날의 날카롭던 기개는 다 닳아 없어진 지 오래 됐지. 그럼에도 바깥에 있는 형제니 친구들은 내게 서는 기대가 이토록 크니 정말 가소롭기 짝이 없군! 그만 물러가게. 자네를 파견해 온 사람한테 찾아가서 윤제는 이곳에서 늙어죽는 게 소원이니 더 이상 괴롭히지 말라고 전하게."

곧 신발 신고 따라나설 것만 같던 윤제의 변덕에 어벙해진 조록이 어찌해야 할지를 모르며 한참 후에야 비로소 무릎을 꿇으며 말했다.

"알겠사옵니다, 십사마마. 부디 옥체를 보존하시옵소서. 소인은 그만 가보겠나이다."

조록은 다시 머리를 조아려 보이고는 어깨를 축 늘어뜨린 채 물러갔다.

"현명한 판단을 하셨나이다, 십사마마."

내내 곁에서 조마조마하여 땀을 쥐고 있던 교인제가 적이 안도하는 듯 윤제에게 차를 따라주었다.

"저런 사람들 정말 믿을 게 못 되옵니다! 전에 십사마마께서 밖에서 군사를 거느리고 계실 때, 십사마마의 눈앞에 간첩을 심었던 여덟째마마이옵니다. 지금 십사마마께서는 아무 것도 가진 것 없는 빈털터리온데, 그들이 어인 일로 이토록 지대한 선심을 베풀어 십사마마를 구출해주려 들겠사옵니까? 설령 모든 것이 소녀의 기우일지라도 십사마마께선 그들의 소용돌이에 휘말려들어 득될 게 없을 것이옵니다!"

"자네가 알긴 뭘 안다고 그래!"

갑자기 윤제의 불호령이 떨어졌다.

"언제부터 여자가 이렇게 말이 많아졌어? 이게 지금 자네 여식들이 끼어들 일인가?"

늘 윤제를 스승처럼 존경하고 형처럼 사랑해 왔던 교인제였다.

느닷없는 윤제의 고함소리에 기가 질린 인제는 안색이 창백하게 질린 채 급히 뒤로 물러나 고개를 떨구었다.

그러자 그 모습이 안쓰러워진 윤제가 긴 한숨을 토해내며 다가 갔다. 부드럽게 인제의 어깨를 껴안으며 윤제가 자상한 어투로 말했다.

"자네가 날 위해 마음고생 하는 걸 내가 모를 리 있겠나? 여 긴…… 여긴 그야말로 살아있는 관(棺)이고, 난 목숨 붙어있는 송장(送葬)이야. 살아 숨쉬어도…… 고깃덩어리나 마찬가지지. 하지만 바깥 정세를 몰라도 너무 모르는 내가 쉬이 뛰쳐나갈 수 있겠나. 자네를 더 이상 고생시키는 것도 마음 아픈 일일세……."

윤제의 진정어린 고백을 들으며 인제의 설움은 뜨거운 눈물이 되어 녹아내렸다. 그녀는 흐느끼며 말했다.

"사내 대장부가 이렇게 사는 것이 죽느니 보다 괴롭다는 걸 잘 아옵니다. 주인께서 알아서 결정하시옵소서. 소녀는 그 곳이 칼산 이 되든 불바다가 되든 죽을 때까지 따라다니겠사옵니다……. 하 오나 여덟째마마도 심술(心術)이 그리 바르지는 못한 것 같사옵 고 연갱요 또한 못 미덥기는 마찬가지 아니겠사옵니까? 소녀는 주인께서 무모한 짓을 하지 말았으면 하는 뜻에서…… 소녀는 주 인의 아기를 가진 몸이옵니다……."

"그러게 나도 대단히 조심스러울 수밖에 없네."

윤제가 교인제를 위로하듯 어깨를 감싸안으며 말했다. 그러나 그는 혼잣말처럼 중얼거리듯 덧붙였다.

"그래도 물은 건너봐야 얼마나 깊은지를 아네. 혹시 모르지, 내 게 진정으로 기회가 찾아올는지……."

9월 9일 중양절은 공교롭게도 큰비가 내리기 시작했다. 기봉산에 올라 노래하고 춤추며 제대로 한번 즐기려 했던 인제는 어쩔 수 없이 능원을 벗어나지 못하게 되자 윤제가 머무르는 편전(偏殿)에서 모처럼 술잔을 기울이며 조촐하게 보내려고 했다. 그러나 조록을 만나본 이후로 윤제는 줄곧 마음이 콩밭에 가 있었다. 어떻게든 왕경기를 만나볼 심산에 그는 능원을 벗어나 바람쐬고 오자며 고집을 부렸다. 그러자 인제가 말했다.

"주인께서 비나 눈 내리는 날을 무척이나 좋아하신다는 것은 알고 있사오나 이렇게 많은 사람이 악기 챙겨들고 비까지 맞으며 기봉산에 오른다는 것은 너무 사람들의 시선을 끄는 일이 아닐 수 없사옵니다. 그래도 정 나가셔야겠다면 소녀랑 둘이서 가는 게 어떻겠사옵니까? 외원(外院)의 전온투와 채회새만 데리고 조용히 다녀오는데 다른 사람들의 이목에 띈다고 해서 누가 수군대기야 하겠사옵니까?"

윤제가 흔쾌히 대답했다.

기봉산은 능원의 침궁에서 그리 멀리 있지 않았다. 경릉과 효릉을 마주하고 있고 지세가 주변보다 낮아 다소 외로워 보이는 고봉(孤峰)이었다. 산에는 온통 청회석(靑灰石)으로 가득했고 산 정상에 샘이 있어 항상 물이 사방으로 흘러내려 산등성이에는 초목이 울창하고 숲이 무성해 있었다. 어떤 시대를 살던 뉘라서 샘터 옆에 육각정자를 지었는지 제법 운치가 있어 보였다. 여기서 멀리 내다보면 북쪽에는 경릉, 효릉이 있고 남쪽에는 마란욕(馬蘭峪, 산골짜기 이름. 하북성에 있음)이 있고 동서 양 옆으로는 여러 산들이 팔을 벌려 이곳 외로운 기봉산을 껴안고 있었다. 아침에는 운해(雲海)가 산봉우리를 살포시 감싸는 경관을 구경할 수 있고, 저녁에는 노을의 경쾌함을 만끽할 수 있는 천혜의 수려함을 자랑하는 명승지로서 전혀 손색이 없는 곳이었다.

윤제도 모처럼 수레를 타지 않았다. 일행 네 사람이 우비를 입고 계단을 하나 하나씩 오르며 드디어 산 정상에 다다랐을 때는 신발도 바짓가랑이도 흠뻑 젖어 있었다. 윤제는 가쁜 숨을 몰아쉬며 정자로 들어가 기둥에 기대어 앉아 바람을 힘껏 들이마셨다. 그사이 나머지 사람들은 갖고 온 음식을 펴놓느라 바빴다.

윤제가 눈길을 돌려 사방으로 바라보니 가랑비가 소리없이 내리는 가운데 추색(秋色)이 짙어가는 가을잎은 오색찬란한 색깔로 사람들의 시선을 붙들어매고 있었다. 그 사이에 듬성듬성한 검푸른 송백(松柏)은 그래서 더욱 유난스러워 보였다. 조용히 귀기울이고 있노라니 바람소리, 빗소리, 송백의 파도소리며 출랑대는 샘물의 지저귐이 어우러져 세속의 때를 솔로 깔끔히 씻어내는 듯한 청정세계에 들어선 것 같은 느낌을 만끽하게 했다.

음식을 한가득 펴놓고도 교인제 등 세 사람은 빗속의 경관에 취해 비감과 우수 그리고 희열이 교차된 눈빛으로 멍하니 먼 곳을 응시하고 있는 윤제를 감히 부를 수가 없었다. 윤제가 그 무엇인가에 이토록 탐닉해 있는 모습은 그리 흔치 않았기 때문이다. 시간이 얼마나 흘렀을까. 윤제가 한숨과 함께 즉흥시인 듯 나지막이 읊조리기 시작했다.

고개 들어 내 저 하늘에 묻노니
화음복선(禍淫福善), 그 무엇이 진실이더냐.
예양(豫讓)은 숯불 삼켜 헛되이 죽었거마
진회(秦檜)가 선종(善終)을 하다니 웬 말이냐?

무뢰한(無賴漢) 유방(劉邦)은 그대로인데,
영웅 항우(項羽)는 어찌하여 외로운 죽음을 맞느냐.
자고로 호걸의 삶은 허무하나니
능강(陵崗)에서 무너지는 내 맘 그 누가 알리오!

　찬바람이 불어닥쳐 넋 놓고 있던 사람들을 흠칫 떨게 했다. 비분(悲憤)과 처초(凄楚)에 잠긴 윤제의 목소리에 교인제는 그저 두 손 모아 난운(亂雲)이 엎치락뒤치락 하는 하늘을 향해 빌고 또 빌 뿐이었다.
　"나무아미타불(南無阿彌陀佛)……, 나무대자대비(南無大慈大悲), 구고구난(救苦救難) 관세음보살(觀世音菩薩)……."
　그 모습을 본 윤제가 씁쓸한 웃음을 지어 보이며 말했다.
　"만물은 원래 끊임없이 불생불멸의 윤회를 거쳐 새로이 태어나고 죽고 하는 거야. 다만 대도(大道)는 바다 속 같이 깊어 우리 범부속자(凡夫俗子)들은 이 천지의 조화를 제대로 알지 못할 뿐이야."
　이 같이 말하며 윤제는 술잔을 들어 혼자서 벌컥 들이마셨다.
　그러자 전온투가 급히 다가와 술잔을 채워주며 조심스레 웃으며 말했다.
　"십사마마의 울적한 기분을 풀어드리려고 나왔는데, 이렇게 쓸쓸한 시를 읊조리시니 소인도 괜히 서글퍼지옵니다. 이 술 한 잔 더 받으시고 이번엔 기분 좋은 시 한 수 읊어주시면 좋겠사옵니다."
　그러자 채회새도 한마디 거들었다.
　"소인은 평생 시 읊는 소리에 감화되어 본 적이 없사오나 이번에는 두 팔에 닭살까지 돋는 것이 느낌이 뭐라고 표현할 수가 없었사옵니다. 소인이 듣기에 방금 읊조린 시는 밖에서 들으면 안 될 것 같사옵니다. 서건학 어른의 도련님 서준이 뭔가 한 구절 잘못써서 그 일로 폐하께 된통 혼이 났다 하옵니다! 그리고 사사정(査嗣庭)이라는 사람은 출제를 잘못하여 천로(天牢, 감옥)에 투옥됐다고 하지 뭡니까! 주군께서 지닌 성정으로 미뤄 볼 때 이렇듯 사소해 보이나 큰 화를 자초할 수 있는 일이 비일비재할 것이옵니다."

윤제는 서준의 일에 대해서는 들은 바가 없지만 사사정이 시험문제를 잘못내어 문자옥(文字獄)을 당한 사건은 알고 있었다. 그는 냉소를 터뜨렸다.

"자네는 깊은 내막을 알 리가 없지. 사사정은 커룽둬의 사람이고, 서준은 여덟째마마의 문하야. 폐하께서 진작부터 이를 갈던 차에 꼬투리 잘 잡힌 거지! 작정을 하고 누군가의 흠집을 내자면 그보다 쉬운 게 어딨겠어? 폐하께서도 내 목을 치려면 '대단히 불경스럽다'라는 죄명으로도 충분히 내 목을 이사가게 할 수 있어. 꼭 이런 시를 운운하지 않더라도 말이야!"

말을 마친 윤제는 또다시 술잔을 입안에 털어 넣었다. 그리고는 뭔가를 기다리는 듯 주위의 산들을 천천히 둘러보았다. 교인제는 윤제가 은근히 '가슴 뛰는 만남'을 기대하고 있다는 걸 알 수 있었다. 그는 연갱요의 사람을 기다리고 있는 것이었다. 그러나 우무(雨霧) 속에 몸을 움츠리고 있는 숲속 그 어디에서도 사람의 모습은 보이지 않았다. 인제는 일말의 위로를 느끼면서도 윤제의 처지에 상심하여 술을 권했다.

"방금 하신 말씀에 소녀도 공감하옵니다. 아울러 소녀는 명운에 안주하고 느긋하게 기회를 기다리노라면 언젠가는 해뜰 날이 있을 거라고 믿어마지 않사옵니다. 불법(佛法)에서는 모든 건 공허하고 환각적이며, 만록(萬緣)은 다 허무한 것이라고 가르치고 있사옵니다. 아무리 강한 사람일지라도 하늘과는 대적할 수 없는 것이옵니다!"

"인제, 자네는 과연 청출어람(靑出於藍)이네 그려."

윤제가 웃으며 술 한 모금을 마시고 말을 이었다.

"진정한 사내는 하늘과 대적하지 않지. 난…… 팔자라는 걸 믿어."

윤제는 세 사람을 자리에 앉으라고 명령하고는 일일이 술을 따라주었다. 그렇게 주거니 받거니 술을 마시다 보니 어느새 신시(申時)가 가까워오고 비도 거의 멈춘 것 같았다. 그제야 윤제는 채회새와 전온투의 어깨를 짚고 조심조심 산을 내려왔다.

윤제가 능원 침궁의 측전(側殿)으로 돌아와 옷을 갈아입고 미처 한숨 돌리기도 전에 이문(二門)에서 경비를 서고 있는 군교(軍校)가 들어와 아뢰었다.

"마란욕의 총병 범시역(範時繹)이 뵙기를 청하였사옵니다."

윤제가 미처 응답하기도 전에 범시역은 벌써 20여 명의 군관들을 데리고 안으로 들어서고 있었다. 그는 문전에서 잠시 멈춰서며 자신의 부하들에게 명했다.

"너희들은 밖에서 기다려!"

부하들을 남겨두고 홀로 성큼성큼 걸어오는 그의 장화발 소리와 장검과 허리띠가 부딪치는 소리는 조용한 측전을 전율에 떨게 했다. 물러가려던 전온투와 채회새는 범시역의 기세에 놀란 나머지 얼굴이 창백해지고 말았다. 윤제가 벌떡 일어서며 고함을 질렀다.

"범시역, 지금 뭘 하는 거야?"

"십사마마께 청안 올리옵니다!"

범시역은 날렵하게 한 쪽 무릎을 꿇어 군례를 올리고 머리를 조아리고는 일어섰다.

"소인은 성명(聖命)과 상서방 마 중당의 수유를 받들고 십사마마의 신변을 지키러 왔사옵니다. 누군가 십사마마를 납치하려 한다는 첩보가 날아들었사옵니다. 어제 준화성에서 대대적인 수색작전을 펴 주범 왕경기를 생포하였음을 십사마마께 아뢰옵니다. 십사마마께서 아랫것들의 어려움을 헤아려 주시어 앞으로 밖으로 나가실 때는 저희 총병아문에 통보해 주셨으면 하옵니다."

느닷없이 닥친 돌발상황에 사람들은 깜짝 놀라고 말았다. 저마다 나무 조각처럼 그 자리에 굳어졌다! 한참 후에야 비로소 경악에서 헤어난 윤제가 쓴웃음을 터뜨렸다.

"그런 일이 있었는가? 이 마당에도 과연 날 보물로 간주하는 사람들이 있었다니, 웃다가 이가 빠질 일이로구나! 근데 그 왕경기라는 자는 어떤 인물인가? 대체 누가 그를 여기에 파견했단 말인가?"

"소인도 잘은 모르겠사옵니다, 십사마마."

범시역이 이어서 말했다.

"소인은 그저 범인을 붙잡아 순천부에 넘기라는 것만 명받았을 뿐이옵니다. 어젯저녁 직예총독아문에서 전해온 소식에 의하면 능침 내부에도 왕경기 일당이 있다고 하옵니다. 채회새, 전온투가 어떤 자들이옵니까? 헌명(憲命)을 받들어 체포하옵니다."

채회새와 선온투는 황당한 나머지 서로를 번갈아보며 어찌할 바를 몰랐다. 이때 윤제가 나섰다.

"바로 이 두 사람이오. 둘 다 내무부에서 파견나온 사람들인데, 일도 열심히 하고 폐하의 치하와 격려도 받은 사람들이오. 혹시 왕경기가 모함을 하였는지도 모르는 일이니 돌아가서 직예총독더러 확실한 증거를 확보한 후에 사람을 잡아가도 늦지 않다고 전하오. 이들이 날개가 돋지 않는 이상 담 넘어 도망가지도 못할 것이니."

그러자 범시역이 상체를 숙이며 말했다.

"직예총독 자리는 잠시 비어 있사옵니다. 신임총독인 이불 어른은 아직 부임하시지 않으셨사옵니다. 이것은 직예 총독아문에서 상서방의 명을 받고 전해온 헌명이옵니다. 화속(火速)으로 사람을 체포하라고 하였사옵니다. 십사마마의 협조를 부탁드리옵니다!"

말을 마친 범시역은 다시 한 번 군례(軍禮)를 올리고는 일어나 명령을 내렸다.

"연행하라!"

"예!"

밖에서 대기하고 있던 군관들이 우렁찬 대답과 함께 굶주린 늑대처럼 들이닥쳐 눈 깜짝할 사이에 채회새와 전온투를 결박하여 꽁꽁 묶었다. 그리고는 거칠게 등을 떠밀어 밖으로 밀어냈다. 화를 주체할 수 없어 가슴이 오르락내리락 하는 윤제를 의식한 범시역이 얼굴에 웃음을 띠며 공손히 말했다.

"이렇게 십사마마를 놀라게 해 드려서 대단히 황송하옵니다. 명령에 무조건 복종할 수밖에 없는 아랫것 된 소인의 처지를 이해해 주시기 바랄 뿐이옵니다. 정말 부득이했사옵니다……."

"이 씨팔놈아! 나불대지 말고 꺼져!"

윤제가 온몸의 피가 거꾸로 솟구치듯 온통 시뻘개진 얼굴과 목에 무섭게 핏대를 돋구며 고함을 질렀다.

"내가 이러고 있으니까 허수아비 취급하는데, 내가 못해 본 게 뭐가 있어! 직예총독이 그렇게 큰 권한이 있다면 가서 옹정에게 전하라고 해. 난 패자(貝子)인지 나발인지도 싫고 이젠 머리 깎고 산으로 들어갈 거라고 말이야!"

윤제의 두 손은 무섭게 떨렸다. 그는 머리에 쓰고 있던 금룡관(金龍冠)을 잡아당겨 땅바닥에 힘껏 내동댕이쳤다. 10개의 동주(東珠)가 떨어져나가 산지사방으로 굴러갔다…….

그러나 범시역은 여전히 웃는 얼굴을 하고 더욱 부드러운 어투로 말했다.

"부디 고정하십시오, 십사마마. 소인이 여기 하루라도 머무는 이상은 전력을 다해 십사마마를 보호할 의무가 있사옵니다. 십사마마께오선 천황귀주(天璜貴胄)이시고 누가 뭐래도 소인의 주인이시거늘 이렇게 성질을 내시면 소인도 몸둘 바를 모르겠사옵니다."

범시역은 웃는 눈으로 돌부처처럼 굳어져 있는 윤제를 바라보며 말을 이었다.

"입을 열기가 좀 그렇사옵니다만 한 가지 더 아뢸 일이 있사옵니다. 다름이 아니옵고, 십사마마 신변의 태감과 궁녀들도 다 교체하라는 지시가 있었사옵니다……."

말투는 그지없이 공손하고 부드러웠지만 그 속엔 전혀 여지를 남겨두지 않는 단호함이 서려 있었다. 순간 윤제는 머리 속이 워시 밀림의 벌집을 쑤셔놓은 듯 윙윙거렸다. 경황이 없는 가운데 그의 시선은 교인제(喬引娣)에게로 향했다. 이렇게 허망하게 생이별을 할 순 없었다. 한참 후에 윤제가 냉소를 터뜨렸다.

"이네들까지 놓아주지 못하겠다? 하나도 남겨두지 않고 없애버릴 테지?"

그러자 범시역이 급히 허리를 굽실거리며 말했다.

"그건 잘 모르겠사옵니다. 태감, 궁녀들은 모두 내무부에서 관장하기 때문에 신은 그저 명에 따라 움직일 뿐이옵니다. 십사마마께서 바라는 바가 있으시면 직접 폐하께 주하시면 은지(恩旨)가 내려질 것이옵니다."

"난 한 사람만은 곁에 두고 싶네."

"누구 말씀이시옵니까?"

"교인제."

"그건 아니 되옵니다."

범시역은 거의 울상이 되어 있는 윤제를 보며 측은한 마음이 들었지만 어쩔 수 없이 내무부에서 보내온 체포증을 보여주었다. 순간 '교인제 등 48명의 태감, 궁녀들'이라는 글자가 아찔하게 다가왔다. 더 이상 어찌 할 도리가 없음은 자명한 일이었다. 범시역은 씁쓸한 웃음을 지어 보이며 한숨을 내쉬었다.

"천위(天威)는 예측할 수 없고, 천명(天命)은 어길 수가 없는 것이옵니다! 이렇게 하십시다. 사람은 제가 데리고 마란욕까지 가겠사옵니다. 먼저 북경에는 보내지 않고 있을 테니 십사마마께서 주군께 주장을 올리셔서 주군의 은준(恩準)이 계신다면 신은 곧바로 사람을 다시 데려오도록 하겠사옵니다……."

"그 사람한테 비굴하게 매달릴 것 없사옵니다, 십사마마!"

바로 이때 교인제가 갑자기 한 마디 던졌다. 그의 낯색은 핏기

하나 찾아볼 수 없이 창백하게 질려 있었다. 입을 실룩거리며 금방 울어버릴세라 윤제를 유심히 뜯어보던 교인제가 천천히 윤제에게로 다가오더니 무릎을 꿇었다. 그리고는 입술을 덜덜 떨며 말했다.

"오늘 이 자리가 마지막일지도 모르옵니다. 생이별이 될지 모르는 마당에 소녀는 여태 가슴 속 깊이 간직해 온 비밀을 십사마마께 털어놓고자 하옵니다. 소녀는 원래 낙호(樂戶)의 천민이었사옵니다. 어머니께서 어떤 분이랑 사랑을 하셨고, 제가 태어났사옵니다. 천민으로서 금기시 되어 있는 일을 저질렀다 하여 족인(族人)들의 시달림을 받다 못해 어머니는 산서(山西)로 도망가서 교씨 성을 가진 집에 기생(寄生)하게 되었던 것이옵니다. 내놓고 자랑할 것 같은 일이었으면 진작에 말씀올렸을 텐데…… 십사마마는 소녀의 은주(恩主)이옵고, 사랑하는 부군(夫君)이옵니다. 추호도 숨기는 것이 없어야겠기에 말씀올리는 바입니다……"

그녀의 긴 속눈썹에는 커다란 눈물방울이 대롱대롱 맺혀 있더니 어느새 비오듯 흘러내렸다. 흐느껴 울며 인제가 다시 말을 이었다.

"얼마 전 소녀가 〈금루곡(金縷曲)〉 가사를 읽어드렸더니 상서롭지 못한 느낌이 든다며 그만 하라고 하셨사옵니다. 마지막으로 주인의 반주에 맞춰 이별가 삼아 부르게 해 주시옵소서……"

윤제는 더 이상 이별을 막아보려고 몸부림치지도 않았다. 커다란 고통을 삭이며 되레 초연해 보이는 그는 천천히 책장으로 다가가더니 그 위에서 가야금을 내렸다. 닿는 듯 마는 듯한 손길에 심산유곡의 샘물 방울이 떨어지는 것 같은 청량한 음이 방안 가득 가슴 저미는 슬픔으로 듣는 이의 심금을 울렸다. 눈물 흥건한 얼굴을 들어 인제가 비감에 젖어 노래를 부르기 시작했다.

가을비가 추적추적 지치지도 않는구나…….

초라하게 퇴색해 가는 앙상한 나무들이 처량해서 어쩌나!

떠나는 이의 슬픔을 꼭 닮은

이 처절함이여.

황홀했던 그날을 떠올리며 거울 앞에 앉으니

미간엔 그이의 모습만이 그늘이 되어 서려있구나.

아! 새벽 찬이슬에 옷섶 적시는 이 눈물,

가슴을 저미는구나.

떠나간 낭군이여, 부디 보존하시옵소서.

신첩 생각에 애간장 닳지 마시고

정 그립거들랑 항시 그 자리에 있는 반석(盤石)을 바라보며

한 줄기 눈물을 쏟으시옵소서…….

노래를 마친 듯 인제는 한 쪽에서 기다리고 서 있는 범시역을 향해 고개를 돌리며 말했다.

"갑시다!"

단호하고 결연한 이 한 마디를 남기고 그녀는 성큼 문지방을 넘어섰다. 범시역도 윤제를 향해 무릎을 꿇어 보이고는 태감, 궁녀들을 데리고 뒤를 쫓아나갔다.

커다란 침전은 퀭한 적막감에 휩싸이고 말았다. 주룩주룩 빗소리만 숨막히는 적요를 더해갔다. 실성한 사람처럼 멍하니 앉아있던 윤제가 갑자기 미친 듯이 달려들어 가야금 줄을 집어 뜯었다. 펑펑 줄이 끊어지는 소리에 쾌감을 느낀 듯 고개를 한껏 젖히고 껄껄 웃어대던 그는 다시 가야금을 들어 힘껏 창 밖으로 내던졌다. 그리고는 갈기를 곧추 세운 사자처럼 뜰 안으로 뛰어나가더니 두

팔을 뻗어 하늘을 향하며 허물어지듯 빗물에 주저앉았다.

"옹정…… 윤진! 당신, 그러고도 나랑 피를 나눈 형제야? 그러고도 내 형이냐고! 하늘이시여! 내가 전생에 무슨 죄를 지었기에 이런 귀신도 사람도 아닌 황가(皇家)에서 태어나게 했습니까? 네? 왜! 왜, 왜, 왜……!"

비는 갈수록 더 세차게 쏟아져 내렸다.

48. 탄핵

준화사변(遵化事變)이 있은 바로 그 다음날, 전문경은 옹정의 지의에 따라 상서방에서 서정대장군 연갱요를 술직차 북경으로 불렀다는 관보를 읽었다. 9월 24일 연갱요로부터 출발한다는 상주문이 날아들었고 이에 따른 옹정의 비유(批諭)는 이러했다.

> 짐은 우리 군신(君臣)간의 감격어린 재회를 기대하네. 오는 길에 조심하여 무사히 도래하기 바라네! 11월에 만날 그날만을 손꼽아 기다리네.

피비린내를 물씬 풍겨가며 조류씨 사건을 매듭지은 후부터 전문경의 명성은 하루가 다르게 널리 알려졌다. 양옆에서 팔꿈치를 잡아당기던 호기항과 차명은 큰 짐, 작은 보따리를 껴안고 쫓겨나듯 다른 곳으로 부임해 갈 수밖에 없었다. 전문경은 하남성에서

요지부동의 입지를 굳혔고, 나름대로 대단히 만족하고 있었다. 그러던 중 장구(張球)를 안찰사 서리로 앉힌 이튿날, 그에게 돌연 옹정의 주비가 날아들었다. 짤막했지만 글자 사이사이에서는 첫소리가 났다.

장구는 과연 어떤 인물이기에 자네가 곁에 두지 못해 그리 사족을 못 쓰는가? 사람이란 속념(俗念)만 생겼다 하면 공(公), 충(忠), 능(能) 그 무엇도 제대로 지키기 어려운 것이네. 짐은 깊은 우려와 유감을 표명하는 바네.

전문경은 나름대로 곤혹스러웠다. 어떻게 자신의 결백을 증명하고 옹정의 오해를 풀어주어야 할지 뾰족한 대책이 떠오르지 않았다. 이미 서재에서 문서를 관리하는 필진원 한 사람만 남겨두고 나머지 막료들은 다 교체한 뒤였다. 그러나 필진원도 문필이 그리 만족스러운 수준이 아니어서 문장실력이 짧은 전문경을 보완하기엔 역부족이었다. 고민 끝에 그는 내키지 않지만 오사도를 찾아가는 수밖에 없다고 생각했다. 족집게 '지낭(智囊)' 오사도의 함금량 높은 한 수를 기대하며 그는 서둘러 수레를 타고 혜제(惠濟) 골목에 있는 오사도의 자택으로 향했다.

"아니, 전 중승이 어쩐 일이오?"

몇몇 가인들이 서적을 정리하는 모습을 지켜보고 있던 오사도가 전문경을 발견하고는 반색하며 맞아들여 자리를 안내했다.

"안 그래도 오늘은 찾아뵈려고 했었는데, 잘 됐소. 먼저 걸음을 하게 해서 미안하긴 하지만!"

전문경이 피곤기가 역력한 얼굴을 손바닥으로 쓰윽 쓸어 내리며 그러는 오사도를 힐끗 쳐다보았다. 때는 벌써 늦가을에 접어들었지만 오사도는 아직 홑옷을 입고 있었다. 전문경이 보기에 평소의 행동으로 보아 검소함과는 거리가 멀어 보이는 그가 옷에는 그리 신경 쓰는 것 같지 않았다. 언제 보나 닳고닳아 하얗게 색이 바랜 겹옷 아니면 긴 두루마기가 고작이었다. 흰 머리카락이 듬성듬성한 머리채는 한 올의 흐트러짐도 없이 정갈하게 땋아내려 목에 슬쩍 걸친 모습이 나이에 걸맞지 않게 멋스러운 정취가 풍겼다. 언제나 매인 데 없이 자유스러워 보이는 오사도를 보며 전문경은 한숨을 토해냈다.

"오 선생은 보기에 신선(神仙) 같소. 부러워 죽겠소. 나도 좀 구름처럼 살아보고 싶은데, 그게 안 되네요!"

그러자 오사도가 담담히 웃으며 말했다.

"그래서 관신(官身)이 자유스럽지 못하다는 거 아니오? 하지만 관직에 있는 나름대로의 좋은 점도 있잖소. 포류선(蒲留仙) 선생이 말했듯이, '나서면 수레와 말이 즐비하고, 들어가면 곧 고당(高堂)이오, 밑에는 수백 명이 엎드려 머리 조아리니 이 또한 별천지로구나!' 사람 위의 사람으로서 굽어보며 일갈하는 재미도 쏠쏠할 테지. 나는 이제 곧 고향 무석(無錫)으로 돌아가게 됐소. 언젠가 수레 타고 지나가다 갓 쓰고 걸어가는 이 사람 만나면 못 본 척하지는 않겠지?"

말을 마친 오사도는 소탈하게 껄껄 웃었다.

그러자 전문경이 깜짝 놀라서 물었다.

"오 선생, 하남을 떠날 거란 말씀이오?"

이에 오사도가 머리를 끄덕여 보이며 한숨을 내쉬었다.

"이 날을 학수고대해 왔소! 고향으로 돌아가고자 얼마나 심혈을 기울였는지 모른다오! 자네 미움을 사서 쫓겨나 보기도 했지만 역시 남경(南京)에서 북경(北京)으로, 다시 개봉성(開封城)으로 돌아오고 말았지. 그런데 이번에는 확실하오. 보친왕께서 폐하께 주청을 올렸고, 폐하께서 이를 은준(恩準)하시어 난 강남으로 돌아가 묻히게 됐다오. 주군께서 이 사람에 대한 배려는 정말 극진하시오."

전문경은 지난날을 떠올린 듯 시무룩한 표정이 되었다. 그러나 곧 미간을 좁히며 말했다.

"누군 콧노래라도 부르고 싶겠지만 난 어떡하오."

이 같이 말하며 전문경이 소매 속에서 옹정의 주비를 꺼내 건넸다.

"한 수 가르침을 주시오. 아니면 내가 못 가게 물고 늘어질 줄 아오!"

"또 한 방 얻어맞은 게로군."

오사도가 주비를 받아들고 잠깐 보더니 전문경에게 돌려주며 말했다.

"이보게, 중승! 얻어맞는다고 꼭 나쁜 것만은 아니오. 어루만져 준다고 꼭 좋은 일이 아니듯이 말이오. 이위, 어얼싼 둘 다 폐하께서 믿고 맡기시는 신하들이잖소. 그럼에도 몇 번씩이나 구혈(狗血)을 뒤집어쓰듯 질펀하게 욕을 얻어먹는 걸 내가 주비(朱批)를 통해 다 봤소. 자네의 이것은 아무 것도 아닌데, 이런 걸 가지고 속상해 할 건 없지 않소? 자네가 보기에 장구는 틀림없는 착실한 일꾼이다, 그러면 주변(奏辯)을 올리면 되겠고, 아니면 머리 숙여 공손히 잘못을 인정하면 되는 것이지."

그러자 전문경이 잠시 생각한 후에 말했다.

"내 생각도 그러하오. 솔직히 난 어려울 때 장구가 내민 돈이 그렇게 반가울 수 없었소. 돈에 눈이 뒤집혔다고 할 수도 있소. 그러나 내 생각엔 폐하께서 이런 식으로 주비를 내리시기까지는 호기항과 차명의 역할이 컸을 것 같소. 그것들이 폐하를 배알하는 자리에서 분명히 나를 씹었을 거요. 하기야 난 연 대장군의 눈 밖에도 나 있으니 대체 누가 찔렀는지는 잘 모르겠지만."

이에 오사도가 빙그레 웃으며 말했다.

"연갱요한테 미운 털 박힌 건 확실하오. 뉘민 사건부터 시작하여 자네는 연 대장군이 심어놓은 사람들을 줄기차게도 괴롭혔지. 이렇게 말하면 내가 너무 잘난 척을 하는 것인지는 모르겠으나 아무튼 내가 자네랑 같이 있지 않았다면 연갱요는 진작에 자네에게 마수를 뻗쳤을 거요! 꽃병 속에 든 쥐를 잡으려고 해도 꽃병 깨뜨리기가 아까워서 그대로 방치해 두듯이 날 의식해서 경거망동을 안 했을 뿐이라고!"

그러자 전문경은 낙담한 표정이 되었다.

"그런데 이젠 떠난다니."

이에 오사도가 말했다.

"내가 올 때 아무 이유없이 그냥 오지 않았듯이 가는 것도 아무런 연유없이 그냥 가는 것이 아니라오. 폐하께서 나의 초야로의 귀환을 윤허하신 건 뭔가 뜻이 있을 것이오."

오사도의 말을 듣는 순간 다시금 옹정의 주비를 떠올린 전문경이 당황하며 말했다.

"그렇다면 나도 오 선생의 뒤를 이어 고향으로 보내질지도 모르겠네."

"전 어른, 보아 하니 자네는 일에는 밝으나 이치엔 어두운 것 같소!"

오사도가 몸을 뒤로 젖히며 말을 이었다.

"당금께서 즉위하신 지 2년밖에 안 되는 사이에 자네는 6품 관원에서부터 일약 봉강대리로 간택되었소. 폐하께서 자네더러 벼슬맛이나 실컷 보라고 목마 태워 주신 건 아니잖소? 자네가 그런 생각을 품고 있다면 폐하께선 '성은을 저버렸다'는 죄를 크게 물으시어 결코 용서치 않을 것이오. 세상 사람들도 자네에게서 등돌릴 것이고!"

그러자 전문경은 망연자실한 표정이 되었다.

"그럼 난 어찌 해야 되겠소! 이제 곧 커룽둬가 물러나고 연갱요가 상서방으로 들어올 텐데, 두고두고 보복하면 험한 꼴 당하는 게 한두 번이 아닐 텐데."

오사도가 그렇지만은 않다는 듯 웃으며 말했다.

"언젠가는 알게 될 거요. 연아무개가 가장 이를 가는 상대가 바로 나 오사도라는 사실을 말이오. 자네, 이거 알아야 하오. 선제를 포함해서 자고로 군왕들치고 이목(耳目)이 영통하길 저잣거리의 행태마저 손금보듯 장악하고 계시는 당금폐하를 능가하실 분은 없다는 사실을 말이오! 전 어른은 본인이 호기항을 파버렸다고 생각하고 있겠지? 그러나, 문제의 하남성에 자네 말고도 얼마나 많은 사람들이 열흘에 한 번 꼴로 구중(九重)에 이곳 소식을 소상히 전달하는지 모르오. 호기항과 차명은 자네와의 사적인 원한관계로 쫓겨난 것이 아니라 폐하께서 여러 경로를 통해 입수한 소식을 근거로 이 둘은 하남성의 정무를 아수라장으로 만들게 했다는 사실이 분명하다고 판단을 하시었고, 그것이 자네의 뜻과 맞이떨이졌던 서요. 폐하께서는 측근이라고 하여 무조건 편의를 봐주시는 분이 아니오. 자네가 나까지도 쫓아내려고 했지만 뜻대로 됐소?"

전문경은 길게 한숨을 내쉬었다.

"장구가 알토란 일꾼이다 싶으면 주변(奏辯)하고, 아니면 잘못을 인정하라"던 오사도의 말뜻을 그제야 알 것 같았다. 이때 막료 필진원이 몇몇 아역들을 데리고 손에 주사함(奏事函)을 받쳐들고 들어와 아뢰었다.

"중승 어른, 방금 전해 받았소."

전문경이 벌떡 일어나 주사함을 향해 절을 올리고는 열쇠를 꺼내 함을 열었다. 앞뒤를 생략한 상주문이었다. 여전히 자신이 도둑인 장구를 기용한 데 대한 참핵내용을 담은 누군가의 상주문이었다. 오사도를 보니 그는 입을 다물고 웃기만 했다. 전문경은 급히 상주문에 첨부된 주비를 읽어보았다.

누군가 또 이런 상주문을 올렸기에 자네가 직접 보게끔 보내는 바네. 자네가 성은에 보답하고자 노력하고 짐을 기만하지 않는다는 것만은 짐은 믿어마지 않네. 그러나 자네가 기용한 부하가 자네를 기만하고 배신하지 말라는 법은 없네. 사람을 기용할 때 가장 바람직하지 못한 것은 그 겉모습에 혹하여 맹신하고, 단점을 무조건 덮어 감추려 하는 자세이지. 짐이 알기로 장구는 사악하고 저질스러운 자로서, 자네의 순수를 이용하려드니 부디 정신을 차리게……

전문경은 안도의 한숨을 크게 내쉬며 눈을 스르르 감았다. 그리고는 뒤로 벌렁 드러누우며 자책했다.

"난 사리에 어두울 뿐더러 사람 보는 눈도 없어. 폐하께서는

날 이토록 잘 아시는데, 난 자신이 섬기는 주군을 이렇게 모르고서
도 천심불측이니 어쩌네 하였으니 정말 가소롭기 짝이 없소. 오
선생과도 매일 얼굴을 맞대고 있으면서도 그 범상찮음을 발견하
지 못하고 여태 흔하고 흔한 그런 막료 취급을 했으니 가당키나
한 소리요? 정들자 이별이라더니, 내가 이제 많은 걸 뼈저리게
뉘우치고 잡으려 하는데, 오 선생은 떠나야 한다니."

　한편 전문경이 주비를 읽고 나서 이토록 홀가분해 하는 이유를
알지 못하는 필진원은 그러나 오사도가 떠난다는 말에 적이 놀랐
다.

　"오 선생, 가긴 어딜 가신다고 그러오? 이렇게 잘해주는 데가
또 어디 있다고 그리 욕심을 부린단 말이오? 전 중승처럼 손 큰
사람도 없을 것이오!"

　그러자 오사도가 소리없이 실소하며 말했다.

　"난 비싸기로 소문난 소흥(紹興) 출신 막료가 아니오. 그런 재
목도 아니고. 자네들은 허구헌 날 내가 돈 많이 받는다고 질투하지
않았소? 저 속에 뭐가 들어있나 보오……."

　오사도가 책을 넣어둔 궤짝 위의 자그마한 함을 가리켰다.

　"여기서 받은 은표(銀票)가 한 푼도 빠짐없이 다 들어 있소.
난 소맷자락으로 청풍을 가르며 거리낌없이 떠나고 싶었소!"

　"오 선생……!"

　"잠깐만 내 말 좀 들어보오."

　오사도가 웃으며 말을 막았다.

　"문경 어른, 내가 보기에 필진원 이 친구는 자기 관리를 기막히
게 잘하는 사람이오. 앞으로 도움깨나 받겠소. 필진원, 자네는 전
중승을 잘 보좌하여 충정으로 일관한다면 5년 내에 지부 자리는

떼논 당상일 것 같소. 중승, 내 말 맞지?"

"그럼!"

옹정의 두 번째 주비를 받고 마음이 한결 가벼워진 전문경이 희색이 만면하여 말했다.

"그건 결코 어려운 일이 아니지!"

전문경이 주사함을 필진원에게 넘겨주며 말했다.

"가지고 가서 잘 읽어보고 나랑 논의하자고. 앞으로 자네도 관보를 열심히 읽고 내가 어려움에 봉착했을 때 헤쳐나갈 수 있는 활로를 모색하는 데 있어 큰 도움이 되었으면 하네. 이제부터 형명(刑名), 전량(錢糧), 서계(書啓) 등 세 부서의 막료들 모두 자네가 일괄 지휘하도록 하게!"

필진원이 물러가고 나서 전문경은 다시 생각에 잠겼다. 그리고는 어눌하게 입을 열었다.

"……난 아무래도 그릇이 너무 작은 것 같소. 사람을 대하는데 있어서도 그렇고 일에서도 마찬가지고. 전에 오 선생에게 유난스레 굴었던 점도 그렇고. 폐하를 위해 일심전력으로 뭔가 큰 일을 해보겠다는 사람이 권귀(權貴)들한테 미운 털이나 콱콱 박히고……. 후유! 큰일이오……."

싫은 소리 한마디 들어 넘길 줄 모르고 아집과 독단에 빠져 있던 전문경이 이 같이 진솔한 자아비판을 하는 모습을 보며 오사도는 적이 신선한 충격을 받았다. 지팡이를 짚고 일어선 그는 창가로 다가가 정원 가득 덮여 있는 단풍에 시선을 두고 있었다. 오래도록 생각에 잠겨있던 그가 고개를 번쩍 들어 한숨을 토해냈다.

"자네만 이런 생각을 하는 게 아니오. 폐하께서도 똑같은 생각을 하고 계시오……."

"그게 무슨 말이오?"

"폐하께서는 '수백 년 퇴풍(頹風)을 일신하리라'는 집념을 갖고 파죽지세로 밀고 나가시다 보니 아무래도 거의 모든 관원들이 겁을 집어먹어 그들이 등 돌리고 떠나가는 사태를 초래하게 됐지…… 옹친왕 시절에 폐하께서는 '고신(孤臣)'이 되기를 원했고, 지금에 와서 폐하는 진정한 '혼자'가 되시고 말았소. 수미보좌(須彌寶座)에 앉아 계시지만 실은 가시밭길을 걷고 계시는 중이라오."

"……?"

"폐하께오선 홀로 총칼을 들고 포화 속을 헤쳐 나오신 고신 출신이오. 그래서 원리원칙에 강하여 따돌림받는 고신들을 더 좋아하시고, 두 팔로 감싸안아 보호하려 드시는 거요."

"글쎄……."

잠시 침묵하며 생각에 잠겨 있던 오사도가 자리로 돌아가 앉았다. 그리고는 웃으며 물었다.

"그대는 대체 어떤 신자(臣子)가 되고 싶소. 뚜렷한 색깔없는 보통의 순무(巡撫)? 아니면 한 시대를 풍미한 명신(名臣)?"

그러자 전문경이 눈을 크게 떠 보이며 당연한 걸 왜 묻느냐는 듯이 말했다.

"내가 한낱 순무로 끝내려고 이 고생을 사서하는 줄 아오? 난 당연히 명신으로 사책(史冊)에 기록되길 바라지!"

그러자 오사도가 말없이 자신의 은표가 들어있던 함 속에서 두툼한 서간(書簡) 한 통을 꺼내서 보여주었다. 봉투 겉봉에는 '반드시 비밀리에 상서방을 통해 폐하께 직주하길 바람'이라고 적혀 있었고, 빈틈없이 봉랍(封蠟)되어 있었다. 오사도는 담담한 표정으로 전문경 앞으로 밀어보냈다. 전문경이 받아들고 겉봉을 뜯으려 하자 오사도가 급히 말렸다.

"뜯지 마오! 지금 뜯어보면 영험하지 않을 거요!"

전문경이 불에 덴 듯 흠칫 놀라며 손을 움츠렸다. 그리고는 의혹에 찬 시선으로 눈앞의 신비스런 절름발이를 바라보았다. 오사도가 말했다.

"자네가 봉투 하단에 '신(臣) 전문경'이라고 적어 넣고, 순무 관방을 찍어 올려보내면 되오."

그러자 전문경이 말했다.

"그럼 이건 내가 올리는 상주문이 되는데, 만약 폐하께서 내용에 대해 물어오시면 난 아무 것도 모르다니 말이나 되오?"

"난 내일 개봉을 떠날 것이니, 자네는 오늘 이 주장을 보내도록 하오."

오사도가 웃으며 말을 이었다.

"내가 이곳을 떠난 후에 자네한테 서신을 보낼 테니 곧 알게 될 거요. 이 상주문은 내가 공을 가장 많이 들여 쓴 주장(奏章)이라고 할 수 있소. 자네를 생각하고 쓴 건 아니고 원래는 이위 그 친구에게 주어 재미 좀 보게 하려던 참이었지. 그런데 자네가 오늘 찾아온 걸 보니 우리 사이에도 인연이 각별한 것 같아 달리 선물할 것도 없고 하여 자네한테 주기로 했네. 혹시라도 날 못 믿겠으면 괜찮으니까 돌려주고, 믿음이 가면 6백리 긴급편으로 발송하도록 하오."

전문경은 상주문을 내려놓았다가 다시 집어들었다. 마치 갓 태어난 아들을 받아 안는 아비처럼 경건하고 조심스레 응시하더니 옷 속에 밀어 넣었다. 그리고는 입술을 움찔거리며 말했다.

"그만 가봐야겠소. 내일 조촐하게나마 송별잔치를 마련하겠소."

말을 마친 전문경은 자리에서 일어나 길게 읍을 했다.

이튿날, 전문경은 성의 남쪽 혜제교(惠濟橋)에 있는 접관청(接官廳)에서 오사도를 위한 송별연을 베풀었다. 아문의 막료사관들 모두 나와 한바탕 아쉬운 작별을 고했다. 점심때가 다 되어서야 오사도는 수레에 몸을 싣고 떠나갔다. 오사도를 바래다주고 전문경이 아문으로 돌아오자 막료 필진원이 그제야 말했다.

"오 선생께서 중승 어른께 편지를 남기셨소."

전문경이 경황없이 허둥지둥하며 뜯어보니 짤막한 몇 줄의 글귀가 한 눈에 안겨왔다.

난 이번 남행 길을 통해 관가와의 영원한 이별을 고하게 됐소. 그 동안 같이 관가에 몸담고 있으면서 미운 정 고운 정 다 들었었소. 떠나가는 나그네의 심정으로 대신 상주문을 적어 올리기로 했소. 제목은 '주군을 배신하여 난정(亂政)을 일삼고 성은을 저버린 연갱요의 12가지 죄를 탄핵함'으로 달았소. 이 상주문이 폐하 전에 올려지는 날은 연갱요의 세력이 종말을 고하는 날일 거요. 내 말을 믿지 못하겠으면 조용히 지켜보오. 내가 이렇게 하는 것은 자네가 순무 자리에 있으며 내게 뭘 잘해주었기 때문이 아니라 그 옛날 대각사(大覺寺)에서 의리있는 일조(一助)를 해준 데 대한 답례라고 보면 되오.

-남행 길에서 오사도

서신을 읽고 난 전문경은 소스라치듯 놀랐다. 그리고는 곧바로 명령했다.

"어서 말을 달려 상주문을 돌려받도록 하라!"

그러자 필진원이 말했다.

"늦었소. 지금쯤은 아마 고비점(高碑店)까지는 갔을 텐데. 전 중승, 어젯저녁 난 오 선생과 밤새워 얘기하면서 비로소 그 사람의 진가를 뒤늦게나마 진정으로 알게 됐소. 학식이 타의 추종을 불허할 정도로 뛰어남은 물론이고 인격 또한 걸출한 인물이었소! 절대로 전 중승에게 해가 될 일을 할 사람이 아니라는 건 안심해도 좋을 것 같소. 그리고 그대와는 17년 전부터 환난지교였다던데…… 기억을 돌이켜 보오."

워낙 엄청난 파장을 몰고 올 게 분명한 내용이라 전문경은 아무래도 부담스러웠다. 그러나 이젠 엎질러진 물이요, 어쩔 도리가 없었다. 그는 오사도가 남긴 편지를 다시 집어들어 쳐다보며 중얼거리듯 말했다.

"대각사라…… 아! 그렇다면 김옥택에게 쫓겨 절에 숨어들었던 그 절름발이가 이 절름발이였나……."

음력 10월 9일, 연갱요는 몇 십 명의 수행원을 대동하여 북경으로 돌아왔다. 사실 그가 북경으로 와서 술직하라는 옹정의 지의를 받은 때는 9월 13일이었다. 그러나 그는 부대의 월동준비가 끝나지 않았다는 핑계를 대어 '며칠 연기' 해줄 것을 요청했다. 그로부터 6일 후 옹정의 두 번째 지의가 도착했다. 내용인즉, "자네를 부른 이유는 바로 군대의 월동문제를 논의하기 위함이네"였다. 궁여지책으로 연갱요는 건강상 이유를 들어 떼를 썼다. 그러나 끈질기기는 옹정도 만만찮았다. 그는 태의원 의정(醫正)에게 10

명의 태의를 딸려 보내겠노라는 뜻을 전달해 왔다. 연갱요로서는 더 이상 북경행을 미룰 만한 명분이 없었다. 그렇게 연갱요는 울며 겨자 먹기로 북경에 왔던 것이다.

사실 연갱요가 하루하루 미뤄온 것은 두려워서가 아니었다. 그는 옹정과의 깊은 관계를 자신했고, 얼굴 맞대고 몇 마디만 오가면 연갱요의 '순도(純度)'를 장담할 수 없다던 옹정의 '자그마한 오해'를 풀어줄 수 있다고 가슴팍을 쳤다. 뿐만 아니라 그는 비록 윤당과 왕경기가 자신을 자기편으로 끌어들이려고 젖 먹던 힘까지 쏟았지만 결국 자신은 그들의 해적선에 오르지 않았다고 스스로에게 최면을 걸어왔던 것이다. 물론 류묵림의 죽음에 대해서는 제대로 보호하지 못한 책임을 피해갈 수 없겠지만 자신의 손에 피가 묻지 않은 이상, 진상 규명의 적극성을 보여주면 그걸로 충분하다고 생각했다. 그가 갖은 핑계를 대어 시일을 끈 것은 무엇인가를 기다렸기 때문이다. 그러나 무엇을 기다렸는지는 본인도 알 수 없는 일이었다. 은근히 열넷째 윤제가 염친왕에의해 구출되어 나오길 기다렸을 수도 있고 매번 옹정을 만날 때마다 이름 모를 압박감에 시달리던 그 느낌이 싫어서였을 수도 있었다.

그러나 막상 북경에 발을 들여놓고 보니 그는 오히려 태연해졌다. 지의를 받고 온 몸이기에 북경에 있는 자신의 집에도 들를 수 없었다. 그는 대충 북경 근교의 역관에서 새우잠을 자고는 이튿날 수레를 타고 서화문으로 가서 패찰을 건넸다.

잠시 후 먼저 장정옥의 접견을 받으라는 지의가 전해왔다. 연갱요는 지난번 왔을 때와는 천양지차인 썰렁한 분위기를 온몸으로 느끼며 융종문으로 들어갔다. 그곳을 지나 막 건청문으로 발을 들여놓으려 할 때 시위 더렁태가 앞을 막고 나섰다.

"장 중당께서는 군기처에 계십니다. 그리로 가십시오."

이때의 연갱요는 마치 어쩌다 시내구경 나온 시골영감 같은 어리벙벙한 모습을 보이며 물어가면서 군기처로 왔다. 그러나 거기서도 말단 시위한테 제동이 걸리고 말았다.

"장 중당께서는 사람을 접견 중이십니다. 대장군께서는 잠시 기다려 주십시오."

연갱요가 보니 군기처의 문 앞에는 '왕공대신 및 문무백관들은 지의없인 사사로이 진입할 수 없다. 어기는 자는 목을 벤다'라는 옹정의 친필이 새겨진 철패가 가로막혀 있었다. 그는 찬바람에 몸을 떨며 밖에서 기다리는 수밖에 없었다. 들고나는 사람들을 멍하니 바라보며 이제나저제나 자신을 불러주길 기다렸지만 번번이 다른 사람들만 불려들어 갈 뿐이었다. 그렇게 반시간이 흘렀다. 그제야 누군가 솜으로 된 주렴을 걷고 나오더니 연갱요에게로 다가왔다. 가까이 온 사람은 다름 아닌 신임 직예총독 이불이었다. 익히 알고 지내는 사이인지라 연갱요가 뭐라고 인사말이라도 건네려 하자 새파란 시위 하나가 재촉했다.

"어서 들어가십시오, 연 대장군! 장 중당께서는 양심전으로 폐하를 배알하러 가셔야 하기 때문에 시간이 그리 넉넉하지 않습니다!"

"오! 연 장군, 오랜만이오!"

찻잔에 입을 가져가던 장정옥이 연갱요가 들어서는 걸 보고는 급히 찻잔을 도로 내려놓으며 말했다.

"오느라 수고 많았소! 어젯저녁에 찾아보러 가려고 했었는데, 염친왕께서 팔기인들에게 월례(月例)를 올려주는 일 때문에 친히 방문하셔서 새벽까지 계시는 바람에 가보지 못했소. 아침에 상조

(上朝)하니 폐하께서 우리 두 사람더러 먼저 만나라는 지의가 계시기에 기다리고 있던 참이오. 근데 생각보다 늦었네?"

이쯤하여 연갱요는 내내 참아오던 화가 활화산처럼 폭발할 것 같았다. 장정옥은 자신과 직품(職品)은 같았으나 작위(爵位)는 낮았음에도 예를 갖춰 인사도 하지 않았고 늦게 왔다며 은근히 핀잔을 주고 있었던 것이다. 연갱요는 당장 장정옥의 멱살이라도 잡을 듯이 장정옥을 마주하고 털썩 앉았다. 그리고는 애써 화를 눅자치며 메마른 웃음을 지으며 말했다.

"장 어른은 대단히 바쁘시네? 찾아오는 사람이 많아서. 겨우 차 한잔 마시고 숨돌리려고 했는데, 이거 때아닌 방문을 하게 돼서 안 됐소."

그러나 장정옥은 연갱요의 도발적인 언행 따위엔 무관심한 듯 차를 내오라고 명령하고는 웃으며 말했다.

"요즘 들어 북경 날씨는 춥고 건조한데 어떻소, 그래도 지낼 만하지요?"

밖에서 사시나무 떨 듯 떨었지만 방안의 훈기에 어느덧 그 추위를 잊은 듯 연갱요가 대답했다.

"이런 추위쯤이야 뭐! 형신, 자네 우리 대영에 가서 며칠만 있어 보면 진짜 추위란 어떤 것인가를 느끼게 될 거요. 폐하께서 월동준비에 대해 상의코자 날 부르셨다는데, 장 중당께서 좋은 얘기 많이 해 주시오. 지금 우리는 식량이며 땔감 모두 겨울을 나기엔 턱없이 부족한 실정이오. 현재 비축되어 있는 것으로는 정월 말까지밖에 못 갈 거요. 서북엔 2월이라도 온통 빙설 천지인데, 병사들이 춥고 굶주리면 큰일나지 않겠소?"

"그렇지."

장정옥이 생각에 잠긴 채 머리를 끄덕였다.

"관보에 의하면 청해 서쪽과 신강 동남쪽으로 눈이 아주 많이 내렸다던데, 과연 그렇소?"

그러자 연갱요가 머리를 앞뒤로 끄덕이며 말했다.

"난리도 아니지. 아얼타이 쪽에서 우리한테 식량 만 석을 빌려 달라는 요청이 왔는데, 폭설 때문에 보내지 못하고 있소. 이번에 오면서 보니 다들 눈 때문에 아우성인데, 우리가 있는 곳만 눈이 비켜갔다고 하오. 사실 천막 위에 눈이 많이 덮이면 되레 따뜻할 텐데 말이오."

"그렇구나! 거기서는 그 고생을 하는데, 우리는 정말 배부른 자 배고픈 사정을 모르는 격이라고 해야 하나? 아무튼 참 힘들겠소."

장정옥이 한숨을 내쉬며 말했다.

"요즘 관보를 보니 하남엔 눈이요, 호광엔 진눈깨비, 산서에도 눈……, 정말 보통 일이 아닌 것 같소. 폐하께서 여복(汝福)을 평량(平涼)에 주둔시키고, 왕윤길을 섬서로 철수케 하고, 왕지약을 천남(川南, 사천성 남부)으로 옮기실 계획을 말씀하시기에 처음엔 공감하지 못했었는데, 이제 보니 역시 성려(聖慮)는 대단히 주도면밀하시고 현명하시오! 이렇게 뿔뿔이 흩어져 있으면 이 눈길에 식량을 운반하는 고생은 면하게 될 것 아니오. 각자 현지에 비축되어 있는 식량으로 해결하면 되니까!"

순간 연갱요는 크게 놀라고 말았다. 옹정의 '월동계획'이란 바로 자신의 군사를 헤집어 놓는 것일 줄은 꿈에도 몰랐던 연갱요였다. 장정옥과 몇 마디 주고받는 사이에 연갱요는 무기력하게 옹정이 파 놓은 덫에 걸려들고 말았던 것이다! 이런 식으로 허무하게 병권을 빼앗길 수는 없는 일이었다. 그는 애써 당황함을 감추며 말했다.

"그건 재고해야 할 것 같소. 워낙 예삿일이 아니라서 말이오. 내 밑의 부장(副將)들이 이런 식으로 군데군데 떨어져 있는다는 건 대단히 위험한 발상이오. 만약 내년 봄에 눈이 일찍 녹아 처링아라부탄과 뭐부짱단쩡이 대거 쳐들어오는 날엔 우린 미처 손도 못 써보고 먹히는 수가 있으니 말이오. 그리고, 설령 계획대로 추진하더라도 내가 직접 나서서 처리해야 할 것 같소."

"그러든지."

장정옥이 웃으며 말을 이었다.

"폐하께서는 오늘 재계일(齋戒日)이라 좀 있다 사직단(社稷壇)을 참배하고 제를 올리셔야 하기 때문에 자네를 접견할 수 없으실 거요. 음…… 이렇게 하는 게 좋겠소. 자네는 먼저 역관으로 돌아가 있으시오. 폐하께서 시간이 나시는 대로 부르실 테니."

이처럼 말하며 장정옥은 벌써 자리에서 일어났다. 연갱요는 물러나는 수밖에 없었다.

군기처를 나선 장정옥은 영항(永巷)을 따라 북으로 발걸음을 재우쳤다. 양심전 수화문에 도착하자 수비를 서고 있던 장오가가 장정옥을 보자마자 말했다.

"폐하께서 장 중당더러 도착하시는 대로 따로 통보할 필요없이 들라 했습니다."

장정옥이 고개를 끄덕여 보이고는 서둘러 수화문 안으로 들어갔다. 궁전 밖 붉은 돌계단 아래에서 들으니 옹정이 고래고래 고함지르며 악에 받쳐 누군가를 훈계하는 소리가 들려왔다. 고개를 갸웃하며 궁전 안으로 들어가 보니 무상아를 비롯한 10명의 시위들이 꿋꿋하게 무릎을 꿇고 있었다. 장정옥에게 힐끗 눈길을 주고 난 옹정이 말을 이었다.

"짐이 어떤 사람인데 자네들의 그따위 허튼 소리를 그냥 들어 넘길 것 같은가? 연갱요야말로 자네들의 진정한 주인이야! 지금 역관에 있을 테니 아부하고 잘 보이고 싶은 자는 당장 나가봐!"

"폐하……"

무상아가 연신 머리를 조아렸다.

"폐하께오선 뭐든지 연 대장군의 명령에 따라야 한다고 지시하셨사옵니다. 연 대장군이 신발을 신겨달라고 할지라도 거역해서는 안 되는 줄 알았기에 아무리 하찮은 일을 시켜도 내색하지 못했던 것이옵니다. 절대 폐하의 은혜를 망각하고 의리를 저버린 것은 아니옵니다. 부디……."

옹정이 연신 냉소하며 말했다.

"형신, 이것들이 말하는 꼬라지 좀 보게. 일이 이 지경인데도 짐의 은혜를 망각하지는 않았다고 하네! 짐은 자네들더러 그 사람의 시중을 들라고 했지 결코 노예가 되라고는 하지 않았잖은가! '시중'든다고 다 노예여야 하는 줄 알았나? 짐이 자네들을 보낸 이유는 군영(軍營)에 익숙한 쓸만한 만주장군 몇 명을 배출해내기 위해서였고, 잘잘못을 떠나 연 장군에 대한 모든 것이 궁금해서였네. 연 장군이 판단 미숙으로 일을 그르칠 염려가 있음에도 자네들은 간언하기 껄끄럽다고 할 때 대국(大局)을 위하는 뜻에서 짐이 나서서 훈유(訓諭)할 셈이었지. 그런데, 자네들은 얼마나 못났으면 짐의 의중을 하나도 헤아리지 못하고 고작 한다는 짓이 병사들 뒤치닥거리나 해주고 심지어는 연 장군의 방을 청소하고 요강까지 내다 버리느냐 말이야! 그러고도 올려오는 상주문마다

엔 그 사람이 제갈공명 재생(再生)이라도 되는 양 온통 사탕발림 소리 천지이고…… 자네들은 간도 쓸개도 없는 인간들이야?"

"……."

"연갱요가 스무 명의 몽고 부녀자들을 곁에 두고 시첩으로 삼았다는데, 과연 사실인가?"

"아뢰옵니다, 폐하! ……사실이옵니다……."

"그 친구가 아홉째마마한테서 주인 행세를 한다던데, 그것도 사실인가?"

"사실이옵니다, 폐하……."

"그의 부하들이 다른 곳으로 일보러 가면 그곳의 지부 이하 관원들은 모두 무릎꿇어 예를 갖춘다는데, 이 역시 사실인가?"

"직접 목격하지는 못했사옵니다만 갔다 온 친병들이 자랑삼아 떠들어대는 소리는 들었사옵니다. 신은 그저 몇몇 몰지각한 자들이 밖에서 으스대고 다녔거니 생각하여 연갱요에게 주의를 주었을 뿐 폐하에게는 주하지 않았사옵니다. 죽을죄를 지었사옵니다."

"다녔거니 생각하여?"

옹정이 버럭 화를 냈다.

"그게 짐을 위해 일하는 태도야? 그런 어불성설이 어디 있고, 그런 오만방자가 어딨어? 꼴도 보기 싫으니 자네를 끔찍이도 위해 주는 진짜 주인한테 찾아가 어루만져 달라고 해! 썩 꺼지지 못해!"

10명의 시위들은 저마다 사색이 되어 죽어라 머리를 조아리고는 무릎걸음으로 물러갔다. 그러자 장정옥이 말했다.

"폐하께서 윤허하셨으니 가서 연갱요를 만나보도록 하게. 북경까지 왔는데 안 볼 순 없지 않은가."

이들은 주춤하고 연신 고개를 조아렸다. 옹정이 말했다.

"자네 주인은 돈 많은 사람이니 맛있는 것도 사 달라고 하게. 먹으면서 짐이 했던 말도 토씨 하나 빼놓지 말고 다 일러바치고!"

그러자 무샹아가 비굴한 웃음을 어색하게 지으며 말했다.

"두 번 다시 폐하의 체통을 구기는 일은 없을 것이옵니다. 미운 놈 떡 하나 더 준다고, 그래도 이 놈이 몸에 만주인의 피가 흐르는 점을 감안하시어 한 번만 용사해 주시옵소서."

"그 속에 들어가 봐야 알지."

옹정의 표정이 조금은 평온해진 상태였다. 그는 찻잔을 들어 한 모금 마시고 나서 말했다.

"짐은 연갱요에게 억하심정이 있어서 이러는 건 아니네. 연갱요는 불세(不世)의 공로를 세웠는 바 누가 뭐라고 해도 짐의 고굉중신임은 변함없네. 짐은 자네들이 마음을 콩밭에 두고 있는 것 같아 경종을 울릴 뿐이네. 물러가게!"

옹정은 시위들이 수화문을 나서는 모습을 보고 나서야 비로소 시선을 거둬들이며 깊은 한숨을 토해냈다.

"따지고 보면 자기네들 말대로 하나같이 친귀(親貴)의 혈통을 지니긴 했지. 그러면 뭘해? 조상들의 영웅적 기개는 눈 씻고 찾아봐도 온데 간 데 없고 설설 알아서 기면서 무골충 행세나 하니 지켜보는 짐이 속이 터지는 걸! 됐네, 저것들 얘기는 그만 하자고! 머리 아프네. 그래, 연갱요는 만나봤나? 뭐라고 하던가?"

장정옥이 그제야 연갱요를 접견했던 자초지종을 들려주었다. 그리고는 덧붙였다.

"보아하니 겨울철 식량운송에 따른 어려움을 그런 식으로 해결하려는데 대해 연갱요는 그리 탐탁하지 않게 여기는 것 같았사옵니다. 나름대로의 이유를 드는데 일리는 있어 보였사오나 신은 명확한 의사표시는 하지 않았사옵니다. 내년 봄에 여기저기에 흩어져 있는 군부대를 다시 청해로 집결시키려면 왔다갔다하는 길에 흘리는 돈도 무시하지 못할 것이옵니다. 또한 밖에서 보기에는 꼭 연갱요의 세력을 분산시키기 위한 조치쯤으로만 비춰지는 것도 그렇사옵니다."

장정옥의 말을 묵묵히 듣고 난 옹정이 말했다.

"짐은 안심할 수가 없네. 왕경기와 채회새 등이 윤제를 납치하여 어디로 가려고 했겠어? 연갱요 말고 또 있겠어?"

옹정이 이같이 말하며 장정옥에게 자리를 내주며 앉게 했다.

그러자 장정옥이 조심스레 자리에 앉으며 느긋해 보이는 표정을 지으며 말했다.

"폐하께서 염려하실 법도 하옵니다. 하오나 지금 연갱요를 북경에 붙들어매어 둔다고 해도 별로 큰 의미를 갖지 못할 뿐더러 대외적으로 조정의 위엄은 훼손될 우려가 있사옵니다. 연갱요가 주저주저하면서도 결국엔 온 걸 보면 자기네끼리 뭔가 떳떳치 못한 작당이 있었던 건 분명하오나 아직 이렇다 하게 진척된 건 없어 보이옵니다. 앞에서 차고 나가는 힘이 없으면 반란이란 그리 쉽게 일으킬 수 있는 게 아니옵니다. 이 일은 왕경기 사건을 심문하고 나서야 갈피가 잡힐 것 같사옵니다. 하오니 그리 성급해 할 필요도 없고 성급해서는 아니 되옵니다. 이번에 연갱요는 신에게 한 가지를 깨우쳐 준 거나 다름없사옵니다. 병사들을 대거 움직이느니 그 목덜미를 움켜쥐고 있는 손, 바로 각 주둔군의 장관들을 교체투입하는 것이 바람직할 것 같사옵니다. 연갱요의 세 부하장령들을 운남, 귀주, 광동 쪽으로 보내고 악종기가 자기 부하들 중에서 믿을 만한 장령들을 파견하여 연갱요의 군중으로 투입시키는 방식을 택하면 거의 실수가 없을 것이옵니다."

장정옥이 말하는 사이 방안을 부산스레 왔다갔다하며 서성이던 옹정이 말했다.

"듣고 보니 그렇네? 돈도 절약하고 대외적으로 크게 떠들썩하게 하지도 않고. 짐도 자네 생각에 크게 공감하네. 군기처 명의로 전근령을 내리도록 하게. 저녁에 짐이 자네가 작성한 문서를 한 번 보고 8백리 긴급편으로 발송하도록 하게."

그러자 장정옥이 자리에서 일어서며 짧게 대답하고는 다시 말을 이었다.

"연갱요에 대해선 아직 이렇다 할 단서를 잡지 못했는 바 심증만 있을 뿐 확실한 물증이 없는 한 폐하께서도 그 사람의 체면을 어느 정도는 고려해 주시는 것이 좋겠사옵니다."

옹정이 머리를 끄덕였다. 그리고는 밖을 향해 소리쳐 불렀다.

"고무용!"

"찾아계셨사옵니까, 폐하!"

"역관으로 가서 연갱요더러 지금 즉시 패찰을 건네라고 하게!"

49. 연갱요의 눈물

　11대의 나차(騾車, 노새가 끄는 수레)가 섬서성 서부의 황토 고원에 모습을 드러냈다. 모든 것을 통째로 날려버리고야 말 것 같은 서북풍이 기승을 부리며 만장(萬丈)은 될 듯한 돌풍을 일으켰다. 황사가 대지를 온통 휘감은 가운데 사람들의 입이며 눈, 코에는 모래가 들어가 도무지 얼굴을 들 수가 없었다. 저마다 죄수들처럼 고개를 가슴께까지 숙이고 숨도 제대로 쉬지 못하고 간신히 발걸음을 옮겨놓고 있었다. '정서대장군연(征西大將軍年)'이라고 적혀 있는 몇 십 개의 용기(龍旗)가 광기어린 몸부림을 치며 온몸으로 모래바람에 항거하고 있는 것 같았다.

　때는 옹정 2년 정월 20일이었다. 연갱요가 북경을 떠나 다시 청해 대영으로 돌아오는 길에 들어선 지 열하루째 되는 날이었다. 이번에 연갱요는 마치 20년은 훌쩍 뛰어넘은 것 같이 늙고 볼품없어 보였다. 몇 날 며칠 동안 이어지는 수면부족 때문인지 아니면 오는 길 내내 물이 부족하여 몸을 제대로 씻지 못해서인지 아무튼 연갱요는 메마르고 초췌하기 이를 데 없었다. 주름은 칼로 도려낸 듯 깊어 보였고 눈언저리는 시커멓게 웅덩이처럼 패여 있었다. 생기라고는 찾아볼 수 없는 말라버린 우물 같은 초점 잃은 두 눈은 우울하고 망연한 빛으로 가득했다. 머리 속이 하얗게 탈색하여 아무 생각도 없는 사람처럼 하늘과 땅이 온통 누렇게 뒤엉켜 있는 창 밖만 하염없이 내다볼 뿐 말이 없었다. 허옇게 껍질이 일어나고 갈라 터져 피가 맺힌 입술을 혀로 감아 빠는 모습을 안쓰럽게 지켜 보던 상성정이 목이 말라서 그러는 줄로 알고 양가죽 속에 숨겨 놓았던 물병에서 물 한 사발을 따라주었다.

"군문, 물이라도 좀 드십시오. 북경을 떠난 이후부터 음식도 안 드시고 말도 안 하시고 이렇게 계시니 이러다 몸져눕기라도 할까 봐 걱정스럽습니다. 뭔가 우려가 깊으신 것 같은데, 괜찮으시면 마음 터놓고 애기하십시오. 훨씬 홀가분해질 겁니다."

"난 괜찮으니 형이나 마시오."

연갱요가 절레절레 머리를 저었다. 가슴속을 짓누르고 있는 울분을 토해내려는 듯 그는 깊은 한숨을 내쉬며 호랑이가죽 등받이에 벌렁 기댔다. 그리고는 자조 섞인 웃음을 지으며 말했다.

"우려가 깊은 건 사실이오. 솔직히 이번에 가 보니 폐하께서는 날 대해주는 태도가 전 같지 않았소. 난 내가 뭘 그렇게 잘못했는지 모르겠고, 이제 어떻게 해야 할지도 모르겠소."

그러자 상성정이 의외라는 듯 흠칫 놀랐다.

"설마 그렇기야 하겠습니까? 이번에는 술직차 오셨기 때문에 지난번과 비할 순 없지만 그래도 팔인대교(八人大轎)에 앉혀 성 밖까지 바래다주고 마 중당과 장 중당이 친히 환송연을 베풀어주는 걸 보면 군문을 향한 폐하의 마음은 여전한 것 같았습니다. 솔직히 어떤 독무나 장군이 번번이 이런 예우를 받을 수 있겠습니까……"

그러자 연갱요가 한숨을 쏟아냈다.

"자네가 날 위로하려고 이러는 줄 내가 모를 줄 알고? 그동안 있었던 일은 내가 차차 얘기하겠지만 이것들이 하는 짓을 보오. 그 열 놈의 시위들 말이오. 대영에 있을 때는 어디 감히 말도 걸지 못하던 것들이 이번에는 같은 수레에 앉아 가겠노라고 떼쓰는 것 좀 봐. 오는 길에 들렀던 곳의 관원들도 냉기를 쌩쌩 풍기며 찬밥 취급하는 것을 눈치빠른 자네가 느끼지 못했을 리가 없어!"

상성정은 말이 없었다. 물그릇을 받쳐든 채로 넋 나간 모습을 하고 있었다. 그러던 그가 한참 후에야 한숨을 내쉬며 입을 열었다.

"사실 북경에 들어서는 순간부터 느낌이 달랐습니다. 대장군, 이제 어떻게 하실 겁니까?"

그러자 연갱요가 눈을 지그시 감으며 한숨을 뱉었다.

"그러게 말이오. 앞날의 길흉은 점칠 수가 없소. 머리 싸매고 진지하게 고민해 봐야겠지……"

이번에 옹정은 모두 연갱요를 세 차례 접견했었다. 장정옥의 주문대로 번번이 속내와는 무관하게 친절하고 자상하게 대해주었다. 첫 번째 면담 때는 주로 연갱요의 군사보고를 듣는 쪽으로 옹정은 거의 말을 자르지 않았다. 대영의 월동준비에 대해서만 연갱요는 거의 두 시간을 할애했다. 중간에 군신 두 사람은 오선(午膳, 점심)을 같이 했고, 옹정은 부지런히 연갱요에게 음식을 집어주며 연갱요의 말에 귀를 기울였다. 연갱요는 대군이 흩어져서는 안 되는 이유를 거듭 강조하였고, 옹정은 머리를 끄덕여·보이고는 웃으며 말했다.

"선제는 말 위에서 천하를 얻으신 황제이시고, 짐은 서안(書案) 위에서 천하를 다스리는 황제네. 장정옥이 군사에 대해서는 잘 모르니 자네를 불러와 상의할 수밖에! 자네 뜻이 그렇다면 일병일졸(一兵一卒)도 움직이지 않는 것으로 하지. 있는 식량 어떻게든 날라서 먹지 못하겠나."

"이보게, 대장군! 자넨 똑똑한 사람이 왜 그러나."

두 번째 접견 때 건청궁 서난각에서 옹정이 웃으며 한 첫 마디였다. 그는 고무용에게 지시하여 인삼탕을 한 그릇 가져다 연갱요에게 주게 하고는 처음부터 멍해진 연갱요를 향해 말했다.

"지난번 헤어질 때, 짐은 재삼 당부했었지. 자네는 군사에 대해서만 전력하면 되니 가급적이면 다른 지역의 정무에는 개입하지 않는 게 좋겠다고 말이네. 그런데 어찌 자네는 남의 잔치에 감놔라 배놔라 했단 말인가?"

연갱요는 말문이 막혔다. 난감한 기색이 역력한 연갱요의 표정을 힐끗 쳐다보며 옹정이 히죽 웃었다. 그리고는 다시 말을 이었다.

"자네 형 연희요(年羲堯)가 또 실수하는 것 같던데? 자네가 무슨 글을 써주었는지는 모르겠지만 그걸 가지고 광동성에서 사사건건 정무에 간섭하여 그곳 총독 공육순이 이를 간다더군! 공육순 그 사람, 자네도 알지? 성격 대단한 친구지! 선제께서도 그 고집엔 두 손을 들었다는 거 아닌가! 다행히 공육순이 밀주문을 넣었기에 망정이지 명발(明發)로 보내서 관보에라도 올랐더라면 만천하가 결코 정당화될 수 없는 자네의 이 행실을 다 알았을 게 아닌가?"

……옹정은 중간 중간에 따끔하게 침을 놓아가며 긴 점심을 같이 했다. 물론 가벼운 농담을 섞어 연갱요의 표정을 관찰하는 것도 잊진 않았다. 그날 옹정은 건청궁 입구까지 연갱요를 바래다주며 붉은 돌계단 위에서 당부했다.

"자네 형의 일 때문에 너무 걱정하지는 말게. 다시 한 번 부탁하는데 자네는 자네 일만 열심히 하면 되네. 장군(將軍), 장군(將軍) 하는데, 군사를 관리한다고 하여 장군이지 엉킨 실타래 같은 민정(民政)엔 개입할 이유가 하등 없지 않나? 괜히 족제비 잡으러 나섰다가 잡지도 못하면서 고약한 비린내만 실컷 맡는 격이 되지 않겠나?"

……노면이 고르지 못한 듯 수레가 털썩 엉덩방아를 찧는 바람에 연갱요는 흠칫 놀라며 생각에서 잠시 헤어났다. 그리고는 세 번째 접견을 떠올렸다.

"또다시 자네를 그 험한 곳으로 보내려니 짐의 속이 속이 아니네."

그 당시 옹정은 시름 깊은 표정을 지으며 이 같이 말했다.

"조금만 참아주게. 이번에 가면 그리 길게 고생시키지는 않을 테니. 내년엔 전사(戰事)가 없을 테니 짐은 자네를 불러들일 것이네. 돌아와서 계속 군무를 보고 싶으면 그렇게 하고 이젠 군무가 지긋지긋하다 그러면 상서방으로 오든지 자네 맘대로 하게. 무슨 일을 하든 자네는 영원한 유장(儒將)이고 무후재세(武侯再世)이네!"

옹정의 격려와 치하에 연갱요는 몸둘 바를 몰라 했다.

"여러모로 대단히 부족한 신이 옵니다. 과분한 치하에 황송하기 그지없사옵니다. 신은 목숨 걸고 뤄부짱단쩡의 잔여 세력을 소멸하고 처링아라부탄을 진압하여 주군의 망극한 성은에 보답하겠사옵니다!"

……어화원은 푸르름이 쇠잔해가고 초목이 앙상하게 말라가고 있었다. 옹정은 천천히 발길 닿는 대로 걸으며 담담한 미소를 지어 보이며 말했다.

"자네 뜻은 가상한데, 공로라는 것은 혼자서 포식하면 도리어 독이 되는 수가 있거든. 다른 사람에게도 기회를 주어야지, 아니면 적들이 득실거려 자네가 위태로워진다는 얘기네. 자네를 진정으로 아끼고 위하는 마음에서 이런 말을 하는 거네. 악종기에게 한번 맡겨보는 게 어떤가? 일등공작(一等公爵)은 아무나 되나? 자기 스스로 뼈저리게 느껴야지 자네의 입장도 알게 될 것 아닌가."

이별을 앞두고 옹정은 어화원 입구에서 연갱요의 어깨를 두드려 주었다.

"다른 엉뚱한 생각은 말고 짐이 자네를 믿고 있다는 것만 명심하게. 여기서 짐이 좀더 욕심을 부려본다면 자네가 조금만 더 순수해졌으면 하네. 자고로 제갈무후(諸葛武侯), 악비(岳飛) 이런 사람들 빼고 순신(純臣)이라고 손꼽을 만한 사람은 없지 않은가? 짐은 자네가 세 번째로 손꼽힐 수 있었으면 하는 바람뿐이네. 타인의 구설(口舌)에 휘말리는 가벼운 사람이 되지 말고, 자기의 소신을 끝까지 밀고 나가는 묵직한 인물이 되어 주었으면 하네."

말을 마친 옹정은 껄껄 웃으며 명령했다.

"수레를 대령하라! 짐의 무후(武侯)께서 나가신다!"

'무후…… 아두(阿斗, 유비의 아들. 무능한 사람의 대명사)'. 여기까지 생각이 미친 연갱요가 눈을 번쩍 뜨고 몸을 일으켰다. 그리고는 허겁지겁 물을 들이키고는 두 손으로 머리를 받치고 생각에 잠겼다. 겨우 실마리를 찾은 것 같았다. 어떻게든 수중의 10만 정예군을 놓쳐선 안 된다. 지금 '아두'가 '무후'에게 마수를 뻗치지 못하는 것은 바로 이 10만 정예군이 두려워서이다! 이것이 연갱요가 내린 결론이었다. 심지어 연갱요는 자신이 북경에 체류하고 있는 40일 동안에 장정옥은 비밀리에 수많은 독무와 장군들의 의견을 물었었고, 자신을 방호귀산(放虎歸山, 호랑이를 산으로 돌려보냄)하는 것은 욕금고종(欲擒故縱, 일부러 풀어주어 경각심을 늦추게 함)의 효과를 꾀했기 때문이라고 생각하기에 이르렀다. 드디어 그의 입가가 당겨져 올라갔고 악의에 찬 미소가 번졌다. 수중에 군사만 장악하고 있는다면 누가 감히 나한테 덤벼? 내가 싫다면 날 좋아하는 사람한테 가면 되지! 그 상대가 아홉째마마가 될지라도 꼭 그렇게 하면 안 된다는 이치는 없지 않는가? 연갱요는 거친 숨을 토해냈다.

그러나 연갱요의 미소는 오래가지 못했다. 감숙성 난주(蘭州) 경내에 들어서자 역도(驛道) 양옆에는 군데군데 커다란 군영이 대채(大寨, 큰 울타리)를 이루고 있는 모습이 한 눈에 안겨 왔던 것이다. 몽고 잔포우(몽고인들이 사용하는 천막)는 전부 새것이었고, 식량과 땔감을 넘칠 정도로 가득 실은 마차들이 역도를 꼭 메우고 서행(西行)하고 있었다. 명색이 군무를 관장하는 최고 통수권자임에도 연갱요는 이같이 방대한 움직임을 전혀 모르고 있었던 것이다! 연갱요의 충격은 이를 데 없었다. 그는 임시로 이곳 홍고묘(紅古廟)에 머물기로 했다. 더 이상 10명의 시위들은 믿을 수가 없었고, 그는 상성정에게 명하여 직접 읍내에 나가 진상을 알아보게 했다.

막 역관에 들어가 여장을 풀자마자 한 손에 술이 담긴 호롱박을 들고 다른 한 손에 채찍을 든 무쌍아가 들이닥치듯 문을 밀고 들어오더니 히히 웃으며 말했다.

"아이고, 다리야! 어쩌다 수레를 타고 호사(豪奢) 좀 해보려고 했더니 그럴 팔자가 아닌가 봐요? 그래도 말 타고 달리는 게 통쾌하지! 대장군, 술 좀 있으면 주십시오!"

거들먹거리며 꾸벅하고 무쌍아는 허락도 없이 온돌 모서리에 털썩 앉았다. 그리고는 물었다.

"좀더 가서 쉬기로 해 놓고선 왜 갑자기 여기서 묵기로 결정하신 겁니까! 묵은 때 좀 벗겨보려고 앞 역관에 물 데워 놓으라고 했는데!"

"난 대장군이야! 내가 묵고 싶은데 묵는데 무슨 군소리가 그리 많아."

연갱요가 차갑게 내뱉었다.

"누가 자네를 이렇게 순식간에 변하게 만드는 괴력을 갖고 있는지는 모르겠지만 똑똑히 알아둬, 이 친구야! 내 삼척금지(三尺禁地)에도 규칙이 있어. 채찍과 호롱박 내던져! 그리고 단추도 제대로 잠궈! 우리 친병한테서 귀싸대기 얻어맞고 싶지 않으면!"

그러자 무쌍아가 보란 듯이 손에 닥치는 아무 물건이나 집어던지고는 연갱요를 유심히 들여다보더니 히죽 웃었다.

"제 버릇 남 못 준다더니, 그새 북경물 좀 먹었다고 벌써 대장군의 규칙을 까마득히 잊고 말았지 뭡니까! 고치겠습니다. 고치면 되겠죠?"

말을 마친 무쌍아는 실실 웃음을 흘리며 물러갔다. 연갱요는 치밀어 오르는 화를 가까스로 가라앉혔다. 이때 친병 하나가 들어왔다. 그러자 연갱요가 내뱉듯 퉁명스레 물었다.

"상 군문, 아직 안 들어왔어?"

연갱요의 안색이 거칠어 보이자 친병이 조심스레 군례를 올리
며 말했다.

"아직 상 군문을 뵙지 못했습니다. 난주장군(蘭州將軍) 아문에
서 노란 함을 전해 왔습니다."

친병이 노란 비단으로 겉면을 두른 함을 두 손으로 받쳐 올렸다.
연갱요는 함을 받아들고 허리춤에서 열쇠 하나를 꺼내어 구멍으
로 밀어 넣었다. 찰칵 하는 소리와 함께 함이 열렸다. 그 속에는
두 개의 상주문이 들어 있었다. 그 중 하나를 꺼내보니 시뻘건
주비가 한 눈 가득 안겨왔다.

전문경이 올린 상주문을 1부 베껴 보내는 바네. 상주문 내용이
과연 사실이라면, 자네가 과연 그런 식으로 짐을 대해 왔다면 짐은
정말 억장이 무너지네. 북경에서는 조신하고 성실해 보이던 자네가
밖에서 과연 그런 행동을 보인다니 웬 말인가? 이번에 만나본 자네
는 확실히 전과는 달리 어딘가 모르게 비뚤어져 보였네. 짐의 눈에
거슬리는 부분이 한두 가지가 아니었는데, 그 동안 정신이 퇴패(頹
敗)해진 건가, 아니면 지나친 상전 대접에 눈에 뵈는 것이 없이 거만
해진 건가?

읽어보고 난 연갱요는 크게 놀랐다. 그는 전문경의 상주문을
읽어볼 새도 없이 두 번째 주비를 읽어보았다.

짐은 오늘 후기함을 만나보았네! 자네는 제정신이 아니었네! 어
찌 이런 물건을 순무 자리에 추천할 생각까지 하였는지 자네 저의가

과히 궁금하도다!

"올 것이 왔구나!"

각오는 했지만 옹정이 이렇게 빨리 안색을 바꿀 줄은 몰랐던 연갱요가 입술을 부르르 떨며 중얼거렸다. 회한 같기도 했고 저주 같기도 했다. 손사래를 쳐 친병을 내보내고 난 연갱요는 두 다리를 위태롭게 푸들거리더니 자리에 털썩 주저앉고 말았다. 경황없이 다시 전문경의 상주문을 읽어보니 일부분만 옮겨 베낀 것이었다. 네모 반듯하여 추호의 흐트러짐도 느껴지지 않는 해서체의 글씨는 그대로가 수많은 감옥 같았다.

대장군 연갱요는 황자들에게 빌붙어 권력을 남용하여 난정(亂政)을 초래하였으되, 폐하께서 부디 그 죄를 엄정히 물어 직무를 박탈하여야 할 줄로 아옵니다…….

상주문에는 황자들에게 빌붙었다는 데 대한 세 가지 증거를 대고 있었다. 강희 48년 정월, 처음으로 태자를 폐위시켰을 시 연갱요는 탈적(奪嫡)에 가장 열을 올렸던 염친왕과 열넷째 윤제와 그림자처럼 붙어다녔다는 것이었다. "밀실에서 종일 숙덕대며 음모를 꾸몄고, 그럴싸한 미사여구로 자신의 행동을 합리화 시켰으되 이 어찌 순수한 신하의 덕목에 어울리는 행위이옵니까?"라고 했다. 그리고 태자가 두 번째로 폐위당했을 시 "강희 51년, 연갱요는 주청을 올리지도 않고 사사로이 북경에 잠입하여 계서, 왕홍서 등 사악한 간신배들과 밤에 만나고 낮에 헤어지는 수상한 행동을 보였사옵니다. 일거수일투족이 조심스러울 때임에도 감히 그런

짓을 하고 다녔다는 저의가 무엇이겠사옵니까?" 세 번째 조항은 연갱요로 하여금 더욱 간담이 서늘케 했다. "선제께서 붕어하셨을 시 연갱요는 북경으로 떠나는 전(前) 대장군왕(윤제)께 '촌철(寸鐵) 하나 없이 그런 용담호혈(龍潭虎穴)로 들어가는 것이 얼마나 위험천만 하냐'며 극구 말렸다 하옵니다." 연갱요는 머리가 어지럽고 눈이 가물거려 더 이상 읽어내려 갈 수가 없었다. 모든 것이 반박할 여지가 추호도 없는 사실이었다. 극도의 불안으로 가슴이 터질 것만 같았다.

때마침 들어선 상성정은 망연자실하여 곧 허물어질 것 같은 연갱요를 바라보며 놀라 물었다.

"대장군, 왜 이러십니까? 어디 불편하시기라도 하신 겁니까?"

상성정이 가까이 다가서며 연신 불러서야 연갱요는 비로소 정신이 번쩍 돌아오는 표정을 지었다. 잠시 불안했던 마음이 분노로 바뀌는 순간, 그는 마음속의 울화를 꺼버리기라도 할세라 물 한 잔을 단숨에 비워버렸다. 그리고는 거칠게 냉소했다.

"상주문도 있고 폐하의 주비도 있어. 읽어봐. 웃기지도 않아! 나보고 밖에서 나도는 소문은 한 쪽 귀로 듣고 한 쪽 귀로 흘려버리라고 할 때는 언제고 이런 건 왜 화속(火速)으로 천리 밖에 있는 사람에게 전해주는 거야?"

받아들자마자 눈이 휘둥그레지던 상성정이 성난 사자처럼 갈기를 곤추세우고 있는 연갱요를 힐끗 곁눈질해 보고는 상주문과 주비를 상세히 들여다보았다. 피가 끓어서 더 이상 참을 수 없는 듯 연갱요는 발정난 맹수처럼 벌떡 일어나 정신이 황황하여 등불 밑에서 긴 그림자를 끌고, 왔다갔다 부산떨며 주문을 외우듯 중얼거렸다.

"이제야 그 속을 완벽하게 알겠어! 자기만 건너고 다리를 부숴버리는 격이오. 가루를 다 빻고 나자 맷돌 돌리던 당나귀 죽여 없애는 격이야! 내가 모르는 줄 알아? 셋째황자와 맏이를 싸움 붙여 서로 물고 뜯게 만들어 결국엔 둘 다 무기력하게 만들어 놓고 자기는 치고 빠지는 수작을 벌인 것…… 고복이 자기 목숨을 구해 줬음에도 눈 무더기 속에 파묻어 죽여버렸거늘 나라고 가만 놔둘 리가 있겠어? 이 상주문 이거……"

연갱요가 갑자기 걸음을 멈추더니 매섭게 상주문을 노려보며 손가락으로 가리키며 말했다.

"내가 단언하건대 이건 분명히 그 절름발이 새끼가 쓴 거야. 전문경은 그 사건들에 대해 이렇게 속속들이 알고 있을 리가 없거든! 병신 올바른 데가 없다고 저 바퀴에 짓이겨 죽일 놈 같으니라고! 내가 가만 놔두나 봐라!"

그는 마치 사냥꾼이 파놓은 함정에 빠진 굶주린 승냥이처럼 두 눈에 시퍼런 도깨비불을 켜고 날뛰는 촛불을 노려보았다. 그러길 한참, 이미 단단히 각오를 한 듯 한결 평온해 보이는 그가 직접 팔을 걷어붙이고 먹을 갈기 시작했다. 그가 옹정의 주비에 대한 답변을 하려는 줄 알고 있는 상성정이 화선지를 펴놓으며 나지막한 목소리로 말했다.

"대장군, 고정하시고 침착하게 주하십시오."

"알았소."

다리를 포개고 좌정하여 눈을 지그시 감고 한참동안 앉아있던 연갱요가 오랜 시간이 흐른 뒤에야 긴 한숨을 토해내며 붓을 들었다.

어좌(御座) 앞에서 30일도 넘게 있으면서 주군께 아무런 보탬도 되지 못하고 되레 과실과 허물만 얼룩져 돌아오는 마음 심히 무겁사옵니다. 오늘 주비를 받아보니 천어(天語)의 위엄에 긴장과 불안을 금할 길 없었사옵니다. 전문경의 상소문을 읽고 자기 관리에 실패한 자신을 크게 질책하던 참이었사옵니다. 신은 공로도 타의 추종을 불허할 뿐더러 죄질도 심히 무거운 줄 알고 있사옵니다. 선제께서 붕어하시고 신은 막 출범한 옹정호에서 주군의 파격적인 발탁을 받으며 승승장구하는 행운을 한 몸에 지녀 왔사옵니다. 성은에 보답하려는 일념 하나로 신은 목숨걸고 불신(不臣)들과 싸웠고, 마침내 변경을 어지럽히는 세력들을 잠재우는 쾌거를 이룩하였사옵니다. 물론 이 모든 것은 폐하의 홍복과 불철주야 심려를 기울이심에 힘입었기에 가능했던 일이라고 생각하옵니다. 전아무개는 신의 기세가 하늘을 치솟자 폐하께서 필히 위기를 느끼신 나머지 토사구팽을 할 것이라고 미리 추측하여 폐하의 뜻에 편승하려는 심산에서 이런 상소문을 올린 게 분명하옵니다. 주군께서 신에게 죽음을 주신다면 신은 죽지 않을 수 없음은 자명하오나 악명을 뒤집어 쓴 채 구족(九族)이 비명에 가게 된다면 천지의 조화에 어긋날지도 모른다는 두려움 또한 크옵니다.

단숨에 써내려 간 연갱요는 다시 읽어보지도 않고 상성정 앞으로 밀어 보여주었다.

"어떤가?"

"앞부분은 흠잡을 데 없는 것 같습니다."

안색이 우울해 보이는 상성정이 느릿느릿 입을 열었다.

"그런데 뒷부분은 일반인이 보기에도 좀 지나친 점이 없지 않을 텐데 유난히 민감하신 폐하께서 받아들일 수 있을는지 모르겠습니다?"

그러자 연갱요가 다시 읽어보더니 '토사구팽(兔死狗烹)' 네 글자만을 죽죽 그어버리고는 말했다.

"옹정 같은 사람한테는 이런 식으로 밀어붙여야 하오. 내가 스스로 뺨 때리고 알아서 설설 기면 그 사람은 더 우습게 보고 깔아뭉개려 든다고. 좀 세게 나가는 게 오히려 나아."

상성정은 사이직의 경우를 떠올렸다. 동시에 끝까지 소신을 굽히지 않고 아슬아슬하게 위기를 모면한 끝에 더 중용된 손가감도 떠올렸다. 연갱요의 말에도 일리가 있는 것 같았다. 그는 머리를 끄덕이며 한숨을 지으며 말했다.

"주군께서는 너무 종잡을 수 없는 것 같습니다. 마음도 독해 보이고요. 방금 제가 둘러보고 왔습니다만 군관들이 전부 생판 모르는 사람들로 바뀌었습니다. 어느 소속이냐고 물었더니 여복 장군 휘하에 있다고 했는데, 이곳으로 겨울나려고 왔다는 겁니다. 그 사람들과 깊은 얘기를 나눌 수도 없고 해서 그냥 왔습니다."

여복이라면 염친왕의 문하이며 열넷째 윤제의 심복이었다. 다른 사람은 몰라도 여복만은 이럴 때 자신을 배신할 리가 없다고 생각한 연갱요는 오히려 안도했다.

홍고묘(紅古廟)에서 출발한 지 3일만에 연갱요는 마침내 대장군 행원이 있는 서녕으로 돌아올 수가 있었다. 그러나 '집'으로 돌아온 연갱요를 경악케 한 건 이곳 행원의 주인은 더 이상 '연씨'가 아니라는 사실이었다. 악종기가 크고 작은 백여 명의 군관들을 인솔하여 접관청(接官廳)까지 마중 나와 있었다. 처음에 그는 악종기가 화해를 도모하려는 차원에서 먼 길도 마다 않고 나온 줄 알고 은근히 흐뭇해했다. 그러나 그가 데려온 군관들 중에는 연갱 요가 아는 얼굴이 하나도 없었다. 여복, 마훈, 위지약, 왕윤길, 송가 진 등 부하장령의 모습은 어디에도 보이지 않았다. 다시 하급 군좌 (軍佐)들을 보니 안면이 있을까 말까 하는 몇몇만 빼고는 역시 얼굴조차 생소한 사람들이 대부분이었다. 순간 속으로 아차! 하며 자리에 앉은 연갱요가 냉소하며 말했다.

"자네도 내가 찬밥만 먹다가 온 걸 알고 있나 보지? 담벽이 무너 지려고 하면 다같이 밀어버린다더니 그 꼴 났군! 아홉째마마는 처지가 처지니 만큼 얼굴을 못 내민다지만 내 방귀냄새나 맡으며 졸래졸래 따라다니던 것들은 어디가 뒈졌기에 왜 코빼기도 안 보 이는 거야?"

"앉으시오. 천천히 얘기하지."

키는 연갱요에 비해 머리 하나는 작지만 근육질의 단단한 체구 에서는 날카롭고 거센 힘이 느껴지는 악종기였다. 그는 거품을 물고 있는 연갱요를 향해 허허 사람 좋게 웃으며 술을 따라주었다. 그리고는 말했다.

"연 대장군이 북경에 가고 나서 얼마 안 되어 나더러 행원 서리 를 맡으라는 지의가 내려졌소. 난 비록 지의에 따르긴 했지만 대장 군의 제도나 규칙 같은 건 뜯어고친 게 하나도 없소. 그들이 못 온 것은 다른 데로 발령나 떠나갔기 때문이오. 그러니 그리 서운해 하지 마오. 자자, 술이나 마시고 그 동안의 회포나 푸시오."

연갱요는 온몸을 흠칫 떨었다. 칼끝 같은 예리한 눈빛으로 악종 기를 노려보며 약간 쉰목소리로 내었다.

"당신은 무슨 자격으로 나의 장령들을 맘대로 발령내고 그러 오? 그들을 대체 어디로 보냈지?"

그러자 악종기가 웃으며 말했다.

"여복(汝福)은 채정(蔡珽)한테로 보냈소. 위지약은 아얼타이에, 왕윤길은 이커조멍에……, 모두 장군으로 승진시켜 보냈소. 대장군께서 서녕대첩을 이끌어내고 나서 이네들을 장군으로 만들어 준다고 약속했었다며? 그래서 내가 대장군을 대신해 좋은 일을 했을 뿐이지 아니면 내게 무슨 그럴 권한이 있겠소? 이제 대장군이 돌아왔으니 나도 임무 완성이오. 내가 보냈다고는 하지만 다시 데려오고 싶으면 대장군 명령 한 마디에 다 해결되는 거 아니오."

악종기는 대수롭지 않게 말하지만 듣는 연갱요는 마음속 갈피갈피에 살얼음이 끼는 것 같았다. 진정으로 공포와 고립무원의 느낌이 어떤 것인 줄을 알 것 같았다.

"일병일졸(一兵一卒)도 건드리지 않는다"고 해 놓고서는 자신의 심복장령들을 전부 빼돌렸다니! 실성한 듯 멍하니 악종기에게 시선을 두고 있던 연갱요가 갑자기 한밤의 부엉이 우는소리 같은 오싹한 웃음을 토해냈다. 그리고는 술잔을 들어 꿀꺽꿀꺽 들이붓고 나서 입을 쓰윽 닦으며 말했다.

"내가 맞춰볼게. 우리 애들을 빼돌리고 대신 들어온 애들은 모두 종기 자네의 대영에서 갖다 심은 애들이지? 아니면 자네의 대영이 아예 이곳 서녕으로 옮겼든지? 그리고 아홉째마마는 벌써 사천성 북쪽으로 '월동'하러 모셨을 테고?"

"연 장군, 안 됐지만 하나도 못 맞췄소."

연갱요가 말하는 동안 쥐를 앞발로 지그시 누르고 있는 고양이의 느긋함을 보이고 있던 악종기가 느릿느릿 입을 열었다.

"여복의 자리에는 호광수사(湖廣水師)인 지하뤄가 들어왔고, 왕윤길 자리에는 감숙성 포정사 덕수(德壽), 위지약 자리에는 운남성 포정사 조삼(曹森)이 투입됐소. 난 자네의 대영에 내 사람은 하나도 안 심었소. 그대가 염려하는 아홉째마마는 아무 데도 안 가고 여기 계시오. 다만 오늘 몸이 안 좋아 못 나온 것 같소. 그리고 나는 우리 중군(中軍) 7백 명만 데리고 서녕으로 왔을 뿐 대영은 제자리에 있소. 자! 지하뤄, 조삼, 덕수 자네들 나와서 대장군께 한 잔씩 올리지!"

악종기의 말이 떨어지기 바쁘게 새로 임명된 세 도통(都統)이 대답과 함께 모습을 드러냈다. 마른 옥수수 줄기 같은 체격에 머리마저 길쭉한 사내가 산호정자만 달았을 뿐 공작화령도 없는 걸보니 지하뤄일 것 같았다. 다른 두 명의 포정사는 작고 두리뭉실한 편이었다. 둘 다 삼품정자(三品亭子)를 하고 있었다. 이 정도 인물들이라면 연갱요의 군중에서는 눈 감고도 한 수레는 채울 수 있을 터였다. 연갱요는 심드렁한 표정으로 이들의 인사를 받았다. 그러나 이들 세 도통은 태연스레 인사를 마치고 한 사람씩 술을 따라 올리고는 당당하게 앞가슴을 내밀고 한 쪽에 물러섰다. 지하뤄가 먼저 숫오리의 그것을 방불케 하는 목소리로 입을 열었다.

"저는 성명(聖命)을 받고 대장군의 휘하로 온 이상 대장군의 지령이라면 물불을 가리지 않을 걸 맹세합니다! 전 생긴 건 보는 사람한테 미안할 정도로 못 생겼지만 무능한 사람은 아닙니다. 강희 60년 묘족(苗族) 토사들의 반란이 일어났을 때, 30명을 거느리고 묘채(苗寨)로 쳐들어가 반동분자 7백여 명을 제압한 그 지하뤄가 바로 접니다!"

자신의 못 생긴 외모와 특별히 내세울 것 없는 궁색함 때문에 사람들에게 멸시받고 주눅깨나 들어 있었던 듯 지하뤄는 입을 열자마자 얼마나 우려먹었을지 모르는 그 유일한 자랑을 늘어놓았다. 그제야 연갱요는 이 사람이 바로 강희가 '호담영웅(狐膽英雄)' 칭호를 내렸던 그 '지 장군'이라는 것을 알게 되었다. 다시 물항아리처럼 생긴 두 포정사를 보니 주변의 시선엔 아랑곳없이 태연스레 음식을 먹고 술을 따라 마시며 당당해 보였다. 축 내리깐 눈꺼풀이 그리 만만치만은 않게 보였다. 그제야 연갱요는 하늘을 찌르는 오만한 태도를 조금 거둬들이며 말했다.

"사람을 어찌 외모로 판단할 수 있겠나! 아랫것들이 말을 안 들으면 주저말고 나한테 알리도록 하오. 그리고 여러분들도 자애(自愛)해 주었으면 하고. 난 군령을 어기는 자에 한해선 가차없다오. 자 새식구들, 내가 내는 술은 아니지만 한잔 들지!"

그러자 악종기가 옆에서 웃으며 말했다.

"인수인계가 제대로 된 것 같은데, 우리 대영에도 할 일이 산적해 있는데 난 그만 가봐야겠소. 이 술은 대장군을 영접하고 나 자신을 전송하기 위해 마련한 술이니 자, 연 대장군의 일취월장을 위하여! 여러분의 승승장구를 위하여!"

술잔을 비운 악종기는 연갱요부터 시작하여 한 잔씩 따라주었다.

무거워 숨이 막히기만 하던 접관청의 분위기는 금세 활기를 띠기 시작했다. 악종기가 물러가면 병권 걱정은 사라졌다. 다른 일은 천천히 해도 별 문제없을 터였다. 연갱요의 기분도 점점 살아나기 시작했다. 그 역시 일일이 술을 따라 권했고 새로 만난 부하들과 신시(申時)가 다 될 때까지 담소를 나누었다. 술기운이 어느 정도 올라 소피보러 밖에 나왔던 연갱요는 막 밖에서 돌아와 말에서 내리는 윤당과 마주치고 말았다. 그는 반색을 하며 말했다.

"조금만 일찍 오시지. 술자리도 파하게 생겼는데!"

"난 집에서 후사(後事)를 준비하고 있었소."

윤당이 퉁명스레 쏘아붙였다.

"내 것도 준비하고, 자네 것도 준비하고 다 했지!"

"아홉째마마! 후사를 준비하다니, 그게 대체 무슨 말씀입니까?"

"며칠 뒤면 자연히 알게 될 거요."

윤당이 냉소하며 말했다.

"자넨 이미 병권을 빼앗기고 말았소. 알겠소?"

"무슨 자다가 봉창 두드리는 소리를 하시는 겁니까."

연갱요가 취기가 올라오는 듯 눈을 게슴츠레하게 뜨고 말했다.

"보시다시피 난 아직 대장군이잖습니까!"

윤당은 어처구니없다는 듯 연신 비웃음을 터뜨렸다.

연갱요가 대장군 행원으로 돌아온 지 3일 만에 옹정의 주비가 날아들었다. 내용은 이러했다.

연갱요, 자네가 홍고묘(紅古廟)에서 보낸 주장(奏章)을 받아보고 짐은 경악을 금할 수 없네. 자네는 사람을 너무 많이 죽여 귀신이 달라붙었나, 아니면 술에 취해 마구 허튼소리를 지껄인 건가? 짐은 그래도 부처님 심성으로 어떻게든 자네를 구제해 보려고 다른 사람들이 올린 상주문까지 보여주며 천량(天良)을 깨우쳐 볼까 하는데, 자네는 짐의 의중을 헤아리기는커녕 엉뚱한 소리로 다시금 짐을 실망케 했네. 자네의 오만불손은 그야말로 구제불능이네! 자네는 '조건식양(朝乾夕惕)' 네 글자를 감히 '서양조건(夕陽朝乾)'이라고 바꿔 써서 짐을 감히 지는 석양에 비유하는 대담함까지 보였어. 짐은 이미 악종기에게 지의를 내려 자네의 정서대장군(征西大將軍) 직위를 대체하라고 했네. 보아하니 자네는 클 '대(大)'자와는 인연이 없는 것 같은데, 자네를 항주장군(杭州將軍)으로 발령내는 바네. 주비를 받는 즉시 인수인계를 철저히 하도록 하게. 단, 짐은 절대 토끼가 죽자 개를 잡아 먹어 버리는 그런 황제로 남길 원하지 않는 만큼 자네가 본분을 지키는 한 괴롭히는 일은 없을 거네. 안심하게.

이 짤막한 내용을 연갱요는 무려 반시간 동안이나 들여다보고 또 보았다. 아무리 눈을 씻고 보아도 달라지는 건 없었다. 오장육부가 어디론가 빠져나가 버린 듯 한 허무함이 엄습해 왔다. 머리가 멀리 이사간 듯 아무런 생각도 나지 않았다. 마치 벼락맞아 넘어간 고목처럼 그 자리에 주저앉고 말았다. 상성정이 들어와 묵묵히 연갱요를 일으켜 세웠다.

하늘은 무겁게 흐려 있었다. 그러나 눈은 내리지 않았다. 찬바람이 휘감아 뿌리는 모래에 얼굴이 얼얼해졌다. 연갱요는 마치 동(銅)으로 만든 조각상처럼 꼼짝 않고 서 있었다. 한 손은 장검에 올라가 있었고, 다른 한 손은 불끈 쥐어져 있었다. 내장을 파 먹힌 물소의 배처럼 휑뎅그렁해 보이는 대장군 행원을 뚫어지게 바라보고 있노라니 하늘높이 펄럭이는 '대장군 연갱요[大將軍年]'이라고 쓰여진 깃발이 그렇게 서글퍼 보일 수가 없었다. 깃발을 호위하고 서 있는 병사는 여전히 그 자리에 가슴을 내밀고 어깨를 쭉 편 채 전방만을 주시한 채 못박혀 있었고 창문을 딱딱 때리는 모래바람 소리도 그대로였다. 다만 이 쥐죽을 듯한 고요 속에 서 있는 이 사람만이 없어질 뿐 이곳엔 변하는 것이 없을 것이다.

한동안 넋이 나가 있던 연갱요가 궤 속에서 두툼한 봉투 하나를 꺼내더니 상성정에게 건넸다. 상성정이 의아스러워 하며 펼쳐보니 그 속엔 10만 냥 짜리 용두은표(龍頭銀票)가 무려 7, 80장이나 들어 있었다. 순간 상성정이 불에 덴 듯 화들짝 놀라며 봉투를 연갱요에게로 밀어내며 말했다.

"둘째도련님, 전 연씨 가문의 대은(大恩)을 먹고 살아온 가노(家奴)입니다. 자손 대대로 받은 은혜를 갚을 길 없어 막막하기만 한데 이렇게까지 하시면 전 돌아가신 조상님들께 면목이 없습니다."

그러자 연갱요가 땅이 꺼질 듯 한숨을 토해냈다.

"바로 그대는 나와 특별한 인연이 있는 사이기 때문에 난 무조건 그대를 믿소. 솔직히 난 오래 전부터 오늘을 준비해 왔소. 자칫 우리 가문이 멸문지화를 당할지도 모른다는 각오는 항상 하고 있었지. 내가 몽고여자들을 열 명씩이나 데려다 놓은 것도 이 때문이었소. 우리 가문이 씨가 마르는 불운을 겪을 순 없거든. 다행히 둘은 이미 회임(懷妊)을 한 상태이니 오늘저녁……."

이 대목에서 연갱요는 목소리를 죽였다.

"오늘저녁 그 둘을 데리고 자넨 여길 떠나게. 내가 사람을 파견하여 산서(山西)까지 바래줄 테니 산서에 도착하는 대로 자네는 병사들을 되돌려 보내도록 하게. 친척집도 친구집도 찾지 말고 누구도 짐작 못할 오지로 숨어드는 게 좋겠네. 내가 무사히 이 생사관을 넘어간다면 당연히 자네들을 찾아 나설 테지만 만에 하나 우리 일문구족이 멸문지화를 당하는 날엔 앞으로 태어날 아이들 중 남자아이가 있으면 자네한테 잘 부탁하네. 부디 그 아이를 잘 키워 우리 연씨 가문의 향인을 이어나가게 해 주오. 형, 길 부탁하오."

이 같이 말하는 연갱요의 두 눈에서는 어느덧 눈물이 주르륵 흘러내렸다. 그럼에도 상성정이 분명한 태도를 보이지 않자 연갱요는 소리 죽여 흐느끼며 말을 이었다.

　"사람들의 이목만 아니라면 난 무릎이라도 꿇었을 거요!"

　그러자 상성정이 봉투를 갓난아기 껴안듯 조심스레 안고는 하염없이 눈물을 쏟았다. 밭이랑처럼 깊게 패인 주름마다에 흐릿한 눈물이 고였다. 그는 눈물을 훔치며 흐느꼈다.

　"둘째 도련님, 이 마음도 갈기갈기 찢어집니다……. 당부하신 일은 제가 목숨이 붙어 있는 날까지 책임지겠습니다……."

　두 사람이 눈물범벅이 되어 부둥켜안고 있을 때 밖에서 친병 하나가 들어와 아뢰었다.

　"연 대장군, 악종기 군문께서 의문(儀門)에 도착하셨습니다. 폐하의 지의를 전달하러 왔다 합니다!"

　"예포를 울리고 중문을 열어라! 향안(香案)도 준비하고, 내가 영접하러 나갈 것이니!"

　평소와 다름없는 근엄한 목소리로 이 같이 명하고 난 연갱요는 마지막으로 자신을 진심으로 섬기고 믿고 따랐던 부하 상성정을 바라보았다. 그 눈빛엔 가슴이 뭉개지는 애절함과 간절한 기대, 뭐라 형언할 수 없는 빛이 서려 있었다.

50. 대장군에서 문지기로!

　연갱요가 순순히 명령에 복종하는 고분고분한 자세를 보였다는 내용의 급보가 북경에 날아들었을 때 장정옥은 안도의 한숨을 크게 내쉬었다. 가장 우려했던 연갱요와 악종기의 청해성 충돌이 가까스로 비켜갔던 것이다. 장정옥은 곧 악종기로부터 날아온 8백리 긴급 주장을 들고 양심전으로 향했다.

　"그 친구가 의외로 철이 들었어. 아무튼 다행이네."

　방포와 장기를 두고 있던 옹정이 장정옥이 상주문을 다 읽자 옆에서 구경하고 있던 윤상을 향해 웃으며 말했다.

　"방 선생과 장기를 둬서 졌지만 짐은 깨끗하게 패배를 인정하네. 그러나 연갱요와 둔 장기 한 판은 짐이 이겼어. 당당하고 통쾌하게 이겼지."

　이 같이 말하는 옹정의 표정은 시시리 무서운 등짐을 산비밀에 턱 내려놓고 난 뒤의 날아갈 듯한 홀가분함, 그 자체였다. 윤상은 보기에 안색은 훨씬 좋아 보였으나 몸은 강풍 불면 날려갈 것처럼 비쩍 말라 있었다. 옹정의 말에 그는 햇쑥한 얼굴에 한 올의 웃음기를 피어 올리며 입을 열었다.

"형신은 크고 작은 일 따로 없이 섬세한 마음가짐으로 임하는 태도가 돋보입니다. 상서방에서 이 일을 맡아 처리하길 참 잘한 것 같습니다."

그러자 옹정이 자리에서 일어나더니 난각으로 들어가 용안 위에 두툼하게 쌓여 있는 주장을 가져다 윤상에게 건네주었다.

"이건 어젯밤에 주비를 달아놓은 상주문 사본이네. 원본은 이미 발송해 보냈고. 자네들 읽어보게."

상주문을 받아드는 윤상의 길고 마른 손가락은 핏기 하나 없이 창백했다. 맨 위에 올려져 있는 상주문은 연갱요가 지난번 서녕을 떠나면서 보내온 것이었다. 이에 대한 옹정의 주비는 이러했다.

주장을 받아보고 짐은 안도하네. 자신의 착오를 진심으로 뉘우치고 회개한다면 그 착오의 흔적은 차츰 지워져 언젠가는 없어질 거네. 다만 그 회개가 진정으로 마음에서 우러나오는 뉘우침이 아닐 때 그것은 심히 두려운 것이다. 후자에 속하지 않길 바라네.

두 번째는 고기탁의 상주문에 대한 주비였다.

짐은 연갱요의 재주가 아깝고, 가능하면 그 공로가 말살되지 않길 바라네. 아직은 그래도 만회의 여지가 있지 않을까 하네. 요즘 들어 많이 회개하는 모습도 보이네.

다시 보니 전문경에게 보내는 주비는 많이 달랐다.

　자네 말대로 연아무개는 경망스럽고 저돌적이기 이를 데 없네. 자네의 주장을 받고 짐은 크게 공감하여 그의 직급을 낮추기로 했네. 앞으로 그는 더 이상 정무에 개입할 힘이 없을 것이니 자네는 안심하고 일하게.

　나머지도 거의 연갱요에 대한 성토였다. 윤상은 방포에게 넘겨주었고, 방포는 말없이 다시 장정옥에게 건넸다. 장정옥은 갓 올라온 명발주장(明發奏章)들을 절략(節略)하여 옹정에게 두 손으로 받쳐 올리고는 방포가 건넨 주비를 받아 읽어보기 시작했다. 옹정이 절략을 넘겨보니 모두 백여 가지도 넘었다. 하나같이 연갱요의 전횡과 정무개입, 그리고 뇌물수수에 대한 빗발치는 성토였다. 옹정은 대충 몇 장을 들춰보고는 웃으며 말했다.
　"담이 넘어가려고 하면 사람들이 너나도 밀어젖힌다더니 세상 인심이란 과연 갈대 같은 것이로구나. 어떻게든 끼어 들어 발길질이라도 한 번 더 하려 들지 손 내미는 사람은 하나도 없지 않은가? 유중불발(留中不發, 보류한다는 뜻)하도록 하게!"
　장정옥이 짤막하게 대답하고는 미간을 좁히며 말을 이었다.
　"하오나 폐하, 고쳐 생각해 보니 이건 백여 명도 넘는 관원들의 주장이옵니다. 전부 보류한다는 것은 다수의 의견을 너무 무시하는 것으로 비춰질 수도 있사옵니다. 연갱요는 실로 간 큰 사내이옵니다. 이번에 항주로 떠나면서 1,200명의 친병을 대동하고 대교(大橋) 270승(乘), 타교(馱轎) 2천대, 그리고 마차를 무려 4백여 대나 동원하여 만천하가 또 한 번 떠들썩했사옵니다. 그 어마어마한 움직임에 여론이 중구난방이온데, 그 사람은 한 술 더 떠 항주 포정사아문에 발문하여 120칸 짜리 대궐을 지을 준비를 하라고 했다 하옵니다. 이렇듯 갈수록 그 횡포가 더해 가니 사람들의 분노가 폭발하지 않겠사옵니까?"

윤상은 연속 튀어나오는 천문학적인 수치에 그저 머리를 절레절레 저을 뿐이었다. 그러나 방포는 연갱요가 '범상불규(犯上不規)'의 죄명을 떨쳐내기 위해 이런 식으로 구전문사(求田問舍)의 수전노 모습으로 자신을 위장하고 있다고 판단했다. 자신이 권력을 추구하는 것은 물질적인 것에 연연했기 때문일 뿐 옹정의 자리를 노릴 정도로 큰 정치적 야심은 없다는 걸 보여주기 위한 전시용이라고 단정했다. 그러나 한편으론 장정옥이 연갱요의 목을 끝까지 옥죌 수밖에 없는 입장도 이해할 수 있을 것 같았다. 연갱요를 물 속으로 끌어내려 물먹게 한 사람은 장정옥이었고, 물에 빠졌던 미친개가 언덕에 올라가면 더 광분하여 덮칠 게 뻔했기 때문이다. 방포는 입을 열어 뭔가 말하려 했으나 소리없는 한숨으로 대변하고 말았다.

"하늘에선 비가 쏟아지려 하는데, 어미는 시집가겠다고 조르니 말일세."

옹정이 어두운 표정으로 말을 이었다.

"대장군에서 쫓겨났으니 장물아비 같은 관리라도 되어야겠다? 짐의 심기를 불편하게 만들려고 작심을 한 게로군. 짐이 여생을 바치려 하는 이치쇄신에 제동을 걸다니 더 이상 용서 못해."

이같이 말하며 자리에서 일어난 옹정은 상주문 더미에서 누군가의 상주문을 찾아냈다. 바로 양명시의 것이었다. 그는 불편한 심기를 나타내듯 장기판을 한 쪽으로 와락 밀어젖혔다. 그리고는 주필을 들어 양명시의 주장에 주비를 달기 시작했다.

　　양군, 자네는 덕(德)으로 운남성을 감화시켜 가시적인 성과를 올
렸네. 여러 가지로 심기가 불편해 있던 짐으로선 실로 흡족한 일이
아닐 수 없네. 대개 덕은 과시해도 좋으나 재주는 과시해선 아니
되네. 연갱요가 그 전형이네. 그는 그 공로가 하늘을 찌르던 대영웅
으로부터 살신지화(殺身之禍)를 범한 죄인으로 전락되고 말았네.

　여기까지 쓰고 난 옹정은 냉소를 터트렸다.
　"짐이 이른 바 토사구팽(兎死狗烹)이라는 걸 하는지 여부는 자
네들이 더 잘 알거라 믿네. 근신하여 진심으로 회개하기는커녕
갑자기 구전문사(求田問舍)하는 수전노로 둔갑하여 '배은부주
(背恩負主)'의 불충명의를 덮어 감추려는 꼴 좀 보게. 이제 만천하
에 나 이런 사람이요, 옹정이 날 어떻게 하나 두고 보시오, 뭐 이런
식으로 육갑떨고 다닌 것과 마찬가지 아닌가? 그러니 짐이 천하백
성들의 정서를 고려해서라도 저 자를 살려둘 순 없지 않은가? 더
중요한 건 탐관의 전형을 없애버리지 못하면 천하의 백관들이 전
철을 밟도록 종용하는 것과 무엇이 다르겠는가?"
　옹정은 격분해 있었다.
　이에 방포가 조심스레 나섰다.
　"폐하의 주심지언(誅心之言)을 듣고 나니 역할을 제대로 못한
신은 부끄럽기 그지없사옵니다. 하오나 폐하께서 연갱요를 제거
하시되 탐관이라는 것에 초점을 맞추시기보다는 그 무서운 구석
이 없는 전횡과 발호를 꼬집는 것이 더 바람직할 것 같사옵니다."
　"자네들은 알면서도 말을 아껴왔어. 그러나 짐은 이해하네."

옹정이 이 같이 말하며 다시 상주문을 뒤적여 연갱요가 서녕으로 돌아가는 길에서 보내온 청안상주문을 꺼내더니 그 위에 이 같이 적었다.

자네가 청안올린 그 지역에는 '황제가 삼강구(三江口)에 모습을 드러내면, 아름다운 호수는 전쟁터로 변한다'는 해괴한 소문이 나도는 곳이라는 걸 짐은 알고 있네. 하필이면 왜 거기서 청안올렸는지 그 저의가 궁금하네. 꼭 짐과 그곳에서 목숨 건 한 판 대결을 벌여보고 싶다는 뜻으로 비춰지는군! 자네가 만약 스스로 제호(帝號)를 정하여 황제이길 자칭한다면 짐은 그것을 하늘의 뜻으로 받아들이겠네. 그러나 자네가 이제 삼강구로 갈 일은 더 이상 없을 것이니 찬물 마시고 정신차리게!

주비를 다 쓰고 난 옹정은 붓을 휙 내던지며 장정옥에게 말했다.
"짐이 주비를 단 주장들을 전부 관보에 오르게끔 명발하도록 하게. 연갱요더러 주비를 받는 즉시 답장을 보내라 이르게. 그리고 이부, 형부, 병부, 호부에 명령하여 연갱요를 탄핵하는 상주문들은 전부 한 부씩 베껴 놓으라고 하게!"
그로부터 5일째 되던 날, 옹정황제는 명조(明詔)를 발표했다.

항주장군 연갱요는 직급을 18등급 강등하여 처분을 기다리라.

연갱요는 마침내 더 이상 헤어나올 수 없는 막다른 골목으로 내몰리고 말았다. 나라 안팎은 온통 연갱요에 대한 성토의 목소리로 떠들썩했다.

한편 '18등급 강등'하라는 지의가 절강성(浙江省)에 전해지자 그곳 순무인 절커는 뒷머리를 긁적이며 난감해 했다. 청나라의 제도상 관리는 모두 9품 18급으로 나뉘어져 있었고, 항주장군은 '종일품(從一品)'에 해당됐다. 그런데 여기서 18등급을 더 내리면 전혀 등급조차도 없는 '미입류(未入流)'가 되어버리는 격이고, '미입류'들은 무관(武官)을 두지 못하게 돼 있었다. 지의에 따르지 않을 수도 없고 난감해진 절커는 고민 끝에 양강총독으로 있는 이위에게 도움을 청했다. 이위의 답변은 분명하고 단호했다.

"이 멍청아! 폐하의 뜻은 아예 내쫓으라는 거잖아! 엉덩이 걷어차 내쫓기가 뭣하면 자네 경내에 있는 허름한 성문 하나 찾아 문지기나 시키든지! 내가 며칠 후에 보러 간다고 전하게."

그러나 절커는 아무리 생각해 봐도 항주에는 '허름한 성문'이 없었다. 궁여지책으로 그는 항주에서 30리 떨어진 '나마라[留下, 남아라는 뜻]'라는 작은 읍으로 연갱요를 보내기로 했다. 그곳 읍내의 북문이 오랫동안 방치해 두어 굉장히 '허름'했던 것이다.

한때는 발을 구르기만 해도 대청의 반쪽은 그 여진이 오래갈 정도로 힘이 막강했던 극품대신(極品大臣, 품계를 따질 수 없는 대신)이었다. 그러나 '병(兵)'자가 새겨진 손바닥만한 저고리를 껴입는 순간 연갱요는 새삼 삶의 소중함을 느꼈다. 18살에 종군하여 22살에 그 특유의 명민함과 용감한 투지로 일약 4품 유격(遊擊)의 반열에 올랐던 연갱요였다. 남순 길에 오른 강희의 호위 임무를 출중히 완성했다는 공로를 인정받아 운 좋게 기적(旗籍)에 들었고, 옹친왕의 문하가 되는 행운을 안았다. 그 뒤로 두 번씩이나 강희를 따라 서정 길에 오르면서 칼 한 자루로 천군만마 사이에서 종횡무진하며 호랑이에 날개돋친 듯 그 용맹함을 맘껏 과시했다.

무인지경(無人之境)이 따로 없는 그 용감무쌍함에 강희는 반했고, 사천성 포정사로, 순무로, 이어 대장군에 이르기까지 그에겐 수많은 영광된 순간들이 있었다……. 30년 동안 그는 청운을 타고 승승장구한 행운아였다. 그러나 한순간에 정점에서 곤두박질하여 대파처럼 흙 속에 파묻힌 패배자가 되었다! 이 모든 것을 각오한 듯 담담해 보이던 연갱요는 그러나 생각할수록 이대로 죽어가기에는 너무 허무하다는 느낌이 들었다.

'나마라' 읍은 경관이 수려한 강남의 자그마한 고장이었다. 북으로 부춘강(富春江)이 흐르고, 남쪽으로 용문산(龍門山)에 기대어 있으며, 동서남북 온통 호수와 항만으로 점점이 수 놓여져 있었다. 성(城) 북문이 있는 곳에는 인적이 드물어 풀숲이 우거졌고, 연갱요가 겨우 몸을 뉘일 수 있는 문간방에는 이끼가 시퍼렇게 돋아 있었다. 이곳 사람들은 그가 대체 어디서 온 누구인지는 관심도 없었고, 알려고 하지도 않았다. 그저 매일 묵묵히 빗자루 끌고 왔다갔다하는 늙은이가 가끔씩 태극권도 하는 모습이 사람들은 신기하게 느껴질 뿐이었다…….

연갱요 역시 사람들과 만나 대화를 나눠본 적이 없었다. 그는 매일저녁 관보를 보는 것이 유일한 취미이고 낙이었다. 요즘 들어서는 온통 자신의 죄행을 성토하는 내용으로 도배되어 있지만 그는 남의 일 대하듯 무덤덤해 있었다. 관보에 올라와 있는 내용을 보고 답장을 적어 발송하고 내심 요행을 바라며 조정의 최종판결을 기다리는 일상이 반복되고 있었다. 그런 한편으론 자신을 보러 온다고 했던 이위를 목 빼들고 기다렸다. 금방 저 어두컴컴한 숲속에서 귀신이라도 뛰쳐나올 것만 같은 창 밖을 바라보며 이 밤에도 지칠 줄 모르고 어디론가 찾아가는 부춘강의 물소리를 들으며 연갱요는 자신이 '나마라' 성에서 살아남기만을 간절히 염원했다. 그러나 그가 기다려온 것은 더욱 냉엄한 현실이었다. 5월 22일에 도착한 옹정의 주비는 이러했다.

연갱요, 자네는 권력을 남용하여 뇌물을 수수하고 갖은 죄행을 일삼아 왔네. 이제 입 닫고 있던 피해자들이 속속 성토를 하기 시작했네. 자네에게 뒤통수를 맞은 짐은 그저 치가 떨릴 뿐이네!

그리고 7월 12일에 거쳐 9월 17일까지는 마침내 연갱요로 하여금 모든 환상을 접게 하는 주비가 날아들었다.

이제 와서 더 살고 싶다니 웬 말인가? 짐은 이미 투리천을 광주(廣州)로 보내어 자네 형을 붙잡아오게 했네. 이제는 자네 차례라는 걸 일러두네!

주비에는 백관들이 올려보낸 탄핵서를 정리하여 요약한 연갱요의 죄명이 나열돼 있었다. 대역죄(大逆罪) 5건, 기망죄(欺罔罪) 9건, 광패죄(狂悖罪) 13건…… 모두 92건이었다. 대리사, 형부에서 합의하에 "곧 전형(典刑)에 처할 것이다"라고 했다.

옹정은 연갱요가 자살하여 생을 마감하기만을 바랐다. 그러나 죽음을 앞두고 어떻게든 살아남고픈 연갱요의 욕망은 갈수록 강렬해져만 갔다. 9월 17일 저녁, 연갱요는 깨어진 창문으로 스며드는 달빛을 빌어, 찢어져 바람에 펄럭이는 종이등(燈)의 종이를 찢어 〈죽음에 임박하여 간절히 생을 구하는 글〉이라는 제목 하에 제발 목숨만 부지하게 해줄 것을 애타게 호소하는 상주문을 작성했다.

　이제야 비로소 제가 어떠한 배은망덕을 일삼은 죄신인지를 뼈저리게 느끼고 통탄하고 있사옵니다. 제발 이 한 목숨만 살려주신다면 폐하를 위해 거듭나 충실한 개가 되고 말이 되겠사옵니다. 제발 살아 있게만 해주시옵소서. 피를 토하는 간절함으로 삼가 폐하 전에 이 글을 올리옵니다.

　이 같이 쓰고 난 연갱요는 더 이상 쓸 수가 없이 망가진 붓을 툭하고 분질러 내던지고는 벌렁 드러누웠다.

　이위가 전해온 연갱요의 걸명문(乞命文)을 받아든 장정옥은 서둘러 양심전으로 달려갔다. 수화문에 들어서자 고무용이 반색하며 맞이했다.
　"폐하께서 장 중당을 부르시어 제가 막 나가려던 참이었습니다. 마침 잘 오셨습니다."
　장정옥이 궁전 안으로 들어가 보니 마제와 얘기를 나누고 있던 옹정이 급히 손짓하여 장정옥을 불렀다.
　"어서 오게. 이 고집스런 늙은 말 좀 말리게. 짐은 어찌할 도리가 없네."
　장정옥이 연갱요의 걸명문을 두 손으로 옹정에게 올리고 나서 잔잔한 미소를 지으며 말했다.
　"무슨 말씀인지 알 것 같사옵니다. 신 역시 마 중당을 입 닳도록 설득했사오나 결국 고집을 꺾지 못했사옵니다. 물론 폐하께서 낙향(落鄕)을 은준(恩準)하시지 않으신다면 늙은 말이 그늘 밑에

드러누워 쉴 순 없겠사옵니다."

"짐도 억지로 사람을 붙들어맬 순 없지만……."

옹정이 온돌에서 내려서서 방안을 거닐며 한숨을 내쉬었다.

"짐은 더 이상 각박하고 인정머리 없는 주군이라는 명성은 싫네. 마제, 자네는 자네를 향한 짐의 마음을 알고 있을 것이네. 태자가 폐위당했을 시 자네는 윤사를 태자 자리에 올려놓으려고 물밑 공작을 줄기차게 해온 명실상부한 '여덟째당'이었지. 그 죄로 자네는 선제에 의해 천뢰(天牢)에 투옥됐고, 결국엔 짐이 자네에게 새생명을 불어넣었지. 즉위하자마자 풀어주어 중권을 위임했고 높은 작위를 하사했네. 왜냐고? 우린 성현이 아니고 인간세상의 연화(煙火)를 먹고사는 인간이기에 누구나 실수는 하게 돼 있네. 짐이 보기에 자네는 잠깐 동안의 판단오류로 실수를 범하긴 했지만 진실되게 주인을 섬기는 마음이 한결같은 청렴한 관리였기 때문이지. 창춘원 사건에서 자네가 나서서 커룽둬에게 제동을 걸지 않았더라면 어떤 일이 발생했을지는 아무도 모르네. 자네는 현신(賢臣)이고 우리 대청은 아직 자네를 필요로 하기 때문에 짐은 억지를 써가며 욕심을 내고 있는 거네. 그래도 꼭 짐의 곁을 떠나가야겠나?"

그러자 허리가 구부정한 마제가 엉거주춤 일어나 허리를 깊숙이 꺾으며 아뢰었다.

"신은 폐하에 대한 미련을 버릴 순 없을 것이옵니다. 다만 신의 나이 70에, 이 위치에서 소화해낼 수 있는 일이 갈수록 적어지는 것 같사옵니다. 자리만 떡하니 지키고 맡은 바 일이 버거워 헉헉댄다면 어찌 폐하의 높고 그신 은혜의 기대에 부응할 수가 있겠사옵니까? 사람이란 들고날 때를 알아야 한다고 생각하옵니다. 이젠

제 역할과 제 구실을 못하는 사람은 젊고 패기있는 유망한 친구들에게 자리를 내줘야 할 때이옵니다. 아얼타이나 이위 같은 젊고 싱싱한 친구들이 주군 곁을 지켜준다면 폐하로서도 훨씬 든든하실 것이옵니다."

"상서방은 문묵(文墨)에 능한 사람이라야 하네. 이위와 아얼타이는 적임자가 아닐세."

옹정이 길게 숨을 내쉬며 말을 이어나갔다.

"이치(吏治)를 쇄신하는 데는 전문경이나 이불, 이위, 아얼타이 등 자질 높은 관원들이 한몫 해주기를 기대하네. 짐은 이들을 모범으로 수립하여 이치쇄신의 앞장에 내세울까 하네. 워낙 산지사방으로 깊고 질기게 뻗어나간 악습의 뿌리인지라 예리한 공구없인 엄두도 못 낼 것이니……."

그러자 장정옥이 급히 아뢰었다.

"천만 지당하신 말씀이옵니다. 신의 우견으로는 마제를 고향 아닌 북경 근교에 머물게 하여 수시로 자문을 받을 수 있게 하는 것도 바람직할 것 같사옵니다."

이에 옹정이 머리를 끄덕였다.

"그래! 형신, 자네 의사대로 추진하게."

말을 마친 옹정은 손에 들고 있던 연갱요의 걸명문을 힐끗 훑어내리고는 용안 위에 아무렇게나 내던졌다.

옹정의 표정을 유심히 살피던 마제가 입을 열었다.

"또 연갱요가 올린 상주문이옵니까? 이 지경에 이르렀사온데 폐하께선 더 이상 무엇을 망설이시옵니까?"

그러자 옹정이 길게 탄식을 했다.

"아무래도 자살할 친구는 아니고, 그렇다고 달리 손을 쓰자니 차마 그렇게 할 수도 없을 것 같고 말이네! 자네들과는 달리 짐에게는 개인적으로 처남(妻男)이잖아. 그 여동생 연비(年妃)도 병들어 있는 처지인데…… 아침에 가 보니 피골이 상접하여 자리에서 일어나지도 못하고 죽어라 베개에 머리를 박으며 입만 실룩거릴 뿐 말을 못하는 모습이 가슴아팠네…… 짐을 따라 몇 십 년동안 갖은 풍랑을 헤쳐온 여자라네…… 안 됐어……."

이 같이 말끝을 흘리는 옹정의 두 눈에는 눈물이 그렁그렁 맺혀 있었다. 이를 지켜보던 장정옥이 괴로운 표정을 지으며 고개를 떨구었다.

"폐하!"

호두껍질같이 쭈글쭈글한 얼굴에 무표정한 마제가 말했다.

"연비는 연비이고, 연갱요는 연갱요이옵니다. 연갱요가 결코 용사받을 수 없는 죄를 지었사온데 주군께서 연비까지 주련시키지 않으신 걸로 이미 성은은 망극하옵니다. 나라라는 것은 공기(公器)이옵니다. 사적인 감정이 개입되어서는 되는 일이 없을 것이옵니다."

머리가 무거워 견딜 수 없는 듯 옹정은 힘겹게 머리를 들어 궁전 천장의 조정(藻井)만을 뚫어지게 바라보았다. 그러길 한참, 그는 길고 거친 한숨을 토해냈다. 그리고는 말없이 용안 앞으로 다가가 종이 한 장을 끄집어내어 뭔가를 적어 내려가기 시작했다.

걸명문은 읽어보았네. 자네에게 자살을 기대할 순 없을 것 같네. 어쩔 수 없이 짐은 자네에게 죽음을 주려 하네. 자네는 책을 가까이 하는 사람이니 사적(史籍)을 많이 읽어서 알겠지만, 자고로 주군을 자네처럼 우습게 아는 신하는 비견할 만한 사람이 없지 않은가? 짐이 자네 일가에 쏟은 정성을 생각해서라도 자네는 이런 식으로 짐을 배신할 순 없지 않는가? 자네가 불신(不臣)이라는 증거가 속속 드러났음에도 짐은 행여나 자네가 개과천선하여 환골탈태하여 다시 돌아오지는 않을까 하는 미련스런 미련을 버리지 못했었지. 그러나 자네는 끝까지 짐을 우습게 만들었어. 죽음을 준다고 짐을 원망했다간 불서(佛書)에서 이르듯 영원한 지옥에 떨어질 것이니 그리 알게.

— 옹정 3년 12월 11일.

붓을 내려놓은 옹정은 수유(手諭)를 장정옥에게 건네주고는 다소 심란해 보이는 눈빛으로 동난각을 뚫어지게 바라보았다. 장정옥은 옹정이 동쪽 방향을 노려보는 이유를 알 것 같았다. 그는 이미 자금성의 동쪽에 머물고 있는 동생 윤사를 다음 목표로 정했던 것이다. 연갱요가 죽음으로써 한 쪽 팔이 떨어져 나간 윤사를 도마 위에 올리기는 그리 어려운 일은 아닐 것이다. 그러나 피비린내는 굉장할 것이다. 옹정은 결코 친동생을 죽였다는 악명에서 벗어날 수 없을 것이다. 그렇다고 이 악성종양을 제거해 버리지 못하면 이치쇄신을 꾀한 옹정의 웅심은 한낱 물거품으로 흔적없이 사라지고 말 것이다.

이 순간 그들은 어느 누구도 입을 열지 않았다. 쥐죽은듯한 침묵이 이어지고 있는 가운데 대전(大殿) 한 모퉁이의 자명종만이 단조롭고 지칠 줄 모르는 "딱! 딱!" 소리를 내고 있었다.

〈제⑦권에서 계속〉